赤血

丘东平的战火青春

李迅 ◎ 著

中国·广州

图书在版编目（CIP）数据

赤血：丘东平的战火青春 / 李迅著. -- 广州：花城出版社，2022.10
ISBN 978-7-5360-9695-0

Ⅰ. ①赤… Ⅱ. ①李… Ⅲ. ①纪实文学－中国－当代 Ⅳ. ①I25

中国版本图书馆CIP数据核字(2022)第071800号

出 版 人：张 懿
责任编辑：黎 萍 夏显夫
技术编辑：林佳莹
书名字体：白 鱼
封面设计：水玉银文化

书　　名	赤血：丘东平的战火青春
	CHIXIE：QIU DONGPING DE ZHANHUO QINGCHUN
出版发行	花城出版社
	（广州市环市东路水荫路11号）
经　　销	全国新华书店
印　　刷	韶关市新华宏达印务有限公司
	（韶关市沐溪工业园沐溪四路十八号）
开　　本	710毫米×1000毫米　16开
印　　张	20　2插页
字　　数	280,000字
版　　次	2022年10月第1版　2022年10月第1次印刷
定　　价	69.80元

如发现印装质量问题，请直接与印刷厂联系调整。
购书热线：020-37604658　37602954
花城出版社网站：http://www.feph.com.cn

CONTENTS 目录

序　章 /2

上部　海丰：在苏维埃旗帜下

第一章　故乡的海 /11

第二章　风一样的少年 /21

第三章　革命志士 /32

第四章　春涛拍岸 /41

第五章　寮棚夜雨 /48

第六章　风牵激石溪 /57

第七章　云卷埔仔峒 /65

第八章　血祭文章 /80

第九章　壮怀激烈 /88

第十章　再见苏维埃 /103

中部　上海：锻造民族的钢

第一章　上海的晨曦 /112

第二章　晶钢般的雕像 /121

第三章　街头吼歌 /139

第四章　暖与爱　/ 145

第五章　苦斗　/ 160

第六章　血潮　/ 165

第七章　刀锋　/ 178

第八章　魂归天国　/ 197

第九章　绝境英雄　/ 202

下部　江南：战火铸青春

第一章　先遣支队下江南　/ 216

第二章　孤悬敌后　/ 231

第三章　茅山根据地　/ 244

第四章　没有句号的英雄传奇　/ 256

第五章　鲁艺在盐城　/ 272

第六章　赤血写丰碑　/ 289

尾　声　/ 303

主要参考书目　/ 311

后　记　/ 313

血是红的
血是热的

当丘东平以红色少年的英姿
投身海陆丰的革命风暴
以敏锐的目光捕捉云涌星驰的剧变
他的血是红的

当丘东平以进步青年的锐气
融入左翼作家联盟的方阵
以敏感的心灵触摸笔下的勇士
他的血是热的

当丘东平以随军作家的神韵
跃动在苏北抗战最前线
以青春的火炬照亮动人的乐章
他的血是红的

丘东平的血是红的
丘东平的血是热的

——题记

序　章

在我承接广东省作家协会下达的创作任务——创作长篇纪实文学《赤血——丘东平的战火青春》之前，我对丘东平这位粤籍"左联"作家知之不多，直到我通读完《丘东平作品全集》《丘东平研究资料》（均系复旦大学出版社出版）共百万字之后，我才真正地了解到丘东平是怎样一位作家，他的文学地位在哪里。

可以说，赤血是丘东平人生的底色，而他的青春是由战地之火和文学之火所构成。丘东平是我国现代军事文学的开拓者，是有红色情怀的革命作家，他的胸怀和贡献已超出"左联"作家的范畴。他历经海陆丰苏维埃的红色风暴，亲临淞沪抗战最前线；他以革命作家的身份，从事文艺活动；他随叶挺将军参加新四军，以一腔热血和全部生命，投身到抗日斗争的最前线；他指挥华中鲁艺的师生突破日军布下的重围，自己却壮烈牺牲，用生命书写了人生最美丽的诗篇！

牺牲，成了丘东平人生的休止符。

牺牲，也是丘东平作品的主题词。

如果说，中国文学史上的"左联"作家，一般是先进行文学创作，然后投身革命活动，那么，丘东平却是先进行革命活动，然后才进行文学创作的。这种唯物主义的逻辑关系，在丘东平的人生历程中，得到了丰满而又激情的演绎，红色的情怀和战争的铁血成为回响在他作品之中的主色调、主旋律……

南粤的冬至，我嗅着腥咸而又扑面而来的海风，顶着初冬的寒意，来到了粤东的汕尾和海丰；海丰县梅陇镇的马福兰村，是一个有着独特闽南建筑风格的古老围村，丘东平故居坐落在这里，我们一行深情地献上一束鲜花。这是洒着晨露的鲜花，散发着馥郁的香气，也承载着我们对这位革命作家、新四军英雄的无限敬意。是的，在"农运大王"彭湃当年行走过的红色土地上，如今奇花争艳、古风飘香……

走进丘东平故居，让我们再看看丘东平仅存的两张遗照吧。

一张是丘东平穿西装，打领带，脸庞清秀，神态安然，浓眉之下是一对炯炯有神的眼睛。我这次参观丘东平故居才知道，这张照片其实是从丘东平与祖母的合影中剪裁下来的。原照里，祖母坐在一把木椅上，而作为孙辈的丘东平侍立一旁，有点儿拘谨。那时的丘东平大约还在上中学，因而身上满是蓬勃的朝气，也夹带不谙世事的稚嫩。

另一张是丘东平的从军之照。他穿的是新四军的灰色军装，没有戴帽子，头发有些凌乱，飞扬起某种不羁，然而目光仍闪烁着机敏、睿智，透出了无比的坚定和成熟。他满脸严肃的神情，一只手重重地压在书案上——在我的感觉中，这定格于瞬间的丘东平，仿佛正要为皖南事变这一历史惨剧而拍案而起……照片里的丘东平，令人想起陈毅、郭沫若、胡风等将领、大师们给丘东平描画的人物肖像：

> 又如丘东平、许晴同志等，或为文人学士，或为青年翘楚，或擅长文艺，其抗战著作，驰誉海外，或努力民运，其宣传动员，风靡四方。年事青青，前途讵可限量，而一朝殉国殒身，人才之损失，何以弥补。
>
> ——陈毅

身子过分地对于空间表示了占领欲的淡薄。脸色在南国人所

固有的冲淡了的可可茶之外,漾着些丹柠檬的忧郁味。假使没有那副颤动着的浓眉,没有那对孩子般的恺悌在青年的情热中燃烧着的眼睛,我会疑他是三十以上的人。

东平不仅有一副浓厚的眉毛,也还有一双慈和而有热情的眼睛。

我在他的作品中发现了一个新的世代的先影,我觉得中国的作家中似乎还不曾有过这样的人。

——郭沫若

他背靠着窗台,两手插在料子很好的大衣口袋子里,个子瘦小,头发直矗着,两眼炯炯有光。他衣着大不如从前了,也没有了那种轻蔑人的咯咯咯的笑声,但却不是消沉,而是显得更镇定……连声音都是放低了的。

——胡风

丘东平一行辗转于战斗之中,不屈不挠地为崇高理想而奋斗到底。……他忠于生活,忠于艺术,忠于革命,他的死为抗战以来的文艺、文学上的最大损失。

——欧阳山

东平,一个正在成长中的人类的天才,一个行将日见光大的智慧的小火,一个身背着民族解放的重负,在前线与民族敌人搏斗了三四年的战士的战死,与这些熙来攘往的人,更是毫不相干。好像你不曾存在过,好像你的存在不曾给与他们任何补益;好像你现在也不曾死去,好像你的死去于他们也并无任何损害:不欣幸有你,也不惋惜没有你,正像五年前的他们,不曾欣幸与惋惜那另一个伟大的人一样。

——聂绀弩

个子瘦小，一双浓眉，头发耸起，偶尔发出轻蔑的笑声……这就是作家们笔下的丘东平，只有这些独特的人物细节，才构成了有别于他人的迷人风采和高尚人格。

让我们追溯丘东平闪烁勇者无敌、智者若朴的运行轨迹、人物背影吧，在这里也许能解读到从凡人到英雄、从文人到先驱的生命密码……

1910年5月16日，丘东平诞生在海丰县梅陇镇马福兰村古老的祖屋。他7岁入村中私塾读书，后考入海丰县陆安师范，接受革命思想和进步文化的润泽，参与进步文学社团的各项活动。随着海陆丰农民运动的高潮迭起，他很快成为海丰学联的积极分子，并投身到苏维埃政权的建设之中，任海丰农民自卫军文书。17岁那年，丘东平加入了中国共产党，并担任海陆丰地委组织部长郑志云的秘书。1927年，这位红色少年在海陆丰大地上见证了中国第一个苏维埃政权的诞生。在革命烽火中，丘东平参加了海陆丰三次武装起义，成为《海丰青年》的编辑。

1931年"九一八"事变发生后，丘东平在上海发起"抗日同盟"组织，宣传抗日救亡。他与好友陈振枢（又名陈灵谷）带领七弟丘俊，直奔江西南昌，找到了当时在十九路军一五六旅当参谋长的二哥丘国珍，并通过其与翁照垣旅长的上下级关系，在广大军官中发起抗日签名，写下血书，奔赴前线。

1933年，丘东平加入上海左翼作家联盟，先后发表《通信员》《沉郁的梅冷城》《红花地之守御》《第七连》《一个连长的战斗遭遇》等反映海陆丰农民运动和淞沪抗战的短篇小说，受到文艺界的重视和赞扬。丘东平以鲜活、真切、感性的文字感染读者，给左翼文坛吹进一股带有铁血味道的"革命之风"，在当时被称为最出色的"新世代"作家。铁肩担道义，妙手著文章。1937年仲秋，丘东平亲历了一场血肉横飞的中日之战，并创作中篇小说《给予者》。

1938年1月，新四军军部在南昌成立。丘东平随叶挺将军参加了新四军，并获准在战地服务团工作，不久便随着粟裕率领的新四军先遣支队挺进敌后，奔赴苏南战场，将艰难险恶置之度外，并表示"能够不死，那就有更伟大材料写小说"。这段时间，丘东平以饱满的革命激情和熟练的艺术技巧，写出了《把三八枪夺过来》《截击》《王陵岗的小战斗》等多篇战地报告文学，被后来的新闻史研究者称为"中国军事报告文学的先驱"。

1938年7月下旬，新四军第一支队像利剑般插进苏南敌后，建立了茅山抗日根据地。由于曾在中央特科工作过，丘东平从先遣支队调到第一支队政治部担任敌工科长，并兼任陈毅的外事秘书。事后，陈毅拍电报给新四军政治部主任袁国平说："小说家丘东平在工作上有着非常的进步，他更加接近了人民和战士，曾要求恢复布尔什维克的党籍。"

战事频繁，写作的材料一天比一天丰富多彩，丘东平急不可待，盘腿端坐，将手枪搁在身边，而笔尖在本子上唰唰地书写着那激情燃烧的岁月……作为新四军的一员，奔赴前线战斗才是战士的天职，然而一旦进入战争环境和紧张的节奏，他又发现"材料、故事，一天多似一天"，但"生活太流动了，而创作总是切求着安静"。在丘东平看来，战斗与写作的矛盾让他感到无比焦虑……一个优秀的新四军政工干部，就这样活跃在江南战地，用笔写下战火燃烧的激情，写下了战火燃烧后的理性……

1940年7月，陈毅率领江南指挥部及所属主力北渡长江，挺进苏中地区。丘东平随军北上。三个月后，在炮声隆隆中，丘东平在硝烟中闪现着矫健的身影，他参加了著名的黄桥战役，在战火中用他那略显高亢的嗓音仰天高歌和呐喊。

1940年11月，丘东平随陈毅、粟裕进驻苏北重镇盐城，奉命筹建鲁迅艺术学校华中分院（简称"华中鲁艺"），丘东平任教导主任，负责主持全面工作。1941年初夏，丘东平开笔进行长篇小说《茅山下》的创作。这是丘东平《茅山下》的开篇之诗，"自由""血的代价"奠定了作品的创作基调：

莫回顾你脚下的黑影，
请抬头望你前面的朝霞；

谁爱自由,
谁就会付出血的代价。

茶花开满山头,
红叶落遍了原野;
谁也不叹息道路的崎岖,
我们战斗在茅山下。

"天地英雄气,千秋尚凛然"。1941年7月24日凌晨,丘东平率领这支毫无战斗经验的师生队伍到达北秦庄,却遭遇日军的突然袭击。丘东平镇定自若,指挥、掩护师生突围,将危险留给自己。战斗中,他立在桥头,不幸被日军密集的子弹击中头部,壮烈牺牲,年仅31岁。就这样,一位革命作家、一位民族英雄,以壮烈和牺牲构成了一部沉雄浑厚的赤血之作,名垂青史!

1964年5月,丘东平的挚友、文坛大家聂绀弩,刚从北大荒回到北京,因对过去曾经战斗过的海丰怀有刻骨铭心的感情,以及对老朋友丘东平的眷念之情,千里迢迢地南下海丰,来到马福兰村拜访丘东平故居,探望丘东平年迈的母亲。回到北京后,他在香港《文汇报》发表了《访丘东平烈士故居》一诗:

英雄树上无花开,麻佛垄边有草莱;
难兄难弟此茅屋,成龙成虎各风雷。
才三十岁真雄鬼,以第七连最霸才。
慈母八旬披白发,默迎儿子故人来。

抛却南山一敝庐,左提枪杆右携书;
几曾天下文章伯,肯是沙场怯弱夫?
游击战中遭遇战,一头颅博万头颅;

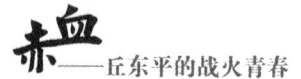

人间换后江山美，愁绝国殇不可呼！

拥笔千枝又万枝，满怀革命战争诗；
犬儒惜墨如金处，虎口涂鸦以血诗；
连长所遭惟昔斗，队员通讯有雄姿；
生前小说杨无敌，死后梅花史瞀师。

百战中原两仲谋，有人倚阅几阳秋；
壮哉野泽三春草，赌掉乾坤一颗头；
此日登堂才拜母，他生横海再同舟；
问谁梅陇行经处，不指衡门话虎丘。

1987年，在身为作家、时任海丰县政协副主席的杨永关心下，县政协文史办将丘东平故居改名为丘东平纪念馆，杨永承担了《铁笔军魂——丘东平传》的创作任务，并于1996年由花城出版社出版。韩山师范学院文学院教授黄景忠，长期从事潮汕新文学研究，他曾与人合作《"左联"潮汕作家群研究》一书。他写道："丘东平的文学成就在中国现代文学史上是被低估了的。"黄景忠表示，丘东平善于把五四新文学中的人道主义与左翼文学中的英雄主义结合起来，这赋予了他文学创作独特的审美品格，他的作品《第七连》《一个连长的战斗遭遇》是早期抗战文学不可多得的佳作。黄景忠认为，丘东平开启了"体验式的现实主义"。

在海丰县城五坡岭的文天祥公园里，矗立着八位革命先烈和文化名人的塑像，而丘东平的雕像亦在其间。此时此景，在丘东平塑像前徘徊良久，脑海里萦绕着丘东平的长篇小说《茅山下》"茶花开满山头，红叶落遍了原野"的开篇诗句……时至今日，丘东平等无数革命先驱用鲜血浇灌的"自由"和"胜利"之花，早已开遍神州大地。先烈们的遗志和梦想在新世纪的阳光下，正化为绚丽无比的图画……时光转到21世纪，丘东平故居成为红色文化的景点，每逢节假日就是游客的聚集之地。

红色故里成为红色旅游品牌，这是地方政府在精神文明建设中的"惠民之举"。然而，一位英雄的出生地、成长地，当然有着"天时、地利、人和"的诸种因素，并成为英雄成长的诱因。

事实上，丘东平是一位勤奋笔耕的作家，同时也是一位驰骋疆场的战士。他创作的一批反映海陆丰农民运动和十九路军抗日的中、短篇小说，以及采写的一系列战地报告文学作品，在我国现代文学史上无疑占有重要地位。

丘东平的作品有着悲壮悲愤、慷慨正义的时代气息，深入挖掘和深刻反思人性与战争，给人留下震颤心灵的思考和启示；他的作品承接了五四新文化运动的锐气，以沉实而精妙的语言和构思，拓展了五四新文学传统的疆域；他的作品紧紧伴着民族的苦痛挣扎和抗日战争的节拍，以血泪为文章，为正义而呐喊。他在小说创作上锐意开拓和创新，为我国现当代文学事业的发展，做出了独特的贡献。

丘东平短暂的一生，是战斗的一生。

丘东平短暂的一生，是革命的一生。

他将青春燃烧在战地。

他将辉煌奉献给后世。

丘东平和他的作品是正义和战火浇灌出来的"民族晶钢"，显示出透明的晶亮和高碳钢般的强悍。他的革命精神和光辉榜样永远值得当代青少年学习；他的作品也会成为我们民族宝贵的精神财富。

如果说，丘东平是一棵树，他就是铁血之树。

如果说，丘东平是一朵花，他就是钢铸之花！

上部　海丰：在苏维埃旗帜下

在蔚蓝的大海边
站着一位风一样潇洒的少年
他脚下的土地被鲜血染成了红色
革命志士以榜样的力量
支撑起他成长的骨骼
一场场与反动势力的浴血鏖战
一个个顶天立地的铁打英雄
进入了他的视野、进入了他的笔端
让仲夏的雷声砸碎磐石般的云层
让孟秋的晚风吹跑呛人的血腥
哦，故乡
一面永远飘扬的苏维埃旗帜

　　　　　　　　　　　　——题记

人物肖像之一（1928—1930年）

一头凌乱的头发，有一缕紧贴在前额上，似乎遮住了眼睛，风一吹才飞扬起来；粗黑的眉毛紧锁着，像思考着世界或者人生，一种少年人罕见的深沉；宽阔的嘴角轻抿着，只是右边有点儿稍稍翘起，但笑起来会发出咯咯的响声，仿佛让人感到是嘲讽般的冷笑；他脸色微黑偏黄，个子不高，偏瘦。给他带来神采的恐怕是那件白色的竖领学生装，胸前和袖口镶嵌着金黄色的铜纽扣，脖子上系着红领带，甚是夺目。

他叫丘东平。

第一章　故乡的海

风暴来了，红色风暴来了！

一位风一样的潇洒少年站在蔚蓝的大海边，任由风吹浪打。

这海是南海的一部分，紧接着深蓝色的太平洋。

大海边上的危岩峭壁，有如被人刀削斧砍，其形状千奇百怪。有的似神雕侠侣、昭君出塞，有的如猛虎跳涧、雄狮怒吼；有的似千军万马扑面而来，有的似在聆听遥远的暮鼓晨钟……

丘东平赤脚踩着软如白雪的细沙，盘腿坐在海滩上，远望、近看、细想这大海的神秘和雄奇……

丘东平眼中的海，不仅是地理意义上的大海，而且是政治意义上的人民群众的汪洋大海，大海升腾的激浪，将腐败而又吃人的社会制度掀翻！

哦，这就是丘东平故乡的海……

1925年初春，花红柳绿，春水荡漾，但乌云却在粤东天空不断地积聚和翻卷，血火交织的战事一触即发。盘踞在惠州、梅县、潮汕一带的陈炯明叛军，为了扩张势力，妄图进攻广州，一举推翻广东革命政府。为此，广东革命政府决定先下手为强，挥师讨伐陈炯明叛军。

这次东征的主力，是周恩来亲自领导的以共产党员、共青团员为骨干的黄埔军校学生军，以及粤、湘、滇、桂军等部队组成的联军，共计三千多人。为了配合东征，彭湃还从广宁赶回广州，组织了一支以海陆丰人力车工人为主的先遣军，为东征探路，组织当地群众支前。

此情此景，让人想到南宋词人辛弃疾诗云："金戈铁马，气吞万里如虎！"

东征军战旗引路，军容整齐，装备精良，于2月1日从广州出发，2月14日以凌厉的攻势拿下惠阳淡水，2月27日轻松地攻占海丰。

3月3日，海丰召开全县农民欢迎东征军大会，到会群众3万多人，人头攒动，红旗招展，锣鼓喧天。这时，一个黑瘦个子的少年，夹在人丛中，踮起脚，睁大双眼，寻找着他心中的偶像彭湃。

会场里，此起彼伏的口号声如海潮般汹涌和飞扬，充满雄浑之声。15岁的丘东平第一次看到这么盛大的场面，也是第一次看到这么热闹欢腾的万众，心情激动得有如鹿撞。尤其让他大开眼界的是，除了彭湃，他还看到了苏联顾问加伦将军、粤军总司令许崇智，还有中国共产党的领导人周恩来、谭平山等等。

彭湃是这次大会的主持人，从相貌看，他绝对是一个南国美男子。他还不到30岁，长形脸，将军嘴，乌黑的长发往后梳，成了一个潇洒的大背头。他讲话时而用普通话，时而用潮汕话，间或插一两句英语，通俗生动，热情洋溢而又不失幽默感，深受群众的欢迎。

彭湃出生于海丰县城郊桥东社的一个地主家庭，乳名天泉，学名汉育。他6岁入私塾，后在林祖祠小学读书，1913年秋考进海丰中学，开始研究社会，与进步同学组织"群进会"，组织青年阅读进步书刊，评论时弊。

1917年6月，彭湃怀着远大抱负东渡日本求学，为了表明自己为民族、为革命的意愿像浩瀚的大海一样汹涌澎湃，冲刷黑暗社会的污泥浊水，故更名为彭湃。翌年9月，他考进日本早稻田大学政治经济专科。当时，列强欺凌中国，彭湃带头抗议日本政府迫害留日中国学生，反对"二十一条"，怒打卖国求荣的驻日公使章宗祥。他还咬破手指，悲愤地在一幅白绢上血书"毋忘国耻"四个字，寄回海丰中学，激励母校同学抵制列强的斗志。

1921年初夏，彭湃毕业回国，在广州加入了中国社会主义青年团，并在家乡组织了社会主义研究社和劳动者同情会，先后筹办了《新海丰》和《赤心周刊》。10月出任海丰劝学所长（即教育局长），积极向学生宣传革命道理，还积极发展体育运动，组织运动会。擅长画画的彭湃还到陆安师范兼任美术教员，指导学生画莫斯科克里姆林宫和革命领袖马克思、列宁的画像，张贴在教室和学校的醒目处。第二年，他策划和领导了海丰第一次五一劳动节大游行。海丰反动当局以搞"赤化"为由撤销其职务。这使彭湃认识到要搞社会主义，必须发动与组织工农群众运动，靠单打独斗于事无补。于是，他深入农村去宣传组织农民群众，为维护自己的权益而斗争。

1922年7月29日晚，彭湃终于建立了全国第一个农会——"六人农会"。为取得广大农民群众的信任，彭湃手捧自家田契发表演说，然后当众逐一宣读田契的内容、地点、亩数和佃户姓名，并当场将田契扔进火堆……彭湃这一为百姓谋利益的无私义举，无疑成了一呼百应的号召力，海陆丰的农会组织如雨后春笋问世。

1923年元旦，海丰县总农会成立，会员达2000多户，1万多人，3月底发展至10万多人。

8月15日，海丰县总农会冲破县长王作新派出的警察的阻挠，在海城召开全县农民大会，到会农民2万多人。彭湃在大会上发表演说。

1924年4月，彭湃在广州转入中国共产党[①]。其时为国共两党合作，他被国民党中央执委会任命为农民运动讲习所主任。7月3日，第一届农民运动讲习所学员正式开学。彭湃把这批学员培养成为"坚韧卓绝之农民运动战斗员"。

8月，在廖仲恺支持下，广东省农民自卫军正式成立，彭湃任团长，

[①] 关于彭湃同志的入党时间尚未有定论。

徐成章任总指挥，这是中国现代第一支以"农民自卫军"名称建立的农民武装。10月，广宁县成立农民协会，并建立了农民自卫军。接着，彭湃在广宁开展了一系列的武装斗争，其中以妙计向小地主、商人借枪和用"地下火龙"战术攻垮潭布炮楼，一时成为乡间佳话。

1925年2月1日，广东革命政府挥师讨伐陈炯明，彭湃奉命从广宁赶赴东征前线，协助东征军政治部主任周恩来工作，发动东江地区的广大工农群众配合和支援了革命军。由于连战皆捷，3月中旬，东征军收复整个东江地区。

4月1日，中共海陆丰特别支部成立，彭湃任支部书记，后任地委书记。随着海陆丰农民运动迅猛发展，当地会员数占全省会员数的1/3强。工会、妇女解放协会、教职员联合会、商民协会、劳动童子团等组织相继成立。曾到过莫斯科的《少年先锋》记者杨白，著文称誉海陆丰农军为"东方的红军"，海城为东方的"小莫斯科"……

丘东平纵目整个会场，周恩来伟岸俊逸、气宇非凡的身影进入他的视野。周恩来刚从法国留学归来就担负起中共两广区委军委书记的重任，同时又在黄埔军校任政治部主任；这次东征他是主要负责人之一。在欢迎大会上，周恩来充分肯定了海丰人民、农会给予东征军的有力支援和配合，"海丰农会不愧为全国最早、最有战斗力的农会，海丰人民不愧为英雄的人民"。

这次大会的雄壮场面、恢宏气势以及周恩来、彭湃等领导人的演讲口才、精神风貌，都深深地镶嵌在丘东平的脑壁。回到学校，他迅速把在会上的感受写成短文并配上自己亲手绘的周恩来、彭湃的画像，在墙报上刊登出来，博得了老师和同学们的交口称赞……

现在让我们回首千百年前的海丰。在丘东平的眼里，故乡是一片蔚蓝的大海，故乡也是激荡红色浪涛的汪洋……

海丰，是一个美丽的海滨古城，迈步此间，腥咸的海风扑面而来，使人有一种与内地迥然不同的感觉，也许这就是人们所说的久经沧桑吧。

南宋末年，抗元英雄文天祥给海丰带来了感天动地的英雄传奇。

宋帝昺祥兴元年（1278），文天祥被加封为少保信国公爵位，赐御宴于海丰丽江并诏令进兵。文天祥率宋军自丽江经宋溪出东海前往潮阳，进剿叛匪陈懿所部，因敌众我寡，文天祥率部一时难于应付，不得不移师退回海丰。

一日，疲惫的宋军于城北五坡岭集结，元军张弘范遣其弟张弘正，命地头蛇陈懿为向导，率千余战骑突至。宋军猝不及防，横遭杀戮。文天祥在一片混战中被俘，他的脖子架上木枷，脚上戴上铁镣，风吹起了他被刀削得破碎了的黄色战袍……

祥兴二年（1279）正月，元军进犯宋帝昺最后的据点厓山，押解文天祥的囚船也随军同往。元军副帅要挟文天祥，要他写信劝说守卫厓门的将领张世杰缴械投降，文天祥严词愤斥，并将其《过零丁洋》之诗答示张弘范，"人生自古谁无死，留取丹心照汗青"之千古绝句便由此而生，其喷薄而出的凛然正气彪炳千秋！

此后，文天祥被押往大都，元世祖软硬兼施，千方百计劝其归顺元朝，均遭到文天祥痛斥。文天祥在狱三年，受尽严刑拷打，百般折磨，始终铁骨铮铮，义薄云天。他在此间写下了气吞山河之史诗《正气歌》，最后在大都柴市慷慨就义。

自此，海丰人民念念不忘这位正气凛然的英雄，在五坡岭修建方饭亭、表忠祠等，以示对文天祥的怀念和敬仰；在南山岭建宋存庵，并在石壁上刻下"壮帝居"三个大字；宋军当年活动过的地方，命名为千古不朽的遗址："宋溪""宋师岭""宋王山""御宴潭""圣井"等等。海丰民间祖祖辈辈流传着许多悲壮动人的传说。

现在，我们再来说说海丰悠长的人文历史和多彩的风土人情。海丰县是个历史悠久、山川俊美、语言风俗和文化积淀甚为丰富而又独具异彩的古县。海丰背山面海，气候温和，雨量充沛，属亚热带区域，年均温度为21.9摄氏度。

冬暖夏凉、四季常青是海丰的季节表征。

海丰县地处珠江三角洲与韩江三角洲的中间地段，是粤东的海防要地和交通要道。这里的南部地区原是一片汪洋、港湾、河涌和水上船家停泊的狭长海边，但由于地貌起伏的变迁，早已成为水网交错、沃野相连的滨海平原。那里有甘蔗、花生、莲藕、慈姑、荷兰豆等经济作物；著名的粮食丰产区——梅陇联安平原，是滨海平原的富饶之地，印证了"杨安熟，海丰足"的古谚。

在海丰平原南面的南海，紧接着浩瀚无际的太平洋，连通香港、汕头及东南亚等地。新中国成立前，海丰的公路交通很不发达，海丰沿海的汕尾、马宫、鲘门等港口，成为兴梅及东江地区各县与香港、东南亚乃至太平洋沿岸各国交往的进出口岸，每年仅从汕尾港吞吐的货物就有5万多吨。

海上交通的优势，促进了商品经济的发展，而碣石湾、红海湾等著名的渔场，盛产各类名优海产品，如鲍鱼、海胆、石斑鱼、鱿鱼、鲳鱼、马鲛、龙虾、膏蟹、翡翠贻贝、牡蛎、海马、紫菜等。这些海产品，以其稀有、鲜美、高品质而驰名国内外，有些甚至被选为进贡朝廷或送给贵客的餐桌珍品。至于这里盛产的海盐，不但质量上乘，数量也十分可观，除供应本地及邻县外，还畅销外省及港澳。民国时期，"海丰盐"的销售量几乎占了香港市场的一半以上。

海丰有浩渺大海，也有奇峻雄山。这里的崇山峻岭自西北部向东北部伸延，连绵不断地与惠东、紫金、陆丰、揭西相接。海拔1000米以上的高峰就有莲花山、银瓶山、水底山、梨仔耳、石人嶂、五马归槽山等。著名的莲花山在四周群山簇拥之下，层峦叠翠，胜似莲花。在其右侧的银瓶山常年挂着雨帘似的瀑布，带着白色的浪花和咆哮声一泻千丈，颇为壮观。莲花山以秀丽淡雅的风姿与银瓶山那倒玉倾银的态势，形成绝妙的佳景，令人艳羡不已、流连忘返……

海丰历史悠久，不仅是因为它建县至今已有一千六百多年，还因为这块地方远在四五千年之前就有一批先民生息繁衍，留下了许多珍贵的文化遗址及文物，供后人探考和研究。

海丰在置县前，其基本概貌原始、落后、荒凉，与中原地区的繁盛如天渊之别，是一块尚未开发的荒凉之地。自东晋置县至隋唐、北宋以后，海丰的情形就有所变化。朝廷命官、军屯兵马、南来商贾以及芸芸众生，不断带来中原的先进技术和农耕文化。

东晋的葛洪是当时的道教理论家、医学家，曾带领子侄到罗浮山炼丹，著有《抱朴子》等著作；会稽郡的民众因逃避重役，从海道至广州，把冶炼技术带到南粤边陲；还有隋朝初年在中原地区推行的"均田制""府兵制""兵农合一"等制度，经实地变通在南方施行，也产生了不错的效应。

五代十国时期，南汉王刘岩在广州建都，对商业十分重视，"广聚南海珠玑，西通黔蜀，得其珍玩"，"末年起玉堂珠殿，饰以金碧翠羽，岭北行商，或至其国，皆召而示之，夸其壮丽"。五代十国，中原处于割据纷争局面，战乱频仍，当权者无暇顾及对南方的蚕食。而此时岭南政局相对稳定，经济发展较快，除农业生产之外，冶炼、制茶、工艺、纺织等技术也有较大起色。

宋、元、明三代，海丰隶属惠州。惠州在宋朝时声名鹊起，大文豪苏轼、唐庚等人被贬惠州，也让惠州声誉日隆；名将狄青到惠州当团练使之后，不但直接推动当地文化发展、防务巩固，也提高了当地的知名度。其间，海丰是惠州辖地，又是海上交通要塞，盛产鱼盐谷物，随着惠州的繁盛，海丰的发展步伐也加快了。

海丰在东晋置县以前，是"荒蛮之地"，当地人的生产技术与生活习俗原始、落后，直至隋唐时代，中原地区繁荣、开化，而循州之海丰还相对荒凉和落后。据《隋书》记载，岭南风俗习惯是"巢居崖处，尽力农事"；又说"其俚人质直尚信，诸蛮则勇敢自立，皆重贿（指财物）轻死"，"多以盐米布交易，俱不用钱云"。《岭表录异》记述唐代"循州多野象，人或捕得，争食其鼻，云肥绝"。可见当时循州山区还是野兽出没，人迹罕至，是犯人谪戍之地。深山丛莽之腹地，瘴气弥漫，猛兽出没，蛇蝎横行，一些人被迫"巢居崖处"，而大多数俚人居住在平原、圩社、海滨、河岸，他们过着原始人般的自耕生活。

千百年来，每一次的王朝更替，都因皇帝昏庸腐化、豺狼冠缨、横征暴敛。残酷的掠夺与压迫，弄得民不聊生，怨声载道。一些不屈的绿林好汉聚众造反，揭竿而起，而结局均因官府血腥镇压而灰飞烟灭；而贵族王侯、藩镇将帅，却乘机而起，夺取农民起义的果实，取而代之，形式新一轮的封建王朝，周而复始。

嘉靖二年（1523），"归善李文积乱。七年（1528），大饥，归善民王基乱"；明嘉靖四十三年（1564），倭寇大举进犯海丰、博罗、归善（今惠州一部分地区）一带，焚毁村舍，杀人盈野；崇祯十四年（1641），"归善贼刘士魁掠海丰"；明朝，惠州发生了大小暴乱八十多起，除有当地农民不忍压榨的反抗，也有山贼、海盗乘机作乱，搞得鸡犬不宁，民众苦不堪言，发出"宁做太平犬，不做乱世民"的哀叹。

"三点会"（又称洪门会）于咸丰三年（1853）在海丰大行其道。当时市镇乡村的会众已秘密流传着"大兄黄履恭，兄弟遍海丰；二兄黄殿元，文武又双全；三兄马逢久，钱粮到处有"的民谣。"三点会"除在乡村扩展势力外，还在海城乌石桥设立号称"海底"的总机关，负责联络城乡会众及刺探军机情报等事宜。

咸丰四年（1854）农历闰七月初，"海底"总机关暴露，话事的头领颜北龙被官府所杀，搜出"三点名簿"。首领们暗聚一起商量对策，决定提前起义，遂于闰七月九日集合各地会众在南山宋存庵誓师举义。以黄履恭为统帅，黄殿元为元帅，马逢久为军师兼管财粮。这些啸聚山林的义师、好汉集结后，掌旗举刀由梅陇东进，很快便攻陷了县城。

同年11月13日，义军攻陷汕尾炮台，迫使县丞施道彬自杀。以黄履恭为首的农民起义军控制海丰县城达四个月之久。其间，他们给百姓办了诸多好事：惩治贪官恶吏为民申冤；开仓放粮救济饥民；废除苛捐杂税；减免田租；等等。可惜好景不长，11月中旬，清政府调来强兵悍将，并招募邻邑乡勇进行强力反扑，义军不得不撤离海丰县城到山区分散活动。

黄殿元是海丰分量颇重的历史人物，他的反抗精神影响了几代人。

黄殿元，名祐，号捷继，梅陇金盘围乡人，道光八年（1828）中文科秀才，后转习武，于道光二十三年（1843）乡试武科中举，即为武举人。

这位清朝的文秀武举，出身于书香门第，却是个顶天立地的血性男儿。他目睹恶吏当道、异族侵凌，不禁满胸愤懑，恨不得立即杀奔沙场，驱除夷寇，推翻朝廷以救黎民于水火之中。

道光二十六年（1846），洪秀全之作《原道救世歌》《原道醒世训》《原道觉世训》已在广州暗中流传，黄殿元喜获"三原"手抄本，闭门夜读，感同身受，兴奋不已。

之后，洪秀全在广西金田村起义，势如破竹，捷报频传。海城"三点会"随之跃跃欲试，黄殿元与众首领共商起义要事。咸丰四年（1854）闰七月，"三点会"设在海城的总机关"海底"暴露，黄履恭、黄殿元等人不得不决定提前起义。

闰七月七日夜，"三点会"大小头领及志士仁人齐集于南山宋存庵，当即宣布各路义军统领名单，黄殿元随即宣读了由他起草的"讨虏檄文"。文曰：

> 概自清兵入关，生民遍遭涂炭；水深火热，何处幸免疮痍？记嘉定三屠，城池变成血海；痛扬州十日，间巷堆起尸山。字狱大开，文翰蒙冤亿兆，剃发令下，头颅落地万千。
>
> 伤吾海邑，丙戌陷县，士庶妇孺惨遭杀尽。康熙迫迁石（帆）坊（廊）金（锡）杨（安）人户告绝。河桩划界，饥饿致死之民，殍满沟壑。墩棚设哨，越界遭杀之人，尸漂河海。闻者心伤，见者肠断。故苏成起义于海滨，苏利保民而拔界。薛进倡义于兵伍，宋牯揭竿于农桑。
>
> 乾嘉之际，官贪吏污，道光以来，残民以逞，贪其财税，忍鸦片之毒害。畏夷如虎，割地赔款而苟安。虐民害众，罪恶贯盈。所以二百年来，群起反抗者不胜枚举；一十八省，力图复国者岂止吾侪。义断金田，红旗可以蔽日。意在反清，壮志直冲霄汉。凡我会众邑民，须协力拯救桑梓。直捣黄龙，灭虏兴汉，光复我大好河山。临书激切，神人共鉴。此檄，癸丑七月。

据说，黄殿元宣读檄文时，满座发指涕零，读罢，皆扼腕顿足，呼号不止。

闰七月九日，各路义军围攻海丰县城，杀守备李椿，俘典史周霖，将县令林芝龄正法示众。一时之间，海丰人心大快，扬眉吐气。

咸丰五年（1855）十月中旬，大批官军进剿海丰，起义军屡战不敌，被迫撤离县城。黄殿元转战至归善，与归善义军许礼生、翟火姑等携手作战。黄殿元联手翟火姑突袭惠州城，天降豪雨，东江、小枝江河水暴涨，义军阻于大江彼岸，不能按时会师。此时，黄殿元部粮食、火药全被淋湿，无法应战。惠州提督昆寿乘机命几倍之水师向义军发起攻击，黄殿元率部冒雨突围，死伤无数。

义军逃至归善时，仅剩二百余众，退守乌狗洞，再次遭官军围剿，黄殿元终因负伤被俘，随即押回海丰，囚禁于县城大狱。当时海丰县令梁凤辉，逼诱黄殿元投降归顺，供出其他首领下落。黄殿元义正词严，拒不就范。梁凤辉又押来黄殿元爱妻郑氏，企图以亲情软化，黄殿元亦不为所动。

十一月二日，黄殿元被押至校场斩首。临刑前，他正气凛然，面向五坡岭，高声朗诵文天祥遗言："孔曰成仁，孟曰取义，唯其义尽，所以仁至。读圣贤书，所学何用，而今而后，庶几无愧！"

黄殿元就义后，家人收殓其尸体时，在他贴身衣袋里发现了催人泪下的绝笔诗二首：

一

民兵倡义继金田，蔽日旌旗红桂天。
满目疮痍方待拯，到头功业付萧然。
鹅城师丧由二水，狗洞云深是九泉。
我欲亡秦恨剑拙，可怜乡社作丘烟。

二

异族凭凌起塞边，万家灶突久无烟。
愧他胡马三千骑，占我河山二百年。

> 故国衣冠沦草莽，汉家儿女苦颠连。
> 着鞭空负祖生态，是日如归带血旋。

这次起义规模空前，海丰大部分青壮年都投身到这浩大的斗争洪流之中，而起义军占据海丰县城达四个月之久，也是前所未有。73年后，彭湃所创建的海丰苏维埃政权，也在县城坚持了四个月之久。这种历史的巧合，成为海丰人民的红色情结，他们的悲壮诗文和感人事迹，是铭刻于海丰大地上的不灭英魂，让后人膜拜、垂泪。

这就是彭湃的家乡，这就是丘东平的家乡。

在丘东平眼里，家乡是什么概念？

笔者在复旦大学出版社出版的68万字的《丘东平作品全集》里，没有看到一篇文章是写故乡的，只有在《农村小景》一文中，丘东平用另一种笔法去写家乡马福兰：

——你们这个乡是不是叫马福兰？他问。

——是的——先生，叫马福兰……一个小乡。

丘东平18岁就离开了海丰，以后一直没有回来过，直到牺牲在苏北战场。这不是说，丘东平不爱自己的家乡，而是他把对家乡深沉的爱埋藏在心底。

有位诗人说：爱是有表达方式的。丘东平对家乡的爱用什么方式表达呢？后世的文学史家将会寻找这未解的答案。

第二章 风一样的少年

他不是传说中的伟人，既没有紫气东来，也没有祥云盖顶。

他一出生就被人视为一棵不显眼的小草、一颗与长辈相克的星。

1910年5月10日，一个不足月的小男孩在海丰县梅陇镇马福兰村呱呱坠地，接生婆用剪刀娴熟地剪断肚脐带，然后不经意地将这小肉团扔进用小棉被垫着的摇篮里……可是这婴儿刚落生三天，他的祖母就因病撒手人寰。

于是父亲就给他起名为丘谭月，寓有"淡月"的意思。

丘谭月长得身材矮小，脸庞黝黑，其貌不扬，右边嘴角还有一点儿翘；可是那两道粗眉下的一双眸子，却闪烁着乌黑而异样的亮光，期盼着快快张望这个陌生的世界。这娃儿不喜欢说笑，总是处于缄默状态；然而一经玩开，倒像是个调皮的猴子，上树抓鸟，下水捞鱼，样样皆能。迷信的人说，阿月运滞啊，是由于出世时与祖母的丧事相克。

在汹涌的南海边，巍峨耸立的莲花山下，伸展着广阔的原野，周围却是起伏的丘陵，宛如一堵连绵不断的矮围墙，中间散布着一些密密麻麻的村落，点缀着块块稻田、条条溪水。一个叫马福兰的小村庄就夹杂其间，很不起眼，像某个大师随意地在一幅大画里涂下的墨点。

在以人口密度大著称的梅陇平原，马福兰村实在太渺小了，只有可怜的几十户人家，总共不到两百人。它和粤东平原许多村落一样，全村就一姓。马福兰村全姓丘，没有杂姓。据丘氏族谱记载，他们的祖先是由福建上杭迁往梅县，在梅县开枝散叶的始祖叫丘继龙，后又由梅县县城迁往松口，传至志鸿公时才迁来海丰马福兰村，因此，这一支脉的人自称为梅县客家后裔。不过在很早以前，他们已经讲起正儿八经的福佬话，而风俗习惯也多半跟占海丰绝大多数的福佬人一样——福佬化了。只有极少数老人在祀神祭祖时，还不忘叨念几句祖宗传下来的客家祷词，并传授给后辈，这也算是一种对列祖列宗的纪念吧。

沿着梅陇圩北去一段公路，来到一个岔路口，接着往偏西方向走六里之遥，就是马福兰村了。据说丘姓祖先于清乾隆年间就从外地迁居到此。这个不为人知的小山村，盘踞在丘陵山地与田园溪涧错杂的原野之间，似乎是这样散漫与悠闲。

丘东平生于斯，长于斯。

这座坐北朝南的村子，背靠银瓶、莲花山峰的崇山峻岭，前临梅陇平原及长沙湾的出海渔港鲘门港。村子与南北山海距离均是二十余里；东西侧外，是连绵不断的丘陵余脉，一道幽碧小溪，傍村流淌；周围绿草芊芊，树木葱茏，庄稼翠绿，阡陌纵横，还有水闸、小桥、古庙，呈现出潮汕平原宁静秀丽的田园风光。

丘东平故居主屋是座俗称"二进三间过"的灰墙酒盅形的瓦屋，即由两厢（厨房）连接前后二进，中间夹着一个铺砌石板的天井。每进均是二房（内有阁楼置物）夹一厅。建筑总面积一百九十多平方米，屋脊高约五米（厨房较矮）；后进比前进稍深略高。屋内是灰沙地板，屋前有一块约三十平方米的灰沙町。

据说，这座古老的房屋，由丘东平的祖父、清代国学生丘焕章建于清末。民国七年（1918）重修，即由原有的后一进与二厢厨房扩展而成。后进的正厅后壁的几案上供祀"玄天上帝"神位（画像），其上方挂三块木匾：中央为正方形，是一个大楷手书"福"字，两旁为条幅状的对联"英灵帝德深如海，忠实家风继自山"，这是由丘珠焕撰写、后请木匠镌刻而成的匾额；后进大厅是"星联福寿家余庆，竹报平安世兆祥"的门联。

而前进过厅门联是："传家万事皆宜忍，教子千方不外勤"；东侧房门联："天地间诗书最贵，家庭内孝悌为先"；西侧房门联："善为至宝一生用，心作良田百世耕"。这些门联均系其主人丘锦成撰书，并请工匠上了油漆，至今尚存。这些对联算不得上佳之作，只是包含着感恩天地、崇尚诗书、提倡隐忍的意思，让人一目了然，可以看作史上丘门家风与处世哲学的投影，也传递出一种信息：清末民初的丘东平一家，日子过得还算富裕而安逸。

丘焕章曾任乡团局团董，晚年出钱捐了个"国学生"名衔，总算挽回了一点儿面子。不过这老先生国学还是颇有底蕴的，书法秀逸，常常在丘东平等孙辈面前，摇头晃脑地吟诵古诗、解读经文，时不时停下来教训后辈几句，尽显老爷子尊严。

丘东平的父亲叫丘锦成，字筱堂，幼时曾读过诗书，粗识文墨。他当然没能走士人之路，是管理家务、耕田经商的一把好手，由此操持出一个尚能温饱的小康之家，也能使祖宗的坟头上冒出一缕可以炫耀的青烟。

丘锦成娶妻林氏，生育了丘维珍、丘国珍二子，后又续弦黄氏，生下六子四女，其序次为丘家珍、丘永明、丘汝珍（号岛人）、丘席珍（号东平）、丘俊（号永觐）、丘永钗、丘美珍（女）、丘玉珍（女）、丘秀珍（女）、丘妹孙（女）等。

丘锦成两度娶妻成就这人丁兴旺的大家庭，在当年"人力资源丰富"的海丰并不算稀罕。而真正有意思的是，丘东平八兄弟中，除了务农经商和夭折者之外，其中四个颇有作为的兄弟，却分为国共两派。他们虽然站在两个党派的行列中说事做人，回到家却相敬如宾，论资排辈。这不能不说是丘氏家族足可炫耀的谈资。

老二丘国珍、老七丘俊均为行伍之人，是中国国民党党员，老二更是官至国民党的中将处长、参谋长，在海丰也是不小的官儿；而老五丘汝珍、老六丘席珍（即丘东平）在大革命时期挺身加入共产党的行列，誓言为革命事业奉献一生。尽管如此，他们兄弟之间从没有拔刀相向、反目成仇，而是在抗日战争最艰难的时刻，为了抗击日寇侵略，并肩作战于沦陷前的大上海。他们以一腔热血，显示了不屈不挠的民族气节。而这些，成为后来流传在海陆丰的佳话。

儿时的丘东平生性好动、好奇，不按常规出牌。在三四岁的时候，他就常对大人们提出诸如此类的问题："公鸡会啼，而母鸡为什么生蛋呀？""月亮和星星为什么不会掉下来？嫦娥为何要奔月？"问得大人们哑口无言，只好苦着脸说："等你长大了就知道。"丘东平当然不满足于大人们简单得如同废话的答案，但看到他们板起的脸孔时，只能欲言而止。

丘东平一天天地长大，他能认出许多字，常常用方言表达出让人笑出声来的"奇谈怪论"。家里虽然殷实，但孩子做家务是必须的，丘东平自然不能幸免，他按照父母的吩咐，和两个年长不了他几岁的童养媳嫂子一道上山放牛，其任务是每人看守一头大水牛。

丘东平看守的是一头毛色乌黑的大牛牯，其体态健硕，嘴里动不动地打着呼噜，且冒着白泡，怪吓人的。可丘东平不信这个邪，动不动就拿根棍子朝牛牯身上一个劲儿地狠抽,直到嫂子们一个劲儿地嚷:"停手啦!停手啦!"丘东平才停住手,转身跨上牛牯背脊,装出一副拉弓射箭的样子,在嫂子们面前抖起威风来了。

丘东平常常把水牛牵到草地上一放,就爬到山坡上的树权上,跷起二郎腿,津津有味地翻看他那本读了数十遍的《看图识字》,或在岗顶上拾块赭色石子,在大块石上摹写墓碑上的铭文。当他看守的水牛牯偷吃庄稼时,嫂子们催他将牛牯赶开,他却说,我看守的不是这头牛,故意推诿,耍奸显滑。一会儿,另一头水牛吃庄稼了,他又摆出不管不顾的神情对嫂子们说:"先前吃草的才是我的。"嫂子们对这个调皮得可以的小叔子没有一点儿办法。

七岁那年,丘东平还没到学校读书。一天,待父亲丘锦成到七里外的梅陇镇趁圩出货,他就招来三个哥哥为他当配角,又唤来两个嫂子在门口站岗。他忽地变戏法似的把镬底灰往脸上一抹,说了句:"你们不要眨眼,看我蜀汉名将张飞现世!"于是就模仿起戏里的对白、招式。一转眼,他又舞弄起一根绑着红布的棍子,在房间里演起了《三英战吕布》。

正当丘东平闹得正欢之际,嫂子们也看得入迷了,忘记了自己站岗的职责。出货回来的父亲一脚踏进门来,看见那调皮的儿子正在"大闹天宫",一把抢过丘东平手上那根棍子,劈头朝他打过去……小松鼠一般机灵的丘东平,撒开两腿一溜烟地跑出村外,躲进小溪流彼岸的一个林子里,不敢回家吃午饭。他见没人找他,就用小刀在一棵树上刻出三行歪歪扭扭的字:"我调皮,父亲严,母亲慈"。

丘东平自小就对大自然感兴趣。他喜欢和放牛的孩子一起玩,也喜欢到河沟里捕鱼捞虾。他经常和伙伴们光背赤脚上山采集奇花异草,编织成一个个异彩纷呈的头箍戴在脑瓜上,权当孙大圣头上的金箍;他和伙伴们到大山摘取野果吃,胀得肚子鼓鼓的,弄得满嘴乌黑,家里人以为他得了什么怪病,张罗着要为他找医生,他却躲在被窝里咯咯地笑。就这样,一个夏天过去,丘东平晒得浑身黝黑,滚得一身泥巴,与山野顽童无异。

有一天,父亲丘锦成从梅陇镇经商回到家,看到丘东平一副"人不人、鬼不鬼"的模样，气得跺足大骂："气死我也，十来天不见，你竟弄得像个野人似的，为啥不在家里给我背诗念经写毛笔大字啊？成天跑到外面疯疯癫癫，成何体统！"前段时间，二哥丘国珍从寄宿学校回来，就留下了书和作业本，让丘东平好好学习，下次他回来时还要检查作业，让野性难收的老六沾点儿文墨。然而这一切对丘东平来说，如"风过耳背"。

"爹，山上可好玩啊！"丘东平理直气壮地说，"那里有花有鸟有果子，那种火红色的稔子可好吃啦，流出来的汁液可以在我肚子里写大字呢！"

"山上花儿再好，你也画不出来，有本事你画给我看看！"丘锦成气得无话可说，只有冷眼讥讽道。

"爹，我能画呢，不信我画给你看看。"丘东平说着拿起破瓦片在地上画了起来。不到一袋烟工夫，一株带稔子的花枝跃然地上。丘锦成歪着脑袋瞅了一会儿，真不相信眼前这幅画是自己这个调皮捣蛋的儿子的即席之作，顿时气就消了一大半，问："我说儿子，你什么时候学起画画啦？"

丘东平天真道："我哪有钱请人教啊？这叫无师自通。"

丘锦成心里涂了一层蜜似的乐滋滋，但依然板着脸说："无师自通？就是说你不用人教就会画画了？你有此等本事？"

丘东平大声嚷："有，我有啊——父亲大人！"

这一下，弄得丘锦成哭笑不得，他暗忖："这小子是个小黑仔不说，还是个出了名的调皮精，画画倒是有两下子，天资不比几个哥哥差。不如趁早送他到学堂读几年书，说不定咱家会出个文曲星呢！"这时，丘锦成苦瓜似的脸，竟长出了几朵带笑的皱纹花……

丘东平真是一个风一样自由的少年，他本真、率性而又无忧无虑。

上学以后，他一本正经地对家里人宣布："从今以后，你们不要叫我谭月，我姓丘，叫我丘东平得了。"父亲不买账说："你的大名叫丘席珍，排行老六，懂吗？"丘东平不服气地回了一句："老六是你生我的排名，我自己的排名是老大！"丘锦成对这个不服管教的儿子无可奈何，跺脚骂道："你这小子不听老子话，等着炮打吧！"

丘东平被父亲送到本村私塾开始读《百家姓》《三字经》《弟子规》。然而，丘东平对死记硬背的东西不感兴趣，也提不起精神，经常偷偷溜出校门，找一些有花木、有山水的地方，以沙盘当纸，以瓦片代笔，边玩边画，自画自赏，仿佛是一位游历山光水色的大画师在写生。

日子长了翅膀般地飞过去，他的山水画居然令人刮目相看，特别是人物素描，连人物手上的青筋也被他画得惟妙惟肖，甚至将邻家大叔的龅牙也画得栩栩如生，倒挂着一片令人口水欲滴的青菜片……

在马福兰村流传着少年丘东平"画画捉贼"的故事。春节前的一个晚上，村里的人兴高采烈地准备办年货。丘东平的父母从圩场买回来的鸡、鹅、鸭，以及海味、脯料、粉面、糖果等年货，放在了堂屋里，而等到想宰杀时，鸡、鹅、鸭却不翼而飞了，只留下一条自屋顶垂下来的"布梯"。潮汕人的所谓"布梯"，实则是几件深蓝色的破衣裤撕成布片连接起来的长布带，看来窃贼不是破门而入，而是爬上屋顶通过"布梯"滑下来行窃的。

这失窃的消息一下子传遍了小山村，人们聚集在丘东平家里看个究竟。他们大声地喧哗、小声地议论，慢慢地将矛头对准了村里那个集偷、赌于一身的懒汉丘谭佬身上。人们的直觉是：一、丘谭佬穿过深蓝色的牛头短裤；二、他是一个"神憎鬼厌"的惯偷。

这时，"头大点子多"的丘东平夹杂在人丛之中，东瞅瞅，西瞧瞧，将人们的议论聚焦成一幅画面印在脑海里，然后偷偷地溜出去，在村子的一堵白墙上，用木炭把丘谭佬的相貌活灵活现地画了出来：尖钩鼻、猪槽嘴、老鹰眼、和尚头。

没多久，懒汉丘谭佬被官府派出的差人捉去了。有人打听到，差人是仅凭村子墙上的人物画捉到窃贼的。而画画的人正是丘锦成的"老六"，有人拍着手掌道："人不可貌相，海水不可斗量。这小子将来可是个文曲星啊！"

丘东平听了这则消息，心里甜滋滋的，不禁生出一个念头：将来当个大画家，出人头地！

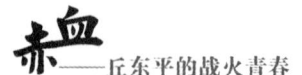

从此，丘锦成从镇上回家，总是教诲"老六"要背诗诵经，将来耀祖光宗，为咱家挣面子。因此，他每次回家都带来一些字画，叫丘东平临摹练习。丘东平不断受到乡人的称赞与鼓励，成绩大有长进，每次考试总是名列前茅，被村人当作"状元"夸耀。

这时，比他大16岁、同父异母的二哥丘国珍，从海城高等小学毕业，回到梅陇的下港乡教书。而下港乡距离马福兰村约十华里，路途不远，步行两个小时就可以到达，因此他经常抽空回家，询问六弟的学业，帮他温习功课，并以自己读书时的勤奋好学的例子，激励六弟的上进心。于是，丘东平幼小的心灵上，播下了"独占鳌头"的种子。他在本村私塾学习一年后，就转到梅陇瓣音小学读了两年书，再转到靠近莲花山麓的水口乡毓英小学就读。自此，"书中自有黄金屋，书中自有颜如玉"，成了丘东平发奋读书的座右铭。

由于水口乡靠近莲花山麓，毗邻将军帽、银瓶山、埔仔洞，层峦叠翠，溪涧纵横，风景自然比马福兰村更胜一筹。尤其令丘东平心花怒放的是，毓英小学有一位才高八斗的教书先生，名叫高士俊，号子超。年过五旬的高子超出身书香世家，家学渊源深厚，国学、新学俱佳，又有一套先进的教学方法，精于解释课文，又能循序渐进，善于启发诱导，在当时的师资中堪称翘楚。

高子超还与丘东平的父亲丘锦成是同庚，曾结拜金兰，自然对丘东平格外照顾。除了该教的课程外，高子超还经常对丘东平讲些乡土人物的掌故以及孙中山的革命故事，令丘东平仰慕不已。

在三尺斗室，青灯黄卷、焚香缭绕之中，高子超充满感情地说："孙中山本来是个穿白褂的大夫，但他看到清政府丧权辱国，腐败透顶，就唤起了他动员民众推翻清廷的雄心壮志，经过几十年的奋斗，终于在辛亥年10月10日举行了武昌起义，推翻了封建帝制，建立了中华民国。"事实上，在辛亥革命的第二年，高子超就曾带领丘国珍到广州加入广东新军，参加过孙中山举兵北伐的壮举。这种披肝沥胆的经历刻在了他的人生烙印中，他谨记鲁迅先生的话："地火在地下运行，奔突；熔岩一旦喷出，将烧尽一切野草,以及乔木,于是并且无可朽腐。"

高子超不愧是当地的秀才,对海丰的千年历史和杰出人物了如指掌,而且充满感情。他给丘东平及弟子们讲得最多的是黄汉宗、黄履恭和黄殿元的故事,戏称"三黄野史"。

黄汉宗小名黄海,字衍潜,海丰黄厝港村人。生于清嘉庆年间,道光时乡试中举,人称黄举人。这位黄举人痛恨朝政腐败、草菅人命,为此他抛官弃士,委身乡里。凡民间婚丧诉讼、族姓纠纷以至历史冤结等疑难杂事而不得解者,人们都找他代笔、代言,出面解决。他念于公理良心,亦乐意帮忙,因此留下了大量传世之作,海丰民间流传着"要通,找黄汉宗"的民谚。

一次,一位想改嫁的寡妇因不能改嫁,求黄举人给她想想法子。黄汉宗眉头一皱,计上心头,便写了一张状子:"公无婆,叔无妇,妾无夫。九橼瓦,三张铺。不改嫁,阿恐玷污。"寡妇拿着黄汉宗写的状子一下子告到衙门,被批准了改嫁他人,重获幸福。

丘东平一边听,一边为黄举人的良知、捷才击节叫好。高子超接着又讲了黄履恭、黄殿元的掌故。他开腔唱了几句民谣:"大兄黄履恭,兄弟遍海丰;二兄黄殿元,文武又双全;三兄马逢久,钱粮到处有。"话音刚落,丘东平就抢先说道:"这歌谣我听妈妈唱过。"高子超问:"你娘亲可曾讲过歌谣里的故事?"丘东平摇摇头。

高子超便讲起黄履恭、黄殿元揭竿而起、造反为民的故事,丘东平听得如醉如痴,大声叫好道:"太感人、太壮烈了!黄履恭、马逢久、黄殿元这些人应该是大英雄,为什么歌谣里却称他们为毛虫、贼仔呢?"高子超说:"在封建朝代里,皇帝是真龙天子,而平民百姓却被视为草芥、蚁民,揭竿起义者就被称为乱臣贼子。这些先贤、英烈被人称为毛虫、贼仔不足为怪。"

对此,丘东平若有所思。

五哥丘汝珍和丘东平同在毓英小学念书,但他聪颖沉静,思想也比六弟成熟得多。当丘东平把高子超讲的故事转述给他时,他微笑着说:"这些故事我早就听过了。高老师满腹经纶,肚子里还有许多大道理呢。听说他在广州还参加过广东新军,打过仗,对外面的世界有自己的独到见解。"

丘东平信服地点点头。

1922年夏天,海丰农民运动势如狂潮。7月,彭湃在龙山组织了农会。不到三个月,赤山农会又横空出世。次年初春,海丰全县总农会诞生了。全县各地普遍成立了乡村农会。

各地农会提出了新的口号:农民兄弟团结起来,反对恶霸地主的"三下盖""吊佃吊租",取消"伙头鸡""脚皮钱",倡议"减租减息""禁烟禁赌""救济孤老""救助死亡""调解争端"等等。振聋发聩的是,海丰总农会提出了"一切权力归农会",意欲取代乡村的基层政权。

这时候,水口乡毓英小学一下子热闹起来,师生们不亦乐乎地配合农会,在墙上刷写大标语、贴传单、唱革命歌曲等等。于是,丘东平也颇觉新鲜地佩戴上了红领带,投身到斗争的洪流中去。他参加了海丰党委干部训练班的学习;奔走于海丰、陆丰两县和高潭等地,去宣传组织农会和革命道理,成为海丰学生联合会的骨干和积极分子。

丘东平在学校是一位"精通十八般武艺"的小才子。他文章写得生动有趣,毛笔字也写得快速端正。特别是他善于设计刊头图案和插画,使墙报显得美观、大方,吸引人,因此他被学校任命为劳动童子团团长。当比人矮一头的丘东平踏着正步、挺起胸脯从学校的林荫小道走过时,同学们定会听到他快乐的歌声,也会感受到这位青葱少年的得意情怀。

1926年,丘东平考上了设在海丰县城的陆安师范学校,他沿着山村的羊肠小道,一路走到了县城的马车大道。当他将自己的行李铺盖放到十几个同学共住一间的碌架床上时,伸了一下懒腰,打了一个哈欠,心间涌起了一股鱼跃龙门的意味。

陆安师范位于县城北边的五坡岭,在纪念南宋抗元英雄文天祥被捕的方饭亭的前面。方饭亭有文天祥的石刻半身像和《衣带铭》,亭的前侧有石碑,铭刻着文天祥抗击元军、宁死不屈的事迹及建造方饭亭的意义所在。

拾级探幽俱有情，五坡存古傲斯亭。

朱檐绿瓦相辉映，碧树丹花共俏荣。

一饭千秋凛正气，兆民万载仰精英。

中魂不绕啼鹃血，潜入书声策后生。

方饭亭坐落于西北向东南，是一座八角双层重檐攒尖顶古亭，周围林卉葱郁，红绿相映，亭前有一片绿茵茵的草坪。踏着五层34级台阶而上，即可达月台。台阶下几米处有一块大石碑，镌刻"一饭千秋"四个金色大字，映日生辉，熠熠夺目。月台上有八根大红柱子支撑亭顶，基座四周为红围墙。月台偏后正中还置有一座殿顶的小石亭，文天祥石像面露威仪，气宇轩昂，据说是明代惠州知府甘公亮从文天祥家乡江西庐陵临摹而作，石像题刻文天祥著名的《衣带铭》。

五坡岭树木繁茂，四野清幽，方饭亭庄严肃穆，正气凛然。陆安师范的学生每逢入学报到之时，都会来到这里瞻仰、膜拜方饭亭，以文天祥的英雄壮举来鞭策自己，发奋攻读，力图成为国家的栋梁之材。

开学第二天，班主任林老师就带领丘东平和十几位新生来到方饭亭瞻仰文天祥雕像。林老师四十开外，身材微胖，宽额方脸，眉宇间透露出一股儒雅之气。由于他国学、文学根底深厚，教出来的学生都有所成就，因此师生们对他十分尊敬。这次他领着学生来到方饭亭，就是要让新生们了解文天祥在海丰这段历史，让他们在人生旅途的起步阶段，便树立有担当、有作为的雄心壮志。

林老师坐在亭子的一个石凳上说："同学们，你们知道南宋有个英雄叫文天祥吗？在我们陆安师范，文天祥是创校以来尊崇的偶像，也写进了我们的办校宗旨。"

林老师停了一下，继续说："文天祥是江西吉州庐陵人。南宋末年，元军南侵，他在赣州起兵保卫临安，被封为右丞相，后被派往元军营中谈判，被拘留。不久他乘机逃脱，再次起兵抗击元军，失败后转战潮阳，后

来败退至我县五坡岭。就在这个地方准备休息开饭之际，不幸元军杀到，仓促应战后被俘。元军将他押往新会厓山，舟过零丁洋时，敌军屡屡劝降，均被文天祥严词拒绝，写下了《过零丁洋》一诗，留下了'人生自古谁无死，留取丹心照汗青'的千古绝唱。后又被押解至大都，囚于狱中三年。元帝再三劝降，文天祥始终不屈。他在狱中写出了气贯日月的《正气歌》，洋溢着一位英雄的磅礴正气。最后，他就义于柴市，给后人树立了彪炳千秋的典范。"

林老师一番话说得同学们激动不已，丘东平连连击掌兴叹。大家不约而同地来到文天祥石像前深深鞠躬，献上沾满晨露的七色野花。丘东平想，如果日后自己不幸落入敌人的魔掌，也要像文天祥一样捍卫民族尊严，笑傲江湖而又视死如归……

丘东平一头凌乱的头发，有一缕紧贴在前额上，似乎遮住了眼睛，风一吹才飞扬起来；粗黑的眉毛紧锁着，像思考着世界或者人生，一种少年人罕见的深沉；宽阔的嘴角轻抿着，只是右边有点儿稍稍翘起，但笑起来会发出咯咯的响声，仿佛让人感到是嘲讽般的冷笑；他脸色微黑偏黄，个子不高，偏瘦。给他带来神采的恐怕是那件白色的竖领学生装，胸前和袖口镶嵌着金黄色的铜纽扣，脖子上系着红领带，甚是夺目。

丘东平，在他人生的起步阶段就受到雄风正气的指引，由风一样的少年梦想蝶变成烈风一样潇洒的笔墨春秋！

第三章　革命志士

20世纪二三十年代，"革命志士"这个名词，是与陈独秀、李大钊、瞿秋白等无数革命者联系起来的。一场又一场暴风骤雨般的革命狂潮，荡涤着污浊的世界，震撼着麻木的灵魂，一批又一批革命志士以自己年轻的肉身，扛起"主义"的大旗奋勇向前，直到纵身于"飞蛾扑火"的壮烈之中，谱写着人类最绚丽的诗篇……

革命的目标是破坏一种旧制度，创立一种新秩序。1926年，中国已进入风起云涌的大革命高潮，海陆丰以先行者的姿态走在这一高潮的前列。陆安师范学校作为海丰最高学府，这些沐浴新文化、新思想阳光的学子，率先冲在了红色风暴的前头，接受暴风骤雨的猛烈洗礼。

陆安师范学校创办于1918年，是广东省几间最先创立的新式中等师范学校之一。1922年，由毕业于北京大学的东莞人黎樾廷任校长，同年以海丰、陆丰两县旧名"陆安"，正式命名为广东陆安师范学校。

1921年冬至1922年夏，彭湃任海丰县教育局长，并兼陆安师范的图画课。他宣传马列主义，发展革命组织。1925年5月，校长黎樾廷亲自在校组织学生军，发表《我校为什么要组织学生军》一文，实施军训教育；组织"新学生社"，宣传革命真理，参加海陆丰农民运动。

1926年夏天，陆安师范三十多名学子参加夏令讲学班，听取了陈延年、郭沫若、陈公博等人的授课。1927年初春，陆安师范的四十多名学生参加了"十月武装思想训练班"，投身到海陆丰汹涌澎湃的革命浪潮中。

这期间，陆安师范理所当然地增加了许多与新时代接轨的课程，以便让学生掌握一些前卫的新学问、新技能，适应拍岸而来的革命浪潮的需要。然而，有的学生觉得新增的科目太繁杂、太深奥，一时感到茫然无措，甚至打退堂鼓。

更重要的是，一批具有斗争经验和先进文化思想的职业革命者走进了校园，他们利用这个宽阔的讲台，宣传和演绎自己的信仰和理想，驰骋着金戈铁马般的铁血想象……

此时，丘东平像注射了兴奋剂一般，他觉得新增的科目新鲜而又有趣，是非常宝贵、难得的学问，又是过去书本上无法找到的新知。尤其难得的是能够在课堂上认识这些大名鼎鼎的农运先驱、革命志士，他们的讲课又是如此亲切贴近、生动有趣。因此，丘东平除了对这些新增课程用心倾听外，还找来了相关进步书刊寻找答案，探索一个自由、未知的世界。

陆安师范的学习生活异常紧张，学生们除了学习常规的课程外，还要不断增加临时性的科目以及课外活动，如请吴振民、彭桂等来校讲军事课，介绍黄埔军校军事训练的简况和这次东征的战斗故事；请农运领袖彭湃、郑志云、陈魁亚、杨望等先后到学校讲中国农运概况、广州农民运动讲习所简介、海丰农会的斗争、妇女解放运动、青年运动的方向等等。

朴素的形象、简洁的语言、深刻的道理跃进了丘东平的脑海，跳动在他求知若渴的心间……

斗争是革命者的过程，而牺牲似乎是革命者的结局。他们面对强大的敌人，"知其不可为而为之"，以无畏的精神演绎主义的力量。

丘东平作为《海丰青年》的记者，通过各种场合，先后接触到郑志云、彭桂、吴振民等一批共产党人，从他们的宣讲中了解到海陆丰三次武装起义的历史，让他感到"何谓无坚不摧的革命力量"。

1927年深秋，漫山的红叶，那一片片郁郁葱葱的松林，那傲然凌霜的枫树，那黄澄澄、金灿灿的橘园……黄得如金子、红得像玛瑙、绿得似翡翠的浓浓秋意，异彩纷呈，争芳斗妍，它们对萧萧落木全然无所眷顾，对缤纷落叶概无叹息，清高而热烈，傲慢而寻常。

这一切的一切，似乎激起了丘东平的满腹诗意。是啊，在湛蓝广漠的天空下，这世间万物仿佛舒展着勃发的生命，更为动人的是秋林映着落日，真个是酷红如醉、艳丽无比，谷穗金黄，鲜花如血，而南归的鸟群栖居在幽静的林子里，早来的寒意似冰冷的刀锋，在空中划出酷烈而又无形的图案，预示着一季的寒冬即将到来……

"野火烧不尽，春风吹又生"。海陆丰地区不乏造反的基因和革命的种子。土地革命战争时期，这里就是中国共产党领导的革命根据地之一。它位于广东省海丰、陆丰县，亦称海陆丰苏区。

1921年7月23日，中国共产党宣告成立。1922年，我国农民运动的先驱、被誉为"农民运动大王"的彭湃，率先在广东海丰掀起了农民运动。1923年1月1日，海丰县总农会成立，彭湃当选为总农会会长，杨其珊为副会长。到当年3月底，海丰的农会会员已发展至十万之众，占全县总人口的四分之一。

年轻有为的彭湃高举起农运大旗，率领海陆丰人民投身其中，革命热情就像决堤的怒潮,在广袤的潮汕大地翻腾激荡。一时之间,海丰各乡区的农会、童子团、妇女会等组织纷纷成立。"打倒列强,斩除军阀""誓死夺取国民革命成功""田仔骂田公,田公吃白米,田仔磨到死"等具有造反色彩的山歌、民谚,响遍穷乡僻壤;革命斗争之火燃遍平原、海滨,不到一年时间,海陆丰地区几乎红了半边天。

海丰农运的迅猛发展,使海丰成了全国革命的红色标杆。继海丰之后,各地农会纷纷成立。广东的陆丰、紫金、惠阳、普宁、五华、广宁、花县、鹤山、河源、陵水、万宁、琼山县以至湖南、江西等省的部分县区,都先后成立了农会组织,显示了农民旺盛的革命热情和摧毁反动统治的巨大威力。

农会在乡村拥有独一无二的"话事权"。海丰县总农会成立之后,农村的婚、丧、嫁、娶,以及主、佃纠纷,贫穷救济,甚至打斗诉讼,几乎都找农会帮助解决,农会差不多取代了当地的政权。同时,农会还有决定减租减息,要求惩处贪官污吏、作恶豪绅的权力。

在当时已经叛变孙中山的军阀陈炯明的故乡,封建势力根深蒂固的海丰城乡,能做这些事,简直是不可思议。基于此,横行于乡野的地主豪绅阶级策划了一次反扑计划,对农会实施报复。一天凌晨,钟景棠部队配合县侦缉队突然包围了海丰县总农会,逮捕了杨其珊等25名农会干部,随即宣布取缔各区乡农会。

彭湃、李劳工等农运领导在敌人的搜捕大网中逃离海丰,步行至老隆找陈炯明说理,陈假惺惺地敷衍彭湃,口头上说被捕的农友可以释放,但又要彭湃留下来与他"共商国是"。彭湃当即识穿了陈炯明的阴谋,毅然离开老隆转到汕头,在汕头成立惠潮梅农会筹备处,开展了更加广泛的农民运动。

1924年4月,彭湃到了广州,与阮啸仙、廖仲恺和孙中山见面,之后,他留在廖仲恺任部长的农民部里当秘书。他经常以农民部秘书的身份到广东各县农村指导农会工作,调解主、佃纠纷,帮助农民解决实际困难,被广大劳苦大众誉为"贴心人""彭菩萨"。

彭湃在深入农村工作过程中，深感革命干部的缺乏，认为："天下无难事，只怕少同志。"他提出创办农民运动讲习所的建议。此建议立即受到上级党组织的重视和支持，并随即取得国民党中央执委的同意。1924年7月3日，第一届农民运动讲习所在广州惠州会馆正式开学，彭湃被任命为农讲所主任。农讲所一共办了六期，培训了数以千计的既懂农运又懂军事的骨干，为革命事业奠定了基础。

1925年初，国民革命军讨伐陈炯明的第一次东征箭在弦上，彭湃奉命和李劳工等人组织先遣队配合国民革命军东征。2月27日深夜，彭湃和先头部队一起进入海丰。3月3日，海丰3万多农民举行欢迎东征军大会，周恩来、彭湃在大会上发表了激动人心、鼓舞士气的演说，并宣布正式恢复农会。接着，开办了农民运动讲习所，建立农民自卫军总部。随着海丰农运的发展，各地先后成立了织布、制药、理发、打银、渔业等工会，4月下旬，海丰县总工会宣告成立。

从农会的发轫到总工会的揭幕，海陆丰革命事业进展畅达，有如风卷残云，显示了彭湃等人高超的运筹能力以及群众雄厚的斗争基础。

1926年11月，彭湃担任中央和东江的重要职务，外出时间较多，郑志云曾代理海陆丰地委书记。他把党的工作重点放在农会、农军和共青团的建设方面。同时也不放松在国共合作的联合战线中中国共产党的领导地位，通过抓各项群众团体来影响日趋走向对立面的县政府。在彭湃、郑志云领导下，海陆丰农会发展很快。据统计，海丰、陆丰两县的会员占全省41.4%，占潮梅海陆丰地区73.7%，外县的农会代表纷纷到海丰参观学习，有人把海丰称为"小莫斯科"。

正当东征军在粤东讨伐陈炯明取得节节胜利之际，在广州的滇系军阀杨希闵、桂系军阀刘震寰却与北洋军阀相互勾结，阴谋发动叛乱，推翻广州革命政府。面对这种情况，东征军不得不从潮汕回师平叛。而败退至闽粤赣边的陈炯明部队遂乘机向粤东地区反扑，进犯海陆丰，所到之处，烧杀劫掠。海丰燃起来的革命烈火，再次被反动军阀掀起的黑风淫雨所淹熄。

1927年4月15日，广东军阀在广州、汕头等地发动反革命大屠杀。海陆丰地委面对严峻局势，决定武装起义，成立东江特委和海陆丰救党运动大同盟，作为起义的指挥机关。

5月1日凌晨，海丰、陆丰两县同时起义。农军统一行动，包围县、区公署，收缴枪支，逮捕反动派。当天，海丰、陆丰分别举行纪念五一群众大会，宣布成立两县临时人民政府。这是具有历史意义的海陆丰第一次武装起义。

5月9日，广东军阀部队三个团先后进攻海陆丰，经过激烈战斗，起义军和群众主动撤出两个县城。虽然起义部队占领这两个县城只有10天时间，但这是反革命政变后，中国共产党领导的最早一次军事行动，它公开打出了武装起义的旗帜，揭开了海陆丰武装斗争的序幕。

1927年5月中旬，海陆丰农军大队长吴振民进攻海丰县城失利，退到河田，随后又移师新田激石溪，招募到几十位青年入伍。紧接着，杨石魂、李运昌率领普宁、潮阳、揭阳、惠来等县农军二百多人从海陆丰撤退到达新田，在新田召开军事会议，参会人员有吴振民、海陆丰地委书记张善铭、汕头地委委员杨石魂、广东省农协潮梅海陆丰办事处主任林甦等。会议决定成立惠潮梅农工救党军。随后六百余人、四百余支枪的救党军从激石溪出发，一直征战到湖南省汝城，成为湘南暴动的中坚力量。

5月21日，吴振民率领农军开往五华，拟在五华发展壮大队伍后继续北上。由于敌人以优势兵力尾追，无法在五华开展革命活动，农军即转由江西前往湖南。当农军到达湖南酃县，已是6月下旬了。其时，长沙事变枪声正酣，环境急转直下，农军没有轻率北上，而是退至桂东，再开抵与粤北接壤的湖南汝城。

其时，集结在汝城的农军，除东江农军四五百人外，还有宜章农军近百人，加上汝城本地的工农武装，总共近千人。几位领导人觉得形势瞬息万变，久留汝城终非上策，容易被敌人"一锅端"，便先后派林甦、杨石魂、方达史等人分水陆两路，潜入武汉向中央报告情况。

7月9日，中央派人来到汝城，与吴振民等人会晤后，吴振民遵照中央指示率部向武汉挺进，沿途经资兴、永兴等县，所到之处，便开牢放人，解救了一批共产党人和革命群众。

7月18日，农军到达衡州时，获悉武汉汪精卫政权叛变消息。这时湖南省委负责同志都在那里，他们把汪精卫叛变的情形及贺龙、叶挺部队已开赴江西，拟大举进攻广东境内的计划告诉了吴振民。

此时，农军派到武汉的代表也回到衡州，传达了周恩来的指示：队伍不要再往武汉开进了，应即返回汝城，就地开展革命活动。其具体任务是占据县城，并与驻汝城的农军合编为一个师，称为中国工农革命军第二师，师长陈冬日，副师长吴振民，参谋长武文元；下编三个团：广东的农军编一个团，汝城的农军编一个团，还有其他地方的编一个团。并组成了党的临时特委，归湖南省委指挥。

正当吴振民等人率部返回汝城之际，驻扎在粤北的军阀范石生部与汝城的土匪何其朗纠合一块儿，从广东仁化向湖南汝城县步步进逼。

8月7日，敌军将汝城及农军驻地团团包围，并展开袭击。农军人疲马乏，防备不足，仓促应战，从拂晓激战至中午，被迫撤离汝城，吴振民在撤退中不幸中弹受重伤，牺牲在撤退途中。吴振民生前没有留下一张照片，哪怕是模糊的集体照也没有。在《海丰英烈》这本小册子里，吴振民的肖像是用素描的笔法勾勒的，长脸形，短头发，眉骨凸起，颧骨深陷。

在这里，我们还要提到职业革命家郑志云，他是一个高挑清瘦的年轻人，他以口若悬河的叙事能力，演绎着自己对革命、对人生的深刻含义。他穿着灰色的唐装布扣衫，梳了一个有条不紊的中分头，眉毛细长，像是用线描出来似的，尖下巴上的薄嘴唇仿佛含了一颗珍珠，令人想到他所吐出来的话语，有字字珠玑之感。

郑志云出生于海丰县城一个贫寒的家庭。他少年聪颖，家里虽缺衣少食，仍勉强让他读完小学。郑志云勤奋好学，出语不凡，深得同学拥戴。因此，他无钱买课本、纸笔等文具，大家也乐于资助。1918年，他高小毕业后便考上海丰中学。读中学时，他更加刻苦用功了，夜间是借母亲纺线的微弱灯光进行复习，他是在"温故知新"中完成知识的储备的。

1927年4月30日夜，决定举行第一次暴动，海丰和陆丰两县成立了临时人民政府。郑志云被选为海丰县临时人民政府委员。5月9日，国民党刘炳粹部进占海丰，郑志云、张善铭组织几次反攻未果，吴振民率领惠潮梅农工救党军北上，郑志云、张善铭领导农民开展抗租斗争，在斗争中扩建农军，整顿党组织。8、9月间，中共海陆丰地委改组为中共海陆丰县委，郑志云仍任组织委员，继续同县委书记张善铭一道，准备第二次暴动，成立暴委，指挥武装斗争，将农军改称的救党军组编为工农讨逆军。9月8日、16日，农军先后克复陆丰和海丰两县城，成立临时革命政府。此时，侦知敌人主力调往海丰企图进行反攻，郑志云、张善铭决定，不与强敌硬拼，避敌锋芒，把物资搬到黄羌、新田地区并将这两个地区作为农军驻地。

9月15日，国民党军陈学顺团攻陷县城，海丰县委主动撤往黄羌朝面山，并成立以黄雍为主席的东江革命委员会。10月2日，南昌起义军前敌委员会派刘立道到黄羌招兵，郑志云、张善铭等决定召集2000余人予以支援，并于10月4日派出700人，不料南昌起义军10月3日在普宁兵败，郑志云派出的新兵半途折回。接着南昌起义军一部到陆丰找当地党组织，郑志云、陈舜仪等即组织人力进行接应。南昌起义军经新田进入碣石溪，后到朝面山进行整编。郑志云参与东江特委、红二师联手进行的海陆丰第三次暴动，乘胜攻占海陆丰地区。第三次武装起义胜利后，郑志云、彭湃先后担任中共东江特委书记，领导苏维埃政权建设，进行土地革命。

1928年2月下旬，陈济棠第四军联合第五军，进攻海陆丰苏维埃政权，终因敌强我弱，苏维埃政权机关被迫撤出海丰县城，后郑志云继续组织多次反攻无果。同年3月下旬，彭湃奉命率部进入大南山打游击，郑志云到惠来县主持东江特委工作。此时，虽然海陆丰、潮普惠苏维埃政权已告失败，但郑志云、彭湃等毫不气馁，继续领导广大军民坚持艰苦斗争。6月8日，东江特委和潮梅特委合并，郑志云仍任特委委员。1928年9月中旬，郑志云不幸被捕，后壮烈牺牲，时年27岁。

1929年10月，根据广东军委指示，由海陆惠紫游击队、赤卫军组成的红六军第十七师第四十九团宣告成立，彭桂任四十九团团长。彭桂，质朴的名字，憨厚的性格。他穿着一套深蓝色的中山装，领口的风纪扣扣得严严实实，就算是热得额头冒汗，也不打开扣子，说话不温不火，是出了名的"老好人"。

彭桂率部先后打了许多胜仗，占领了山区乃至平原地区许多乡镇，顿时军威大振。1930年初，彭桂率部向陆丰挺进，连克新田、河口、陂沟、大坪、南塘、大安等地。海（丰）、陆（丰）、惠（阳）、紫（金）成立了十多个区级苏维埃政权。

1930年4月，四十九团奉命开赴潮普惠，保卫大南山苏区。敌军中号称"铁军"的张瑞贵补充团，来势汹汹地扑向四十九团阵地。彭桂指挥若定，沉着应战，把张瑞贵所部打得丢盔卸甲，此役毙伤敌二百多人，俘敌八十多人，"铁军"竟成了"豆腐军"。自此，彭桂率领的四十九团令敌人闻风丧胆，望而生畏。当时中央军委南方办事处主任李富春称赞彭桂"指挥得力，有丰富的作战经验"。在部队整编期间，上级决定任命彭桂为第二师师长，同时叫他赴香港受训和治病。

一年之后，彭桂从香港回海陆丰地区，情况发生了很大变化：苏区政权执行博古的"左"倾路线，对外与敌人拼消耗，所谓"御敌于国门之外"，对内搞肃反扩大化，使许多忠诚于革命的同志无辜遭殃。加上敌军加紧"围剿"，采取"并乡移村、构筑炮楼碉堡、封山断路、杜绝粮盐"等一系列的反共政策，苏区地盘日益缩小，红军的处境日见艰难。

在"墨云压城城欲摧"之际，彭桂充满革命乐观主义精神，挺身而出，把部队分散为班、排等若干小分队，灵活机动地发动群众，打击敌人，屡屡获胜。但令人没想到的是彭桂竟遭叛徒暗算而牺牲。

丘东平不会忘记，五哥丘汝珍曾当过彭桂的秘书。那是1928年3月，当时海陆丰苏维埃政权暂告失败，陆丰、海丰两县被反动派攻陷，接着他们大举"围剿"山区根据地及当地革命武装，白色恐怖笼罩着海陆丰大地，革命处于低潮。

在这严峻时刻，彭桂临危不惧，勇挑重担，他担任海陆惠紫四县暴动委员会委员和海丰工农革命军独立师师长，在山区腹地领导革命力量同敌人展开周旋，伺机奔袭敌人据点，重创敌人有生力量，使反动派"斩尽杀绝"的阴谋付诸东流。

海陆丰的革命事业处于最低潮的时候,彭桂考虑到自己随时都有可能牺牲,身边只留下一个警卫员,而将秘书丘汝珍劝回老家躲避。虽然,丘汝珍回到老家没有吐露实情,但丘东平从五哥忧郁的眼神里读懂了当前面临的一切……

1933年5月12日晚,彭桂带着警卫员及军医马克训到含头岭村筹粮,想不到的是军医马克训叛变通敌,他暗地里进村勾结当地民团,出其不意地包围了彭桂等人,将其杀害。

当时,彭桂的妻子黎吟娇正在山上分娩,警卫员逃回山上报告噩耗,黎吟娇惊闻之后昏死过去。当时情况万分危急,要立即转移,黎吟娇只好忍痛将刚出生的亲骨肉抛弃在深山丛林之中……

有人写了一首诗怀念彭桂:

风云突变走惊雷,重整旗鼓君独威。
百战艰难历万劫,大安喋血留丰碑。

革命志士,在大革命时期所肩负的责任,是砸烂一个旧世界,建设一个新世界。然而,铁一样的现实往往无情地粉碎了个人意愿和团体抗争,流血和牺牲成了他们奉献社会的人生结局。

第四章　春涛拍岸

在陆安师范,革命的浪潮使丘东平对新思想、新文化充满着激情,因此,他萌生了登门造访海丰革命先驱的强烈欲望。于是,他很快成为学校领导和农运先驱们心目中渴求知识、热心革命事业的积极分子。不久,他成了陆安师范文学社团——晨曦社的组织者,参加了学校学联的筹备工作,不久被海丰县团组织吸收为共青团员。

海丰的革命活动升腾着灼人的热浪，全县各地一度死气沉沉的农会，随着东征的胜利迅速得到恢复，开展了"二五"减租斗争；各种行业的工会、妇女解放协会、学生会等群众组织相继恢复和壮大；农民自卫军也在革命的急风暴雨中迅速建立起来。东征军留下一批枪支弹药，发给了手无寸铁的农民自卫军；一批走出黄埔军校校门的毕业生，带着蓬勃的朝气来到了海丰，他们充当了领导、骨干和教官，因此海丰县的农民自卫军，一时之间变得威武雄壮、虎虎生风起来了。

丘东平的五哥丘汝珍，由于饱读诗书，颇有学问，被推荐到海丰县自卫军总部当秘书，于是丘东平便利用课余时间，常去自卫军总部找五哥。通过五哥的介绍，他很快结识了吴振民、彭桂等领导人。

物以类聚，人以群分。没多久，丘东平以共青团员、少先队队长的身份，参加了海陆丰人民的第一次武装起义。

聂绀弩是一位很有文学天赋的政治教官，丘东平很快就和他交上了朋友，以后他们在香港、上海以及新四军搞文艺活动的时候，既是同一战壕的战友，又是并肩挥笔的文友。

聂绀弩，著名诗人、散文家，湖北京山人。曾用笔名耳耶、二鸦、萧今度等。他的诗作新奇而不失韵味、幽默而满含辛酸，被称作"独具一格的散宜生体"。他是中国现代杂文史上继鲁迅、瞿秋白之后，在杂文创作上成绩卓著、影响颇大的杂文家。在杂文写作上，细纹恣肆，用笔酣畅，反复驳难，淋漓尽致，在雄辩中呈现出俏皮的风格。

聂绀弩高小毕业后，因家贫失学在家，他将自己的习作寄到汉口的《大汉报》，时有刊用。同学们戏赠"聂贤人"之雅号。1920年，在上海国民党总部工作的孙铁人在《大汉报》上读到他昔日的学生聂绀弩的诗作，大为惊异，马上致信报社总编、好友胡石庵——此生颇有文才，但尚须开阔视野，这样才不致埋没乡间，并邀请聂绀弩前往上海深造。

1921年，聂绀弩摆脱家庭羁绊，进入上海高等英文学校就读。1922年，由孙铁人介绍，到福建泉州国民革命军东路讨贼军前敌总指挥部做文书。1923年，他南下马来西亚当小学教员，后到缅甸仰光《觉民日报》

《缅甸晨报》当编辑，在读到五四时期在北京出版的《新青年》后，深受感悟。1924年考入广州黄埔军校第二期，从而结识了政治部主任周恩来。

1925年，聂绀弩参加了国共合作的第一次东征，在彭湃主办的海丰县农民运动讲习所担任教员。在黄埔军校学习期间，恰逢陈炯明叛变，他和第二期的学生军，在周恩来率领下，举兵东征，取道平山、淡水，敌军望风而逃，东征军轻而易举地攻进了海丰。

到海丰县城第二天，部队继续前进到汕尾，而聂绀弩却留下在海丰工作。聂绀弩和另外两三个同学的任务，是在海丰县自卫军或农讲所里当政治和军事教官。聂绀弩到海丰农讲所不久，正赶上庆祝农民自卫军成立大会，请了一班艺人前来唱戏。

开幕以前，彭湃要聂绀弩向在场的人做一番演讲。聂绀弩说："我不会演讲，就是会讲，人家也听不懂我说的话啊。"彭湃说："大伙儿知道你是黄埔军官学校的学生，都很敬仰，希望听听你的讲话，语言不通没有关系嘛，我替你当翻译。"这几年，聂绀弩除了卖笔头子，就是动嘴皮子，演讲对于他倒不是难事。可是讲什么呢？彭湃提醒他道："就讲新三民主义吧！"

于是，聂绀弩把旧三民主义的进步性和局限性解释了一番，又把新三民主义与旧三民主义做了比较。他在演讲中着力宣传孙中山"联俄""联共""扶助农工"的三大政策，宣传"对外反对帝国主义，对内反对封建军阀""民生主义就是社会主义、共产主义"等等。这些都是他从新兵政治课上学来的，可谓"现炒现卖"。

会场上，聂绀弩和彭湃犹如讲相声，一个人讲一句，另一个人就翻译一句，两人配合得很默契，十分有意思。他们的精彩讲话，常常被一阵阵的掌声打断。讲了不到一个小时，聂绀弩觉得没词儿了，想结束吧，又觉得太突然，他只好向彭湃求助："嘿，我讲不下去了，请帮我发挥一下就结束了吧！"彭湃本来就是一位天才的宣传鼓动家，他把聂绀弩这些求援的话，发挥成一段漂亮的结束语，又博得全场热烈的掌声。

在海丰，聂绀弩还有一段艳遇，他默默地爱上了一位海丰姑娘。那姑娘的一颦一笑，都牵动着这位青年军官的心。她是县妇女解放协会的年轻干事，经常到聂绀弩的住处玩。有时是她来请聂绀弩写一些稿件；有时是来和聂绀弩商量妇女会上的事。公事办完了，两人就聊天，她居然能听懂聂绀弩的南腔北调。

姑娘对聂绀弩说，她最喜欢听他讲世界风光、奇闻轶事，她边听边眨着两只有着长长睫毛的大眼睛，一副十分向往的样子。聂绀弩也被她迷人的大眼睛所吸引了，被她的专注而又入迷的神情所鼓舞，于是就搜肠刮肚，将自己的所闻、所见、所悟，用优雅的文字去表达，用丰富的表情去描绘。

慢慢地，姑娘为聂绀弩的不幸身世和萍踪浪迹的生涯所感动，显出了悲悯的同情心，常常帮他浆洗缝补，并亲手做一些可口的家常小食给他解馋。有一次，聂绀弩居然情不自禁地握了一下她的纤纤玉手，全身似乎被一股电流瞬间击中。少顷，他在惊慌之中撒开了双手，红着脸跑了出去……东征胜利了，黄埔军校的学生就要离开海丰回广州了。姑娘代表妇女解放协会来送行，万万没有想到，两人脉脉含情的离别竟成为永诀……

丘东平像一条欢快的小鱼，游弋在海陆丰红色的海洋里，他对眼前的一切都感到很新鲜、很刺激。他特别喜欢听演讲，而聂绀弩声情并茂的演讲，使他感到这位东征军的教官肚子里的学问太多太多了。于是，丘东平产生了向聂绀弩求教的冲动，拿什么去见聂教官呢？他想到自己的拿手好戏是写文章，于是写了一篇文章就匆匆地去见聂教官。

那天下午，聂绀弩接过了丘东平交给他的文章，飞快地在两张纸片上瞭了一眼，就感到眼前站着的小伙子，一定能成为优秀的作家，他相见恨晚地握着丘东平瘦弱的手说："我看中你了，你能写，你只要一直写下去，你就是文坛里的星。"

丘东平吃惊地看着偶像般的聂绀弩，好久也没有反应过来——这是真的吗？

自此，丘东平找到了文学的知音，他在聂绀弩那里学到了写作的真谛。

这时，恰巧自卫军总部需要一位写材料的文书，聂绀弩、彭桂商量后便把丘东平从陆安师范调来当文书。

聂绀弩问丘东平："你不读书了？"

"干革命比读书更有意思。"丘东平一本正经地说。

丘东平到了自卫军总部后，除做文书工作外，还积极参加军事训练，开展自卫军的文娱活动，教自卫军战士唱革命歌曲。

丘东平记住了从乡村带回来的一首首直白、饶有意味的民谣：

田仔骂田公

咚咚咚，

田仔骂田公。

田仔做到死，

田公吃白米。

灿烂的山河

青的山，绿的田，

灿烂的山河，

美的衣，鲜的食，

玲珑的楼阁，

谁的功？谁的力？

劳动的结果。

全世界工农们

联合起来啊！

农民革命歌

终日作田工，艰苦无人知。

收获几粒谷，过半纳地主。

除了工肥钱，还要亏自己。

镰刀正挂起，米缸无简米。

平年不够吃,荒年要饿死。
亲爱的农友,革命是生路。
工农共携手,推翻旧制度。
建立自卫军,去掉铁锁链。
残酷的世界,变成极乐土。

打虎歌

要吃好茶上茶山,要打老虎入深山。
去时草鞋雨伞箭,返时虎皮做马鞍。
大厝门楼缚马牯,阔阔灰町企旗杆。

丘东平到自卫军总部两三个月,就把农民自卫军的文娱活动搞得红红火火,异常活跃,农军们的心情亦随之开朗、愉快起来,人们乐意同这位"乳臭未干"的小文书谈心和玩耍。

东征胜利后,聂绀弩回到黄埔军校学习。1926年初,他从黄埔军校毕业后,又考入莫斯科中山大学学习,在这里,邓小平、伍修权等都是他的同学。1927年回国后,他先任国民党中宣部总干事,又任南京中央通讯社副主任,以后又兼任《新京日报》副刊《雨花》编辑兼撰稿人。

"是金子总会发光的"。丘东平的才干被海丰县社会主义青年团宣传部长陈振枢发现了,他觉得丘东平是搞青年工作的一把好手,于是便千方百计地把他调到县青年团主办的《海丰青年》。《海丰青年》是海丰共青团的机关刊物,也是宣传海丰苏维埃政权的喉舌,每周出一期,由陈振枢主编,丘东平负责刊头、插画、抄写、油印以及发行工作。丘东平这项工作繁重而又琐碎,一个人"包打天下",由于他精力充沛,没有半点儿畏难情绪,硬是把杂志的出版、发行工作搞得有声有色。

陈振枢作为杂志主编,管的事务更多,可谓千头万绪,他要经常下乡指导工作,又要举办青年训练班,有时还要到广州开会。尽管这样,《海丰青年》还是办得声名鹊起,响彻粤东,深受广大读者欢迎。因此,陈振枢认为，再忙也要按时出版杂志，不要辜负广大读者的期望。

这时候，丘东平除了负责出版、发行的行政事务外，还要担任编辑、编务、行政一肩挑。一旦遇到这样的情况，丘东平就要挑灯夜战，双眼常常充满血丝。丘东平的精神自然深得"海丰才子"陈振枢的赞赏，并将他视为文友和兄弟。

陈振枢比丘东平大一岁，但他是海丰县城人，考入海丰县第一高等小学时，校长杨嗣震、老师李春涛，都是彭湃留学日本时的同学，回国后就在教育系统里工作。陈振枢的成长离不开这两位师长的谆谆教诲和悉心培养。

丘东平和陈振枢是同事兼文友，志同而道合，有许多共同语言。慢慢地，杨嗣震、李春涛等海丰名师成了他们的话题，因此也走进了共同的"交际圈"。可以说，丘东平对杨嗣震、李春涛是钦佩不已。

丘东平对陈振枢说："我虽然不是这两位老师的直接学生，但我和你是同事和好友，你的老师就是我的老师，何况我在他们的身上学到不少东西，感受到他们的人格魅力。"

淡淡的眉，细细的眼，长长的耳，直直的鼻，窄窄的嘴，镶嵌在他圆圆的脸庞上。而那件灰白色的制服上的口袋里，永远插着两支钢笔；细细的眼睛上架着一副金丝眼镜。他就是杨嗣震。

杨嗣震利用各种机会开展社会主义思想的宣传活动。他还以《陆安日刊》为阵地，发表《社会主义之研究》《孙中山经济学说与马克思主义之关系》等文章，宣传马克思主义的原理和孙中山学说。

1927年，南昌起义军进军东江前，杨嗣震到潮州组织工农运动，但不幸泄密，杨嗣震和妻子被敌军逮捕，后杨嗣震被杀害于潮州西湖边。南昌起义军攻进潮州后，其妻带领起义军搜捕谋害杨嗣震的祸首，并对其执行枪决。事后反动派在报道此事时惊呼："这种报夫仇活剧，真令人谈虎色变。"

李春涛以国民党左派身份开展工作，对革命事业更为有利，因此，彭湃向李春涛做出解释，说他是完全具备了入党条件，但在当前情况下，以国民党左派身份，与共产党合作，对革命事业更为有利。李春涛听从了党组织的安排，将党的工作放在首位，兢兢业业，深得党内外人士的尊敬和

爱戴，被称为"党外布尔什维克"。

1927年，蒋介石发动"四一二"反革命政变，广州的形势异常严峻。国民党当局派兵将汕头市党部、总工会、工人罢工委员会等包围起来，抓走了一百多名革命同志。李春涛在敌人的严刑拷打面前，大义凛然，坚贞不屈。4月27日深夜，国民党反动派竟将李春涛等人装进麻袋，用刺刀杀害后，抛进汕头石炮台的茫茫大海之中……

此时，丘东平眼前出现了这样的画面：在茫茫无边的大海上，波涛滚滚，一浪高似一浪，撞到高耸的礁石上，卷起一堆堆浪花；一阵飓风掠过海面，激起了无数漩涡，而一群白色的海鸥却在蔚蓝的天空中振翅飞翔……我们的革命者不正是那些无畏于风涛险浪的海鸥吗？

每当这时，丘东平两眼不禁盈满泪花，他为这两位师长的铮铮铁骨而感到肃然起敬……他挥笔写下诗句悼念："春涛拍岸言壮志，嗣震热血写诗篇"。

第五章　寮棚夜雨

丘东平、陈振枢喜欢饶舌。

丘东平问："你以为岳飞这个人物有什么特点？"

陈振枢不假思索道："待从头，收拾旧山河，朝天阙！"

丘东平又问："文天祥呢？"

陈振枢："留取丹心照汗青。"

丘东平："孙中山又如何？"

陈振枢："致力于国民革命，百折不挠。"

丘东平："你抓特点很有一套，一两句话即抓住核心，言简意赅。"

陈振枢："先别给我戴高帽，让我来试一试你，你以为彭湃最大的特点是什么？"

丘东平不假思索地说："为人民闹翻身，无私无畏。"

陈振枢听罢满意地说:"你说得很到位嘛!纵观彭湃这些年的所作所为,概括起来就是:为人民谋利益、求解放在所不惜。为达到这个伟大的目标,他将自己的田契、财产都拿出来了,而面对陈炯明等反动势力,他横眉冷对,无所畏惧,不愧为我辈的楷模!"

丘东平沉思片刻道:"我记得彭湃写过一首诗:'这里是帝王乡,谁敢唱革命歌?啊,原来就是我!'这首诗很有意思,它表达出彭湃面对反动势力的无所畏惧,也透露出他为革命事业抛小家、顾大家的率性和潇洒,人品、文品俱佳。"

陈振枢考入中学时,校长黎樾廷和老师赵景深、黎锦明等也是共产党员和进步人士。在这样的学校里求学,加上较早参加革命的哥哥陈振韬对他的影响,因此陈振枢学科基础扎实,思想觉悟高,15岁就参加农运工作,16岁就任海丰共青团宣传部长。

因此,陈振枢的思想觉悟自然比丘东平更加成熟,工作也显得老练。他写起文章周密老到,尤其擅长写社论、评论之类的政论性文章。丘东平在陈振枢身上学到许多东西,也受到不少启迪。

就这样,丘东平和陈振枢在编务之余,经常在一起谈古论今,各抒己见,碰撞出思想火花。慢慢地,两颗年轻而火热的心紧紧地贴近了,凝聚成一股无坚不摧的正义力量……

1927年初,北伐战争迅速向长江流域推进,全国革命的重心逐步由广东移至武汉,中共中央领导机关也由上海迁至武汉。不久,彭湃被选为中共五大代表,于3月下旬与陈延年、苏兆征、张云逸等代表离开广州到达武汉。彭湃到武汉后,参加了粤湘鄂赣四省农协代表及河南省武装农民自卫军代表联席会议。会议决定成立中华全国农民协会临时执行委员会,并推选邓演达、毛泽东、彭湃、方志敏等13人为临时执行委员,由邓演达任宣传部长,毛泽东任组织部长,彭湃任秘书长。

这些来自武汉的消息,很快传到海陆丰地区。海丰人民为此欢欣鼓舞,尤其是彭湃当上了全国农民协会秘书长的消息,更是使家乡人民引以为荣。陈振枢、丘东平获悉这条消息后,立即刊登在《海丰青年》杂志上,并附上热烈祝贺的短文。

可是不久,蒋介石发动"四一二"反革命政变,大肆屠杀共产党人和革命群众。接着,广州也发动了"四一五"反革命大搜捕,很多共产党员和革命志士横遭杀害或监禁。海丰是全国农运搞得最早、发展得最快的地方,当然是反动派最为痛恨、高举屠刀的地方,作为镇压农民运动的刽子手,蒋介石自然将目标瞄准海丰这块红色根据地。

海丰党组织和农军清醒地意识到此点,因此便于4月30日举行第一次武装起义,并于5月1日成立了海丰县临时人民政府。海丰也因此成为全国最早以革命武装夺取政权的首个县份。

"黑云压城城欲摧"。随着局势的发展,反革命气焰日益猖獗,反动当局从惠州调来部队对革命力量进行大规模的镇压,成立了10天的临时革命政府不得不迁往山区以避其锋芒。丘东平随着县政府机关及农军向山区撤退,到了公平镇后,多数机关干部分散到附近农村去宣传和组织群众,动员大家迅速行动起来,做好一切应变准备,配合农军迎击敌人的进攻。丘东平与共青团宣传部干事刘干事、李干事被分配在一个组,派往公平镇西北方向的几个村子进行活动。

国民党军队刘炳粹部奉命进攻海丰,至梅陇镇附近即获得海城共产党离城而去的密报,于是他兵分两路,一部分兵力占据海城,另一部分兵力绕道迂回公平镇北面,企图截击向北撤走的农军及政府机关工作人员。

下午3时左右,丘东平与刘、李两位干事在进入一个村子做宣传、组织工作后,从村头走了出来,没走几步竟碰上了一群搜索村子的保安队。丘东平和两位干事属文职人员,没有配备枪械,无法直接迎击敌人,情况十分危急。

丘东平考虑到退回村子隐蔽,可能会连累当地群众,因此便向村后密林深处撤退。当他钻进树林里时,没料到与刘干事、李干事失去了联系,而后面的敌人又紧追不舍,眼看就要追上来了。

说时迟,那时快,丘东平看到前面坑沟旁有个牧童正光着屁股骑在水牛背上,突然灵机一动,闪出一个念头:"何不借牛脱险呢?"于是,他马上跑过去同牧童小声说了几句当地话,牧童听罢点点头,迅速跳下牛背,转眼间滑落到旁边的坑沟里去摸鱼。

丘东平手脚麻利地脱光自己身上的外衣,仅剩一条黑色的大裤衩,在沟里滚了一身泥巴,又捞起泥巴在脸上抹了一把,活脱脱成了"大花脸",然后骑在牛背上。追上来的敌军发现骑在牛背上的丘东平,其模样又矮又黑,还光着膀子满身泥巴,一看就知道是个调皮的放牛娃,便凶神恶煞地问道:"喂,小子,刚才有几个人跑进林子里,你看见没有?"

丘东平假装一脸茫然,然后顽皮地伸出右手说:"拿钱来就告诉你!"

"丢那妈,要钱?老子给颗橄榄子你尝尝吧!"一个敌兵说着拉动了手中步枪的枪栓。丘东平嚷嚷道:"哎呀我的妈,莫打莫打,打死了我不就没人告诉你共产党往哪里跑了?"

敌兵大声说:"你知道就给我快说,别啰里啰唆!"

这时,一个敌兵从坑沟里抓起了正在摸鱼的牧童,指着他问道:"小子,这牛是你的吧?"

牧童脱口而出道:"是我的,怎么啦?"

敌兵们顿时眼睛放出凶光,他们怀疑丘东平是冒充牧童,而实际上是农军的小鬼队,于是用枪指着丘东平的大脑袋,哈哈大笑道:"跑得了和尚,跑不了庙。今天老子差点让你小子糊弄过去了。我问你,既然牛是他的,你跑来这里干什么?"

丘东平看了牧童一眼,灵机一动,镇定地说:"不错,牛是他的,但也是我的——因为我是他的哥哥,他是我的弟弟,今天我带他出来坑沟摸鱼不行吗?"

敌兵又问牧童:"我问你,他是你哥哥还是农军红小鬼?"

牧童白了一眼敌军,大声说:"他不是什么红小鬼,是我哥!"

牧童说着望了望骑在牛背上的丘东平,只见丘东平得意地点点头,回身对敌兵说:"长官,你们别在这里开玩笑了,刚才进林子的几个农军已经跑远了。"

敌兵一听急急地问:"他们往哪个方向跑了?"丘东平指了指相反方

向道:"那三个人往这个方向跑了。"

敌兵们转过身子,端着枪急匆匆地往林子相反方向追去。

丘东平摆脱了敌人的纠缠,用水洗干净身上的泥巴,穿好衣服回到了公平镇,向上级领导报告了刚才遭遇敌人的情况。

农军的负责人杨望听了丘东平的报告后,考虑到敌人已迂回到公平镇的西北面,而从南面海城方向扑来的敌军已经出动了,公平镇受到敌人西、北、南三面夹攻。面对这种情况,他决定放弃公平镇,迅速向东北方向的日中、河口、新田等山区腹地转移,然后再伺机回师反扑。

杨望的命令下达后,农军大队人马直奔通往山区的小路。他们翻过了几座大山,来到林荫处休息。杨望笑着对丘东平说:"你及时报告了敌人的情况,使我们避免了损失,应该给你记上一功。不过,你这次是靠光着膀子滚泥巴迷惑敌人,有失斯文,你可是《海丰青年》的大记者哟!"杨望说罢开心地哈哈大笑,惹得彭桂和几位农军领导也跟着笑起来。

随着国民党反动当局的镇压手段越来越残忍,一个个乡镇的红色政权都被白色恐怖摧毁了,一派凄风苦雨笼罩着粤东大地。国民党军队频繁地下乡"清匪",一见到所谓的嫌疑对象就立即处死,尸横遍野,一片哀鸿。丘东平与农军们撤到山高林密的莲花山区一带隐蔽,夜间摸黑开会,连打火点烟也怕被敌人发现。

作为一位宣传干部,丘东平接到上级指示精神后,常常摸黑写文件,写完之后用手电筒照一下,没事就立即刻蜡板、打印。由于丘东平文字功夫上乘,一般都是文字清楚、语句简洁,表达准确,上级领导总是微笑地对他说:"小丘,你真有两下子,不错啊。"在这种恶劣的环境下,丘东平运用自己出色的业务能力,获得上级和同志们的赞许,无疑是莫大的奖赏,他的心里荡漾着一股轻松、愉悦的暖流。

也许是天公不作美,也许是劳累过度,一天清早,丘东平睁眼醒来,发觉左脚隐隐作痛,接着便红肿起来了,走路也十分困难,加上原来他患的肺病,转眼间,他的脸沉了下来,心情坏透了。不到半天,他患病的情况就被领导发现了,一看丘东平红肿得像萝卜似的小腿,山上缺医少药,便立马派人护送丘东平下山，将他送回老家。

丘东平是躺在担架上被人抬回马福兰村的。

上了年纪的父母看见好久不见的儿子，脸色如白纸，有气无力，便大惊失色，两个嫂子一个劲儿地抹眼泪，祈求老天爷保佑老六平安无事。

没过几天，海陆丰守备大队司令蔡腾辉骑着高头大马，带领一群荷枪实弹的匪军突然朝梅陇镇扑来，人们见状四处逃散。丘东平的五嫂吴笑分娩刚刚八天，在两个嫂子的搀扶下，抱着婴儿躲进了深山的寮棚里。

在兵荒马乱的日子里，潮汕地区靠山的村子里，都在山里搭了寮棚。所谓寮棚就是老百姓用山上的茅草、树枝和竹席构成的简单房子，里面除了用石头砌成的简易灶头，还有用木板铺就的床铺。老百姓只要打听到匪情、兵灾，就挑着粮袋和棉被往山里跑。

在家人们慌乱无助、六神无主之际，丘东平像一具会转动眼睛的木乃伊，这种软弱无能的表现，真想让人朝自己猛开一枪。但是他的两个兄长不会这样想，他们必须在匪军到来之前，将可怜的老六送到山上躲起来，于是他们找来一张藤椅，两边绑着竹竿，成了一个二人肩扛的轿子。起初丘东平不愿走，一个劲儿地挣扎，然而毕竟两个哥哥有力气，将他硬塞进轿子里。

那天，天气很糟糕，下起了连绵不断的小雨。两个哥哥抬着轿子走了没半里路，后面传来急促的脚步声，然后是大嫂杨云的粗嗓子："我这里有雨伞，往五嫂住的寮棚里走。"杨云生得高高大大，皮肤黝黑，腰很粗，臀部翘起，跑动起来两只大乳房像鸽子一样不住地跳动……上山的路越走越小，慢慢地没有路了，两个哥哥抬着轿子被低矮的竹子绊住了，无法往前走，他俩干脆便将轿子放在地上。

这时杨云赶到了，见轿子不走了，大声问："怎么不走了？"

一个哥哥道："走不了。"

"走不了就背啊！"

"这山路我可背不动。"

"我来背！"杨云忽地矮下身子，接着蹲在地上，将轿子里的丘东平一把搂在怀里。这时正在发烧的他触碰到大嫂胸前柔软的大乳房，有一种触电的感觉。也许在一瞬间，他像婴儿一样，服服帖帖地趴在大嫂肥厚的背脊上。随着她一高一低的脚步，他迷迷糊糊地睡着了……

他仿佛觉得自己回到了那一次躲避白匪军追捕的情景，骑在大水牛宽阔的背脊，月亮如水般洒在他光着膀子的身上。

五嫂吴笑住的寮棚到了，里面传来了婴儿的哭声。吴笑从寮棚里走出来，丘东平眯起眼睛。在暗淡的月色中，吴笑用白底碎花的头巾缠住头顶。她中等个儿，身材苗条，虽然是在哺乳期，乳房也不是很夸张地开放，而是像花儿一样含苞透出暗香。她皮肤雪白，鹅蛋形的脸上镶着一对会说话的大眼睛，俨然是城里上学堂的女子。这时，丘东平的心咯噔一下，不过很快醒悟到，这月下的美人儿是五哥的妻子。

这时，丘东平感觉到特别渴，嘴唇干涸得要裂开，他闭着眼小声地说："水……我要喝水。"

这话让大嫂听到了，她大声地问吴笑："五嫂，有水吗？老六口渴。"

吴笑答："水喝完了，接水要去很远的地方。"

丘东平似乎没有听到，依然小声地说："水……我要喝水。"

好一会儿，吴笑将大嫂叫出了寮棚外，月影下两个女人做着动作，窃窃私语。

不一会儿，大嫂捧着一只瓦钵进来了，温存地对丘东平说："老六，水来了。"

丘东平一口气将水喝完了，觉得不对劲，问："大嫂，这不是……水。"

大嫂笑笑说："这是五嫂的。"

丘东平差点喊出声，天，这是吴笑的乳汁啊！

两天之后，由于吴笑的婴儿哭闹得厉害，影响丘东平养病，两个哥哥将丘东平抬到另一个山坡上，他家也在这里安了另一个寮棚。

时间一晃就是十天，敌人撤走了，丘东平才回到家里。这时，他的病情加剧了，一个劲儿地呕吐，说胡话。然而，反动派到处张贴捉拿丘东平的悬赏布告，哪个乡间医生敢上门治病？终于，父亲请人探寻到二十里开外的水沓村，花了一笔钱，有一个姓郑的中医肯上门为丘东平治病了。

郑医生乔装打扮，化装成一个"买牛佬"，手挽褡裢，头戴大竹笠，身穿深灰色的长袍，隔三岔五地前来给丘东平看病。经过十多天的治疗，丘东平的病有所好转，但反动派的明查暗搜一日紧似一日，他白天在家养病，夜晚就到野外栖息避险。

一天，丘东平一瘸一拐地走在村子前面的道路上，蓦地出现三个"牛贩子"，衣着和郑医生的相似。丘东平见势不妙，便溜进了紧贴村旁的小树丛里躲起来。待到"牛贩子"离开，他才敢爬出来。

慢慢地，丘东平的身体康复了。他奔往莲花山西南的大安峒找到了组织。这时，革命再度崛起，他兼任了梅陇镇少年先锋队大队长，其任务是发展、壮大少年儿童的革命组织。一个月后，他跟随彭桂等领导同志，在梅陇镇北面的七架坟山畔，召开了农民协会会员大会。

几天之后，他和两个同志回到村子老屋歇了一晚；次日清晨，他们刚跨出门楼，就碰上几个持枪的民团队员。他们从后门跑了出去，被敌人尾追近十里地。最后，他们潜入白露岭的密林里，将敌人摆脱了。后来听说，村里的一个妇女干部被民团捉住，拉到西畔的草地上枪毙了。丘东平来到这块草地，看见在一大片乌黑、黏稠的血迹上，密布着一大群绿头苍蝇……这可能是那位被敌人枪杀的女干部流出来的血。想到这里，一股义愤便从丘东平的胸中升腾而起。

没过多久，在彭桂身边当秘书的五哥丘汝珍，也回到马福兰村"暂避风头"，五嫂吴笑喜上眉梢，说话也多起来了。她觉得，老公在身边，一是不再担惊受怕，二是能天天和老公面对面，可以"培养感情"。可丘东平不是这样看，五哥回到家里躲避，更加印证了形势很不乐观，分散隐蔽是上级党组织在危急关头所采取的一种被动性的策略。

表面上看，丘汝珍回到老家躲避，没有显出惊慌的神色，而是一如既往地冷静和沉着，与风风火火的丘东平大相径庭。他对家人说："我回家里住一段时间，不是别的什么，而是组织上见我一直离开家庭，放我的大假。"

父母对此蒙在鼓里，当然听信老五的"谎话"，吴笑在一边附和道：

"领导真是善解人意,以后要好好工作报答他们啊。" 丘汝珍笑了笑,没吭声。

警报没有解除,何况现在又多了一个反动当局提防的"危险分子",那日子只要一有风吹草动,老丘一家子依然似往常一样,跑到山上的寮棚去"住夜"。这种费力挡灾的做法是无奈之举,也是令人安生的办法。

这天夜里,天上下着微微细雨,从村子里通往山上的小路就像一条依稀可辨的白带子,蜿蜒起伏。大嫂抱着吴笑的女娃走在前面,丘东平和吴笑一起走,两人边走边聊,不知不觉地脚步也慢下来了。丘汝珍临行前说,有点儿事要张罗,稍后才上山,家里只留下两个老人"守夜"。

在老丘家,女人比男人多。作为男人的丘东平居家的时间比别的兄弟要长,自小他就和童养媳嫂子放牛、干活儿,后来读书回到家里休息,也是嫂子们伺候他,有一种"饭来张口,衣来伸手"的大少爷范儿。但不管怎样,她们缺乏"教养"的一举一动,却无法触动丘东平敏感的神经,更不用说滋长什么别样的情愫了。然而,吴笑却不一样,他在她的嘴里可以找到共同的话题,挨近时仿佛还闻到她妙不可言的体香,渐渐地,丘东平萌生一条与吴笑难以割断的无形纽带……

他们走着说着,突然,吴笑大喊一声:"蛇——蛇啊!"循着声音,丘东平看见一条黑白相间的毒蛇慢慢爬过白色的小路,吴笑不由自主地扎进丘东平的怀里,丘东平也下意识地伸出双手将她搂得紧紧的……他猛然觉得自己像真正的男子汉一样强大,平日瘦弱干枯的胳膊刹那间健壮起来,捍卫着在他怀中瑟瑟发抖的女人,而那女性妙不可言的体香却越来越浓,热血随之沸腾。他聆听到心中的琴弦,正弹奏着贝多芬的《英雄交响曲》……也许是一会儿,也许比一会儿更长的时间,吴笑用手轻轻地拨开他铁钳般的双手,温柔地说:"蛇走了,没事了。"

当吴笑那柔软的躯体离开丘东平发烫的身子时,他怀疑自己快要虚脱了。

"没事就好了。"不知什么时候,丘汝珍走到他们面前了。也许刚才的一幕他看得一清二楚,只是不想戳穿。

"刚才看见有一条蛇,我怕……"吴笑颤抖着小声道。

丘东平蹲在地上,他不敢看五哥一眼,他怕五哥饶不过他。

丘汝珍走过去,随之也蹲在地上,说:"老六,怕什么。你就要像男子汉一样保护女人,保护自己的女人。"

"五哥,我没那意思。"丘东平说。

"你听着,我们革命者的生命不是自己的。如果我遇到不测,你要保护好你的五嫂,也为我照顾好孩子。" 丘汝珍突然提高了声调,他也是说给吴笑听的。

"五哥,我知道怎样做。你放心好了。"丘东平不再为自己刚才的鲁莽感到后悔了,因为他的兄长不仅原谅了他,而且为他鼓起了勇气。

绵绵细雨,淅淅沥沥。寮棚,在雾岚中若隐若现……

第六章　风牵激石溪

闻名已久的激石溪革命老区,位于汕尾市陆河县新田镇西北端的激石溪村,地处海丰、惠东、紫金三县交界处,西北面有汕尾最高、海拔1258米的乌凸山,四周群山连绵,层峦叠翠。

翻开海陆丰革命史,激石溪这个地名占有很重的分量。它的得名是说这里山高林密,山泉在巨石夹缝中撞击而出,奔流直下……据记载,激石溪与海丰的朝面山、惠阳高潭的中洞山连在一起,是面积一百多平方公里的"红色板块"。

1922年,彭湃发动农运时,杨其珊、张荣华、肖何源等农运领导人秘密串联,于1923年元旦前后建立了新田区的参城、新围、仙草径、激石溪,以及河口区的黄牛寮、黄枝塘、硬土等地农会。

1927年9月7日,为策应南昌起义部队,刘琴西、张威、黄雍集结新田农军400余人枪,从激石溪出发,攻下大安圩后,再次攻占陆丰县城,成立临时革命政府,没收资本家、地主、伪官吏的浮财、煤油、粮食,并将其运到激石溪藏匿。18天后，强敌反扑，陆丰临时政府又退回激石溪。也就在这时，中共海陆丰县委从长远考虑，认为"要造一个形势险要的根据地"，作为武装割据广大农村的后方据点，把领导机关设在这里，贮存战备物资，使之成为农军进退有据的大后方，也成了我党领导工农武装割据的第一个根据地。

同年10月7日，董朗率领的南昌起义部队1300多人到达农军后方激石溪。这支部队在激石溪、朝面山当地农会和广大群众的帮助下，得到了有效的休整，士气有所提高。

从历史资料中可以看出，海陆丰的武装起义多次从激石溪、朝面山这一后方营地策划和出兵；革命低潮时，红四师也是依靠退守激石溪，才渡过难关。可以说，激石溪的武装斗争是海陆丰革命史的重要组成部分。

丘东平作为《海丰青年》的编辑和记者，自然对海陆丰的革命斗争形势有所了解，杂志也有义务反映激石溪的情况。这段时间，他既要忙于出版杂志，还要参与布置当地革命政府及红军的一系列庆祝活动。于是，丘东平依仗自己的专业知识，而写美术字和画马克思、恩格斯头像是他的"拿手好戏"，线条流畅而不用断笔，深得上级领导的欣赏。

丘东平作为武装起义、苏维埃政权创建的见证者、参与者，同时肩负着繁重的宣传重任，整天忙得团团转。在第三次武装起义时，他曾在公平镇附近跟随农民自卫军伏击陈学顺的反动军队，同时又要为南昌起义军余部改编成的工农革命军第二师第四团充当联络员。

风云际会，丘东平有幸结识了红二师师长董朗、党代表颜昌颐，而红军首长们对丘东平联络工作的热情和高度的责任心都表示了高度的赞赏。丘东平也在与这两位红军首长的接触中，感受到从他们身上透出的共产党员的人格魅力和红军将士身上散发出来的硝烟味……

1927年10月3日，南昌起义军转战普宁流沙，且遭受重创。前委在此召开领导会议，决定部队战士撤向海陆丰与当地农民武装会师，将领导干部送往香港疏散。这时，部队在流沙乌石又遭敌军截击，前头大部队到达陆丰后大部分被敌人缴械。

身为主力团团长的董朗,指挥后卫部队迅速掩护前委机关冲出敌人的包围圈……

这是董朗出现在《海丰英烈》里的人物肖像:大而略显方正的脸孔,稀疏的眉毛,扁平的鼻子,宽阔的大嘴巴,而细小的眼睛闪烁着灼热的光。

董朗是四川简阳人,父辈以务农为业,他少年好学,先后在龙泉驿、成都读书。中学毕业后,他受友人邀请到雅安任教,随后又到成都做家庭教师。1920年初,董朗与姨妹游文彬结婚。婚后迁居成都,仍以家庭教师为业。

五四运动中,董朗受爱国主义思想影响,对军阀混战、帝国主义列强的侵略,心中充满忧愤。为了寻求救国救民的道路,他毅然卖掉分给自己的祖业做路费,告别妻子,赶赴上海,准备到法国勤工俭学。

董朗抵达上海后,受到工人阶级爱国热潮的感染,毅然放弃出国求学的初衷,到上海大中华纱厂做工。其时大型纱厂掌握在日、英资方手里,中国工人的待遇极低,生命如同草芥,因此,罢工风潮不断涌现,资方勾结地方军阀采取武力镇压手段。董朗在工运中,结识了一些共产党人,并加入了中国共产党。

1924年4月,董朗受党组织委派,前往广州报考黄埔军校,被编入军校新兵队参加训练。6月中旬,军校正式开学,董朗被编入军校第一期学生第二队。在军校期间,他刻苦学习革命理论和军事知识,参加各种革命活动。10月,广州发生了商团叛乱事件,黄埔军校学员奉命参加平叛战斗。董朗首次扛枪上战场,表现得异常勇敢,受到了战火考验。12月,董朗在军校毕业后,被调到新成立的军校教导团任排长。

1925年2月,董朗随教导团开赴东江,参加东征战斗。6月初,他又随军回师广州,参加平定军阀杨希闵、刘震寰叛乱的战斗。此时,香港、广州工人举行了震惊中外的省港大罢工。他与黄埔军校其他学员一起,投入了这场反帝斗争,支援工农运动。10月,董朗和黄埔军校学员一起参加了第二次东征战斗。他在作战中冲锋在前,奋勇杀敌,受到上级嘉奖。

1925年冬,国民革命军第四军叶挺独立团创建。董朗被调到叶挺独立团任参谋,并负责党的组织工作。1926年春,广州国民革命政府出师北伐。5月1日,独立团奉命作为北伐军的先遣队,开赴湖南前线,打响北伐战争第一枪,接着独立团又在汀泗桥、贺胜桥等战斗中,立下赫赫战功。

1927年初,独立团进行了扩编。该团大批骨干调入新组建的二十四师,叶挺任师长,董朗任该师七十团团长。4月,该师参加第二次北伐,向河南进军。七十团在董朗统率下,英勇杀敌,出色地完成了多次重要的战斗任务。7月,董朗所在的二十四师开赴南昌。8月1日,二十四师参加了南昌起义,完成了主攻天主堂、贡院、新营房等重要目标的任务。8月3日,起义军从南昌出发,向广东境内进军。

蒋介石见南昌起义军挥师南下,便急电盘踞两广的军阀武装,倾巢而出,埋伏阻截。8月底,起义军攻打南下途中的会昌城,董朗率领二十四师担任主攻任务。十一军二十五师黑夜行军迷路,未能及时赶来参战,增加了部队攻城的困难。但二十四师将士英勇善战,在随后赶到的二十五师和其他部队配合下,以少胜多,一举攻下会昌城。

1927年10月3日,起义军前委在流沙召集各部队领导人会议,决定武装人员撤向海陆丰,并将领导干部送往香港。这时,部队在流沙乌石又突遭敌十一师、十三师的拦腰截击,前头大部队三千多人到达陆丰后大部分被敌人缴械。

董朗指挥后卫部队迅速向前展开,掩护前委机关冲出包围圈。部队到达陆丰东南部时,形势更加严峻,前有叛军,后有追兵,西北部还有敌人两千兵力的截堵。这时,董朗发挥部队党员、干部的骨干作用,努力寻找当地党组织,率部突破敌军的围追堵截。

10月12日,董朗将起义军突围出来的一千多人带到激石溪、朝面山一带,为保存南昌起义的革命火种立下了殊勋。党代表颜昌颐与董朗等人带领一千多人突破敌军的围追堵截,终于经西北部的大安、新田后上激石溪,然后抵达朝面山、中峒根据地。

起义军余部经过长途征战,军心不稳,损失惨重,处于瓦解的边缘。在中共东江特委领导下,这支部队改编为工农革命军第二师(下称"红二师"）第四团，董朗任团长。红二师四团的建立，使东江特委有了一支由地方党组织领导的正规部队。10月底，红二师四团在董朗指挥下，参加了收复海丰、陆丰两县的第三次起义，再次夺取了两县政权。

董朗的得力助手颜昌颐，也是起义军队伍里的"大知识分子"。他梳着当时知识分子流行的中分头，稀疏眉毛下有一双似醒未醒的细小眼睛，两片嘴唇紧抿着，蕴含着一种坚定而又沉着的力量。

颜昌颐是湖南安乡人。五四运动爆发时，颜昌颐正在中学念书，他与同学们一起走上街头，发表演说，散发传单，号召罢课、罢工，抵制和焚烧日货。他还如饥似渴地阅读《新青年》《湘江评论》等进步刊物，开始懂得革命道理，胸怀改革社会的鸿鹄之志。

五四运动后，蔡元培、吴玉章、吴稚晖等人组织了华法教育会，联系留法勤工俭学学校，选送学生留法学习。颜昌颐为了寻求救国道路，中学毕业即决意赴法勤工俭学，考入了河北保定育德中学留法预备班学习法文。学习期间结识了张昆弟、李富春、李维汉等一批有志青年。

1919年冬，颜昌颐抵达法国，进入里昂大学学习。蔡和森倡导成立了以湖南留学生为主的工学世界社，颜昌颐为第一批社员。他在里昂大学的两年时间里，参加了勤工俭学学生中一系列的斗争，特别是在1921年9月掀起的"开放里昂中法大学运动"中有突出表现。

回国后，颜昌颐受党派遣赴苏联入东方大学军事班，除学习军事外，还学习马列著作和研究苏联国内战争的经验。1925年夏，颜昌颐奉命回国，到设在上海的党中央军委工作，负责与各地的联络工作。1926年，他奉命到中共湖南省委军委任职，为迎接北伐军入湘做了大量工作。不久，他被调回上海，分配在中共江浙区委军委工作，积极参与组织了上海工人三次武装暴动，成为领导人之一。

1927年4月，蒋介石在上海叛变革命，形势剧变。6月，江浙区委撤销，他被调到武汉，继续在中央军委工作。8月1日，南昌起义爆发。起义前，党中央派周恩来担任前敌委员会书记，并派颜昌颐、聂荣臻等人赶到江西九江做准备，后来颜昌颐留在九江负责接应从武昌开来的部队。起义开

始后,颜昌颐立即赶到南昌,协助叶挺指挥起义部队,后随部队南下广东。

红二师在海陆丰的征战历程由此拉开了序幕。

1927年11月,中共广东省委派彭湃回到海陆丰领导筹建苏维埃政府工作。不久,陆丰、海丰先后召开了工农兵代表大会,宣告了中国第一个苏维埃政权的诞生。在海丰县工农兵代表大会开幕典礼上,董朗以红二师四团团长的身份发表了演讲,号召工农兵联合起来,彻底实行土地革命。

这期间,四团派出一个营协同农军攻下久围不克的捷胜城。红二师英勇善战、不怕牺牲的精神,受到了中共广东省委书记张太雷的赞扬。省委还指示东江特委将四团扩编为红二师,任命董朗为师长,颜昌颐为党代表。为了肃清陆丰境内的敌人,董朗率领四团参加了围攻陆丰碣石顽敌的战斗。

1927年11月18日至21日,海丰县举行了工农兵代表大会,宣告了海丰县工农兵苏维埃政府的建立。在代表大会闭幕典礼上,颜昌颐以红二师党代表的名义发表演说,阐述了建立、巩固苏维埃政权与建立、扩大红军的关系和意义,号召大家团结起来扩充红军,巩固红色政权,扩大土地革命的宣传。与此同时,在颜昌颐等人积极筹划下,朝面山、中峒先后创建了红军医院、兵工厂、军服厂、报社、印刷厂,还在此修碉堡,挖战壕,架设电话线,并储存大批粮食和物资,成为红二师及东江特委的军事根据地和革命大本营。

12月12日,在当地农民武装配合下,四团攻克碣石。16日,董朗率一个营的兵力,协同农军围攻陆丰河口地主炮楼,并展开强大的政治攻势,迫使敌军投降,成为红二师以军事攻势配合政治攻势取胜的典型战例。

1928年1月,颜昌颐协助彭湃、董朗指挥部队,取得了赤石大捷,攻克了南岭、果陇、葵潭等地,还负责东江特委的组织工作。2月,颜昌颐受东江特委委派,到五华县改组县委,并发动群众暴动。红军的节节胜利和苏维埃区域的逐渐扩大,使国民党广东当局极为震惊。

2月下旬,国民党桂系军阀集结重兵,向海陆丰苏区"进剿"。董朗率领红二师与红四师紧密配合,在公平、南岭等地顽强地抗击敌军进攻。

后因敌强我弱，海陆丰苏维埃政权被迫撤出县城，转战山区。红二师在彭湃、董朗等人率领下，继续转战普宁、惠来、潮阳等县，并在惠来一战中击毙了敌团长，给敌人以致命打击。

3月5日，红二师在与海丰公平之敌交战过程中，颜昌颐不幸身负重伤。3月22日，因敌强我弱，中峒根据地失守，红二师开赴惠来一带作战。颜昌颐因伤不能随军行动，被迫留在中峒附近的山上进行治疗。4月上旬，为了恢复海陆丰红色政权，董朗、叶镛率领红二、四师回师海丰，于5月3日进攻海丰县城，虽未取胜，却引起敌人极大恐慌。反攻海城失利后，董朗率领红二师余部在陆丰西北部坚持游击战。部队在山上住草寮、吃野菜，与敌人展开周旋，生活极其艰苦。这时，董朗以革命乐观主义精神鼓舞广大官兵坚持斗争。

5月3日，红二、四师余部从惠来、普宁回师海陆丰，反攻海丰县城。颜昌颐此时伤仍未痊愈，但他坚持归队指挥作战，导致再次负伤。这期间，颜昌颐在中峒、朝面山一带继续养伤。待伤势稍好，他又要求参加工作。在白色恐怖之下，颜昌颐的革命意志异常坚定，率领部分留守人员坚持武装斗争，深为红军士兵和人民群众所拥戴。

7月18日，广东省委为加强东江军事斗争领导，指示东江特委设立军事委员会，指定彭湃、董朗、颜昌颐、黄钊为委员。由于桂系军阀出动四个师的兵力会剿东江苏区，红二、四师余部的粮食、弹药和药品越来越紧缺，革命根据地被敌人攻占，为了保存革命力量，广东省委指示幸存的部分战士分散到山区隐蔽活动，而董朗和一部分干部则分批撤退到香港。此时，颜昌颐的伤势仍未痊愈，又患重病，雪上加霜。由于缺药医治，他的身体越来越差，加上他是外省人，语言不通，在当地难于隐蔽。为此，广东省委决定用船秘密送他到香港进行治疗。

颜昌颐到达香港后，因广东省委地址变更，无法取得联系，只好暂入难民收容所栖身。为了找到党组织，颜昌颐想尽办法登上一艘货轮，辗转来到上海。这时，颜昌颐病情加重，身无分文，行动相当困难，但仍挣扎着每天上街游荡，希望碰见地下党的同志。一个多月后，颜昌颐终于和党

组织接上头,并得到精心治疗。大病初愈后,他被分配到中共江苏省委军委担任秘书,负责日常工作。

白驹过隙,时光飞逝。

激石溪,是一片红色的热土,也是一首英雄的赞歌。

不觉间,我们的车开到三江口,清冽的山溪汇成大山一汪碧绿的泉水,如晶亮的串珠潺潺流淌……到了,激石溪革命先烈纪念园到了!

纪念园建在激石溪龟山,这里曾是红军与敌人激战的地方。踏进纪念园,一股青松翠柏散发出的氤氲香气扑鼻而来,鲜艳夺目的花草含苞怒放,几块天然巨石静卧园中,右侧屹立着的巨石镌刻着"激石溪革命根据地先烈纪念园",在骄阳下熠熠生辉。拾阶而上,石制大门牌坊上赫然写着"浩气长存"四个金色大字。石门柱镌刻一副对联:

丹心昭日月功彪千史,

碧血沐山河志励后人。

以怀念红二师英烈为主题的景英亭屹立于纪念园区的半山腰,面向三江口。工作人员向我们介绍了景英亭设计的寓意:纪念亭整体平面为一把钥匙,寓意红二师开创了激石溪红色革命根据地。亭座至梁底高为19.27米;柱高和柱距均为27米;五星徽杆为10.07米,意即红二师到达激石溪时间是1927年10月7日;亭座配以七级台阶,每级10厘米,共高70厘米,意即红二师创建激石溪革命根据地70周年(1927—1997)。五星标志为党领导下的八一南昌起义和人民军队军徽,意为红二师属南昌起义军的一部分。亭底座为不等角六边形,对角指向南北,意即红二师为革命南征北战,浴血奋战,战绩显赫,其设计别具一格,浑厚深邃。

我们继续登上纪念园的山顶,英烈纪念碑耸入云天,"革命英雄永垂不朽"八个金光闪闪的大字辉映在连绵的青山。一阵劲风吹来,令人心旷神怡。我想,这不是当年苏区的勃勃雄风吗?它源于激石溪,像一只有力的巨手，慢慢牵开了海陆丰硕大无朋的红衣角，呈现出烽火岁月的英雄群雕……

第七章　云卷埔仔峒

埔仔峒，是一个颇具海陆丰地方色彩的名字。

埔仔峒，位于海丰县莲花山腹地。巍峨的莲花山脉连绵起伏，云雾缭绕，树木苍翠葱茏，溪水潺潺流淌，鱼翔浅底，黄牛在绿草旷野里低头啃草，白鹭鸶在蔚蓝色的天空中飞翔，这一切犹如巨幅山水画卷竖立于天地之间……

我们沿着平坦的小道走上山坡，翠竹密布道路两旁，一座"爱民桥"横跨两岸。眼前就是埔仔峒的浮潭村，鲜艳的旗帜将这条有着光荣传统的红色村落，装饰得庄严而又肃穆。

村子前面有两口清波荡漾的池塘，红旗环绕池塘而竖，碧波倒映出蓝天、白云、红旗构成的绚丽画面；绕过池塘之后，呈现在眼前的是一座青砖蓝瓦修筑而成的黄氏宗祠。一眼看去，黄氏宗祠是重新修缮过的，还留下没有清理完的余泥、瓦砾。

村民们告诉我，这座黄氏宗祠就是当年红四师师部旧址。趋前细看，宗祠为瓦木结构建筑，分前厅和正堂，中间隔着一条巷道，前厅的墙壁镶嵌着"红四师师部旧址简介""叶镛、徐向前办公室"的木牌。正堂是1928年红四师的"作战指挥室"，两个侧房是"警卫室""士兵住所"。

据介绍，当年丘东平曾跟着彭湃、郑志云来到埔仔峒，目睹了一幕幕红军战士浴血奋战的场面。此旧址原是红四师师长叶镛、徐向前等红军领导人曾经战斗、生活过的地方，透过一扇扇斑驳、陈旧的窗棂，仿佛看见他们在"作战指挥室"面对地图运筹帷幄的情境；而红四师师部旧址左侧的池塘边，平放着几根留下战火痕迹的方形麻石门柱。石门柱是当年国民党烧毁革命军住过的房子后遗留下来的证物，虽然白色恐怖早已烟消雾散，但石柱像主心骨一样，依然镇守着这座巍峨的旧址，仿佛一位沉默不语的历史老者，用深沉的肢体语言，诉说着峥嵘岁月里的红色故事……

丘东平对红四师师长叶镛打心眼里佩服，不是说他的官有多大，而是那种崇高的信仰深深地打动了他。

是的，走近叶镛，你就会看到一位青年军官的逼人英气：剑挑眉，丹凤眼，小嘴唇，说话语速很快，用词铿锵有力。红四师师长叶镛没有想象中的霸气，从外表上看是一个纯粹的知识分子，怎么一不小心成了军中翘楚！

现在让我们说说叶镛、袁国平、徐向前率领红四师转战海陆丰的征战史吧。

1927年12月13日，参加广州起义的原国民革命军第四军教导团、警卫团和广州部分工人赤卫队接到撤退命令后，撤出广州，经龙眼洞，日夜兼程向花县进发。

在花县境内，部队在戒备森严中召开了紧急会议，决定将起义部队改编为工农革命军第四师，由叶镛任师长。红四师下辖十、十一、十二团等三个团。十团团长白鑫，党代表徐向前；十一团团长赵希杰，党代表缪云人；十二团团长饶寿柏，党代表陆更夫。全师共有一千二百余人。

关于花县改编，一些学者做出了如是评价：这次花县改编充分体现了王侃予、唐维、袁国平、陆更夫、徐向前等广州起义军中撤退的共产党员坚强的党性和历史主动性；确定了党对军队的绝对领导，奠定了新型革命军队的基础，使部队军心犹在。这次改编与同期的毛泽东领导的秋收起义部队的三湾改编、朱德率领的南昌起义余部的赣南三整在时间上十分相近，建军宗旨基本一致，具有重大意义。

红四师成立后，一边休整，一边等待与朱德部队联络的消息。部队下一步到哪里去？花县离广州太近，又靠近铁路线，反动派随时会尾追而来，这里肯定不是久留之处。

干部会上，有的同志主张去北面的韶关，有的同志主张去海陆丰。听说朱德的部队在韶关一带活动，多数人主张去同他们会合。于是，部队当即派人前往韶关与朱德部队联络。同时，起义军还协助花县县委开展各项工作，在起义部队的支持下，县委成立了花县苏维埃政府。然而，起义部队三次派人去韶关打探情况，都与朱德部队失之交臂，他们不是向湘南进军，就是迂回于敌后，联系不上。

起义部队在花县，虽说是短期休整，但每天都有地主民团骚扰，每天都有小型的战斗。枪声不断，流血不止。

红四师派人寻找朱德部队未果，给养又面临困难，地主民团频繁骚扰，敌人的追兵迫在眉睫。

红四师领导决定前往海陆丰与彭湃领导的东江特委、农军以及由南昌起义余部改编的红二师会合。这一决定是继秋收起义、南昌起义部队转移到农村寻找革命立足点之后，又一次对中国革命道路的探索。

而对起义部队来说，这是别无选择的求生之道！

事实上，董朗率领潮汕地区失利的南昌起义部队，突围到革命活动较早、群众基础较好的海陆丰地区，与东江地方党组织及其农民武装会师，开创了建立海陆丰革命根据地的新局面，是明智之举。红四师前往海陆丰苏区，反映了红四师领导人对中国革命处于敌强我弱的态势有了基本认识。

要生存就要"择木而栖"。

要发展就要"物竞天择"。

在寒风凛然的冬日，红四师离开了花县，经从化向海陆丰进发。

红四师在转移途中，可以用艰苦卓绝来形容。在从化良口，部队向商人筹款，由于秋毫无犯，结果人逃走、款落空；过龙门县城时，部队召集绅士、官吏开会，宣传共产党的主张和革命军的宗旨，提出筹集军饷，一些人竟然溜走，对红军的善意不予理睬。

红四师攻占紫金县城，然后取道龙窝，与东江特委派来接应的红二师五团会师后，又遭遇李汉魂的主力，激战半天，到了晚上才撤出战斗。红四师经过长途跋涉，历尽艰难险阻，终于到达海陆丰革命根据地，实现了从城市到农村的战略转移。

此时，红四师的"军魂"是师长叶镛。

叶镛是四川乐至人。高小毕业后，投考河南洛阳陆军第三师学兵营。1924年秋冬之间，转入川滇黔建国联军在湖南常德开办的陆军军官学校。不久，该校师生随川军熊克武部进入广东进驻连州。不久，川军被国民革命军缴械，编入黄埔军校，成为入伍生。叶镛分在军校第四期步兵科第一团第一连。1926年秋，叶镛从黄埔军校毕业后，到中央军事政治学校武汉分校见习，担任分校第一大队区队长。

1927年蒋介石发动了"四一二"反革命政变，武汉处于反革命包围之中。武汉分校学员编为中央独立师，由侯连瀛任师长，恽代英任党代表，配合叶挺部队誓师西征，一举将杨森、夏斗寅两部击溃，保卫了武汉。西征途中，叶镛任独立师连长，在实战中得到了锻炼。西征结束后，中央独立师回师武汉，改编为第二方面军军官教导团，叶镛任第一营第一连连长。由于他在西征战斗中表现出色，政治、军事上也显得较为成熟，在教导团里自然成为瞩目人物。

1927年7月15日，汪精卫在武汉公开宣布反共，命令张发奎的第二方面军开回广东，企图夺取粤、桂地盘。7月30日，叶镛所在的第二方面军军官教导团奉命离开武汉，乘船开往九江。8月1日，叶挺、贺龙率部举行了震惊中外的南昌起义。叶镛的教导团本要就地响应，可因南昌起义军南下，联系不上。8月4日，教导团到达九江。张发奎害怕教导团发动暴动，旋即收缴全团官兵武器。这时，第二方面军第四军参谋长叶剑英挺身而出，利用军阀之间的矛盾，劝说张发奎将教导团编入第四军军官教导团。

于是，叶镛所在的教导团开抵广州，进驻市郊进行整训。此时，张发奎为了消灭桂系军阀李济深在广州的势力，以夺取广东地盘，便想利用教导团为他卖命，给教导团配齐武器装备。这时，粤、桂军阀正忙于混战，广州守备空虚。面对这种形势，中共广东省委根据中央关于"为了挽救革命，拿起武器反抗反动派屠杀政策"的总方针，准备在广州举行武装起义。于是，教导团在广东省委的领导下，抓紧进行发动和组织工作，扩大了工农兵革命同志会，吸收了一百多名新党员，与广州市区工人组织取得联系，开展深入、广泛的群众工作，同时还抓紧进行政治、军事训练，根据城市起义的特点，着重进行巷战、夜战的训练。此时，叶镛仍然担任第一连连长，带领部队苦练杀敌本领。

1927年12月4日，叶镛在黄花岗参加了中共广东省委书记张太雷召集的以教导团干部和骨干为主的军事会议，部署武装起义的战斗计划。

12月10日，叶挺受党的委派，从香港赶来广州，担任起义总指挥，并召开参谋团会议，对起义的准备情况和作战行动进行了调查了解，并宣布总指挥部对起义力量的具体部署和战斗序列安排。叶镛参加了这次会议，接受了战斗任务。回到连队后，他秘密召集连部分骨干开会，做战前动员，交代具体的作战任务。

12月11日凌晨2时许，张太雷、叶挺等人来到教导团，宣布将教导团改为红军军官教导团，任命李云鹏为团长，叶镛、赵希杰、饶寿柏分任第一、二、三营营长。3时许，叶镛下令行动小组将张发奎派来监视教导团的原代团长朱勉劳处死，将原第一、三营营长等反共军官悉数逮捕关押。接着，叶镛带领第一营冲进处于市区中心的广州市公安局。在广州工人赤卫队的紧密配合下，教导团经过半小时激战，将公安局、保安大队攻克，缴获了大批武器弹药，并砸开牢门，放出被国民党囚禁的共产党员、革命群众八百多人。

广州苏维埃政府在战火未熄时宣告成立。然而，各种反动势力不甘心失败，组织起大量兵力对起义部队实施疯狂反扑。12月13日早晨，叶镛率第一营奉命阻击向起义总指挥部扑来的一股敌人，并在四牌楼与敌人展开了残酷的巷战。下午时分，叶镛部队驻守的观音山被敌人攻破。

观音山失守后，起义部队失去了控制广州的制高点。为了保存实力，起义总指挥部命令教导团撤出广州。12月13日晚上，起义部队撤退到广州沙河顶一带，仓促集结之后，昼夜兼程向花县撤退。

12月16日，教导团、警卫团、特务营和工人赤卫队保存下来的武装力量共一千多人，在花县改编为工农革命军第四师，简称红四师，由叶镛任师长，袁国平任党代表。红四师改编后，决定向海陆丰进军。在此之前，东江一些地区已先后建立了苏维埃政权，由南昌起义军余部改编的红二师,在中共东江特委和彭湃、董朗等领导下在海陆丰坚持革命斗争。

1928年1月5日,红四师到达海丰县城东郊,受到东江特委、当地农军和群众的热烈欢迎。海丰县境内各村的墙壁上写着许多打土豪、分田地的标语,红旗招展,县城的大街小巷都用红土刷过,全城一片红。当地群众捧出一碗碗热茶,让出房子,升起了炊烟。老百姓像亲人久别重逢一般,欢迎远征而来的红四师。

东江特委在县城广场召开了万人大会,特委书记彭湃发表了热情洋溢的讲话,他说:"广州起义失败了不算什么,革命难免有挫折,有失败,失败了再干,革命一定会胜利;共产党领导穷人闹革命,要坚决消灭地主军阀,保护穷人利益!"彭湃不愧是一位职业革命家,他的话富于鼓动性,使这支长途跋涉、疲惫不堪的失败之师,受到极大的鼓舞。

红四师到达海丰后,东江特委主持召开了全师第一次党员大会,总结了红四师成立以来的经验教训,选举产生了新的师委员会,委员会由袁国平、白鑫、龙子仁、唐维、唐嵩、刘校阁、王若冰等7人组成,以唐维、唐嵩、袁国平为常务委员。与此同时,东江特委对红四师的领导机构进行了适当调整,叶镛仍为师长,副师长宋湘涛因病离开海陆丰前往香港治疗,袁国平为师党委书记,兼任师党代表。东江特委向红四师党委提出,部队虽然有300名党、团员,但仍须积极发展新党员,以增强党组织在战斗部队的力量。

东江特委讨论了东江暴动计划,决定红二、四师兵分两路行动。一路以红四师两个团由彭湃、叶镛指挥,向陆丰、普宁"发展暴动",一路以红二师两个团由董朗指挥,向紫金、五华"发展暴动"。

"发展暴动",是中共广东省委交给红二、四师的战斗任务,也是红军在海陆丰外延拓展的努力方向。红四师、红二师和海陆丰革命武装的会师,大大加强了海陆丰革命根据地的军事力量。

红四师党代表袁国平认为,广州起义后,部队存在严重的自由主义、地方主义,影响官兵团结,削弱战斗力,目前的关键在于加强党的领导。于是,红四师师部成立了党代表办公厅,党委会和政治部联合办公,油印出版了《红军生活》报，办《造反》文艺刊物等。

袁国平是叶镛的左膀右臂。

他戴着一副圆形的黑框眼镜，黝黑的皮肤，瘦削的身材，坚定的步伐。他就是红四师党代表袁国平。袁国平是湖南邵东人。6岁时，入初级小学就读，常和小伙伴们评述孙中山的伟大事迹。考入高级小学后，他是全校闻名的优秀生，而且仗义执言，并施展母亲传授的武术，惩治了闯进校园滋事的"小霸王"。

1922年秋，袁国平以优异成绩考取湖南省立第一师范学校。在这里，他钻研文学、历史、经济、政治、军事。由于博学多才，能言善辩，有组织能力，他被推选为学生代表，并当选为湖南省学生联合会执行委员，成为爱国学生运动的旗手和领袖。

1925年，袁国平以优异的成绩考入黄埔军校，编入第四期政治科学习。在黄埔军校，他亲耳聆听毛泽东、周恩来、萧楚女、李富春等人的讲课和政治报告，思想受到深刻启迪，决心向坚定的革命者靠近。

1925年，在党组织的培养下，袁国平加入了中国共产党。1926年7月，根据斗争形势发展的需要，袁国平在黄埔军校提前毕业，分配到国民革命军第四军参加北伐战争，被任命为左翼宣传队第四分队长。由于在工作中表现出非凡的才干，他受到上级的器重。8月，他任第四军政治部宣传科长。"万县惨案"发生后，他连夜赶写出《万县惨案》一文，并组织排演话剧《万县血》，深刻揭露英帝国主义屠杀中国人民的血腥罪行。

1927年蒋介石、许克祥先后制造了"四一二"大屠杀和"马日事变"。在白色恐怖之下，袁国平无所畏惧，在武昌整装待发抗御叛军进攻之际，他寄一张照片给母亲，写道："愿拼热血头颅，战死沙场，以搏一快！"部队击溃叛军后，他调国民革命军学生兵连任指导员，奉命东进讨伐蒋介石，进抵九江。

不久，汪精卫叛变，形势日趋紧张。南昌起义期间，袁国平率领学生兵连投身其中。南昌起义后，他在二十五师七十四团一营三连任指导员。会昌战斗结束后，起义军经闽入粤，敌人集中兵力，企图将起义军一举歼灭。袁国平奉命赴东江地区，坚持地下斗争。1927年12月初，中共中央决定在广州起义。袁国平受党的派遣来到广州，参与起义的准备工作。

时间一晃就过去了许多年。1941年，袁国平在皖南事变中突围，身为新四军政治部主任的他，身中数弹，壮烈牺牲。牺牲前，他在转移动员大会上，对战士们说："如果我们有一百发子弹，九十九发射向敌人，最后一发子弹留给自己！"

1928年初春，陆丰的反动势力看见红军的到来对他们是极大的威胁，于是纠合在一起，成立了虚张声势的"白旗党"，占领了陆丰县城。彭湃、叶镛率红四师两个团，按"东江暴动"计划，赶赴陆丰准备围歼"白旗党"匪军。红四师主力赶到陆丰县城时，"白旗党"见势不妙，不战而逃。于是，红四师派出部分兵力进攻"白旗党"盘踞的上埔乡，配合当地农民赤卫队拿下了陆丰南塘、甲子以及惠来百岭的地主武装据点。在一系列战斗中，由于不占"天时、地利、人和"的优势，红四师部队伤亡颇大。

1928年1月16日，红四师十一团等部队旋即开进陆丰县城，挺进上埔，清剿"白旗党"匪徒。红四师一部和农军进抵大安石寨；叶镛率领红四师另一部分主力，配合农军击败博美的"白旗党"匪帮。1月20日，盘踞在黄埔、盐州、三多祝一带的蔡腾辉被国民党第八路军总指挥李济深委任为海陆丰守备大队司令。24日，蔡腾辉率部六百余人进犯赤石苏区鹅埠圩。当地农军乘夜幕进行反击，不敌而退，蔡腾辉部乘势攻陷赤石。其时，红二、四师主力已出发，东江特委即令留驻附城的红四师十团一营和海丰农军两千多人，兵分四路，于26日驰援赤石农军，围困入侵之敌。此时，革命军与农军漫山遍野竖起红旗，居高临下，阻断敌人退路。双方激战至次日清晨，蔡腾辉率部意欲突围，冲锋数次，均告失败，从小道逃出重围，撤至黄埔。蔡腾辉部此役被红四师十团重创。

此时，叶镛、袁国平、徐向前等红四师领导人认为：必须向四面拓展，消灭周边敌军，保卫海陆丰革命根据地，否则，固守一地，极易遭到强敌围攻。

1月31日，彭湃、叶镛率领红四师十一团、惠来革命武装，分兵两路出击：一路攻击昌寮，另一路围歼果陇庄大泉地主民团。稍后，他们又根据形势发展，改变进攻策略，将攻击昌寮的部队调回，与普宁革命武装联合攻占果陇，全歼庄大泉地主武装。然而，在进攻果陇中，红四师十一团遇敌强大火力阻击，损失过半。

2月3日，在中共普宁县委书记陈魁亚的积极要求下，红四师挥师进攻地主武装堡垒果陇、尚寮两个村庄。这两个村庄均是普宁民团固守的据点，筑有碉堡、深壕，埋有竹钉。民团首领是一个颇有战斗经验的反共老手，革命军在普宁农军配合下，与之鏖战两个昼夜，才将两个据点拿下。

战斗结束后，红四师退入南山三坑进行休整，养精蓄锐，拟攻击惠来县葵潭。为加强兵力优势，打好攻坚战，东江特委从海丰调来红四师十团一部和海丰部分农军，并迅速拿下葵潭。与此同时，红二师也在北线攻占了敌人多个据点。这期间，红二、四师扩大红区的一系列战斗，使紫金、惠阳、海丰、陆丰、惠来、普宁六县的红色区域连成一片，为巩固和发展海陆丰革命政权奠定了坚实基础。

2月6日，红四师再次攻下了和尚寮。随着战斗的节节胜利，普宁县苏维埃政权在红四师的帮助下先后建立起来了。至2月下旬，红四师攻下了葵潭等地。由于部队在战斗中减员很大，弹药也得不到补充，红四师主动退入普宁县大南山进行短暂休整。

这时，国民党粤桂系军阀内斗稍停，开始派兵"围剿"海陆丰苏区。红四师与红二师会合，旋即攻下惠来县城，成立了惠来苏维埃政府。接着，红二、四师按照广东省委的指示，由彭湃、叶镛、董朗率领，分路向普宁、潮阳拓展。由于敌强我弱，部队向普宁、潮阳开进时严重受阻，只得退回惠来盐岭。

2月26日，从东路进攻的敌第四军十一师两千多人，在余汉谋率领下，从揭阳经河婆进占陆丰河口圩。2月28日，敌抵达大安后即兵分两路：一路由余汉谋亲率三十团香翰屏部直奔陆丰县城；另一路由三十一团团长李振球带领，扑向海丰县城。2月29日晨，红四师十团、十二团在师长叶镛的指挥下，在竹竿壁岭、洗鱼溪一带进行阻击，双方血战两小时，

红军伤亡五十多人,敌军伤亡一百多人。但终因敌众我寡,缺乏弹药,红四师不得不向海丰方向转移。与此同时,国民党李振球部亦进抵公平镇,与董朗率领的红二师四团酣战数小时,红二师被迫退却,陆丰、海丰县城相继失陷。

以彭湃为首的东江特委鉴于形势危急,组织红二师、红四师及工农自卫军阻击来犯之敌,于2月29日至3月1日主动放弃陆丰县城、海丰县城,将政府及农会骨干撤至山区。3月2日,从南路进攻的国民党海军第四舰队在海面上再次炮击汕尾,策应蔡腾辉、钟秀南所部向鹅埠、鲘门、梅陇进攻。敌第十一师李振球团500人从海丰县城抵达汕尾市郊后,在炮火支援下,向革命军和当地农军多次发起进攻,占领汕尾港。3月3日晨,红四师十团会同赤卫队向汕尾之敌发起反攻。激战至11时,正当国民党十一师三十一团即将溃败、准备缴械投降之际,军舰上的敌指挥官派出海军陆战队登陆支援,红四师十团腹背受敌,只好退到大湖田墘一带。

3月11日,在彭湃指挥下,红四师在4万多农军、赤卫队配合下,集中兵力攻克惠来县城。但弃城逃走的陈铭枢部得到敌主力增援,杀了回马枪,反攻惠来县城,战斗异常惨烈,双方形成胶着拉锯战。此时,红四师将士处于弹尽粮绝之际,与敌人展开白刃战。指挥员程子华在与敌人拼刺刀时受伤,只好率队撤离惠来县城。翌日,红四师在从海丰赶来的红二师四团的协助下,攻占惠来县城,并击毙一名守敌团长。

3月22日,红四师和农军攻下惠来县城。3月下旬,建立了惠来县苏维埃政府。不久,奉东江特委命令,红四师在叶镛、徐向前率领下向潮阳县发展,红四师党代表袁国平则到揭阳县指导武装起义。红二、四师频繁地与强敌作战,部队伤亡惨重,战斗力大为削弱,在潮阳、普宁的多次军事行动均没取胜。

4月上旬,东江特委和红二、四师主要领导人召开联席会议。会上,叶镛、董朗等人认为,由于形势发生预想不到的变化,部队不能再去攻城夺地了,应该拉到粤赣边界去开辟新的根据地。但是,东江特委的领导同志对此建议持否定态度,坚持要工农革命军回到海陆丰地区,最大限度地恢复失去的苏维埃政权。

不久,部队辗转撤退回到海陆丰地区,在西北部山区开展艰苦卓绝的游击战。红四师在海陆丰地区连战皆捷,使海陆丰苏区逐渐扩展到东江其他县域。国民党《中央日报》发出哀叹:"红军在海陆丰,愈闹愈凶,日甚一日,全省治安,大费踌躇。"红二师、红四师在海陆丰扎下根来,与广大人民群众生死与共,坚持武装斗争,令广东国民党当局头痛不已,决心拼尽全力清除这一"心头大患",于是掀起了一次又一次的"反共"狂潮,纠集了一次又一次的"铲红"行动。

4月8日晚上,工农革命军主力在惠来盐岭遭到强大敌人的突然袭击。叶镛、董朗指挥部队迅速撤退,避免了更大伤亡。

4月中旬,东江特委在大南山的一个村庄,召开了红二、四师领导干部联席会议。彭湃、董朗、叶镛、徐向前、袁国平、颜昌颐等领导与会。会议讨论当前的局势与行动方向。形势危急,处境艰难,然而有的领导人还高谈"迎接革命高潮"和"进行大反攻"论调。

徐向前对此另有一番见解,他认为:这完全是"睁眼说大话"。从广州起义失败到东江以来,某些领导人对形势估计不足,总是将东江当成"世外桃源"。他曾和师长叶镛交换过看法,认为这样死打硬拼,攻城夺镇,不是好办法。

他提出:眼下最好把尚存的一千多人收拢起来,打到粤赣边去,那边回旋余地大,便于机动游击。然而,这个正确意见,却被会议否定了。有领导人说:向北民团很多,过不去,打不开,还是靠近海丰,那里群众条件好,一句话,打回海丰去。在海陆丰根据地,许多红军指挥员都信任彭湃,尊重东江特委的领导。于是,红军再次西进,返回海丰县境。这时,海丰城内有敌人一个团兵力。革命军到了海丰附近,地方党的领导人极力劝说攻打海丰,并说敌军中有自己的同志做内应。

这期间,广东省委为改变海陆丰革命根据地的不利局面,派来省委干部赵自选、张善铭二人,在海陆丰成立总指挥处,试图调集兵力反攻海丰城。红二师负责牵制盘踞在五坡岭的敌第五军十六师四十七团;红四师及农

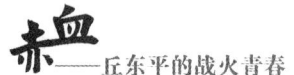

军负责攻击海丰城内的敌十六师四十八团,伺机夺取敌军武器弹药和粮食。

仲夏的拂晓,红四师教导团80人分成多个小分队潜入城内。其中由几名朝鲜籍红军战士组成的小分队冲入南湖海丰中学,俘虏睡梦中的一个连的国民党士兵,夺取机枪1挺、步枪100支和8箱子弹。然而,其他小分队由于暴露了行踪,只有集结在一起,强行进攻敌十六师师部和海丰县公署,将监狱中200多名红军和农军释放出狱。

红四师教导团在海丰城内与敌人展开巷战,但红二师未能按时到达指定的地点。这时,大批敌军闻讯赶来支援,红四师教导团无力招架,火速退到城外。当红二师到达五坡岭山脚时,天已大亮,贻误战机多时。在指挥五坡岭战斗时,广东省委领导赵自选中弹牺牲,上百人伤亡,红二师被迫撤到北部山区。敌十六师跟踪而至,以三个团的兵力向红二、四师活动的朝面山、埔仔峒一带进行地毯式围剿。

5月3日,红二、四师发起了反击海丰县城的战斗。由于没有广大人民群众的支持,红二、四师的行动未能步调一致,反攻没有达到预期目的。红四师、农军与敌人激战一小时后退出海丰县城,转移到莲花山埔仔峒。此时,敌人不断进行梳头式搜山和反复"扫荡",红四师人数越来越少。由于遭受敌人长期围剿,西药奇缺,许多伤病员被夺去生命。幸存下来的红四师将士与敌人周旋在高山林莽之中,山芋、野果也成了腹中食物。雪上加霜的是,由于自然条件极差,指战员们屡遭山蚊叮咬,致使疟疾流行,丧命者与日俱增。

敌人为了切断红军部队与人民群众的联系,施展了"扫平千里赤地"的手段,把靠近山区的村庄,统统化为灰烬。仅海(丰)陆(丰)惠(来)紫(金)四县,被屠杀的平民百姓就达1.8万人;饿死、困死在深山的群众,不计其数。大批乡民流落外乡,远走南洋。

5月20日,国民党军队为了斩草除根,派十六师四十八团向莲花山、银瓶山、公婆山沿途搜索进剿,然后配合从梅陇出发的海陆丰守备大队,兵分两路合围埔仔峒的红四师,与红军500多名指战员狭路相逢,激战两小时,红军在遭受重大伤亡后被迫撤出阵地。

6月17日，叶镛带领红四师余部在海丰的白木洋又遭强敌夹击。他因发疟疾，不能随队突围，藏匿寮棚之中，后被敌人捕获。叶镛被捕后，敌人对他威逼利诱，企图迫使他命令所部缴械投降，叶镛不为所动，严词拒绝，旋即被敌人杀害。

炎夏渐退，天气变冷，高山大岭的温度比平原地区低几摄氏度，直冷得人一个劲儿地打哆嗦，稍有不慎就感冒、发烧。这时，身为红四师参谋长的徐向前，还穿着一条破旧的单裤。

负责管军需的女干部彭镜秋，看见他连一条换洗的裤子也没有，就动员女兵们，要大家捐出一条多余的裤子给徐参谋长。裤子找到了，可是徐向前身材高大，瘦小的女人裤子，他怎么能穿得了呢？没有办法，彭镜秋找了一块黑布，对徐向前说："参谋长，就拿这块布，给你做裤子吧！"

徐向前一个劲儿摇手说："不用了，不用了，你看看哪个同志没穿的，给他吧。"并嘱咐彭镜秋说，"要好好合计合计，多想想办法，让同志们填饱肚子。困难会过去的。"

彭镜秋说："你是指挥员，连一条替换的裤子都没有，这怎么行呢？"徐向前笑笑说："大家都一样。你没看见，老百姓家十几岁的娃娃还光着屁股呢？"

下雨天，战士们找个地方躲雨，徐向前打着一把破雨伞，这里走走，那里瞧瞧，过问战士的吃穿，那条湿裤子依然穿着，让自己的体温将裤子烘干。

红四师余部转移时，遭遇了国民党十六师四十八团的突然袭击。红四师几次突围未果，便向惠阳边界的大山转移，又遭到驻扎于埔仔峒的敌蔡腾辉部夹攻。红军腹背受敌，迅即转移。叶镛牺牲后，红四师参谋长徐向前继任红四师师长，刘校阁任党代表。为了保存革命力量，他们化整为零，带领剩余的红军战士坚持在埔仔峒一带的丛林山中开始游击战。

过了立秋，平原地区可能还有点儿热，但大山深处还是阴气阵阵，寒意袭人。红四师在和民团的遭遇战中，徐向前腿部又受了伤，被迫转移到

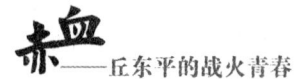

普宁的三坑。这里山峦起伏,虽然距离普宁县城不远,但是一块便于隐蔽的地方。敌人来了,就在大山里和敌人"捉迷藏";敌人退了,就找个地方休息几天。不久,彭湃和东江特委的同志也来到了三坑。当时形势十分紧张,处境极端困难,为了保存力量,徐向前部队不得已才从平原转移到这里来。

三坑一带村庄不多,几个大一点的村庄,都坐落在上、中、下三个坑凹里。群山中,有座高入云端的望天峰,峰上有块巨石叫望天石。传说,登上望天石,南可以望到大海,西可以望到广州,向上可望到"天宫娘娘"。徐向前抬头看着耸入云天的望天峰,暗暗思索:今后再这样东奔西走,四处攻城夺镇,会有什么结果呢?部队只会不断地伤亡,没有办法补充兵员,牺牲一个就少一个,什么时候才能等到胜利的曙光?

没多久,蒋桂军阀战争爆发,桂系部队相继离开海陆丰北上,从而减轻了红军的军事压力。此时,师长徐向前接到上级关于保存海陆丰军事干部的指示,由海陆惠紫特委设立专门机构,分批安排红四师干部转移到香港就医或往外地疏散。徐向前、刘校阁等十多人悄悄地离开海丰埔仔峒,经大安峒、明热峒到达惠州城郊。红军撤退人员为了缩小目标,分两批顺利到达香港,刘校阁入惠州城内不幸被捕牺牲。至1928年6月,红四师余部伤痕累累、衣衫褴褛的数十名将士,分多批离开了硝烟笼罩的海陆丰……

乌云似压顶的磐石。

寒气如刀锋般凛冽。

血雨如冰雹扑面袭来……

红四师在海陆丰革命根据地坚持军事斗争一年零四个月,以热血和生命写下了壮丽的诗篇。他们屡经艰苦转战,最后失败于海陆丰地区,是一部悲壮的红色史诗,虽败犹荣,为中国革命留下了宝贵的经验教训和精神财富。

徐向前元帅总结海陆丰失败教训时说:在对形势估计上,只看到海陆丰地区的局部高潮而忽略了全国革命处于低潮的总特点;在革命道路问题上,仍是以夺取城市为中心的思想作祟,未树立"农村包围城市"的思想;在军队建设上,没有正确解决好主力红军与地方武装的关系;在游击战的战术上,不懂得"避强击弱,有进有退,有游有击",而是和国民党反动派硬碰硬,搞什么"拼命主义"。

可以说,红四师艰苦转战的历程,是广州起义的继续和发展,表现了中国共产党人百折不挠的斗争意志和不怕牺牲的英雄气概,对此中共广东省委给予了高度评价:"红军第四师兵士,在广州暴动失败以后,继续为东江暴动血战,他们英勇的牺牲,是全国革命士兵之好模范。"正是包括红四师、红二师、东江特委和海陆丰地方革命武装在内的共产党人,在海陆丰地区的艰苦摸索和奋斗牺牲,为中国共产党人最终形成一条"农村包围城市,武装夺取政权"的正确道路,提供了宝贵的经验和教训。

夏天的海风虽有咸腥味,仍然凉爽可人,小叶榕发出哗哗响声。树上的蝉儿竭力鼓噪,挽留这炎夏的高温,也只有在这个季节里,它才能放喉歌唱……我们在红四师旧址左侧的一片空地上驻足眺望,工作人员介绍说,这是当年红军饮马之地。这时,我透过蔓藤的牵牛花隐隐约约看见半堵矗立着的残墙断壁,当年红军的饮马之地已经荒芜不堪,一片苍凉。

此时我遥想到烽火连天的岁月,红四师的将士们以血肉之躯,策马在敌人的枪林弹雨之中,那举刀杀敌、奋蹄驰骋的壮烈画卷,让人浮想联翩。饮马之地附近还有一个红军扎营的练兵场,原来的设施已荡然无存,只剩下一片青翠的草坪。站在练兵场旧址,昂首仰望辽远的天际,仿佛听见当年红军举枪拼杀的雄浑之声,因响遏行云而震落立夏的昏睡星星……

虽然,书中的主角丘东平创作的《沉郁的梅冷城》《十支手枪的故事》《多嘴的赛娥》《一个孩子的教养》《红花地之守御》《通讯员》《白马的骑手》《长夏城之战》等作品,因为发表的原因,对具体地点和人物身份都做了隐匿处理,但仍然透出海陆丰苏区那扑面而来的红色热浪、战斗气息。

丘东平的经历成就了他作品的红色基调和战斗底色。正如鲁迅先生所说:"纪念我们的战死者,也就是要牢记中国无产阶级革命文学的历

史一页，是同志的鲜血所记录，永远显示敌人的卑劣和启示我们的不断的斗争。"

云卷埔仔峒，这里的云是黑色的浓云，比喻国民党反动派的军事镇压，也比喻战争带来的血腥和苦难；血染埔仔峒，是战争导致的真实情状和客观写照，是革命根据地的沉重付出，也是红军战士和人民群众大写的忠诚！

埔仔峒原是与外界隔绝的崇山峻岭。有意思的是，这里有红军山和白军山两座大山，而分界线却是一条无名溪流，春天溪水丰沛，溪流似瀑布狂泻。这种天然的分界，有一种巨大的政治隐喻。

工作人员说，当年红军山驻着红军部队，而白军山驻着国民党部队，红军战士常在溪边放哨，若发现敌情就跑步回师部报告，然后就是炒豆般的枪声。就这样打打停停，停停打打，溪水被鲜血染红了，这何尝不是红军与白军鏖战的历史见证？

如今，红色的溪水已一去不复返，九曲十八弯的蜿蜒溪水，却成了润泽这块红色土地的碧绿之水、永恒之水……

第八章　血祭文章

在苏维埃政府机关撤出海城时，形势显得十分严峻。敌人从四面发动进攻，北部山区也有一路敌人从河婆向陆丰的大安扑来。红四师在大安的蕉坑阻击入侵之敌，然而敌我力量悬殊，结果损失惨重。

敌人占领大安后，窜至海丰平东，进逼公平镇北面的山区。此时，撤出海城往何处去便成为一大问题。比较重要的负责干部，有的跟着部队转移，而没有跟随部队转移的一般干部，只有跟着山区的苏维埃政府行动。区乡政府没有足够的保卫力量，因此成为"流浪型"的政府机关，任由敌人追捕和合围，许多人死于枪下和逃亡途中。无奈之下，有的政府工作人员只有投亲靠友，疏散于穷乡僻壤之中。而大多数人却无家可归，一时之间人心惶惶，一派凄凉。

在"大撤退等于大逃亡"的景况下，丘东平只有死死地紧跟着顶头上司陈振枢，他表示陈振枢到哪里，他就跟着到哪里。其实，陈振枢当时的思想也十分矛盾，因为安排随军转移的干部名单中没有他的名字。他想找彭湃，可是彭湃前几天已带领红军和东江特委的领导向陆惠紫普方向开进，以分散敌人对海陆丰的压力；他想到海丰山区找一个群众基础较好的乡村，蹲下来做地下工作，以等待形势好转再出山，但是山区乡村也十分混乱，地方民团昼夜出动抓"共党分子"，环境相当恶劣。

令陈振枢极为痛心的是，他得到了一个不幸的消息，哥哥陈振韬在汕头被反动派杀害了！陈振枢永远不会忘记哥哥的模样：长脸形，眉毛与眼睛距离较近，但眼睛却大而有神，鼻梁笔直，嘴巴宽阔，脸部的线条棱角分明，呈现出自信的力量。他穿着蓝布长衫，一副斯文相。

陈振韬毕业于海丰县立第一高等小学。1922年秋季，考进了陆安师范。次年加入了海丰县"新生社"，旋即秘密加入中国社会主义青年团。他的社会活动能力很强，成为学生团体的代表人物。

1925年春，国民革命军东征前夕，他在同学郑志云等人策动下，组织同学数十人，到郊区欢迎革命军进城。从此，他离开学校，参加社会活动。由于工作需要，他由青年团员转为中共党员。此时他以大部分的精力，投入海丰县总工会的工作，先后担任宣传、组织及秘书等职务。

同年10月，国民革命军第二次东征，部队进入潮汕地区，陈振韬受上级党组织派遣，到汕头市工作，与杨石魂一道，担任汕头市工人运动领袖。中共汕头地委成立时，他被任命为地委委员。那时汕头工会尚未有统一的组织机构，他按照党的指示，与杨石魂筹备成立汕头市总工会。

1926年5月1日，汕头市第一次工人代表大会召开，陈振韬主持大会，会上成立汕头市总工会，陈振韬被选为汕头市总工会副委员长兼秘书长，直接领导汕头市罢工委员会工作。

1927年"四一五"反革命政变之后，党组织转入地下活动。陈振韬被选为汕头地委委员之后，领导汕头地区党组织进行斗争，9月，中共广东省委秘书长赖先声秘密来到汕头，传达了周恩来、张太雷关于组织革命武装，配合南昌起义军进入汕头的指示。汕头市委迅即召开市委会议，成立汕头革命委员会，以赖先声为委员长，陈振韬、黄居仁、陈国威、黄焕芝为委员。

9月22日晚上，汕头工农军举行武装起义。在南昌起义军配合下，起义成功。在周恩来等领导提议下，汕头市委、革命委员会张贴安民告示，公布政纲，出版《革命日报》。陈振韬安排好南昌起义军在市内的食宿，部署好市内各项工作，召开商人会议，筹饷支援起义军，筹备召开庆祝胜利大会等事宜。

这时，国民党反动派调集军队、军舰从水陆两路包围汕头。为保存革命力量，南昌起义军撤出汕头。陈振韬等人立即部署汕头工农军转移、隐蔽，建立联络站，转入地下斗争。不久，陈振韬被任命为中共汕头市委书记。

11月，海陆丰取得第三次起义的胜利，准备建立苏维埃政权。东江特委为了进一步发展良好势头，派陈振韬到紫金县加强领导。他到紫金县后主要做了三件工作：一是加强党的建设，扩大党员队伍，把一批在斗争中锻炼出来的优秀分子吸收到党组织中来，补充新鲜血液；二是举办干部短期训练班，介绍海陆丰三次武装起义夺取政权的做法、经验及其教训，提高了干部对革命的认识，增强了信心；三是紧紧依靠党组织和广大干部群众，发动农民起义，进行抗租斗争。经过陈振韬等人的组织、发动，青溪、炮仔、高潭等地的农民觉醒起来了，他们投身到起义和抗租斗争中去，紫金县的革命形势出现了可喜变化。

1928年初，陈振韬调回汕头工作。潮梅特派员叶清秀在潮阳召开各县、市委书记会议，布置汕头市各县开展武装斗争事宜。因在行动中泄露了秘密，会议转移至汕头市召开，然而汕头市党政机关仍遭到国民党军警、特务的破坏，陈振韬当场被捕。在国民党监狱中，陈振韬视死如归，大义凛然，最后被押赴刑场，倒在敌人的屠刀之下，时年24岁。

哥哥的牺牲，使陈振枢陷入极度痛苦之中，脑子一片空白，然而他还是领着丘东平逃回老家，决定躲避一阵再另行打算。他俩刚回到海城的家中，陈振枢的父亲就领着他俩到后院一间小屋躲藏。父亲找来一把铁铲，叫他俩在后壁角挖一个能爬出去的小洞，以便敌人搜家时可以逃生。他们费了九牛二虎之力才将洞挖好，轻轻地嘘了一口气。

丘东平擦着汗问："振枢兄，我们在这里能藏多久？能躲过敌人搜索吗？"

陈振枢摇摇头道："我也说不准。不过，这房子从前门进来要经过三层厚门。敌人进来时，我们有足够的时间从洞里逃出去。这只是权宜之计，长此下去肯定不行的。"

第二天中午，陈振枢的家人神色慌张地传来外面的消息：海城的反动乡绅及地主恶霸联合国民党驻军，组织了"清乡委员会"，正在到处搜捕共产党员、青年团员、农会骨干分子以及苏维埃政府干部；红宫、红场、苏维埃政府所在地，也拆除了所有革命标志，并将红色统一刷成黄色，黄色就是对红色的对抗；国民党在龙津溪畔、红场及东门头等处杀了许多人，有些尸体还悬挂在城门或悬挂在路边的电线杆上，这种"杀鸡给猴看"的把戏，吓破了一些人的胆。

晚上，陈振枢反常地抽起一根烟，对丘东平说："老弟，看来外面的情况一天天恶化，风声越来越紧，我们不能坐以待毙，应该另想出路，我打算到香港避避风头。其实，我也舍不得将你抛下。不过一下子去两个人，路费和到香港后的生活费用不好解决啊。你还是先回马福兰老家隐蔽一段时间，然后再从长计议。"

丘东平觉得，陈振枢提这样的建议也合情合理，他朝陈振枢点点头："好的，目前只有这样。等形势有所好转，我们再联系，决定下一步的工作吧。"

次日，丘东平换上一身当地农民的衣服，动身离开陈振枢家。临别时，二人紧紧地握住对方的手，热泪盈眶地互道珍重，说一声："后会有期。"丘东平恋恋不舍地离开了朝夕相处的好友陈振枢，向着故乡梅陇镇方向匆匆而去……

丘东平一路步行，紧赶快走，经过大腋、梅陇然后折入山乡小道，傍晚时分他回到了老家马福兰村。这时，全家在昏黄的煤油灯下吃晚饭，见丘东平突然回来，顿时高兴地把他围在客厅中央。他们确信丘东平一切完好无损时，才松了一口气。丘东平的母亲说："唉，观音娘娘保佑，能平安回来就好，能平安回来就好啊！"

吃完晚饭后，父亲丘锦成皱起眉头，抽起大竹筒烟说："老六回来了，大家知道，他是参加过革命的。乡里保安队要和他过不去，一定上门来搜查。大家想想办法，老六到哪里躲避才安全？"接着全家人围绕这个问题，商量了一会儿都没有结果。

敌人通常情况下是在夜间进行"清乡"的，人们到处躲避，风餐露宿。每当暮色四合，丘东平的母亲就含着满眼泪水，伴着儿子走出门槛，站在那里望着孱弱的儿子，他手拄一根比身子还高的竹棍，肩头耷拉着一卷棉毡子，到溪流淙淙的东畔山脚，住山坡处的林子寮棚。

丘东平劝慰母亲道："彭湃说：曙光在前，胜利在望。阿婶（潮汕平原子女对母亲的称呼），你为了我受尽了苦头，我将来给你写一本大书，让世人知道。"

母亲说："我不要什么大书，你没事就好，没事就好。"在母亲看来，兵荒马乱的年代，什么事比人身平安更重要？

丘东平躲避时一刻也不敢懈怠，就算是风雨来临，他也得披着蓑衣出门躲避。兄嫂们都为他的"亡命生涯"而扼腕叹息，这惶惶不可终日的处境何时到头？然而，对这一切，丘东平豪情满怀地说："革命快成功了，不论怎样艰苦，我们都要坚持。我已准备一生为革命，你们为我担惊受怕，我真是过意不去，等我将来条件好了，给你们写一本书，传给你们的子子孙孙，记住经过的一切。"兄嫂们听后苦笑道："老六，你别做梦了。"

丘东平还是坚定不移地说："不信？你们看吧，革命胜利就会像东升的日头，照亮我们的前路。"

大嫂虽然不信老六的"大话"，但还是挺在意这个在风雨中闯荡的小叔子，她对丘东平说："六叔，我想了一个好办法，在村民的草垛内用棍子掏一个洞，边头开个小孔，你想去住吗？"

丘东平一听高兴道："好啊，大嫂好计！"于是，他蜷伏在全村几十堆草垛中的小洞里爬进爬出，靠透进去的一丝光线，看书、做笔记；肚子饿了，大嫂拎来饭给他吃。丘东平在马福兰村利用"草洞战术"，隐蔽了好几个月。在这些烽火岁月里，国民党保安队进村搜索了无数次，丘东平都是躲在草洞里逃出生天的。

一次，保安队从村后的山路突然扑进村里，丘东平来不及躲进草洞，屋里又没有可以隐蔽的地方，眼看就要被搜出来了。在这危急关头，幸亏他急中生智，走进大嫂的房间，把他七八岁的小侄儿戴着的狗头帽戴在自己头上，然后躺在大床上，将被子盖严，装成打摆子的孩子。由于他个子矮小，又缩成一团，再加上大嫂一口咬定躺在床上的是她患病的孩子，敌人信以为真，瞅了一会儿就出去了，丘东平才躲过一劫。

事后，丘东平以诙谐的口吻说："我能逢凶化吉，第一要感谢大嫂的配合，第二要感谢侄子那顶狗头帽，第三还要感谢敌人的愚蠢无知。"

大嫂听后，便遮嘴而笑道："也感谢你命大。古人说，大难不死，必有后福。"此时，吴笑也在旁说："我看六叔不但命大，进退谋事也十分聪明，危险关头回家躲避，不像他五哥傻乎乎地跟着农军跑，让人多操心啊！"

丘东平赶紧道："五嫂你别担心，吉人自有天相，五哥跟着农军跑自然是他的福气。我是想跟也不让跟啊，才跑回来钻草洞、戴狗头帽，苦度余生啊！"

吴笑说："六叔你饱读诗书，我是说不过你的。反正人在眼前看得着摸得着，心里就踏实。"吴笑说的是大实话，丈夫、丈夫，就是一丈之夫，显然是看得见、摸得着才有安全感。但她却不清楚，作为一个革命者，为了事业和理想而驰骋沙场，甚至马革裹尸，也是预料之中的事。

丘东平对吴笑的话只有付之一笑，打心眼里说，他不怕闯荡，也不怕牺牲，就怕离开革命队伍，过着东躲西藏，像做贼一般难受的生活。白天，他担心被叛徒和坏人告密；晚上，又害怕保安队突然进村搜家。这样压抑的环境使他变得浮躁不安，他的性格也逐渐变得冷峻和沉郁起来了。

唯一使他有点儿安慰的是，几个月来，他记录了一些有趣、愚昧、悲惨和壮烈的故事。这些故事有些是他亲朋戚友告诉他的；有些是家人和村里的左邻右舍道听途说传来的；有些还是发生在村里耳闻目睹得来的"新闻旧事"。

丘东平想，这些素材大部分是以前作家们没有反映过的、具有新意的战争环境下的"道听途说"，而且富有革命和抗争色彩，是十分难得的创作素材。这些题材深深地刺激着他、震撼着他，使他不知不觉地在心里慢慢酝酿成一篇篇小说的腹稿。

几年之后，他来到了上海，这是"左联"作家们聚居之地，也是一个文化气息甚浓的大都市。于是，他在海陆丰经历过的辛酸往事、血火日子，成了他创作的极好素材，也诱发出火山一样喷发的灵感，让他付诸笔端。《沉郁的梅冷城》《一个小孩的教养》《多嘴的赛娥》《通讯员》等小说先后问世，由此震撼了上海文坛，一位年轻的战地作家如同升上中天的新星，让人眼前为之一亮。

刻骨铭心的生活体验和曲折幽深的心路历程，令丘东平的红色作品有了更坚实的附着力、爆炸力。丘东平在小说《一个小孩的教养》开篇就说："永真的父亲都猴友，和马福兰全境所有的村民一样，一面种田，一面结草鞋……"第二段又说："都猴友，马福兰地方的一个村民，用草鞋接济自卫军的叛逆分子。"马福兰是丘东平诞生的村落，村民都猴友用草鞋接济自卫军，其背景就是海陆丰苏维埃政权失败后，农民自卫军仍在山区浴血奋战，山里人用自己的真诚不断接济子弟兵。而实际上，丘东平此时正在老家马福兰村进行艰难的隐蔽，近乎绝望的隐蔽点亮了他灵感的火花。小说描写村民都猴友因接济自卫军而被敌人列入搜捕的黑名单，天真而又直率的孩子永真，竟被敌人所蒙骗，说出了父亲的落脚点——茶亭，最后导致都猴友惨遭敌人杀害。

这种大革命时期的历史真实，呈现在丘东平早年的作品里，凸显了特殊年代阶级斗争的严峻性、残酷性，这是与某些所谓鸳鸯蝴蝶派文人不可同日而语的本质区别。

丘东平20世纪30年代初在上海开始文学创作时创作的一批小说如《通讯员》《沉郁的梅冷城》《多嘴的赛娥》等，同样反映海陆丰农民革命运动。和30年代反映工农革命的左翼文学一样，丘东平是以阶级分析的观点、政治的视角去揭露统治者的残暴，农民的苦难和抗争。与同期的"左联"作品一样，丘东平此类小说具备了当时左翼文学的基本元素：统治者的自私和残暴，被压迫者的受难和愤而反抗。但是，仔细地省察他这个时期的小说创作，就能够发觉和同类题材小说创作有着截然不同的亮点。

首先，当时的革命文学正如蒋光慈所说："它的主人翁应当是群众，而不是个人。"即使主人公是个人，也往往湮没在所谓"群众"的身影中而显得面目模糊不清。而丘东平的小说却很注意在战争的背景下、在阶级冲突中去凸显个体的悲剧命运。在《沉郁的梅冷城》中，革命者克林堡在毫不知情的情况下被说成是供出172个叛党的自首者，不明真相的群众愤怒地把克林堡拖到街上暴打，"克林堡在群众的殴打下找不着半点掩护，脸孔变成了青黑，张开着的嘴巴，喊不出声来，只是在肠肚里最深的地方'呃呃'地哼着。"待到明白真相后，克林堡执意当众揭穿谎言，挽救那172个罪犯的生命，却被当成精神病人捆绑回家。

在《多嘴的赛娥》中，赛娥是一个处处受人歧视的女孩子，刚出生不久因为是女孩遭亲生父母遗弃，长大了常被视为多嘴的惹人讨厌的女人。后来她接受任务，去打探敌军的情报，在途中被敌军发现，本来已瞒过敌人可以成功逃脱，但是一个善良的老太婆无意中却暴露了她的身份，她被重新抓起来。但"多嘴"的赛娥却自始至终"坚决地闭着嘴"，不透露半点儿秘密，最终被敌人残酷处决。

在《通讯员》中，通讯员林吉曾多次成功地传送情报，然而，有一次他奉命把一个做政治工作的少年从江萍带到梅岭。途中突然碰到敌军盘查，那少年惶恐地跌下山涧……独自逃生的林吉此后常常浮现那少年被凌迟的惨象，陷入不能排遣的痛苦之中。他常常向别人描述那天的遭遇，并自我诘问："少的死了，大的却逃回来，你说这是对的事吗？"周围的人以各种方式劝慰他，但未能减轻他内心的痛苦和绝望。后来，人们似乎厌

倦了他反反复复的述说和自责,甚至有人觉得他是精神出了毛病。而林吉终于不能原谅自己的"罪过"而举枪自杀。

丘东平一系列描写海陆丰苏区的作品,以粗粝、苍劲的笔触描写了在酷烈的斗争背景下,革命者对命运的反抗、对革命事业的执着;从另一方面看,它又以不无压抑、凄美的笔调描写着这些革命者的悲剧性命运。这种描写的背后隐藏着作者对个体生命的关注——在革命斗争中,国家、集体的利益是高于一切的,尤其是集体的命运受到威胁时,任何个体的命运都是微不足道的。

然而,对作为人学的文学来说,又必须去关注个体人的生存命运。丘东平以文学家的眼光去烛照、折射生活。这种文学家的眼光,在他后来的抗战文学中可以更明显地感受到——一位革命作家奔涌在血管里的铮铮铁血!

丘东平,作为中国第一个苏维埃政权的历史见证人,肩负着使命感和责任感,怀着蓬勃的热情、无畏的胆识去竭力描摹"过去的实生活",从而谱写出海陆丰民众开天辟地的英雄乐章。这难道不是风暴年代里的血祭文章吗?!

第九章　壮怀激烈

1928年的夏天,马福兰的枪声暂停了,但依然很闷热。在丘东平眼中,酷热比杀人的枪声更难熬、更可怕……因为他在沉寂中感到一种命运的窒息。

那天晚上,丘东平一边打着葵扇,一边正在煤油灯下伏案记录创作素材。忽然,吴笑引来一位农民打扮、满脸胡子的魁梧汉子,一进屋便传来了他爽朗的笑声:"席珍老弟,别来无恙吧?"

丘东平定睛一看,走进视野的他,竟是化了装的农运领导人杨望。他浓眉、豹眼、刀削脸。丘东平不禁觉得喜从天降,忙拉过凳子让他坐下。

吴笑端来一碗热茶，向杨望打听丈夫丘汝珍的下落；丘东平则紧紧地握着杨望粗糙而又青筋暴突的大手，端详着他神情的变化，忧虑地问："杨大哥，说实话，外面的情况很糟糕吗？"

杨望叹了一口气道："是的。大革命失败了，许多同志死得很惨。"

"那你冒这么大的风险来看我，要我干点儿什么呢？"丘东平又问。

杨望抬手拍拍丘东平的肩膀："老弟，我们的斗争没有停止，我是来这一带活动的，顺便来看看你，给你通报一些消息。"

丘东平一听兴奋起来了，急急地说："你是来这一带活动？那就带我走吧，我在家快闷死啦！"

杨望喝了一口茶后，慢慢地讲述了当前海陆丰的形势。他说，彭湃自今年2月份率部撤出县城后，便带领红军向惠来、普宁方向发展，曾一度打进惠来县城，但终因敌我兵力悬殊，不得不撤往山区，现仍在大南山一带坚守根据地。他还说，今年4月下旬，海丰党组织组成了工农革命军海丰独立师，由彭桂担任师长，丘汝珍回到部队后，一直在独立师协助彭桂工作。

当吴笑听到丈夫还在海丰彭桂的部队里，心里悬起来的石头忽地落了下来，微笑着说："他五哥没事就好了。"接着，她端起茶壶给杨望添满了茶，含笑退了出去。

杨望对丘东平说："我担任暴委主席后，到处组织各县区暴委，伺机进行暴动，我们的方针是以暴动来发展革命力量，以暴动来回答反动派的屠杀！"丘东平从杨望那双豹眼里，看到了熊熊燃烧的革命火焰……

杨望很忙，忙得巴不得长出三头六臂，但他仍抽空来看丘东平，这令丘东平感动得要掉眼泪了。

杨望自1924年参加海丰农民运动，历任第二区农会宣传员、海丰县农会特派员、国民党中央农民部特派员等职。1927年，接连参加了海丰县三次武装起义，带领部分农军与敌人作战数十次，立下了赫赫战功。他还被选为东江特委委员兼海丰县委农民部长。海丰苏维埃政府成立后，他当选为主席团委员。

1928年春，苏维埃政权失败，革命进入低潮，广东省委于4月间召开会议，主张发动惠州、潮梅暴动，杨望被选为广东省委委员。5月，海丰、陆丰、惠阳、紫金四县成立暴动委员会，统一领导四县工作，杨望被选为四县暴动委员会主席。这期间，四县大部分地区已沦于敌手，大部分组织受到敌人破坏，党员、骨干相继牺牲，群众惨遭杀戮，斗争举步维艰。杨望接过暴委主席这一重担，真正受命于危难之际。但是他毫不气馁，挺起胸膛，带领广大民众浴血奋战，使遭受破坏的革命组织重新得以恢复。

在丘东平眼里，杨望还像以往那样神采飞扬，充满乐观。他自信、坚定而无畏，像普罗米修斯的浮雕一般，高举起不灭的火把，潜行在漫漫长夜之中……

这时，丘东平再次要求杨望带他走，说："杨大哥，你带我走吧，哪怕上刀山下火海，也在所不辞。"

杨望严肃地说："从我个人的角度说，我很乐意身边有你这样的助手，但从组织的角度说，现在处于革命的低潮，我们党的原则是尽量避免不必要的牺牲，尽量保护一批有知识、有才干的后备干部，以便将来担负更重要的革命工作。目前海陆丰的形势相当严峻，你最好设法到香港躲避一段时间。听说陈振枢已到香港九龙了，你可以去找找他啊！"

丘东平听出杨望主意已定，就不好再说了。当他听说杨望要他到香港找陈振枢，立即觉得这是目前唯一的办法，便迫不及待地问道："你有灵谷兄在香港的具体地址吗？"

"没有，你到香港会打听得到的。我该走了。老弟，多保重，后会有期！"杨望说着起身告辞。

"杨大哥，我记住了你的话，也为你的真诚所感动。将来有机会，我要把你写进我的小说里。"丘东平伸出滚烫的手握着杨望，眼眶盈满了激动的泪水。

将对方的事迹写进自己的小说里，这是丘东平的感动，也是丘东平最质朴的承诺。

"不必了，老弟你不会忘记我这样的老大哥，我就心满意足了，再见！"杨望转身快步走了出去，像一阵疾风似的消失在黑沉沉的夜幕之中。丘东平没有想到的是，这一次竟是他与革命者杨望的永别……

几年以后，丘东平将杨望写进了自己的小说里，这篇小说叫作《红花地之守御》，而杨望就是《红花地之守御》的主人公。

小说写了杨望率领一支不足200人的队伍，在县城北面约二十多里的红花地丘陵地带，击溃了敌人两个团的进攻。在这场以弱胜强的战斗中，杨望表现出钢铁般的意志和卓越的军事指挥才能。

他亲昵地称杨望为：总指挥或总指挥老大哥。

小说有几段精彩的描写："……关于杨望，还有种种谣传，据说杨望有一次到碣石、金厢沿海一带地区去解决了许多军事上的困难问题，当地农民竟然像信仰菩萨一样地相信他……那时候有人投给县政府的匿名信这样写着：'……长此下去，民众的整个信念，要转到个人的信仰上去了吗？'而总指挥杨望，他一向是这样地朴素，他决不在口头的声辩上去费工夫，他着着实实地工作着，他渡过了不少难关，也爬过不少历史的极高的顶点，他所取的全是一种豁达、高远、俯瞰的态度。他仿佛脚上穿着厚而牢固的皮靴，不管脚底下有多少荆棘，只是向前迈步着，这在他几乎是失却了感觉而麻木了的一样……

"但是不管怎么样，我却要重复地再说，从这次战役中发生了的特殊事件所昭示，杨望，这总指挥老大哥的钢般坚硬的格调是造成了！"

丘东平在小说里对杨望的描绘，可以说基本上抓住了他最本质的特征，这除了他平日对杨望的观察和了解外，那次杨望的深夜来访，更加深了他对这位老大哥坚如磐石的革命精神的深刻理解。

"对于杨望总指挥老大哥，可不要冤枉他吧，他连对自己的帽子上的带子看一看，鉴别它是红是绿的时间都没有……的确，他全身都散发着新的气息，他的谈话使我对于远方从未见过的情景也开始思索和想象了。

"……有一次，我在自卫军的总指挥部遇见他，他热情地接待着我；这时候恰巧他的母亲来向他要钱，说自他的父亲死后……她的日子很苦。

杨望在自己的袋子里搜寻了半天，卒至把袋子捣翻了……只得到一个铜板，杨望把这个铜板交给他的母亲之后，挥手叫他的母亲走……"

这次战役就是1928年初发生在红花地的一次胜利的伏击战。杨望率领自己的队伍，奇迹般击溃了数倍于己的敌人，取得了辉煌的战绩。

像这样奇迹般的胜仗，杨望还指挥过多次。其中最具传奇色彩的一次是陆丰石寨之战。石寨，是陆丰东海通往大安要道必经的一个乡村，当时被敌人占据，周围有城墙炮楼护卫，易守难攻，对红军威胁极大。为了拔掉这个钉子，杨望在一次军事会议上提出智取的建议，得到与会者的赞同后，杨望便着手进行紧张的调查工作。杨望摸清了这个村子系黄姓族居，族长利用严格族规统治乡民，群众生活在水深火热之中。他还搞清了黄姓祖宗传下来的辈序和家训式的"八句诗"，这"八句诗"几乎是黄姓子孙认亲辨族的标志。了解到这些情况后，杨望便单身徒手爬上了寨墙，一边高喊："不要开枪，我是自己人！"一边从容不迫地向守寨的民团团丁走去。

民团团丁和守寨的村民立即把他围住，要抓他去见族长。

杨望说："不忙，不忙，先领我到祠堂拜拜祖宗再说。"

守寨人喝道："你这奸细，黄氏宗祠与你何干？"

杨望先念了黄姓"八句诗"，然后沉痛地说："兵临城下，大难临头，我是冒着风险来告诉诸位同宗兄弟的，我不忍俺黄家石寨就这样糊里糊涂地毁在战火之中。你们要杀我，也要让我死在祖宗灵位之前！"

杨望说罢奔下了寨墙，径直走向祠堂。乡亲们听他这么说，半信半疑，也就跟他到了祠堂。霎时间，祠堂挤满了围观的民众，都想看看究竟是怎么回事。

杨望见乡亲们已来得差不多，便开始诉说宗亲乡情，说黄姓祖先自福建到海陆丰定居以来，历尽艰辛，经十数代人的艰苦拓展，才有今天的石寨，但乡亲们至今仍蒙在鼓里，任由地主、恶霸盘剥，过着牛马般的苦日子。

乡亲们听他说到自己的苦处，不知不觉地流下了伤心的泪水。杨望此时把话锋一转，谈到苏维埃政府和农军进军石寨的目的，是为了解救贫苦乡亲脱离苦海，翻身做主人，可是没想到贫苦兄弟却上了地主、恶霸的当，受了族长和反动派的骗，错把仇人当好人，好人当仇人。杨望一席话，动之以情，晓之以理，石寨民众想通了，他们打开城门迎接农民自卫军的到来……

这是真实的一幕：1928年9月1日，杨望率领工农武装三十多人，在靠近海丰县城附近的新寮村，截击一支保护地主下乡收租的反动武装。敌人一见农军，即向县城方向逃跑。杨望杀敌心切，奋力穷追，在大队人马赶到之前，单枪与敌人展开搏杀，身中数弹，当场牺牲，时年23岁。

其实，丘东平写的《红花地之守御》里的杨望，既是真实的杨望，也是想象中的杨望，他将自己对革命胜利的寄托和对共产党人的敬仰，熔铸在对英雄人物的塑造之中。杨望为革命而献身的事实，他一无所知，直到许多年后他不幸倒在日军的枪口之下。

自从听了杨望的话后，丘东平四处打听陈振枢在香港的下落，可是仍"泥牛入海无消息"。而形势却越来越严峻，白色恐怖越来越猖獗。

夏收期间，海丰县反动当局组织的民团竟来到马福兰村扎营，他们一进村就摊派粮食，追查共产党员及农军人员的下落。那个大腹便便的民团团长，指挥打手霸占了丘东平父亲丘锦成的房子，威逼老人家交出两个参加革命的儿子。丘锦成说儿子不知去向，你要我到哪儿找？团丁们二话没说就拳脚相加，将年过六旬的丘锦成打了个半死，口吐鲜血，倒在院子里……

这时，丘东平再也无法在家里或草堆躲藏了，不得不转移到村后不远的小山洞栖身。为了安全起见，他经常变换隐蔽地点，但敌人也加紧搜查村后的密林山丘，他们似乎知道丘东平就隐蔽在马福兰村附近，设下了关卡和流动哨。敌人将丘锦成吊起来拷打，威胁道："若再不交出两个当农军的儿子，就将他抓去坐牢，重者还要砍头！"

在万般无奈的情况下，丘锦成和他老婆黄氏商定：赶紧送丘东平到香港避难。一天早上，丘东平化装成童养媳回娘家的样子，先是到滨海的海头村的亲戚家里落脚，然后又转到马宫南湖一个叫丘俊生的宗亲家里。丘俊生是一个知书识礼的读书人，一向仰慕丘东平的才学和胆识，十分同情

丘东平的遭遇，两人一见如故，将彼此视为挚友。

在丘俊生家里，他们一面耐心等待前往香港的船只，一面谈古论今，针砭时弊。他们谈到激昂之处，常扼腕顿足，仰天长啸。南宋抗金名将岳飞的《满江红·写怀》成了二人抒发愤懑与豪情的朗诵之作：

怒发冲冠，凭栏处，潇潇雨歇。抬望眼，仰天长啸，壮怀激烈。三十功名尘与土，八千里路云和月。莫等闲，白了少年头，空悲切！

靖康耻，犹未雪。臣子恨，何时灭！驾长车，踏破贺兰山缺。壮志饥餐胡虏肉，笑谈渴饮匈奴血。待从头，收拾旧山河，朝天阙。

这首词将收复山河的宏愿和血洒沙场的征战，以一种浪漫主义的手法表现出来，既表达了誓夺胜利的信心，也显示了精忠报国的英雄之志，情调激昂，慷慨壮烈，充分表现了中华民族不忘屈辱，奋发图强，雪耻若渴的神威，从而成为反侵略战争的名篇。少年壮志的丘东平在这首词里汲取了奋力前行的力量！

月色如水，星光暗淡。他们声泪俱下，抱头痛哭……

丘东平住在丘俊生家里，一到夜晚，他望着天上稀疏的星星，一股愁绪在心头。日子一天天过去了，他没有得到一点儿外界的消息，他希望组织来人，告诉他往哪里去。

那天晚上，丘东平照旧到院子里上厕所。他刚从黑沉沉的厕所出来，眼睛就被人用手掌捂住了，他想张嘴叫喊，嘴巴也被堵得严严实实，他突然有一种绝望的感觉——他被人绑架了！

少顷，那人小声地对他说："你是丘作家？我找你有事。此事不能让别人知道，委屈你了。"

这声音有点儿耳熟，是谁呢？

映入丘东平眼帘的是他曾经采访过的红四师特务连长龚昌荣。

"龚连长，你找我有事？你怎么知道我住在这里？"丘东平急切地小声问。

"我想做的事，不可能做不到。我们到外面去谈吧。"龚昌荣微笑着说。暗淡的月色之下，丘东平看到他雕塑般粗犷的脸庞，雪白的牙齿。

这时一组逝去不久的画面从他的脑海回闪：

烈日像火球悬挂在中天，蝉儿伏在绿树枝头，发出闹夏的欢快鸣唱……忽然，从天边传来隐隐作响的雷声，刹那间，乌黑的云层像有一块块沉重的大铁坨坠下来似的，仿佛要将大地压扁。风起了，将树林里的树木刮得似大海的潮声，十分可怖，这预示着一场暴风雨就要来临了。

彭湃、彭桂带着陈振枢、丘东平一行数人，来到位于海丰县海城镇埔仔峒浮潭村的黄氏祠堂，红四师师部就设在这里。黄氏祠堂坐北朝南，青砖蓝瓦，巍然屹立。一些穿灰布军装手执长枪的士兵在四周设下岗哨。

师长叶镛、党代表袁国平知道东江特委书记彭湃带人前来慰问部队，赶忙迎了出来。接着工作人员捧上莲花山大碗茶，众人在大八仙桌旁围坐，一阵寒暄。

彭湃乐呵呵地先开腔道："我们这次来有两个目的。一是代表海陆丰人民向红四师的同志们表达敬意，祝贺你们打胜仗；二是我带来了《海丰青年》的编辑、记者，来这里采访红四师的同志们，让大家知道有一支文明之师，用热血和生命保护着海陆丰人民的生命财产安全。"

叶镛接过话题也讲了一遍客气话，并表示在东江特委的领导下和广大人民群众的支持下，一定会打更多的胜仗。接着，袁国平安排陈振枢采访叶镛，丘东平采访红四师特务连长龚昌荣。

雨依然没有落下来，一道闪电似金蛇狂舞，给阴沉沉的宗祠绘了一个奇异的图案。

龚昌荣大步流星地走进来了，他古铜色的国字脸上镶嵌着一双灼灼锐目，两条剑眉往上挑，上唇和下巴长着黑森森的胡子，遮盖住宽阔的将军

嘴,很难看出他的表情变化;他一米七五的高挑个子,扎着一条铜扣牛皮带,一把驳壳枪装在深棕色木制的枪盒里,另一支驳壳枪斜插在皮带上,乌黑闪亮。他那显示出隆起胸肌的坚硬线条,恰如大师打磨出来的勇士雕像,粗犷而又充满力度。

丘东平伸出手,龚昌荣握住了,起初丘东平感觉像握住冰冻的铁块,然后就感觉到握住了灼人的电流,有一种令人麻木的震颤……丘东平打量了龚昌荣好一会儿,说:"龚连长,你好厉害啊!一定身经百战!"

龚昌荣咧嘴一笑道:"过誉了。军人打仗是天职。"

丘东平将凳子拉过来,靠近龚昌荣道:"我这次来,就是请你讲讲精彩的战斗故事。"

龚昌荣爽朗地说:"好啊,有求必应。"

龚昌荣好像在讲述别人的故事,有条不紊而又没有多少感情色彩,声调如同口述一份电文或者是宣读一份作战方案。但丘东平正是在这种言简意明的语境里,感受到什么是"山雨欲来风满楼"。

广州起义失败后,红四师从花都踏上海陆丰的征程。参谋长徐向前随先头部队到达紫金县城附近,侦察排长龚昌荣前来报告,他们抓来了两个敌军侦缉队的士兵,两人把红四师战士当援兵了。徐向前听后,沉吟片刻,计上心头,让龚昌荣赶紧将两个敌军士兵放了,就说是派过来的援兵,明天早上8点进城,请紫金县丘县长在城西门外相见。

紫金县位于广东省东中部,河源东南部,东江中游东岸,东接五华县,西与博罗县隔东江相望,西南与惠州市惠城区相接,南与惠东县相邻,东南与陆河、海丰县毗邻。

当天晚上,徐向前和叶镛师长研究战斗方案:一是,敌人如果出来迎接,我们就将计就计,要他们打开城门,然后顺势冲进城去;二是,敌人不敢出城迎接,我们要想法子将县城端掉。

在这节骨眼上,破城是必须的。

第二天早晨,龚昌荣回来报告说,他们靠前侦察,紫金县城门大开,一些看似当官的人,正列队在城外迎接。徐向前一拍手掌道:太好了!他当机立断，命令部队将这些大小官员全部活捉，县长丘国忠也在其中。

紫金县城可以说是轻取，然而离紫金县城不远的龙窝镇却不好对付了。

龙窝镇位于紫金县境东南部，距紫金县城28公里。相传有一占天师为寻找一条"龙脉"，由昆仑山经江西到此，发现却是条"孽龙"，施法叫它永驻于此，故名龙窝。

驻守在龙窝镇的自卫队听说县城被拿下，县长也被抓，就将大门紧闭，两挺机枪一个劲儿地狂扫，容不得红四师的战士靠近。火烧眉毛之际，徐向前要县长丘国忠下令驻扎在龙窝镇的自卫队缴械投降，丘国忠死活也不干。徐向前心想，你软的不吃，我就来硬的。

他问龚昌荣这事怎么办？你要想办法，目的是将龙窝镇给我立马拿下。

龚昌荣用手拍了一下自己的脑袋，喊道：有了！他叫人将丘国忠的双手反绑，给他披上一件黄色的军大衣，然后将他架上一匹战马，龚昌荣翻身跨上马背，手握驳壳枪躲在丘国忠的身后，然后驾一声，战马向着龙窝镇疾驰而去……

龙窝镇自卫队的人看见县长大人骑着马大驾光临，而且越来越近，慌忙打开城门上前迎接。丘国忠挣扎了一下，正想喊叫，却被龚昌荣用枪顶着后背，警告道："你别喊，你喊我一枪崩了你！"丘国忠一听不对劲，连忙住嘴。这时，埋伏在周围的侦察排战士一拥而上，冲进了龙窝镇内……徐向前出任师参谋长后，不放一枪就拿下紫金县城，活捉了国民党少将县长丘国忠，又智取龙窝镇，师长叶镛连连夸赞道："我这个参谋长选对了！"

这次战斗之后，25岁的龚昌荣因表现优异，被提拔为特务连长，除了保卫师首长的安全外，还要专啃攻城拔寨的硬骨头。

龚昌荣是广东新会人，出生于一个贫苦农民家庭，因生活所迫，父母在他很小的时候，就将他卖给了为洋人做厨师的旅美华侨龚福荣当养子。龚昌荣在新会一中上学，这所创建于1905年的新型学校，在"废科举，兴学堂"的大背景下，广大学子受到了五四运动的影响，阅读了一些进步书刊，还参加过一系列的进步学生活动，特别是在水南乡农民自卫队领导人

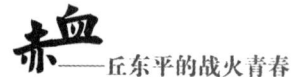

胡华的帮助下，懂得了许多革命道理。

水南乡是新会的武术之乡，有上百年的醒狮传统。自小身手矫健的龚昌荣熟习咏春拳，将几种套路玩得虎虎生风。为了做一个优秀的醒狮人，他还到佛山拜师学了轻功，使套路大于表演的舞狮过程，还原成生动传神、威风八面的雄狮醒世。为了学艺，他曾跌断了小腿，扭伤了手腕，然而艰辛的付出也获得了"武林高手"的美名。中学毕业后，他与同乡身材苗条、长相俊俏的姑娘张美香成婚。没多久，他告别了家人，来到南国大都市广州做工。

1925年，龚昌荣在广州参加了洋务工会。省港大罢工爆发后，加入省港大罢工纠察队，经过短期军事训练后，到珠江口一带执行封锁香港、查缉走私货物、维持秩序等任务。同年，他加入中国共产党；11月，担任工人纠察队模范中队指导员。

1926年10月30日，省港大罢工纠察队改组时，龚昌荣被编入缉私卫商团，担任连政训员。这段时间里，他有更多的机会学习军事知识和作战技能。他对射击颇感兴趣，他和两个兄弟来到广州市郊的瘦狗岭练枪。为了加强手腕的稳定性，他在手臂上绑了两个实心秤砣，然后举枪对着前方树上的玻璃瓶射击，直练得腰酸臂痛。苦心人，天不负。龚昌荣后来得了"神枪手"的威名，指哪儿打哪儿，百发百中。有人请教他射击的秘诀，他大声地说："我在瘦狗岭就打了一箩子弹，练出来的！"其实，龚昌荣除了刻苦练习外，还有天生的悟性、临危不惧的心理素质。

广州起义前夕，龚昌荣遵照党的指示，联络一部分省港大罢工纠察队员和罢工工人，组成工人赤卫队，任赤卫队敢死队连长。1927年4月15日，国民党当局在广州发动政变，捕杀共产党人和革命群众。反动当局派兵袭击了缉私卫商团。机警的龚昌荣死里逃生，回到广州洋务工会，凭着一身武艺和一杆快枪，他再次参加工人秘密武装"剑仔队"。这批身怀绝技的"无产者"在龚昌荣的领导下，以更加隐蔽的方式继续与敌人做坚决的斗争。

1927年12月11日凌晨，广州起义打响。龚昌荣率领埋伏在明星戏院的敢死队员,迅速穿过街道,配合国民革命军第四军教导团一举攻占敌公安局,然后又参加攻打第四军军部。在弹片横飞的战场上,龚昌荣静如处子、动如脱兔,他手枪的子弹穿行在硝烟之中,几乎将杀伤率提高到百分之百。

次日中午,广州起义总指挥张太雷在参加工农兵群众大会后,驱车奔赴指挥部的途中,遭到敌人伏击而中弹牺牲。龚昌荣闻讯后率队赶到,将这股敌人迅速消灭,并护送张太雷的遗体到了指挥部。这时形势万分危急,他又率领敢死队员打退了敌人的多次反扑,保卫了指挥部的安全。广州起义失败后,参加起义的国民革命军第四军教导团、警卫团和广州工人纠察队,接到撤退命令后,分批撤出广州,经龙眼洞,日夜兼程向花县境内进发。

这时国民党军队对起义部队实施围追堵截。在花县,起义部队在敌人一阵紧似一阵的枪声中召开紧急会议,决定将部队改编为工农革命军第四师,师部下辖三个团:第十团、第十一团、第十二团。叶镛任师长,袁国平(又名袁裕)任师党代表,徐向前任师参谋长。全师共有一千二百余人。

徐向前在广州起义前,一直在工人纠察队里工作,他对"剑仔队"的龚昌荣有一定的了解,认为他组织纪律性强、枪法好,在工人中有威信,要提拔他当连长。后来考虑到师部要成立一个侦察排,为大部队先行探路,此任务比一般战斗连队任务更加繁重,就将他委任为侦察排长。

在讨论部队下一步的行动方案时,原打算前往北江与朱德、陈毅率领的队伍会合,然而,两天后改变计划,决定经从化、紫金,然后到海陆丰寻找彭湃的农民起义队伍。

红四师攻下紫金县城后,就与先前到达这里的红二师第五团会师,并与粤军李汉魂所部发生遭遇战,双方互有伤亡。这时,紫金县委想将红四师留下来,但东江特委则认为,紫金县党的力量薄弱,难以给部队带来更大的帮助,且离敌人驻地较近,很容易被强敌包饺子。基于此,东江特委不同意红四师留在紫金,而是继续往海陆丰方向进发。

1928年1月20日,盘踞在惠阳、海丰边境的军阀陈炯明余部600多人,由海陆丰守备大队司令蔡腾辉率领袭击海丰赤石。赤石曾是海陆丰中心县委所在地，元朝末年，李、洪两姓在此建市，设打铁店，因此地街道呈日字形而称"日隆圩"。清朝中朝，村民认为"烘炉地"须赤石垒筑才兴旺，故改为此名。敌人到来后，将村子洗劫一空并焚毁，举兵进犯周边的梅陇镇。

1月26日，红四师十团、师部特务连在师参谋长徐向前的率领下，奉命前往还击，梅陇、赤石赤卫队也前来助阵。身为连长的龚昌荣成功地运用了"声东击西"的战法，带领特务连重创了这股敌军主力。这场战斗旗开得胜，歼敌200多人，俘敌200多人，缴获机枪两挺、迫击炮一门、步枪500多支、子弹50担。这是海陆丰苏维埃政府成立以来，最为激烈的一场战斗，也是成果最为显赫的一次胜利。

随着战斗越来越激烈，红四师特务连归属十团指挥，两个排长也分配到其他部队做副连长，特务连的战斗力有所削弱，但龚昌荣仍承担十团最艰苦的攻坚、阻击任务。

在一次担任阻击任务的突围之中，战士们牺牲的牺牲，受伤的受伤，剩下一个排长和十几个战士。为了有效地消灭来犯的敌人，保证成功突围出去，龚昌荣要求每个战士交出两发子弹给他。有两个战士交出两发子弹后，只有一根空枪了，龚昌荣将自己身上一把刺刀扔给其中一个，又对另一个战士说，地上有石头，你拾起来就是武器了。结果，凭着两支驳壳枪和一支汉阳造步枪，龚昌荣精准地射杀了二十多个敌人，率队冲出了重围。

在一次掩护大部队撤退时，龚昌荣带的十几个人都先后战死，剩下他一个人独自坚守阵地，于是他将牺牲战士的枪和子弹全部拿过来，凭着地形的险峻，居高临下地阻击敌人。有七八个敌人冲入水田，但在龚昌荣这位神枪手的有效射程内无一生还。这一仗，令龚昌荣以他的胆识和绝技，完成了不可能完成的任务，初露"战神"锋芒，威名远扬。

仲夏的雷声，由远而近，由近而远，轰隆隆响，像巨人的脚步迈于天际云端……农人们说，光是打雷不下雨，叫干打雷。又是一道闪电，狂舞的金蛇不是将射线打在简陋的宗祠里，而是绘就在龚昌荣雕像式的身躯上，超越了时代，成就一位跨世纪的"战神"……

夜，雷声越来越大，一道闪电划破长空，闪电似一柄利剑，刺破了浓云，终于酿成了滂沱大雨……顷刻间，暴雨成灾。

雨一个劲儿地狂泻，这是仲夏的雷雨！丘东平看见一股潮润而又咸腥的海风直扑而来，势如瀑布倾泻的雨阵里，有一标人马组成了钢铸的群雕，屹立于世间……这是在狂风暴雨之中的红军啊！

丘东平想到这里，见龚昌荣已经悄无声息地将院门打开了。

他俩走出了院子，龚昌荣从草丛里一把捞起一辆自行车。"你是骑自行车来的？"丘东平问。

龚昌荣说："上车吧。"龚昌荣骑的是德国造"飞鹰牌"自行车。丘东平上了龚昌荣自行车的尾架。他在海丰县城里，也没见过多少辆自行车，而骑自行车的人都是富家子弟。这些自行车都是舶来品，有德国造的"钻石牌""飞鹰牌"、英国造的"白金人牌""三枪牌"、日本造的"宫田牌"（又称"东洋牌"）。这些富家子弟搭着那些穿着入时的千金小姐招摇过市，尽显炫耀之能事，让人艳羡不已。

龚昌荣将自行车骑到一块月亮照得到而又相对幽静的地方停住了，他们坐在一棵倒伏的大树干上。这时，月亮的银辉流泻在龚昌荣健硕的身躯上，他穿着一件无袖的月白色短褂，下着一条宽阔的黑色灯笼裤，一条绉纱腰带上插着两把乌黑闪亮的驳壳枪。这种打扮与穿灰布军装模样截然不同，但同样透出一股灼灼其华的英武之气。

"我这次来，不是有什么特殊任务，而是想求你做一件事。"龚昌荣说。

"什么事？你说。"丘东平道。

"我就要离开海丰了，想请你将我们红四师的领导和同志们的事迹记录下来，许多年后，让人记得他们。"

"真没想到你还记得我这个搞文字的。我被人遗忘了，只有你……"

"就拜托你这件事。"

"我会去做的。这是我应该做的。"丘东平顿了一下，继续说，"上

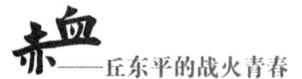

次采访以后，红四师打了不少胜仗吧。"

龚昌荣微笑着说："打了胜仗，也打了败仗。有些教训是很惨痛的……"

接着，龚昌荣燃起一根烟，在烟雾缭绕中，一段悲壮的故事，从这位战火锻造的铁打汉子的嘴里，描绘出硝烟笼罩下的战斗画面……

1928年夏天，广东省委派赵自选与海丰县委及红二、四师负责人召开联席会议，研究反攻海丰县城的计划。叶镛等人虽不同意反攻海丰县城，仍无条件执行省委的指示。5月3日，红四师在反攻海丰县城时再次失利，叶镛率部队被迫退到海丰埔仔峒一带坚持斗争。

由于敌人"围剿"日紧，环境险恶，红四师只有分散开展游击战，本来龚昌荣在十团跟随师参谋长徐向前战斗，后来考虑到叶镛是师长，徐向前就让身边的得力猛将龚昌荣带一个排，保卫师长的安全。

一天，哨兵发现有两个来路不明的人鬼鬼祟祟地摸进山里，声称是进山取药材的。龚昌荣一听就知道来者不怀好意，就命令哨兵将这两个人抓起来。经审讯，是敌人派来探路的，敌军主力将在今晚出动搜山。叶镛知道此情况后，立即命令部队迅速转移，才躲过一劫。

6月中旬，叶镛带领红四师余部在海丰的白木洋突然遭到大股敌人夹击，枪声四起。这时本就身体欠佳的叶镛正发疟疾，由于没有医生和退烧药，发烧达到40摄氏度，一个劲儿地说胡话，不能随部队突围。

龚昌荣见此情况，迅即命令一位班长带一名战士留下来，保卫师长的安全，而自己带着其他战士，一边对敌人开火，一边朝叶镛住的寮棚相反方向跑去，试图引开敌人的注意力。大批敌人听到突然而来的枪声，尾随龚昌荣等人而去。

狡猾的敌人军官却悄悄地在寮棚周围留下了伏兵。下半夜，在暗淡的月色下，一个战士悄悄地爬出来找水喝，被埋伏的敌人抓获，接着十几个敌兵如狼似虎地扑进寮棚，班长开枪打死了一个敌兵，就被敌人的排枪击中胸部，当场牺牲。敌人蜂拥而上，将睡在地铺里的叶镛五花大绑……

两天以后，龚昌荣带着几名战士，回到化成灰烬的草寮时，不禁潸然泪下,他对自己没有保护好师长的安全,深感内疚……

龚昌荣讲完了,熄灭了烟头,站起来说:"我要讲的讲完了,我还要赶路。后会有期!"

月影下,穿着月白色短褂的龚昌荣,犹如白鹤亮翅一般,飞身骑上那辆闪烁着钢蓝色的"飞鹰牌"自行车,愈行愈远,愈行愈远……

丘东平站在原地,挥着手,喃喃道:"我们还能再见吗?"

许多年后,丘东平在繁华的上海街头、霓虹灯下,意外地碰上了那张熟悉的雕塑般的面孔,从而拉开了传奇的一幕。

这是后话。

第十章　再见苏维埃

丘东平在丘俊生家里住了一段时间后,待赴港的船只准备就绪,便于9月上旬的一个月黑无风的夜晚,乘船到了香港的长洲。

再见海陆丰,再见苏维埃——这是丘东平的肺腑之言,当然也是无奈之举。

从此,丘东平离开了家乡海丰,过上颠沛流离的生活,在抗日的烽火中,他将自己的钢笔锻造成为一柄刺向妖魔鬼怪的青锋宝剑。然而,丘东平在香港初期的生活,可以说是"劳其筋骨,饿其体肤,空乏其身"。

丘东平到达香港长洲后,暂时寄居在老乡松伯家里。他一心想尽快打听到陈振枢的住址,以便商讨今后的出路及工作。可是他一连打听了十多天,仍然没有什么着落。加上松伯十分贫寒,不可能长期提供他的生活费用。

在没有任何办法的情况下,丘东平只得每天到大屿山砍柴割草以维持生计。

砍柴割草,在乡下,他虽然见得多,但都是他的几个嫂子干的活儿,他从来没有干过。如今"马死落地行",为赚钱活命,硬着头皮也得干。

在香港,丘东平开始了"全新的生存方式",以体力劳动代替当初的脑力劳动，这种"活法"让他记忆颇深。他半夜三更起床，摸黑走路，到山上割草砍柴，晒干后挑到市场上去卖。这种"非人"的劳动，累得丘东平腰酸腿痛，好些天也无法挺直腰杆走路。松伯见了心酸，叫他休息几天再上山，丘东平苦笑道："累点儿没关系，没饭吃是要死人的，再坚持几天就习惯了。"说罢他一瘸一拐地上山了。

几天过后，瘦小的丘东平皮肤晒得似非洲黑人，腰板也挺直了许多，走路也轻快了，挑回来的柴草也增加了重量。但砍柴割草毕竟是露天作业，碰上连续的下雨天就只好"偃旗息鼓"。于是他转到一间木板厂去当打工仔，白天到厂里光着膀子帮人拉锯，汗流浃背也顾不得擦一下，晚上买些书回到松伯的阁楼里，点起煤油灯，埋头苦读。

生活，就这样波澜不惊地延续着。

不久，木板厂倒闭了，丘东平到一条渔船上去做杂工。这条渔船连船老大及水手、杂工总共才有六七个人。丘东平负责拉网起鱼和用盐腌制鱼干。这种工作比起在木板厂做工更加吃力不说，还要接受海浪的颠簸，初来乍到的人定然会晕船呕吐。为了生存，丘东平别无选择。他咬紧牙关坚持了十多天，晕船这一关才勉强闯过。

此后，他白天出海捕捞，晚上仍坚持看书。从政治读物到进步小说，特别是苏联的革命文艺作品，凡是能够弄到的，他都像"海绵吸水般"拼命阅读。船老大觉得这个操汕头普通话的打工仔很奇怪，问他到底是不是迷上什么书了，丘东平意味深长地说："我是在读天书啊，这本天书教人怎样争取过上好日子。"

船老大一脸不在乎地说："我不相信，我不相信世上有这么好的书！"

丘东平一本正经道："你应该相信，这世上有好多好人，也有好多好书。"

一个多月后，丘东平打听到陈振枢在九龙的地址，便告别了船老大和松伯，从长洲坐船到了九龙，找到陈振枢的住址，两个老朋友、老战友终于在陈振枢狭窄的出租房里见面了。

从陈振枢的口中，丘东平聆听到海陆丰红色风暴的旗手彭湃和他的夫人蔡素屏的故事。

1928年9月21日,在海丰县城的一个刑场上,国民党反动派罪恶的子弹,射进了一位女共产党员的胸膛。她就是海丰县妇女运动的先驱、不屈的共产主义战士蔡素屏。

有人说,蔡素屏的外表似宋庆龄,细细打量真是说得没错。她白皙的皮肤,细而黑的眉毛,丹凤眼,线条清晰的小嘴唇,恰到好处地镶嵌在她那张鹅蛋脸上,十足是大家闺秀、南国佳人。

蔡素屏是海丰县人,出身于富商家庭。她自小聪明秀惠,喜爱织绣,还读了一些古书。1912年,在父母的主持下,她与彭湃结了婚。婚后两人相敬如宾,彭湃经常教她识字,传授妇女要争取解放的大道理,鼓励她冲破封建枷锁,求得自身的自由和解放。

在彭湃的悉心教育下,蔡素屏开始与封建习惯势力抗争。她改变了自己那插满头饰的高髻发型,撕掉了缠足的长布,扔掉了布纳小鞋,毅然提着书包上私塾读书,她还力邀妯娌,穿街过巷到潮州会馆上课。女人放下家务琐事上学堂,这是与封建礼教背道而驰的"非礼之举",于是,家人的责骂,路人的讥笑,一下子朝这些接受新思想、新文化的女子扑来,但蔡素屏却置之不理,继续求学识字。

彭湃从日本回国不久,便开始到农村去宣传农运,组织农会,经常工作到三更半夜,拖着疲惫的身躯回到家里。因此,她每天都弄好饭菜,等着丈夫回来吃,为他捧上洗脚水。当时家里的人,为了阻止日夜奔波的彭湃舍命工作,故意刁难,不给他留饭菜,但蔡素屏深明大义,知道丈夫是为了穷苦农民的利益而奔忙,夫妻俩决意迁出高门大院的豪华住宅,到自家的"得趣书室"去寻求真理。于是,许多工农朋友常常来到这里,商量研究工作,蔡素屏一如既往地热情接待。

蔡素屏在生活上主动照料彭湃,工作上也给予大力支持。一次,彭湃在海城圩场,站在凳子上向农民做革命宣传,蔡素屏勇敢地站在旁边作陪。海城的地主、劣绅们对此极为不满,咬牙切齿地咒骂蔡素屏道:"不守妇道,不识廉耻!"

蔡素屏的父母听说女婿、女儿发动农民组织农会,认为他们是有福不享,自讨苦吃。有一次,老两口儿来到彭家,劝说女儿、女婿"改邪归正"。蔡素屏深知二老的来意,便把彭湃搞农运、解放农民的道理讲给他们听,并称赞彭湃搞农运工作是"正义之举",弄得二老无言以对,悻悻而归。

1922年秋,彭家兄弟分家,彭湃决定将分得的田契还给佃户,蔡素屏欣然同意,并说:"这样做,农民就会更加拥护农会了。"但佃户有所顾虑,不敢要田契,彭湃便当众烧毁田契。这一举动,坚定了广大农民跟着彭湃闹革命的决心。

1923年1月,海丰县总农会成立,并决定发动更多的妇女加入农会,便派蔡素屏到赤山开展妇女工作。这时蔡素屏已从一个家庭妇女成长为革命战士。为了便于工作,她把大孩子托付给弟媳照料;为了解决农会的活动经费,她变卖了自己随嫁的金银首饰。同年夏天,海丰遭受特大风灾、水灾,庄稼严重失收。农会向地主提出减租,但地主反诬告农会抗租,并通过县长纠集粤军钟景棠部镇压农会,逮捕了杨其珊等二十多名农会骨干。在狱中,难友们受尽各种摧残虐待。危难之际,蔡素屏从家中拿出大米和食物送到监狱,亲自交到难友的手中。此举一连坚持了四个多月,令广大农民感激涕零。

1924年4月,为了照顾和帮助彭湃从事革命工作,蔡素屏来到了广州。这时广州郊区和花县、顺德等地的农友经常来找彭湃商量工作,蔡素屏不厌其烦地笑脸相迎,热情接待。

1926年2月,蔡素屏在彭湃的鼓励下,加入了中国共产党。3月,组织上派她回到海丰,到南丰、民生、平民三个布厂开展女工工作。她与女工们一起劳动生活,教育女工组织起来,为争取自由而斗争。有一次,她决定给女工加薪,就以自己家庭开的布厂首先给工人加薪为例,让工人们看到榜样、尝到甜头。

1928年2月下旬,国民党反动派进犯海陆丰红色政权。婆婆劝蔡素屏跟随家人前往澳门躲避。蔡素屏却说:"我有任务在身,就是牺牲,也不能离开海丰。"这时,蔡素屏已怀下第三胎,分娩期快到了。她知道形势险恶,随时都有生命危险,于是物色了一位村人,作为日后托养孩子的人家。

3月初,敌人再次攻陷海城,海丰县革命政府撤退到公平山区。当时海丰县委派蔡素屏等人负责公平、赤坑、可塘等地的武装斗争。然而,她到公平镇围仔村时,分娩期已到了,就在围仔村的祠堂左侧的房间生下了孩子。

没多久,敌人就包围了围仔村。在群众的掩护下,蔡素屏和抱着婴儿的婆婆,隐蔽在村后茂密的树丛里。天色大亮,敌人撤出了围仔村,蔡素屏就把婴儿交给婆婆送到海城桥东村李如碧大娘家里抚养。

1928年9月19日,因叛徒告密,蔡素屏在平岗乡被反动民团围捕,押送到海城国民党监狱。面对敌人的严刑拷打,蔡素屏无所畏惧,坚贞不屈。一天上午,海城的街道上,戒备森严,一队国民党士兵押着蔡素屏等十多名革命者前往刑场。蔡素屏神态自若,昂首挺胸,深情地望着道旁的群众。刑场上,蔡素屏在敌人的枪口面前,大义凛然,高呼革命口号……一位年轻的革命者用她的壮丽之举,走完了人生历程,谱写了一曲扣人心弦的华美乐章。

彭湃是陈振枢、丘东平的老上级,曾为《海丰青年》《红旗》杂志做过批示。丘东平离开海丰后,再也没听说过彭湃的消息。好在陈振枢一直和海陆丰的共产党人和进步青年保持联系,也得到了彭湃这两年的消息。

1927年春,彭湃辗转奔波于广东各地。他除继任国民党中央农民部秘书外,还兼任国民党广东省党部农民部长,在广东省第一、二届农民代表大会上当选为省农协副委员长,还担任海陆丰办事处主任,身肩要职,任重道远。

1927年3月下旬,彭湃抵达武汉,受到热烈欢迎。3月20日,彭湃和毛泽东、方志敏等13人被选为中华全国农协执委委员。4月27日,彭湃在汉口召开的中国共产党第五次全国代表大会上被选为中央委员。

7月27日,领导南昌起义前敌委员会成立,周恩来任书记,李立三、恽代英、彭湃、谭平山为委员。前委决定7月30日举行起义,张国焘从九

江赶至南昌阻止,周恩来、彭湃等驳斥了他的意见,于8月1日凌晨举行起义。在前委领导下,周恩来、贺龙、叶挺、朱德、刘伯承、彭湃等率部3万余人,歼敌万余,取得了南昌起义的胜利。

当天下午,彭湃被选为中华革命委员会委员,兼农工委员会委员。但国民党反动派急调重兵"讨伐"南昌起义军,起义部队挥师入粤,饱经战火。10月3日,起义军撤至普宁流沙,周恩来主持召开最后一次紧急军事决策会议,听取了张太雷传达党中央的指示后,决定革命委员会领导人转移到香港,武装人员尽可能收容、整顿,转移到海陆丰坚持武装斗争。10月7日,彭湃从陆丰乘船前往香港。15日,彭湃出席了中共中央南方局和广东省委的联席会议。

1927年10月7日,周恩来在流沙主持召开一个军事会议,贺龙、刘伯承、叶挺、聂荣臻、彭湃、李立三、恽代英、吴玉章、谭平山等参加了会议。会议决定为保存革命火种,起义军余部的官兵并入海陆丰的工农武装继续坚持斗争;前敌总指挥等领导骨干取道香港,脱险后再北上寻找战机。

会上,周恩来问中共汕头地委书记杨石魂:"在这附近,哪个地方的农运工作做得扎实,群众基础最好?"

杨石魂答:"海陆丰。"

杨石魂的言下之意是说:海陆丰群众的革命觉悟最高,最可靠。

会后,起义军领导先后分批进入海陆丰,在海陆丰党组织、赤卫队的掩护下分别从甲子、湖东等地出海脱险。

这期间,周恩来身患重病,他的脱险是最为曲折、惊险的人生之旅。进入陆丰甲子后,周恩来身边的保卫人员与反动派捉迷藏,先后在南塘的李厝乡、兰湖乡躲避,后被接到地下党陆丰南塘区委书记黄秀文的家乡金厢镇黄厝寮躲藏八天。

周恩来住在金厢镇黄厝寮的那段日子里,他的病情牵动了整个海陆丰的地下党组织。据后来零散史料印证,周恩来当时患了伤寒,于是地下党的同志请桥冲的名医卢阔诊脉抓药。当时国民党军正组织大搜捕,在路上设卡,进村搜捕,为防意外,周恩来病情略有好转后,白天就在山上的石洞里隐蔽。那里的地下党员随时把我党的重要领导人的身体状况及时报告给陆丰县委。

当时通信极不发达，消息只能靠专人传送，还要警惕特务跟踪。当彭湃知道周恩来身体康复可以突围时，就叫人秘密地从海丰大湖雇来一条渔船，停靠于金厢海外的礁石脚下，再由地下党员、赤卫队员用小船将周恩来载出来，再用担架抬到渔船上。

在岸上白军严密封锁、海上巡逻船往返游动的恶劣环境之下，要想脱险，每个细节都要考虑周全，而每一个环节都是险如悬丝。而实现无缝对接、顺利脱险靠的是彭湃等组织者的智慧、赤卫队员的英勇无畏。国民党反动派获知周恩来被海陆丰的地下党、赤卫队员救走后，实施了疯狂的报复，他们火烧村子，杀害船工多名，其惨况无可言状。

再见海陆丰！

再见苏维埃！

在广东革命史上，人们对大革命时期的海陆丰革命根据地予以较高评价。海陆丰革命根据地是中国共产党在土地革命战争时期创立的一块著名的革命根据地。它在中国革命史和中共党史上，占据了很多个第一：在第一次大革命失败后，较早地发动了中国共产党独立领导的武装起义；召开了县级工农兵代表大会，建立了广东第一个县级苏维埃政权；最早领导开展了土地革命，被称为"中国第一个苏维埃"，积累了很多宝贵的经验，在革命斗争中产生了很大的影响，具有重要的历史地位。

当时，中共广东省委和中共中央多次发出号召，要求各地学习海陆丰的经验。1927年11月，中共广东省委在第25号通告中，就要求各地对"海陆丰土地革命的经验广为宣传，以鼓励农民勇气"；同年12月31日，中共中央指示湖南省委："应在湘赣边境或湖南创造一个深入土地革命的割据局面——海陆丰第二。"

1927年11月，彭湃从香港回到海丰，以中共临时中央政治局委员身份兼任东江特委书记。在他的领导下，11月13日、18日，陆丰和海丰两县先后召开工农兵代表大会，宣告了中国第一个红色政权——海陆丰工农兵苏

维埃政权的建立,彭湃在大会上做了《政治报告》。

1928年2月中旬,广东军阀混战结束,桂系军阀在英帝国主义的支持下,纠集兵力,分三路向海陆丰进攻。2月29日和3月1日,陆丰县城与海丰县城先后失陷,苏维埃政府撤到山区坚持斗争。彭湃在群众的掩护下到了大南山区,隐蔽在普宁白马子村,与大南山人民团结战斗。7月,中国共产党在莫斯科召开了第六次全国代表大会,大会高度评价彭湃所做出的贡献,并选举其为中央政治局候补委员。7月7日和18日,广东省委两次写信指示东江特委和潮海特委合并为东江特委,指定彭湃为书记,同时由彭湃、董朗、颜昌颐和红四军主要负责人组成东江特委军事委员会,在大南山坚持斗争。1928年10月,彭湃根据党的指示,告别大南山奔赴上海。

1928年1月3日,中共中央政治局在决议案中进一步指出:"海陆丰政权之丰富材料,它的胜利,它的经验,应当充分运用到一切农民暴动中去","中央及地方都应在自己的报纸、杂志、传单、宣言中运用广州及海陆丰暴动的材料"。同月,中共中央在致广东省委的信中再次要求:"军委对于工农革命军及工农武装的组织编制和扩大作战计划均宜根据海陆丰及广州暴动的经验有个切实而具体的讨论。这个从事实中得出的结论和方法,不仅对于广东省有莫大的贡献,对其他各省亦会发生同样的作用"。

毛泽东在《中国的红色政权为什么能够存在?》等著作中,也充分肯定了海陆丰的经验和做法。随着中共广东省委编写的《海陆丰苏维埃》小册子在全党的发行,海陆丰革命根据地的影响更加巨大和深远。

而这一切,身处香港的丘东平、陈振枢,当然不会了解详情,但这是客观事实的存在。这段红色历史载入了中国革命的史册,让后人永远铭记、永远怀念!

中部　上海：锻造民族的钢

当晨曦划破苍穹

大上海现出一缕霞晖

"左联"的大义

描绘的是天上的长虹

书写的是高原的罡风

广东人瘦削的身板

撑起了滚滚《血潮》

"红队"悍勇锄奸

将白色恐怖化为云淡风轻

踏上绞架的铮铮汉子啊

即使魂归天国

也会含笑九泉

用笔穿透黑夜

用血写就黎明

披着硝烟

裹挟热血

锻造的是民族的钢

——题记

人物肖像之二（1932—1936年）

他穿着一套旧式的狭窄的卡其色西装，外面套着一件油渍渍的黑呢外套，戴着一顶广东人酷爱的咖啡色的鸭舌帽子。个子是矮矮的，瘦瘦的，眉毛粗而且黑，眼睛凹陷，但有一对小的黑晶晶的瞳仁；端正的鼻子，微尖的嘴唇，方方的下颚，缺乏修饰的髭须蔓草似的挺立着。令人从这粗犷的外貌上，看出他的倔强、明朗、热烈、豪迈的特性。

他叫丘东平。

第一章　上海的晨曦

上海用"流光溢彩"来形容，是恰如其分的，因为它本来是一颗"东方明珠"，中国数一数二的大都市。秋天来了，金色以它高贵的容颜和成熟的丰饶，装扮着人们梦想中的一切。瞧，复兴西路是法国梧桐集聚的地方，精致的奶白色小楼房与满地金黄的落叶相映成趣，斑驳的阳光透过树枝映衬出别样的秋意；每年秋天，武康路附近的法国梧桐都会掉落大片的树叶，片片似金黄的油彩抹在人行道上，装扮着幽静的小路。树荫斑驳，落在老房子的墙面上，甚是美丽、繁复。

让我们再看看余庆路那充满浓郁欧陆风情的道路，路面上再加铺一层金黄色梧桐落叶，无疑就是一幅完美的流动油画，整齐排列的法国梧桐，笔直地站立在道路的两旁，枝叶纷披的常春藤攀满两旁的墙壁。只有这些植物足以让典雅与浪漫的气息久久萦绕，才显出这里的别具一格。

秋天，以变色树叶出名的梧桐树把整条衡山路绘成一幅法国风格的风景画。老洋房别墅在梧桐树下时隐时现，登高望远还能看到徐家汇天主教堂的尖顶，纵目远望，这里到处都是美不胜收的深秋景致。法国梧桐，似乎是上海秋意浓郁的主要植物，它以苗条的妩媚与金黄色的枝叶同谐，弹奏出秋天的咏叹……

好吧，让我们将镜头拉近：这座古旧的建筑同样浸染在金色的秋阳之中，它是中国左翼作家联盟成立大会会址（原中华艺术大学校址）——上海北四川路、窦乐安路（今多伦路201弄2号）。阳光的金色碎片，洒落在这座建于1920年的独栋西式花园住宅上。它坐北朝南，假三层，砖木结构；占地面积684平方米，花园面积500平方米，建筑面积550平方米。按照建筑年份推算，它属于仿维多利亚时代后期（1837—1901）的安妮女王复兴风格的建筑样式，带着东南亚殖民地风格，是英国建筑师理查德·诺尔曼·肖始创的手笔。

这类外廊式建筑在上海开埠至20世纪初时，领风气之先。其特征为注重装饰，追求色彩与材料的肌理效果，出现了红砖清水墙或者用不同色彩砌出线条的手法。特别是受安妮女王时代的影响，殖民地外廊式建筑的演变趋势由简洁到繁复，由强调秩序感转向追求装饰的"静物"效果。安妮女王以她的高贵、温和、善意成就了大不列颠王国的根基，也形成了有别于东方传统的建筑设计风格。随着建筑立面的演变，建筑平面也由最初方形的简单分割渐趋于布置合理，变化万千。且看沿街山墙呈曲线形，就带有浓郁的欧洲传统住宅特征。

可以说，上海是中国最具洋味的地方。

提起上海，你会想起什么？是留声机里的老唱片，飘着《夜上海》悠扬的曲调，还是旗袍、糖炒栗子、黄包车、弄堂雨巷、石库门？抑或是十里洋场、车水马龙？

是的，旧中国的上海，是摩登，也是繁华。

在许多人的记忆里，民国的上海则来自《一江春水向东流》和《良友》画报，这里有歌女旗袍下的雪白大腿，也有"哈德门"香烟等舶来品的广告，这种温柔耳畔的靡靡之音，交织着不曾远去的摩登。那时的上海，有着太多的可能性，因为那时的她，就像是万国来朝的文化大码头，多元、包容、时尚。

生活在那时的上海，就等于生活在一个极乐的世界，一个流动的橱窗般美轮美奂的世界。而那时的每个人都是那么优雅、有腔调地生活。一杯温馨的下午茶，一件开至大腿根的紧腰旗袍，一张黑胶唱片和一部留声机，都显示出他们对生活的热爱与享受。

民国时期的上海，在当时中国乃至整个亚洲都首屈一指，当时的东京、香港、新加坡等"亚洲头牌"，跟上海相差不是"一个肩位"。当时的大上海是亚洲最大的金融中心，世界上发达国家的各大银行、保险公司都纷纷落户这里。上海也是民国国民收入的重要来源，有着"中国钱包"的比喻。

这，就是上海。

在风云际会的20世纪30年代前半期，上海文化界可谓花团锦簇，异彩纷呈，革命的左翼文化代表着进步倾向的红色主潮。以蒋介石为代表的国民党叛变革命后，在逼迫中国共产党退往乡村的同时，大批革命知识分子和具有进步倾向的文化人拥向大都市……一时间，上海成为文化界名人志士的荟萃之地，成为中国文学界一道亮丽景观。

在当时，汇集上海的文化人是各式各样的。由于各自不同的社会地位、教育背景以及政治态度和价值观念，他们在融入上海主流社会的同时，也在寻找着自身发展的路向和归属。因此，左翼文化的形成，是革命知识分子和具有进步倾向的文化人，在国民党白色恐怖的特定背景下，以勇毅之心探寻自己的未来出路。

这是中华民族熟悉的面孔，代表正义和铁血——鲁迅，中等身材，小平头，一袭蓝布长衫，上唇有着一撮标志性的小胡子，冷峻的面孔，犀利的目光。他被誉为文化革命的旗手，也是左翼文化运动的核心人物。

自从鲁迅来到上海以后，许多革命知识分子和具有进步倾向的文化人便集合在他的旗下。这种不约而同的集合，既有鲁迅的文化素养、文学功底和声望等个人魅力的因素，更有中国共产党的有意引导和积极组织。

经过短暂的整合和重组，革命知识分子和具有进步倾向的文化人，在革命的大旗下，慢慢拧成一股不可抗拒的力量，向着心中的目标开进。

自1930年起，以中国左翼作家联盟（简称"左联"）成立为标志，一批左翼团体推动着上海的革命文化运动似汹涌的浪潮，冲击着灯红酒绿的上海滩……"左联"出版了《萌芽月刊》《拓荒者》《文学导报》《巴尔底山》《十字街头》等十余种杂志以及与社联联合出版的《文化斗争》。这些刊物的创办，使沉寂得像一潭死水的上海文坛，激起了一圈圈持续不断的涟漪，呈现出一派盎然生机。

这期间，"左联"的革命文艺，仿佛是给上海这座大都市，投下了一道带来光亮的晨曦，如同穿越时空的理性之光。这长夜中的唤醒，有拂面的晨风，也有早鸟的啁啾，当然，身在其中的文人们也想到了血腥和毁灭……若干年后，这话题成为城市不可磨灭的红色记忆。

周璇的歌是心灵抚慰，也是听觉享受，她用女性的缠绵，疏离了意识形态的纷争。周璇的《夜上海》，成为上海人百听不厌的歌曲，也是上海的一张香喷喷的音乐名片。是的，20世纪30年代的夜上海，是人潮拥挤的外滩风光，是灯红酒绿的百乐门，是昏黄悠长的弄堂，也是歌舞升平、夜夜笙歌的梦乡……

这晚，年轻而又风度翩翩的"左联"领导人周起应、夏衍聚合了。

他俩不约而同地推开封闭得严严实实的铁质窗户，扑过来的是《夜上海》软绵绵的吴侬软语，霓虹灯广告灯箱投下来的五彩光影。不过这些奇色异音并没有妨碍他们进行观点的碰撞和思想的交锋，绽放出来的火花犹如燃烧的革命、飞扬的青春……

他们认定，自己所做的一切是划时代的。

周起应，笔名周苋，也就是后来大名鼎鼎的文艺理论家、美学家周扬。新中国成立后，周扬官至中宣部副部长，一定程度上掌握着意识形态的话语权。这位西装革履的湖南益阳人，不大的体量蕴含着一发不可收的冲击力。

1927年初，周起应在上海大夏大学读书时，开始接触马列主义和新文化思潮。他追求真理，向往革命，面对蒋介石"四一二"大屠杀的血雨腥风，不顾安危，毅然加入了中国共产党。在党的领导下，先是在左翼剧联，后到左翼文联工作，任"左联"常委和中央文委委员。1932年接手主编"左

115

联"机关刊物《文艺月报》，为壮大"左联"队伍，加速文学大众化，做了大量工作，写了不少旗帜鲜明的文艺评论。1933年至1936年底，周起应先后任"左联"党团书记和上海中央文委书记职务，一直负责领导上海左翼文化运动。

他对自己说，我的思想锐利度注定我的前进方向。

夏衍原名沈端先，1900年出生于杭州一个破落地主家庭。1920年，毕业于浙江甲种工业学校，次年前往日本深造。在大学期间，阅读了《共产党宣言》等马克思主义著作，参加进步学生组织。1927年"四一二"反革命政变发生后，东京的国民党右派袭击破坏了国民党驻日总支部。夏衍于5月被迫返回上海，在白色恐怖最为严重的时期，他毅然加入了中国共产党。接着，参加工人运动，并翻译了外国文学理论和作品《新兴文学论》《妇女和社会主义》等，开始了自己的地下生涯。1929年秋天，根据党的指示，参与筹建中国左翼作家联盟。1930年8月，他与田汉等人发起组织中国左翼戏剧家联盟，加强和巩固党对戏剧事业的领导。

这两位年轻人，周起应是"左联"党团书记，夏衍是"文委（即上海临时中央文化工作委员会）"委员，他们用自己的经验、思维、行动，支撑起"左联"鲜艳的旗帜，描绘着中国左翼文化运动的发展轨迹。他们在挫折中反省、在失败中奋进，试图以"革命文化"去完成中国现代化的涅槃。

周起应习惯性地挥动着手臂，发出铿锵之声："左翼文化运动是在世界共产主义思潮和无产阶级革命文化运动的影响下产生的，因此左翼团体的文化活动带有鲜明的革命倾向。他们利用各自开辟的宣传阵地，以建设无产阶级革命文化为主要任务，让文化面向大众，努力用革命文化去启蒙、感化普罗大众。"

夏衍与周起应对比是个慢性子，此时他缓慢地说："左翼团体这些活动显示的革命倾向，是七七事变爆发前上海文化发展的主要特征。左翼团体开展的革命文化活动充满着战斗力，而对反动当局来说是具有'不可估量的破坏性'。因此，在蒋介石国民党独裁专制的统治下，革命文化活动当然会被视为'洪水猛兽'，受到当局严厉的禁止和无情的封杀。"

在这个时候,两个年轻的红色旗手变得异口同声,两颗思想的"子弹"沿着同一个弹道,奔向同一个"靶子"!

事实正是如此。

左翼团体以及进步文艺工作者的种种活动,使南京国民政府非常恐惧。国民党的报刊惊呼:上海文化界关于革命文艺的探讨是"最近共产党文艺暴动计划",叫嚷国民党"应该有自己的文艺政策"。南京国民政府采取各种措施和手段,对"左联"等左翼团体和进步文艺工作者进行打击和迫害,同时竭力扶植一些对抗左翼团体的文化组织,企图阻止左翼文化运动的向前发展。他们查封进步社团和出版机构,实行书报检查制度,查禁进步出版物,先后出台了《出版法》《图书杂志审查办法》《电影检查法》《新闻检查大纲》等各种法规。

1934年7月,国民党在上海成立图书杂志审查委员会,专门从事文艺及社会科学著作、杂志的原稿审查和删改。随后又成立剧本审查委员会,对各种戏剧作品进行监控、审查,凡带有进步倾向的作品,或者作品对国民党和政府稍有不满的,均被视为"反动",打入禁止之列。

国民党还采取法西斯手段,大搞恐怖活动。他们派出特务和打手,袭击进步的文化机构,逮捕和暗杀进步文化人士。1931年2月,"左联"作家柔石、殷夫、李伟森、胡也频、冯铿在上海龙华遭杀害;1933年5月,中统特务在虹口绑架左翼作家丁玲、潘梓年等人,应修人当场牺牲;同年11月,国民党特务策动"影界铲共同志会"袭击了左翼文化人士经办的艺华电影公司;1934年11月,《申报》主持人史量才遭暗杀;1935年杜重远因《新生》事件而被捕判刑。在如此严酷的打击之下,左翼文化虽然受到重创,然而斗争的火焰却没有熄灭。

左翼文化工作者们不惧淫威,与国民党展开坚决斗争。"左联五烈士"牺牲后,"左联"发表了《为国民党屠杀大批革命作家宣言》,提出"反对国民党摧残文化、压迫革命文化运动""反对封闭书店,垄断出版界及压迫著作家、思想家";鲁迅发表的《黑暗中国文艺界的现状》一文,控诉了国民党当局迫害革命文化的种种法西斯暴行,引起世界各国革命文学家和艺术家的强烈反响。

周起应没有停下那充满现实主义的"战斗思维",继续说:"左翼团体的革命文化运动是对国民党文化专制主义的有力对抗,它在30年代的形成,本身就是国民党政治上实行专制独裁、文化上进行反革命'围剿'的'物极必反'的产物。"

左翼文化团体活动一直坚持到1935年底和1936年初才自行解散。这时,国内正值一场新的抗日救亡运动高潮掀起之际。对上海文化的发展趋势来说,左翼团体的解散意味着从左翼文化向抗战文化转变时机的到来。

此时,"左联"对于国内抗日救亡运动也做出了敏捷的反应。"九一八事变"后,他们立即组织盟员开展爱国救亡运动,在《文学导报》上发表的《告国际无产阶级及劳动民众的文化组织书》中,公开抗议日本帝国主义的侵略行径,并呼吁全世界人民共同反对帝国主义的野蛮入侵。

1931年12月,由于日本对上海进一步扩大兵力部署,其鲸吞中国的狼子野心昭然若揭,包括"左联"在内的54个群众爱国团体成立上海民众反日救国会,召开了民众大会。会后,他们又组织进行了浩浩荡荡的示威游行,广大文化工作者高举文化界反日团体的横幅走在队伍的前列。队伍声势浩大,彰显了文化界人士以及爱国民众对日本侵略暴行的强烈反对。

"九一八"事变、"一·二八"淞沪抗战期间,以"左联"为核心的左翼文化团体纷纷发表声明和宣言,揭露和谴责日本帝国主义的侵略行径,号召人民大众奋起抗战。许多文化界人士还直接参与了抗日救亡运动的一些实际工作。日本帝国主义的侵略暴行一发生,上海各类报纸和文学刊物立刻转向刊登反对侵略、呼吁创作抗日的小说、诗歌、剧本;许多学校、团体抓紧排练演戏,宣传反日救亡,抗战文化气氛浓郁一时。在文学、戏剧、电影、音乐等领域,先后涌现了"救亡文学""救亡戏剧""救亡电影""救亡歌曲"等以抗战为主题的文化热潮。

日本帝国主义咄咄逼人的侵略态势,触发了"一二·九"抗日救亡运动,并很快蔓延到上海各界。此时,上海的左翼文化团体已决定解散,它们完成了自己的历史使命,将要迎接新的挑战。原左翼团体的革命文化工作者，伴随着民族矛盾的上升，走上了新的战场，用笔作为斗争武器，担当起抗日救亡的历史重任。

时过午夜，月落星稀。

周起应关上了窗户，他提议到楼顶的天台上呼吸一下新鲜空气。

楼顶的风真大，他们的头发在风中竖起，像两面飘拂的旗。

两人没有说话，任由风吹打，享受着旗帜的感觉……

1934年5月，丘东平告别了香港。

这是他第三次来到上海了。

他与左翼文化浪潮迅速融合，并身处其间。

这一次，他与文艺界的朋友打交道，先后结识了周起应、夏衍、茅盾、田汉、周而复、胡风、彭柏山、吴奚如、欧阳山、于逢、聂绀弩等。

这些作家有些是中共地下党员，有些是进步民主人士或无党派爱国青年，他们多数是"左联"领导或骨干，都是提倡"普罗文学"的积极分子。

丘东平与他们结识之后，自然也参加了"左联"组织的一系列活动，成了抗日救亡运动的活跃分子。

这时的丘东平，成熟了许多，不仅表现在他的待人接物、风度、气质等方面，而且表现在他对人生、遭遇、命运、革命、前途等方面的认知和对待。他计划写一部短篇小说集，记载故乡海陆丰农运及苏维埃革命时期农民的觉醒与残酷的斗争。

他生于斯长于斯，对故乡的一草一木非常熟悉，有着难以割舍的怀念之情，对于自己亲历的斗争情景和痛苦磨难，他有着绕不过的心路历程和切身体验。早在1928年海陆丰革命风暴受到挫折之际，他在马福兰村隐蔽时就有这个念想，到了香港之后，他又补充收集了一些材料；到了上海他才真正开笔，写下了处女作《通讯员》，并发表在《小说月刊》上。

犹如打开记忆的闸门，他的灵感就像一条漂荡在湖面上的轻舟，只须静下心来继续向前滑行下去，就可以到达"理想的彼岸"。然而，事与愿违。在上海，他没有固定的职业和住处，上一次就是因为囊空如洗而不得不离开上海,这一次又如何解决这个问题呢?被迫再回香港,求助于父母吗?不,香港哪有上海的创作环境呢?那里没有上海这些高水平的文艺界朋友,更没有那种热烈的创作氛围。这次一定要坚持下去,决不半途而废。于是他立即去找文艺界的朋友商量,经介绍推荐,好不容易才找到《太白》杂志一个技术编辑职位。

有了职业,有了工资收入,自然就有住的地方了,然而创作的时间却没有了。这个技术编辑的工作,不但占去了白天的时间,晚上还经常要加班加点。丘东平为了圆多年来创作的梦想,咬着牙挑起了这一工作重担。幸亏此时他还年轻,身体结实,更重要的是,他多年来饱受战争和艰苦生活的磨炼,吃大苦、耐大劳,成了他生活的常态。眼前这点儿辛苦,又何足挂齿呢?

丘东平生活底子厚实,又亲历过海陆丰农运、苏维埃革命斗争,以及上海淞沪抗战。与此同时,他做过宣传干部、隐蔽者、流亡者、杂工、渔工、唱诗班人员、编辑、记者等行当和职业,生活经验充实而又丰富,况且他文思敏捷,笔头飞快,只要有灵感,就可以立地成文。

但他对自己的作品要求十分苛求,稍不如意便立即撕碎或付之一炬。有时并不是作品的缺憾,而是他看法上的某些偏执,也往往把草稿随意"枪毙"。因此,他常常在创作上陷于不满与苦闷之中……

这种不满是执着地向完美不断追求的催化剂;

这种苦闷也是恨不得攀上文学高峰而产生的内在动力。

这绝不是弱者的悲观的呻吟,而是强者挥鞭时的奋起……于是,他把自责的心态,逐渐化为加紧学习的严格要求和自觉行动,以弥补自己过去因教育背景缺失和学习不足,导致的文学理论与创作技巧的苍白和贫弱。

他酷爱文学的启动点,是源于在香港居无定所的流浪生活。

他拼命地看书,只要能弄到,又有益于提高自己文学素养的书,不论古今中外的,他都要找来阅读。而读得较多且颇感兴趣的是马克思、高尔基、托尔斯泰、波德莱尔、巴比塞、尼采,还有中国的瞿秋白、鲁迅等名家著作。

丘东平后来说："高尔基的作品，给我显示了多么美丽的远景啊！它唤起了我的理想和力量；它使我们那几个逃亡者傲慢地生活在脏污的渔夫宿舍里，忘却了蚊虫的吮吸，忘却了疾病的传染，忘却了饥饿的煎熬。我怀着高尔基少年时代的苦力者的心情，写下了不少文稿，但每次写完后自己细细一看，总觉得十分拙劣而且可笑，也总在第二天早晨跳上渔船去捕鱼时，瞒着我的伙伴，悄悄地将那些稿子抛到大海里去。我的真正的写作生活，是开始于'一·二八'以后。我第一次发表的作品是《通讯员》。"

是的，童年时代的丘东平，就与海陆丰红色风暴"相依为命"，这篇作品就是以文学式的"悲剧"为琴弦，弹奏起他对苦难的重塑与审美。这种无师自通的"顿悟"，实际上是播撒在现实土壤上的"天才种子"。

除了读书和创作，丘东平在上海还与胡风、于逢、聂绀弩、草明、欧阳山、吴奚如等"左联"作家成了挚友，在他们身上吸取了生活和文学方面的营养。许多年后，当年这批挚友回忆起与丘东平相处的不平凡日子，仍然是这样留恋而又沉浸于激情奔涌之中……

第二章　晶钢般的雕像

1933年6月15日下午，"长崎丸"号邮轮缓缓地驶入黄浦江，层层波浪拍击在堤岸上，发出哗啦啦的响声。然而，此时上海的气氛却显得极为紧张，一群头戴深色礼帽的便衣探员蜂拥进入码头，封锁了几个进出口，他们一边高喊着"捉住他！捉住他！"一边围了上去。这时，一位身材高大的青年人迅速上了一辆早已等候在这里的黄包车，趁混乱之际挤出了码头。车夫一阵奔跑，便来到了四马路的一家旅馆。

青年人在这里只喝了一杯茶，又马上换了一家旅馆，摆脱了中统特务的追踪。

这青年人叫胡风，他是从日本回到上海的，与这里的"左联"总部取

得了联系。

1933年初春，国民党加紧对共产党人的"围剿"，一时之间，白区的党组织遭到毁灭性的破坏。仅上半年，上海被捕的共产党员就达六百余人。于是，临时中央不得不由上海迁往江西中央苏区。一个月之前，胡风熟悉的"左联"书记丁玲，被特务从家里绑架失踪。

当天下午，中共江苏省委宣传部长应修人——一位对胡风有过深刻影响的"湖畔诗人"闯进了丁玲的家，不幸被预先埋伏的特务发觉，他奋力搏斗，终因寡不敌众，毅然越窗从高楼堕下，肝脑涂地，壮烈牺牲。

白色恐怖没能吓倒年轻气傲的胡风，反而激起了他昂扬的斗志。本来，冯雪峰早在年前就要他从日本回国，参加"左联"的领导工作，他当时怯于自己的资历和水平，借故推辞了。而现在，当"左联"党团书记周起应希望他出任宣传部长时，他毫不犹豫，一口答应了，不久他又接替茅盾，担负起"左联"行政书记的重任。

实际上，胡风早在20年代中期就涉足文坛，但是30年代在上海的倏忽四年，实乃他文学生涯的真正发端。在这里，胡风有幸得到鲁迅的提携和教诲，纵横驰骋于左翼文坛，由一名"有为的青年"，逐渐锻炼成为颇具理论个性的优秀批评家。

胡风回到上海后，在他的脑海中留下深刻印象的是丘东平，这是一位个子瘦小、头发直立，两眼炯炯有神的广东青年，背靠窗台，两手插在大衣口袋里，摆出一副拒人于千里之外的姿态。

胡风是《文学生活》的编辑，而丘东平是投稿者。

胡风说："稿子不错，只是有的地方露了一些。"

丘东平盯着他问："我认为一点儿也不露，还要加强战斗性。"他将"战斗性"三个字强调得一字一顿。

"如果你的稿子被当局审出来了，不仅稿子发不出去，杂志还要停刊。"

"你威胁我？或者你们怕了？"丘东平的说话有如刀锋，让人感到寒冷。

胡风没有任何思想准备，一下子窘住了。

忽然，丘东平发出咯咯咯的冷笑，这笑声有着讽刺的意味。

几天后，胡风读到了丘东平的小说《通讯员》和报告文学《滦河上的桥梁》。前者以质朴、遒劲的风格，单刀直入地写出了在激烈的土地革命战争中，农民意识的变化和悲剧；后者则以内容和形式相吻合的和谐美，表现了抗日民族英雄主义的气魄，具有一种逼人的雄壮力量……

这在当时的文坛上，真是凤毛麟角！

胡风读后，不禁大吃一惊，耳边响起了丘东平咯咯的冷笑声，但这回的感觉，没有令他狼狈，而是一阵莫名的兴奋。

是的，胡风的爱才之心是极为殷切的。他爱文坛上每一匹黑马，哪怕狠狠地踢他一脚，他也不计较，反而发出会心的微笑。

"我从田间来，抱着热血满腔"。胡风走向左翼文坛，曾有一段艰辛的跋涉。

1902年冬，胡风出生于湖北省蕲春县的一户农民家庭。由于劳力紧张，胡风自幼就开始牧羊、砍柴、看守稻子。田野生活，陶冶了他的性情，使他的生活也带有"农民式"的质朴，以至他成名后，仍自诩为"农民的子孙"。

11岁那年，胡风进了私塾读书，接着进入了一家经学书馆，就学于一位当地熟读经诗的先生，接受了7年的旧学教育。1919年，胡风考入蕲春县城一所公立小学，接着又考进武昌的启黄中学。

此时，胡风步入一个广阔的天地，来自穷乡僻壤的他，顿时被五四新文艺所吸引、所熏陶。"新文艺作品的大量地出现了，我狂热地像出现了奇迹似的接受了它们"，并不由自主地拿起稚嫩的笔，撰文参加了《晨报副镌》上"改进湖北教育的讨论"，从此胡风踏上了追求"新思想"的历程。

新是以旧为对应物的，胡风的"新思想"有着鲜明的时代烙印。

1933年，胡风又考进以传播新思想著称的南京东南大学附中。优越的学习环境，促进了胡风思想向着自由、民主嬗变。他选修了新文艺课，开始阅读《新青年》《语丝》等刊物上的大量作品，进而使他的思想意识日

趋激进，生活节奏更加明快。

当震惊全国的"二七"惨案发生后，胡风在《民国日报》上发表了第一篇小说《两个分工会的代表》，以此"呈献给牺牲者"。就这样，他怀抱救国忧民的热情，迈出了创作的第一步。对于这段生活，胡风称之为"理想主义者时代"。

胡风回国后不久，鲁迅在周起应的陪同下，亲自到翻译家韩起家中来看望这个素不相识的年轻人。作为不速之客出现在别人家中，在鲁迅的一生中并不多见。不过，他这次来访绝不是一时的心血来潮，而是对一位后生显示出来的特质的欣赏所致。

据冯雪峰回忆：丁玲案件发生时，"鲁迅先生的情绪是照常的，简直看不出有丝毫的波动。可是，大约过了两星期光景的一个晚上，我记得他是自己谈起来的，外表上很平静，语气则非常沉重地说了下面这样意思的话：人手总还是最需要的。不要说革命，就是文学罢，现在我们能够写写的人还剩有几个呢？"显然鲁迅先生所以会冒着危险，主动来看望胡风，正是出于对"人手"或者说是人才的欢迎态度。

胡风在上海的左翼刊物上连续发表了《粉饰，歪曲，铁一般的事实》《现阶段文艺批评的几个重要问题》和《论主题积极性与对第三种人的批判》等论文，此外，他用日文写的《中国无产阶级文学运动的发展》一文，鲁迅想必也已看过。

鲁迅有个习惯，对于初次见面的人，话是极少的，除了回答问题，几乎不讲什么话，即便是冯雪峰、周起应这样的革命者也不例外，令人颇有"冷"的感觉。

他这次初见胡风，却是一反常态，颇有点儿一见如故的感觉。

据胡风回忆："坐下后就直接谈到了和第三种人的斗争。他告诉我，'第三种人'戴望舒从巴黎寄回一篇文章参加论争。……他也谈到了上海文坛的复杂性，国民党除了正面压迫之外，还通过各种文坛人事关系来破坏左翼；还谈到鸳鸯蝴蝶派的落后和反动，好像读者都明白了，但实际上，它的读者数量还是相当大的。……他又两次提到，你可以在这些方面做些工作。说得很随便,好像我当然会这样做的。"

鲁迅的鼓励和支持,使胡风感动而又惶惑。

他怕自己干不好这份工作,辜负了先生的信任。但是,当鲁迅回去时,他目送着先生从容不迫而坚定地迈开八字脚,上身微微向前倾,目不旁视,无所畏惧地沉毅地向前迈进,不禁由衷地赞叹道:"望着先生的步伐和姿态,心里感到了安慰。在北京第一次见到他以后,经过了七年,这个期间,他经历了不是有坚定不移的心情,就很难承受得了的政治斗争和思想斗争的险恶风波,但他似乎显得更健康、更沉着,毫无倦意,也毫无燥意。"

是的,鲁迅是胡风心中的崇拜者。

七年前,他正是为了能亲耳聆听先生的教诲,才决意放弃清华本科而进入北京大学预科的。而现在他奋力追随这位中国文化革命的巨匠,起誓为无产阶级文学事业贡献力量。这种坚定不移的忠诚,是对鲁迅对他的关怀的回报。

胡风上任后,以其充沛的精力和卓越的组织才能,为"左联"建规章、办实事。这时的"左联",实在"左"得厉害。胡风很快就发现,"左联"内部的主导思想:如果盟员热心在报刊上发表文章,就是作品主义;热心想做作家,则是作家主义,云云。

对此,胡风不以为然。

"如果反对发表文章,写文章就会右倾,那"左联"就等于放下武器,等于不存在,连右倾、不右倾都谈不上了,还能做什么工作呢?"正如鲁迅所说,能够写作的人手不是太多而是实在太少了。

胡风决心纠正这种思想倾向。他根据自己在日本工作的经验,宣传部下设理论、诗歌、小说三个研讨会,指定专人负责,定期开会,切磋探讨,以提高左翼作家的理论素养和写作水平。同时,宣传部出版一种油印的内部小刊物《文学生活》,登载"左联"的斗争情况,以及工作指示、经验介绍等,分发给盟员阅读,以便加强组织联络、促进相互了解。这个小刊物,得到鲁迅的全力支持,它的费用,来自鲁迅每月捐助的20元钱。

由于斗争环境日趋险恶，鲁迅不参加"左联"的一般性活动。胡风、周起应等领导每隔一段时间，就与鲁迅约好地点、时间，向他汇报工作、征求意见，并送交《文学生活》。

他们碰头的地点，大都在北四川路一带的馆子里，边谈边吃，倒是既安全又愉快。只是会面结束后，每次都由鲁迅掏腰包，这使大家过意不去，建议作为聚餐，平均分摊。鲁迅一脸严肃地说："不要那么计较嘛！我拿的稿费，总要比你们多一些呀！"说着，他瘦削而又冷峻的脸上浮起异常和蔼的笑容，使胡风感到格外亲切。

胡风与鲁迅交往时，也一直保持着与丘东平的联系。

在许多人的眼里，丘东平也许脾气古怪，举止粗野。

1934年9月，丘东平到上海《太白》杂志当技术编辑。

《太白》杂志的主编陈望道，见丘东平年轻，并不把他放在眼里。丘东平那时已经写了好几篇小说，且有一定影响，不断地向黎烈文主编的《申报》副刊《自由谈》写稿。但他写给《太白》的作品，陈望道从不予以发表。

有一天，陈望道看到了《自由谈》上面有一篇批评《太白》的文章，就问丘东平这稿是谁写的。

"写得怎么样？"丘东平首先反问。

"写得很好！"陈望道说。

"那是我写的。"丘东平傲然地说。

停了好一会儿，丘东平说："我写的东西，你也会说很好吗？"

陈望道看了一眼丘东平，不吭声了。

不久，丘东平与陈望道再次产生了矛盾，原因是丘东平在校对时，看到不太妥当的字句，顺手改了过来。陈望道发觉后，对丘东平大声批评："人家是全国闻名的大作家，你一个校对懂得什么，怎么好乱改呢？"

丘东平听罢，默默地站了一会儿，然后愤然离开了《太白》杂志社。

临走时，他留下一封信，里面写道："我对你有一个要求，一个对你毫无损失的要求，就是，让我在你的脸上吐一口唾沫……"

在室内的垃圾桶里,有人发现一本陈望道曾送给丘东平的书。

另一件事是针对《中流》杂志主编黎烈文的,他没有理由地将丘东平的稿子打入冷宫,丘东平气不过,上门交给他一封信,信中第一句就是:"我×你十八代祖宗!"

黎烈文还没反应过来,丘东平转身风一般离去。

这场风波还牵连到胡风。

丘东平不明原委,也将他列入攻击对象。但当风波过后,胡风前往解释,他却羞愧地低下头说:"我很惭愧,不能成为布尔什维克……"

于是,胡风明白了,丘东平的怪脾气和粗野的举动,总是对着他所认为的"敌人"或"伪善的友人"的,同时也想起了鲁迅先生对自己的评语:"胡风耿直,易于招怨,是可接近的。"

这期间,胡风找到了一位志同道合、称心如意的妻子,又得到了一份轻松自在而又月薪百元的工作。

他认识了一位衣着朴素,清丽可人的姑娘。

她叫梅志。

梅志原名屠玘华,江苏武进人,是典型的秀外慧中的美人儿,因而有了一个奇特的外号——"冰激凌"。其意来自于"诗怪"李金发的比喻:"读一篇好作品,就像心灵坐沙发,眼睛吃了冰激凌一般。"

一年前,梅志刚从中学毕业就加入"左联",她一边做家庭教师,一边从事宣传工作。那时,胡风已担任"左联"的宣传部长了。

他们第一次约会,梅志过了几十年仍记忆犹新。

她说:"那是一九三三年一个暴热的夏天,上海巴黎大戏院门口见面后,只见他满头大汗,热不可耐,立即引我去对面一家饮冰室里,要了两杯橘子刨冰。我一边用麦管慢慢地吮吸着沁人心脾的冰水,一边听他讲话。他说,把我分在了法南区,由他个人领导,还留下了他的地址。在准备离开时,我打开手帕取出一块银元准备付账。他笑了起来,一伸手就将账单接了过去。这次的会面和饮刨冰的情况一直被他嘲笑,说我那种怯生生的样儿真幼稚得可笑。"

也许，在胡风这种硬汉子的眼里，最有吸引力的异性，正是那怯生生的神态，温柔可爱的性格。

于是，他对梅志一见钟情，熄灭多年的爱火，霎时间炽烈地燃烧起来了……

然而，胡风三十出头，比梅志大了整整一轮。

他外表简朴，像一位中学教员，油黑的脸上，若隐若现地有着少许麻子，激动起来还会泛出红光，此时他高大的身材开始发福，宽阔的前额也开始谢顶了。

显而易见，对青春年少的美丽少女来说，他绝非理想中的佳偶。他俩之间还有一个麻烦事。梅志和胡风相差12岁，足足一轮，都是属虎的，按照传统说法，属虎的女人命硬，不是克夫就是食子，她没有弟弟，只有两个妹妹，据她母亲的看法，就是因为"上面有只虎镇着，哪个男孩敢来投胎呀，有也给她吃掉了"。她母亲一心要为她找个性情温和的女婿，最好是属羊的，像胡风这样的"虎丈夫"，是绝对不加考虑的。

胡风有着一往无前的"虎性"，认准了目标，他就往前扑。何况他俩经常在一起工作，梅志能透过胡风憨厚的外表，触摸到他内在的灼人才华。

在梅志看来，胡风闪烁亮光的眼睛，眯着笑起来的时候，会迸射出一道欢快而又甜蜜的光波，令梅志难以抗拒。果然，未及半载，胡风轻松出手就赢得了这颗少女的芳心。

梅志既然爱上了胡风，自有办法来应付眼前的一切。于是她向母亲谎报胡风的年龄，硬生生地替他减去了两岁，悄无声息地解决了母亲的顾虑，也就是两只"老虎"也可以谈婚论嫁了。

那时，好在没有户口本，也没法向单位了解情况，不然后果如何也说不准。

辞旧迎新之际，胡风和梅志结婚了。

他们的婚礼非常简单，租下一间12平方米的三楼小房，买了一张床和一桌四凳，然后把各自的东西往里一搬，就大功告成了。房间的墙壁破旧而又略呈暗色，梅志觉得着实不雅观，买来几张浅蓝色的薄光纸糊在墙上，顿使房间焕然一新，显得幽雅亮堂起来，立时有了新房的感觉。

梅志对烹调之类的家务事，力不从心，有时也为此发小姐脾气。

据她后来回忆：和胡风同居后，第一餐饭是白肉煮大白菜，这活儿挺容易做，熟了加上一把盐就可以吃；第二餐只好黄芽白加肉片了。他们就这样吃了三天才想到换菜式。好在胡风从来不挑吃，他本人连洗菜、洗碗筷都干不来，有现成饭吃就张嘴，不会说半个不字。

新婚蜜月，胡风哪怕是嘴里吃着黄连，心里也是流蜜的。岁月的流逝，命运的变幻，日益证明一个真理：他爱着的是一颗美丽而又坚贞的红宝石，越是把玩，就越圆润、可爱。

胡风成为职业作家后，靠卖文来养家糊口。但是，真所谓"塞翁失马，焉知非福"，从此，他也开始频繁出入大陆新村鲁迅的寓所，有幸追随这位文化巨匠，就是一件梦中笑醒的大好事。

尽管那时，胡风遭到同一阵营一些人的怀疑和排斥，但却得到了中央特科的信任，并被委以重任。为保卫党中央的安全，当时中共领导人之一的周恩来在上海创建中央政治保卫机构——中共中央特别行动科，简称"中央特科"。它是中国共产党在1927年至1935年间所建立的情报和政治保卫机关，它是一支白色恐怖下的特殊警卫部队，主要活动地域在当时中共中央所在地——上海。

中央特科的主要任务是保卫中央领导机关的安全，收集情报，对中国共产党高层人物实施政治保卫，防止共产党高层人物被国民党当局和公共租界当局逮捕或者暗杀，并且针对国民党当局的渗透活动进行反渗透。

中央特科还有一个重要任务，就是采用暗杀的方式惩处当时背叛并且对中共造成严重危害的前中共党员。中央特科不与党的地方组织发生横向联系，而单独进行情报、兵运、保卫、锄奸等活动。这个行动组织，被称为"打狗队"，又称"红队"。这一组织自它成立的那天起，便在上海的白色恐怖下，以大量卓有成效的工作，展开了惊险而又极富有传奇色彩的"打狗行动"。

1934年冬，左翼作家吴奚如由"左联"转入中央特科工作，担负起中央特科和鲁迅之间的联络使命。出于安全考虑，他想到了胡风。

吴奚如后来说："根据种种客观事实，我当时判断胡风在政治上是可信任的。因此，我在一次和鲁迅先生会见于内山书店时，把一张字条交给了鲁迅先生，通知他说，我是中央特科的。按严格规定，此事对鲁迅先生也是保密的，爱指派和他联系的人，为了彼此的安全，也不会直接发生关系，由胡风从中传递信件和消息，只有在特别紧急的情况下，我才直接去会见他。因为胡风是我向中央特科建议委派的，鲁迅先生在政治上对他很信任，可胜任这一机要交通员的差使。"

吴奚如继续道："从此，凡白区各省幸存的党组织和个人，派人或自己跑到上海，通过内山书店致信鲁迅先生，转达党中央联络关系的信件，就通过胡风传递给我，顺利地接上了关系。"

1935年4月，鲁迅的内山书店收到一封信，拆开一看，却是两三张白纸，鲁迅不明其意，把它交给胡风处理。胡风估计是一个秘密文件，可又不懂如何破译，便向吴奚如请教。

吴奚如建议他用碘酒擦信纸，或许会出现字迹。胡风回去后如法炮制，果然出现了字迹，仔细一看，原来是红军将领方志敏的密信，他被敌人抓住后关在南昌城内，要求鲁迅转请宋庆龄向蒋介石保释他出狱。

胡风阅后，激动得红光满面，秃顶微微渗汗，连忙把它转交给鲁迅。鲁迅经过冷静慎重的考虑，让胡风告诉吴奚如并转达党中央：根据蒋介石的为人，保释方志敏是绝对不可能的，反而会加速他的死亡，倒不如利用蒋介石企图软化他的短暂时间，请方志敏为后人留下一些东西。

于是，方志敏在就义前写成《清贫》《狱中纪实》和《可爱的中国》等文章，正是接受了鲁迅的建议而写就的。

1935年9月24日，鲁迅与许广平应胡风之邀，带着儿子海婴，前去胡风家做客。这次约会的时间是由鲁迅选定的，恰好在他55岁生日的前夕。

那天，秋高气爽，正是访友待客的好时光。但是主妇梅志却异常紧张。她虽然已做了母亲，其实那年才二十出头，还从未做过这种接待工作，何况客人又是如此不寻常，她对他们比对一般的长辈更尊重、更敬爱，所以颇有点儿惴惴然，唯恐招待欠妥，不能表达自己的这份诚挚之意。

然而，越紧张越会出岔子。"结果反而显得非常笨拙和幼稚可笑，"梅志说，"除了倒茶之外，我连一句应酬话也说不来。"她自己不善烹调，为了请好这次客，特地让精于此道的妹妹前来帮厨，安排了一份自以为不错的菜单。谁知满满一大桌菜，却不见客人吃多少，直到最后两个菜，才得到鲁迅和许广平的首肯。一碗是用江西土产草菇做的豆腐汤，而另一碗是走油扣肉，梅菜干做垫底。这次，客人没吃多少肉，而梅菜干却吃了不少。

直到这时，梅志姐妹俩才如释重负，觉得总算是没有白费这一番心血。

作为主人的胡风，却是另一番情景，"他可一点儿没有感到紧张，或者认为菜没有做好。"梅志说，"他是一切照旧，大口喝酒，大口吃菜，自自然然地和他们谈话。"

吃完饭，客人待在书房里，胡风和鲁迅"更是谈笑风生，有时拿一本书翻翻看看谈几句，或是从一本杂志的文章中指指点点说开去。他们的谈话，有时还夹杂着日本话，可能是谈到日本哪个作家。我没有一个完整的印象，也不知道他们谈的是什么，只好像是昨天或前天谈话的继续，没有头，也好像没有尾，一点儿没有客套话，也没有沉思不语哑场的时候。这是一次愉快的真正朋友的谈话。"梅志坦诚道。

日子一天天地过去，处于波澜不惊之中。

1936年10月18日，胡风兴冲冲地走进鲁迅的寓所。但他马上发现，气氛完全不对，屋里一片混乱，鲁迅僵直地坐在那张熟悉的藤椅上，脸色苍白，冷汗淋漓，气喘得连说话都十分困难。他见到胡风时，那一向澄清坚毅的眼神里，流露出极度的疲乏和痛苦，似乎在说："想不到，突然就这样严重了。"

胡风见状，好像当头一棒，惊慌得有点儿手足无措，但又爱莫能助，无法帮先生消除身上的病痛，只好在楼下客厅里晕乎乎地乱走，等候医生的答案。下午5时左右，胡风告辞回家，但是晚上无论如何也睡不好，心里难以宁静，一直处于迷离恍惚之中。

1936年10月19日，中国文坛上的煌煌巨星，在中华民族乌云密布的天际，遽然陨落了。那天清晨6点多钟，刚刚进入梦乡的胡风，突然被女工摇醒了，她一面递给他一张条子，一面告诉他有人来找他了。

胡风一看条子，上面写着某某路某某里某某号某先生的字样，这是景宋夫人写的，旁边又写着："午前五时三十分。"这分明是内山完造的笔迹，顿时，胡风如同当头一棒，一种不祥的预感触电似的通过全身，他从床上蹦起来，顾不得穿上衣服，跑到前门，只听来人说："周先生死脱啦，请你马上去，汽车等在外边……"

人们齐聚大厅，鲁迅的卧室一片肃穆。

胡风悄然地走进去，看见先生静静地躺在床上，面部覆盖着一块白色的手帕，一张张悲哀的面孔，静静地守在一边。胡风扑到床前，内山完造小心翼翼地掀起了那块白色手帕，呈现在眼前的是苍白而又伟大的头颅……

不久，宋庆龄、冯雪峰也赶来了。大家商议后事，决定成立由蔡元培、宋庆龄等13人组成的治丧委员会，胡风也名列其中。

下午3时，鲁迅的遗体被送到万国殡仪馆。

10月20日、21日和22日上午，是万众瞻仰鲁迅遗容的时间。成千上万的男女老少，不同国籍、不同阶级、不同职业、不同信仰、不同年龄的各式人等，怀揣同一个愿望——向中华民族的精魂致以最后的敬礼，川流不息地涌进了灵堂。

人们在灵堂里排成队列，一齐抬起头，痴痴地望着那张放大的照片，没有一个人说话。忽然，一个年纪较大的人埋下头鞠躬了，其余的人马上低下头来，做着同一个动作；有的在第三次鞠躬之后，还留恋地把他们的头，久久地低下去，有如黑色而没有声音的波浪……

为伟大的灵魂而悼念，成了大上海的新闻头条。

在这痛苦的旋涡中，丘东平和文艺界的同行深感悲痛，他们参加了对鲁迅的吊唁活动。聂绀弩在《东平琐记》中说：鲁迅下殡的那天早上，我回到了上海，在前往殡仪馆的路上碰见丘东平，他似乎也是刚到。他说：

"我要去买一块白布"。他去买了,还自己写上"导师丧失"四个拙劣的字。此时的丘东平,字体或许是"拙劣"的,但他那颗心却是真诚的。

丘东平参与了"左联"领导下的许多文化活动。当时属于"左联"一分子的他,是否与鲁迅有过直接的、近距离的交往?这在他们各自的著作中似乎找不到相关的答案。

熟悉鲁迅又是丘东平好友的聂绀弩,著有悼念丘东平的《给战死者》一文,其中写道:"得到你战死的消息,正是从乡下到城里去参加鲁迅先生逝世五周年纪念大会的路上。"待进入会场,"只看见一张鲁迅先生的画像,钉在那红色的幕布上——会场是一个戏院,还是五年前我们在上海看见他的时候的那样子。"由此可以间接获知,当年在上海,丘东平是见过鲁迅的。至于鲁迅与丘东平是否还有单独的接触,他们的关系处于什么状态,恐怕还是一个未知数。

在鲁迅和丘东平之间真正留下历史印痕的,是因为一篇文章而引起的观点争鸣:1932年上半年,"左联"与鼓吹"为文学而文学"的"第三种人"展开了激烈论辩。当时,左翼作家集体发声,反击"第三种人"的一些说法,鲁迅也发表了《论"第三种人"》《"连环图画"辩护》等文章,对"第三种人"的一些论调做了有分析、有实证、有引领的批评。

1932年11月,"左联"机关刊物《文学月报》发表了芸生的讽刺长诗《汉奸的自供状》。该诗的讽刺对象虽然也是"第三种人",但出现了无聊的攻击和骂人的脏话,还出现了"当心,你的脑袋一下子就要变作剖开的西瓜"之类的恐吓之语。

时任中共文委书记的冯雪峰看到这篇文章后,十分不满,找到《文学月报》主编周起应,建议他在下一期刊物上进行公开纠正。不料周起应并不认同冯雪峰的意见,两人因此争吵了起来。

于是,冯雪峰找到鲁迅,希望他能代表"左联"表示一下态度。对于芸生的文风和"战法",鲁迅同样不以为然,认为这是左翼作家沾染了流氓习性,有必要加以批评和纠正。为此,他以个人的名义,给周起应写了一封题为《辱骂和恐吓决不是战斗》的公开信,这封信随即发表在《文学月报》上。

鲁迅在信中善意地指出："中国历来的文坛上，常见的是诬陷、造谣、恐吓、辱骂，翻一翻大部的历史，就往往可以遇见这样的文章……但我想，这一份遗产，还是都让给巴儿狗文艺家去承受罢，我们的作者倘不竭力地抛弃了它，是会和他们成为'一丘之貉'的。"

鲁迅接着说："战斗的作者应该注重于'论争'，倘在诗人则因为情不可遏而愤怒，而笑骂，自然也无不可。但必须止于嘲笑，止于热骂，而且要'嬉笑怒骂，皆成文章'，使敌人因此受伤或致死，而自己并无卑劣的行为，观者也不以为污秽，这才是战斗的作者的本领。"

鲁迅这封信不仅批评了芸生长诗暴露出来的不良倾向，而且指出了当时整个左翼文学创作与批评需要注意和改进的地方，因而具有重要价值。1942年，中共延安整风时，毛泽东在《反对党八股》一文中，专门提到此信，并将其列入干部学习文件的范围。

然而，鲁迅的公开信在"左联"内部却引发了质疑和反对之声，这便涉及丘东平。1933年2月，上海出版的《现代文化》杂志第1卷第2期，刊出《对鲁迅先生的〈辱骂和恐吓决不是战斗〉有言》（以下简称"《有言》"）一文，逐条反驳了鲁迅批评芸生长诗的主要观点。该文的署名作者是首甲、方萌、郭冰若、丘东平。据知情人黄源后来披露：这四人中，首甲是当时的"左联"成员祝秀侠，方萌是阿英即钱杏邨的化名，郭冰若则是田汉的化名，唯有丘东平是以真名现身。

关于《有言》的生成，聂绀弩在写于1941年11月7日的《东平琐记》中，有一段被研究者迄今忽略了的记述："鲁迅发表了《辱骂和恐吓决不是战斗》之后，他（指丘东平）认为鲁迅的意见是不对的，起草了一篇质问书，拿到朋友间要求签名。但那质问书终于并未送出。"

接下来，聂绀弩补充写道："在朋友间，鲁迅狂是不缺乏的，猛克（即魏猛克）就几乎不让自己的口里有一个时间不谈到鲁迅。东平却刚好相反，几乎没有谈到鲁迅的时候。纵然谈到，也只是'把鲁迅当作偶像是不对的'之类。"聂绀弩是"左联"作家，且敬仰鲁迅、熟悉丘东平，他的记述应当具有相当的客观性与可信度。他提到的魏猛克也是一位"左联"作家,他曾在作品中讽刺过鲁迅,但鲁迅没有耿耿于怀,而是与他结成好友。

按照聂绀弩的记述,《有言》应该就是由丘东平起草,并要求朋友签名的"质问书"。倘若果真如此,丘东平便是《有言》的发起人和主要责任人。至于聂绀弩为何把已经公开发表的《有言》说成"终于并未送出",其中的原因是他不知详情,还是另有隐衷?对此,今天的研究者也难以推断,只是这并不影响我们对那场争论基本情况的了解与评价。

毋庸讳言,《有言》充斥着机械的二元对立的思维习惯,措辞和文风亦显得空洞、简单和粗暴,如不顾事实、盲目指责鲁迅陷入了危险的"右倾机会主义的陷阱","带上了极浓厚的右倾机会主义的色彩",认为鲁迅主张"和平革命论""戴白手套革命","将会走到动摇妥协的道路"等。

丘东平为何会写出这样夹枪带棒、"左"味十足的文章?

今天看来,大致有两方面的原因:第一,"左联"成立之初,"立三路线"仍在党内占据统治地位,反映到"左联"中来,便弥漫着一种动辄斗争、打击的"左"的风气。丘东平作为"左联"的新人,无疑会受其影响和裹挟。加之当时的丘东平只有二十出头,身上难免带有青年人的偏激和莽撞,以及在长期严酷环境中形成的某种"戾气",这决定了他对鲁迅那种公允、老到且不乏自省意味的文字,很容易产生反感、排拒,直至上纲批判。

第二,历史上的"左联",一直有宗派主义作祟。当时,周起应对鲁迅颇多误读,也颇多掣肘,但对丘东平的短篇小说《通讯员》却做了充分肯定和热情推介,这无形中赢得了丘东平的好感,使他情愿替周起应"站台",进而为其认可并主持编发的芸生长诗进行辩护。

针对《有言》以及芸生长诗所存在的错误,当时正在上海养病,且同鲁迅并肩从事革命文化事业的瞿秋白,写了《慈善家的妈妈》《鬼脸的辩护》等文章,对此给予严厉的批评:"敌人诬陷我们杀人放火,而芸生的诗和首甲等人的文章很像替敌人来证实那些诬陷,是只用辱骂来代替真正的攻击和批判。"

大约是基于不让"左联"内部矛盾进一步扩散的考虑,瞿秋白的文章当时没有公开发表,但以瞿秋白的身份,他虽已不再是党的领袖,但仍然是党的高级干部,在"左联"内部还是会产生很大的影响和作用的,从而中止了一些人对鲁迅的无端挑剔与纠缠。

丘东平等人的文章在内容上原本无足轻重,但由于它来自左翼堡垒内部,因此仍然让鲁迅感到内心的郁结与寒战。

1935年4月28日,鲁迅在给萧军的信中写道:"那个杂志(指《文学月报》)的文章,难做得很,我先前也曾从公意做过文章,但同道中人,却用假名夹杂着真名,印出公开信来骂我,他们还造一个郭冰若的名,令人疑是郭沫若的排错者。我提出质问,但结果是模模糊糊,不得要领,我真好像见鬼,怕了……我的心至今还没热。"

虽然,丘东平等人有意无意地伤害了鲁迅,但鲁迅却没有因此就记恨这位涉世未深的新进"左联"作家,更没有从个人恩怨出发,否定丘东平的文学创作成果。

1934年,鲁迅和茅盾应美国作家伊罗生之邀,选编"现代中国左翼作家短篇小说集——《草鞋脚》",就选入了丘东平的短篇小说《通讯员》。

这篇作品的作者简介是这样写的:"东平,是笔名。他是一个共产党员,曾在苏维埃区域做过工作。这篇小说是他的第一篇,也许他只有这么一篇。在所有现代中国描写苏区生活的小说中,这篇是直接得来的题材,而且写得很好。"

这段话尽管由茅盾执笔,但鲁迅作为合作者应当看过,因此也包含了鲁迅对这篇作品的认可。遗憾的是,由于种种原因,《草鞋脚》直到许多年后才在国内正式出版,因而丘东平生前很可能并不知道鲁迅对他的期望。今天的文史工作者通过《草鞋脚》的原始档案,不仅看到了鲁迅当年怎样做"梯子",而且又一次意识到,有些人说鲁迅是"睚眦必报,只会骂人",实在是莫大的误读和歪曲。

伴随着阅历的增加和思想的成熟，特别是由于后来与胡风、聂绀弩等人成为挚友，丘东平对鲁迅逐渐有了较为深入全面的了解和认识，随之改变了对鲁迅当初的看法和认知。

"八一三"的炮火，将丘东平推离了安静的书桌，他北上济南，西下武汉，当新四军在汉口成立时，他随叶挺搬进新四军筹备处，不久又随叶挺军长挺进皖西。不过他不是纯粹地投笔从戎，1938年，《七月》杂志就连续刊登了他的《第七连》《我们在这里打了败仗》《我认识了这样的敌人》《向敌人的腹背进军》和《一个连长的遭遇》等战地文学作品。

这一系列的作品，得到了胡风的首肯和推荐，称之为"中国抗日民族战争的一首最壮丽的史诗。在叙事与抒情的辉煌的结合里面，民族战争的苦难和欢乐通过宏大的旋律，震荡着读者的心灵"。丘东平这些作品，的确引起了广大读者的如潮好评。

苏联塔斯社中国分社社长罗果夫采访丘东平，请他回答："在抗日民族战争高潮中为什么没有伟大的作品产生？"丘东平直率道："除了死去的鲁迅之外，中国的老作家们看来似乎已经不能负起这个任务了，因为他们不能深切地了解这个炸弹满空、血肉横飞的现实。他们的语气中，'战士''勇气''冲锋''战斗'等等，是一些讽刺的，不能承认的、否定的名词。和敌人血肉相搏的场面，他们除了不了解、不承认之外，就不免要把它看作堂吉诃德和风车的决斗了。"

丘东平的访谈录，在《七月》杂志上发表后，作家们的反响是不难想象的。胡风真切地看到，对于丘东平及其作品，所谓正统的文坛似乎"不屑一顾"，这使胡风为此大为不平，又有点儿内疚，因为这很可能是因为发表在《七月》的缘故。但丘东平自己倒毫不介意，反而为拿不出更好的作品，难以报答胡风和《七月》的期望而感到惴惴不安。

丘东平在给胡风的信中写道：

> 《七月》是无论如何非使它更充实不可的，你的新的创造精神非常充分，这点也激励了我，我一定要拼命多写一些，不过时

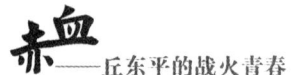

时要得到好作品是有些不容易罢了,这的确是时时刻刻都在苦恼着我的。

（1938年2月17日）

近来的确写作的情绪很坏,提不起笔来,而我与柏山是都不愿有这个现象,都正在想要来克服。每次看到你的来信,都感到责任心的加重,但还是无从转变,只是徒自谴责而已。你在那里支持一个刊物,环境困难,一想而知,而你的苦斗的精神,是令我非常感动。

（1940年3月20日）

此后不久,丘东平又来过一封信,得意地告诉胡风,他加入了新四军先遣支队。因为这个支队的要求极其严格,他是亲自向陈毅申请的,又声称自己会说日本话,能做日军俘虏的工作,基于此才得以批准。

胡风看后,不禁哑然失笑。他知道,丘东平实际上连一句完整的日本话都说不好的。当听到丘东平在苏北战场英勇牺牲的消息时,胡风正避居香港。在阴雨绵绵的秋夜,胡风独自枯坐,思绪万千,他仿佛看到一个人成长时的欣喜,看到一个人人格崩溃时的痛苦万分。

最后,他将这满腔的悲痛,凝结成一首诗：

傲骨原来本赤心,两封血迹尚殷殷,
惯将直道招乖运,赋得真声碰冷门,
痛悼目殇成绝唱,坚留敌后守高旌,
大江南北刀兵急,为哭新军失此人。

次年,为纪念逝去的丘东平,胡风选编了《东平短篇小说集》,并在《题记》中指出:"展开它,我们就像面对着一座晶钢的作者的雕像,在他的灿烂的反射里面,我们的面前出现了这个伟大的时代受难的以及神似的跃进的一群生灵。"

第三章　街头吼歌

1928年，上海外滩，清一色的欧式建筑，马路中间整齐停放着一排来自欧美国家的小汽车。衣、食、住、行均是"舶来品"，使这里的上流社会享受着外国科技文化带来的繁荣。实际上，在20世纪二三十年代，上海就是远东第一大城市了。

鸦片战争后，英国在上海划定了租界，后来法国、美国步英国后尘，也都划定了各自在上海的租界。因此，上海是中国最早植入西方城市管理理念和先进制度的城市，上海租界也是中国最早移植现代法制的地方。租界作为实际上的"国中之国"，拥有自己的立法主体和立法权，体现现代法制的法规体系、法规结构、审判制度、律师制度和监狱制度等，这些"综合性"的西方文化以"合法"的面目竞相出现在上海租界。

当时在上海的外国人都住在租界里，受到租界当局的"合法"保护。租界里，有专供他们享用的高楼、商店、餐饮、娱乐场所，处处灯红酒绿，夜夜笙歌。因为租界里洋货充斥，洋房高耸，洋人招摇过市，上海人将租界称为"十里洋场"。就是说，"十里洋场"代表了上海本土吴越文化与外来西洋文化的碰撞和交融，有别于中国人聚居的场所。

1934年冬，位于徐汇区的永康路，是一条西起太原路，东至嘉善路的小马路。全长只有六百多米，几乎可以一眼就望到头。永康路，又叫雷米路。是以上海开埠后第一位来沪的法国钟表商人多米尼克·雷米之名命名。马路两边，遍布着充满海派情调的石库门里弄，偶尔还能看到自成一景的晾衣架，展示着独属于上海的市井烟火。除了上海人家的普通生活，在这条马路上，还能让人体验到热情张扬的西方生活方式。

一半是海派风情。

一半是西式格调。

有人说"上海的建筑都是可读的历史"。永康路175弄，一处典型的西班牙式花园里弄，原来是雷米坊，由中国建业地产公司在1931年竣工。以前都是在洋行里的洋人和有资产的富人居住的地方,俗称"外国弄堂"。斑驳的墙体,褪色的木头,仿佛都在讲述近一个世纪以来的历史变迁,但在雷米咖啡馆面前,醒目的棕色墙体,欧式的装饰尽显上海老克勒的腔调。

"左联",似一个红色的"幽灵"在上海大都市游荡。前不久,"左联"拟出版一本反映苏维埃运动的小说集,向全体盟员征稿。吴奚如外在的身份是盟员,自然要为这种有意义的号召效劳。于是,他蛰伏在雷米路一个寒冷的亭子间,用半个月的时间,伏案写短篇小说《动荡》。然而,他的稿子投出后,不知落在何人手里,好一阵焦急。

后来,有几个热心的朋友筹款出版一本所谓"红的"文献——"木屑丛",决定收几篇没有在公开杂志上发表的文章进去。吴奚如的《动荡》首先被选中。这时,他才松了一口气,稿子没丢,还被人看中了。

吴奚如是湖北京山人,个子不高,沉静,话不多,黄里发黑的脸上,闪动着一对"打猎似的"眼睛。他比胡风小4岁,可谓"年轻的老革命"。1925年,他入黄埔军校第四期学习,同年加入中国共产党。1926年秋,毕业后参加北伐战争,任国民革命军第四军独立团连党代表。1927年"四一二"反革命政变以后,先后任讨蒋运动委员会常委、《讨蒋周刊》主编、国民革命军第四集团军第二方面军总指挥部警卫团连长、团侦察参谋等职。

土地革命战争时期,吴奚如任中共湖北军委代书记、中共河南军委委员兼秘书。1928年冬被捕,1932年秋出狱,后到上海,以文学活动为掩护,从事地下工作。1933年,他在上海加入中国左翼作家联盟,任大众工作委员会主席。1933年4月,由于与同乡聂绀弩的关系,他与刚回国的胡风相识,以后交往密切,渐渐结成了深厚的情谊。在上海期间,他曾在《文艺月刊》《作家》《文学季刊》《小说月报》等刊物上发表小说和杂文,出版有小说集《小巫集》《叶伯》《卑贱者的灵魂》《阳明堡的战火》《忏悔》《汾河上》等。

军人的出身、文人的面目,使吴奚如在中国左翼作家联盟里具有隐匿着的双重性，好在他的真正身份无人知晓。书就要出版了，一位编辑跑过来说，有一个校对这篇小说的朋友想见见吴奚如。

"谁呢？"吴奚如问。

"丘东平！"那编辑眨着神秘的眼睛，回答道。

丘东平，这名字是吴奚如熟悉的，那时他正在帮助陈望道先生编杂文刊物《太白》，也引出了文坛的轩然大波，吴奚如不会不知道。

"为什么是他？"吴奚如感到十分惊异。

"没有什么太多的原因，大约他从你的文章里，嗅出了跟他相似的气味吧。他可是参加过海陆丰暴动的红色少年啊！"从这位编辑神秘的眼神和语气里，吴奚如忽然看到一种不是传言，而是敬重的感觉。

"好吧，你约他来吧。"吴奚如说。

第二天傍晚，当街灯散发出昏黄的光亮，如同一只蛋黄吊在半空，在吴奚如清冷的亭间里，就坐着那位约定的客人。

他就是丘东平。

在吴奚如印象中，丘东平实在是一个非凡的作家。他穿着一套旧式的狭窄的卡其色西装，外面套着一件油渍渍的黑呢外套，戴着一顶广东人酷爱的咖啡色的鸭舌帽子。他的个子是矮矮的，瘦瘦的，眉毛粗而且黑，眼睛凹陷，但有一对小的黑晶晶的瞳仁；端正的鼻子，微尖的嘴唇，方方的下颚，缺乏修饰的髭须蔓草似的挺立着。令人从这粗犷的外貌上，看出他的倔强、明朗、热烈、豪迈的特性。

他以一见如故的情谊，向吴奚如滔滔不绝地述说他的过去与现在。

是的，丘东平强烈的创作欲望，使他那对小而黑的眼珠，射出灼灼光芒；他那低压着眼睛的粗黑眉毛，在演绎自己的话题时瞬间飞扬起来了，似乎令吴奚如雷米路里寒冷的亭子间，难以容纳他那燃烧着的火焰……

说话间，丘东平猛然跳了起来，用士兵似的姿态，将手向前一劈，像挥动着一把马刀，说："走，我们到外面喝酒去！"

于是，他领着吴奚如离开了房子，走到了灯光闪烁的雷米路，然后闯进第一家小酒馆，在散发着人力车夫一身汗臭的座位里，随便找了两个座位，让跑堂的店小二给他们端来一只可以盛下一斤绍兴酒的锡酒壶，另外搁下两碟肉焖果仁和茴香豆，开始慢慢地对饮起来。

绍兴酒是江南人温馨而又燃情的产物，那醉意是慢慢散发出来的，它的后劲让许多性情男子败下阵来。当丘东平喝到最后几杯，他那广东人暗黄的脸色，已经渐渐涨红了，而谈风更加豪放不羁，他用示威似的声调说："我们要大胆地写啊！我们一定要用我们过去的生活，谱出雄伟的调子，压压那些盗声和恶语啊！就像我们在打仗时射出大口径的炮弹，去震破那些庸俗者的耳膜吧！咯咯咯咯……"笑声中，他两边瘦削的肩峰对峙着、颤动着，小山似的压迫着他隆起的喉结，使他的笑声显得沉重而又紧迫。是的，他常用这种"咯咯咯咯"的笑声，传播着他的激情、欣喜和幽默……

慢慢地，他俩都饱含醉意。

灼热而激动的情绪，不等他们遽然分手，便任性地朝着那条优美的带有巴黎风光的霞飞路跌跌撞撞地走去，大声地谈着生活和写作的话题，仿佛不是两个人，而是面对着30个人、40个人……

霞飞路是当今淮海路的前身，在20世纪二三十年代，堪称上海城市的时尚之源。这条商业大街，名店林立，名品荟萃，其中不少是俄侨老店，或是法租界同业之最，他们以欧洲样式的商业布局，展示着几乎与欧美发达城市同步的高档生活消费品，尤以西餐、西点、西服和日用百货最具特色。

霞飞路，以法国元帅霞飞的名字命名。当时是横贯原上海法租界的一条主干道。霞飞路东起敏体尼荫路（今西藏南路），西至海格路（今华山路），全长5500米。1900年由法租界公董局兴建，最初的名称是西江路，1906年改名宝昌路，1915年6月更名霞飞路，并由法国将军霞飞主持揭牌仪式。

当他俩走到杜美路附近，在街灯暗淡、林荫如盖的荒坪上，丘东平忽然昂头凝视着天空的繁星，以一种充满磅礴气势和男人强烈、畅快的声调，唱起他那酷爱的情歌：

> 你闪耀的不羁的海啊!
> 日夜在诉说着什么呢?
> 你缺乏一种温暖的抚慰吗?
> 好,让我给你一次拥抱吧!

这样的情歌,以后碰到丘东平兴高采烈之时,文友们也曾听到过。但当吴奚如第一次听到他的歌唱时,被他激起了一种强烈的共鸣和奇妙的幻想,他们愿将自己的生命化为向着暴风雨奋飞的海燕,贴在浪花四溅的海面,发出兴奋而又悦耳的啼叫……

在深夜分手时,丘东平突然清醒地说:"我写了不少,但现在还不是我发表作品的时候。以后我把那些原稿送来给你看吧,一定给你惊喜,一定!"

说真的,丘东平将那些当时不易发表的原稿全都拿来了,吴奚如抱着最大的热忱,读完了它们,那里有海陆丰土地革命时期、上海"一·二八"抗战的真实写真。从那些作品里,人们可以听见一种对于与黑暗势力搏斗的呼唤,可以看见一种雄伟的新英雄主义穿透夜幕的光芒……

这些稿子,以后有的在刊物上发表了,有的始终未见发表,但都收进他的集子《沉郁的梅冷城》《火灾》《长夏城之战》里。

有人曾问过丘东平是什么机缘使他从事文艺创作活动。

他说,就在《海丰青年》编辑期间,有机会在阅览室和图书馆接触到许多进步书刊和文艺作品,如《向导》《中国青年》《少年先锋》《学生杂志》《小说月报》《创造月刊》等,以及鲁迅、郭沫若、茅盾、托尔斯泰、高尔基、易卜生、歌德、屠格涅夫、果戈理等写的中外文学名著,他非常喜欢看这些书刊,常常在煤油灯下阅读到鸡叫一两遍才吹灯睡下。

几个月以后,他离开了"太白社",肩负着吴奚如和其他朋友的殷殷期望,以活跃的战士的面影到香港去。那时,香港以两广爱国将领为主体,促成全国停止内战、一致抗日的运动正在潜行,丘东平在那里会找到契合的话题和新的工作方式。

"左联"作家范泉在上海时，与丘东平有一段时间的交集。

他眼里的丘东平是这样一副模样：一米六几的身高，说话的时候抑扬顿挫，吃罢饭，把筷子往碗上一搁，再把右腿叠到左腿上，然后，头一侧，开始他烦人的独白。是的，丘东平打开了话匣子，再也顾不上你的感受，他会像长江的水一般，滔滔不绝；像一个喜欢朗诵的诗人，津津有味地背诵他认为精彩的警句。

他批评他要批评的现象。

他赞美他要赞美的朋友。

范泉说："丘东平有哲学家的头脑、诗人的热情、演说家的风度。"

那时候，范泉和邵子南、光未然、李雷、萧琳等住在上海辣斐德路桃源邨的42号。他们都是没有钱的书生朋友，有衣服大家穿，有面包大家吃。谁要是得到了一笔稿费，就由他自己在弄口买一些"罗宋人（上海人对苏联人的俗称）"吃的黑面包，于是大家冲一杯杯的酱油汤，在一张半旧的大圆桌旁围坐着，举杯畅饮，把一块块切开的黑面包狼吞虎咽地塞进肚子里。

有一天晚上，由丘东平、萧琳领着，一群人提着热水瓶，绕了很远的路，来到了雷米路上的一家豆腐店买豆腐浆。在路上，他们像一群无家可归而又乐此不疲的流浪儿，唱着光未然作词的《五月的鲜花》。那时候《五月的鲜花》红遍了上海的高等院校。听，丘东平的嗓子在提高八度以后，显然有些撕裂感。范泉说："东平兄唱起歌来简直是在割玻璃，可怕极了。"而诗人李雷的歌喉非常嘹亮，他和光未然组成的"男声二重唱"，有点儿音乐家的味道，于是丘东平只有打上休止符，或者低沉地进行"和声"。在寂寥的秋天马路上，这群口袋没钱的"激情文人"踯躅着、奔走着……他们不是在唱歌，而是直着嗓子在吼歌。

好一个街头吼歌：

敌人的铁蹄，

越过了长城……

中原大地依然歌舞升平。

"亲善睦邻"和卑污的投降,

忘掉了国家更忘掉了我们。

再也忍不住这满腔的愤怒,

我们期待着这一声的怒吼,

吼声惊起这不幸的一群!

第四章　暖与爱

在日本,丘东平结识了日本进步作家鹿地亘夫妇。

鹿地亘夫妇对丘东平很友好,经常邀请丘东平到他们家里做客,向丘东平介绍日本文艺界的一些情况。他们家里经常有文艺界的朋友来串门,高朋满座,谈天论地,品茶吟诗,有时也免不了发一些牢骚,指责某些政要醉心于武力,而对文学漠不关心,难怪很多作家至今还流行着厨川氏"文学是苦闷的象征"这一理论。

丘东平因为常去鹿地亘家做客,听了这些作家的谈论颇感兴趣,有时也就无所拘束地凑上几句说:"我看文学不只是苦闷的象征,也是希望、进步的象征。没有希望和进步,我们还搞什么文学?"

丘东平简短的插话,立即引起在座日本作家朋友的注意,鹿地亘趁机把丘东平的一些情况及发表过的作品做了介绍,并称赞丘东平"是中国一位年轻有为的进步作家"。

丘东平到日本后便和东京的"左联"取得了联系,参与他们的各种活动。东京"左联"的作家看到丘东平观点鲜明,为人热情,又是参加过海陆丰大革命和上海"一·二八"淞沪之战的"老战士",一致推举他做"左联"负责人,不久又让他做《东流》杂志、《杂文》月刊的主编。《东流》和《杂文》经常刊载留日学生、留日人员寄来的文章,为文艺爱

好者提供了学习、创作的园地,同时,以杂志为纽带,把留日学生和各界人士团结起来,为祖国的振兴做出有益贡献,因此受到读者的喜爱。

丘东平负责这两本杂志的出版,可谓费尽苦心,一是没有固定的出版经费,主要由刊物的订购款垫支,不足部分由他设法筹措;二是印数不多,发行面广而散,人手有限。因此,常常忙得他东奔西走,寝食不安。

他没有时间留恋东京的樱花。

他没命地干自己喜爱的工作。

郭沫若,是我国文坛的著名作家,这时他住在日本的千叶县,取了个日本名字叫左藤。丘东平很想结识这位文坛泰斗,并请他评论自己的几篇近作。

对于丘东平,郭沫若在一篇文章里写道:1935年仲春,在日本东京麻布区的W的寓所楼上,W向他介绍了一位青年。

W说:"我向你介绍的是中国新进作家丘东平,在茅盾、鲁迅之上。"

W身材魁梧奇伟,在十九路军里当团长,"一·二八"抗战时,他手下那个团是最先向日军开火的,厥功至伟。W在军事上是个帅才,说话斩钉截铁,他竟公然向郭沫若推荐起这位素昧平生的作家朋友,而且使用了"绝赞"的口气。

听了W的话,郭沫若从心底里唤起了这样的感觉:W说的话和他的身材一样魁梧,连夸张也是魁梧有力的。

郭沫若后来说:"丘东平的体魄和W成反比,身子过分地对于空间表示了占领欲的淡薄;脸色在南国人所固有的冲淡了的可可茶之外,漾着些丹柠酸的忧郁味。假使没有那副颤动着的浓眉,没有那对孩子般的恺悌在青年的情热中燃烧着的眼睛,我会疑他是三十以上的人。"

夏日的一天,丘东平邀请朋友陈子谷,到千叶拜访郭沫若。

身处异乡的郭沫若,一副平和的面孔,他入乡随俗,穿着一身宽松的日本大和服,与他的日本夫人热情接待了这两位来访的中国客人。

丘东平不善于客套,见面后便开门见山地说:"我有好些小说,如果你有工夫，我想请你替我看看。"

"噢噢，好的，好的，有空我一定看看。"郭沫若随便地应答着。

他看丘东平又矮又黑，说话的口语夹杂着浓重的闽南话腔调，外表没有多少醒目之处，只是两道粗野的浓眉，以及眉下一双深邃的大眼睛，显得有点儿与众不同。

陈子谷拿出了一本《文学季刊》，翻开一篇题为《德肋撒》的短小说，指给郭沫若道："你看，这是丘东平的近作，我看很不错。"

郭沫若点了点头，表示他已经看过了。

不到一个时辰，丘东平与陈子谷从郭沫若的寓所出来了。

两人谈起对郭沫若的印象，都认为他雍容大度，礼貌热情，不失长者风范。

丘东平把在《大公报》发表的短篇小说《沉郁的梅冷城》，从《大公报》上剪下来。附上一封短信，邮寄给郭沫若，请他给《沉郁的梅冷城》以详细的"批评"。但由于郭沫若比较忙，没有及时提出具体意见，只给了丘东平一个简单的明信片，说他的作品写得"别致"。

这种简单的"批评"，显然令丘东平感到颇为不满，他以为郭沫若是在蔑视他的"劳动"，或者无诚意细读他的作品。于是，丘东平回信叫郭沫若把他的作品寄还他，并说："假如只是说那样简单的话，以后不好再拿作品给你看了。"

由于一拖再拖，郭沫若回到东京后，才想起将作品寄还给丘东平。

但没想到丘东平的等待却异常迫切，见郭沫若没有将自己的作品立即寄还，竟寄去了一张明信片，上面写道："焚香三拜请，请你老先生把我的小说寄还吧。"

郭沫若看了丘东平写的两句话，便想起了他那两条浓黑的眉毛下一对愤怒的眼睛，不禁哑然失笑。

也许是不打不相识吧，自此以后，他俩竟成了无话不谈的朋友。

后来，丘东平又给了郭沫若一封两千多字的长信，叙述他的学习、创作过程。

丘东平说:"我的作品中应包含着尼采的强音,马克思的辩证,托尔斯泰和《圣经》的宗教,高尔基的正确沉着的描写,波德莱尔的暧昧,而最重要的是巴比塞的又正确、又英勇的格调。"

丘东平还说:"我是一把剑,一有残缺便应该抛弃;我是一块玉,一有瑕疵便应该自毁。因此我时时陷在绝望中……我几乎刻刻在准备着自杀。"

这种坦露心迹的自白,流淌着一种惊人的自恋、惊人的自卑!

直至1935年11月中旬,郭沫若才腾出手来给丘东平写了回信,同时还写了一篇专门介绍丘东平及其作品的文章,题目叫作《东平的眉目》。

在这篇文章中,郭沫若给丘东平以肯定的评价,称赞丘东平"有诗人的气质,有着不凡的抱负"。

郭沫若说:"东平不仅有一副浓厚的眉毛,也有一双慈和而有热情的眼睛。"

郭沫若对丘东平的作品评价很高,他说他在看了《沉郁的梅冷城》之后,没想到《德肋撒》竟长成得这么快,又说:"他的技巧几乎到了纯熟的地步,幻想和真实的交织,虽然煞费了苦心,但不怎样显露苦心的痕迹。他于化整为零,于暗示,于节省,种种手法之尽量的采用,大有日本的新感觉派的倾向,而于意识明确之点则超过之。我在他的作品中发现了一个新的世代的先影,我觉得中国的作家中似乎还不曾有过这样的人。"

《沉郁的梅冷城》和《东平的眉目》发表之后,丘东平在中国文学界的地位和声望,可以说踏上了一个新的台阶、显示了新的高度。而丘东平则仍然感到离自己设定的目标还很遥远,今后要走的路还很长很长。

从这点上看,他是个地地道道的永远不会感到满足的人。

1935年底,中日关系日趋紧张,日本政府对中国留日学生和爱国人士的活动,设置了很多不合理的障碍,监视和干涉他们的爱国行动。他们经常在中国留学生集会时,怂恿一些极端分子寻衅闹事,然后出动军警乘机搜捕镇压,弄得人心惶惶,很多留学生因此陆续回国。

在日本,一年一度的观赏樱花时节又到了。

丘东平随着人流去看樱花。

樱花从开花到落花，前后加起来也就十天左右，那么在一年当中，樱花的生命是十分短暂的，但是在它短暂的生命中，却能够产生最灿烂的辉煌。而当人们纷纷去欣赏它、赞美它的时候，樱花又飘然离去，粉红色的、白色的花瓣飘零而下，会带给人最后的美丽，而这种最后的美丽，却是一种惆怅，甚至是一份伤感……

　　丘东平从樱花的花开到花谢，联想到了自己的处境，他何尝不是这樱花的命运啊！他感到在日本，常常被警察监视和干扰，人身安全明显地受到限制和威胁，加上近来囊中羞涩，经济十分困难，因此，他便结束了东瀛之旅，偕几位朋友乘船回国。

　　1936年下半年，丘东平回到中国。

　　吴奚如自在上海与丘东平分手后，也离开了上海，到延安去了。

　　1937年冬，丘东平和好友吴奚如在中国抗战的心脏地带——武汉重逢了。这正是丘东平创作最活跃的时候，他经历了"八一三"的炮火，先后发表了震动文坛的杰作——《一个连长的战斗遭遇》《第七连》等作品。

　　丘东平追随叶挺将军，投身于新四军的钢铁洪流。他穿着整齐、合身的灰棉布军装，紧扎着一条宽大的牛皮带，裹着绑腿，成为一名新四军战士，然而，他的作家气息虽然被军人的装束所遮蔽，但他的内心仍洋溢出奔赴前线的战斗欲望……

　　丘东平和吴奚如在武汉见面的第二天，为了纪念那难忘的相聚，由丘东平建议，到法租界一家照相馆照了一张合照。但他颇不满意他的站姿，他以为他的两腿站得太松弛了，不够笔直。

　　丘东平摇着头说："这像个什么呢？"

　　吴奚如笑着道："像人啊！"

　　丘东平又仔细地打量着照片道："大腿显得这样无力，活像一只鸡雏。嗯，真正的军人不会是这样的！"

　　倔强的丘东平将自己的肖像从这张合影里裁剪下来，又剪去背景里的空虚部分，仅留下一张半身照。末了，他在照片的背面潦草地签上了自己

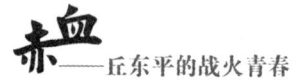

的大名,当作纪念物送给了吴奚如。

丘东平欣喜地过着军人的生活,但强烈的文学志趣,一刻也没有离开过他。有好几次,他蹙着粗黑的眉头,向吴奚如诉说:"无论如何,要想写文章,总还是非得过着安静的生活不成……唉唉,这样跑来跑去,多可惜啊!可是,在今天,又怎么能有安静的生活可过呢?"

后来,丘东平跟着新四军主力去了安徽。

不久,他从安徽写信给吴奚如,报告他决定随新四军先遣支队深入苏南战场。

不久,丘东平寄来了一张他在前线生活的照片。这张照片是全身的,丘东平显得笔挺而又英武,彰显着一个真正军人的风度。随着相片,他还给吴奚如寄来了一个信心满满的期盼:"兄弟,到新四军来工作吧!我更加珍惜地保藏着这第二张照片。"

吴奚如深知,一股暖流在此时的丘东平心窝里涌动……

丘东平的《第七连》发表后,聂绀弩在汉口碰见他。

聂绀弩与丘东平可谓是老相识了,他们在海陆丰时就有一份师生情缘。

聂绀弩说:"《第七连》写得很好啊!"

丘东平说:"写战争的东西是很容易的,只要没有砰砰碰碰、噼噼啪啪等字样就好了。"

其实,丘东平早在上海时,就对聂绀弩说:"写战争吧,我们写战争吧。"

丘东平曾说:"我最初写文章是用土话构思好了,再翻成普通话的。我比你们写得苦。"

聂绀弩的《酒船》发表之后,丘东平说:"你已经到你的作品里头去玩耍了。一个作家要知道到自己的作品里头去玩耍,就已经摸到了门道,不知道此门道的人,不能写出好作品。你信吗?"

聂绀弩微笑地点点头。

《酒船》是写川江船上的生活场景和所见所闻的,是聂绀弩乘船出三峡后的亲身体验。《酒船》中所刻画的那个天真烂漫的小女孩的悲剧形象，让人读了想哭。事实上，聂绀弩是一位杂文大家，也是师承鲁迅杂文艺术成绩卓著者。

有一次，胡风退回一篇稿，说丘东平写的战争是国内战争。丘东平常常用这种打着外国旗号说中国事的方法构思作品，这种"借桑骂槐"的战法，屡试不爽，竟然能够混过一些编辑的眼睛，而这次却不行了，胡风看破了他。他对聂绀弩说："他妈的，他妈的，他看出来了。这本是一篇旧的东西改的呀。不过，你不要告诉别人。"丘东平这种孩子气的性格，让聂绀弩笑出了声。

丘东平很骄傲自己是广东人。广东人，在他和欧阳山的意念中，就是硬汉的代名词，怎么可以说广东人是小男人？

有一次，丘东平为了职业问题去见一位前辈，回来之后，他气极道："他叫我当新闻记者，言下之意是说我当作家不会有前途。妈的，尽管没饭吃，改行是不改的，我要当我的作家！"丘东平曾经为这种口无遮拦的"臭脾气"，砸了自己的饭碗，但他从不"吸取教训"。

丘东平在香港出道时，就在《中和日报》当校对员，空闲时写些短文，可谓笔耕不辍。不过这时期的作品比以前更锐利了，散发着火药味。他写这些短文直率有余而含蓄不足，因而引起了《中和日报》总编辑黄冷观的注意，经过仔细观察之后，他觉得丘东平的短文有明显的"左"倾色彩，要惹出乱子。

黄冷观那张胖嘟嘟的圆脸上，整天挂着装出来的笑意。

丘东平格外讨厌这个黄冷观。他想，这家伙的名字是姓名还是笔名？为什么取这个名字呢？对所有人都采取冷观的态度，没有一丝热情，不闷死才怪。他对黄冷观签发的文章，常常不客气地指出其弊端，提出批评意见。可是黄冷观总是晃着他的肥头大耳，根本不理会丘东平，反而说："老弟，你要明白自己的职务和责任，校对员嘛，就是校对与原稿不相符的错漏的字眼，其他的你还管他干什么？"

丘东平嘿嘿冷笑。

过了几天,一篇题为《肥者善笑》的杂文发表在一张小报上。

这篇短文立即引起一场风波。黄冷观看后,嘴都气歪了,他指着丘东平的鼻子说:"你……你……你给我滚!"

许多年之后,丘东平想起这件事还是执意认为,自己"滚"得对,不然中国就不会出现一位卓有成效的"战地作家"。

于逢是在1937年初认识丘东平的。

那时,于逢、郑永慧住在上海法租界桃源邨一个亭子间,斜对面是一幢楼房,楼下前厅,则住着光未然、邵子南、萧琳、李雷等四位年轻的文化人。他们来自五湖四海,都酷爱文学,因此走上这条充满诱惑的坎坷之路。

桃源邨,位于复兴中路1295弄。联排的老式石库门里弄建筑,散发出质朴而又古旧的格调,犹如它的名字一般,居住在这里的人也是安宁和善、美好娴静的。桃源邨原是法租界的地皮,住的都是些有钱人。至于为什么叫桃源邨,这里的人依稀记得老人们曾说过,这里种过很多桃花,每年春风起,桃花便会随风飘散,香气四溢。桃源邨这个名字可能与陶渊明笔下的《桃花源记》有关,村民们过着与世隔绝、怡然自得的生活,而建造者也希望生活在这里的人能如世外桃源中的栖居者一样,故取其意,得其名。

于逢知道,丘东平也常来这里闲聊,却始终未能谋面。

那时的丘东平,大约是二十七八岁,个子矮小,有点儿少年老成的模样,但精悍结实,一张广东人的气色不大好的脸孔,有时沉默寡言,严肃得很,有时蹦跳欢笑,充满谐趣。他喜欢谈论高尔基的"三部曲",又很欣赏尼采的哲学观点。

不久,于逢由欧阳山、草明介绍,与丘东平成了朋友。在上海,他们相处了大半年,平时谈文论世,却很少涉及个人的"私事"。

抗日战争爆发后,十九路军与日军在上海闸北打起来了,于逢随欧阳山、草明夫妇回到了广东,邵子南北上延安,丘东平到江苏找新四军,彼此各散东西。直至丘东平牺牲许多年后,于逢才知道,丘东平是经历过海陆丰暴动、淞沪抗战、福建事变的老战士。

于逢记得与丘东平一起从事文学活动的一些细节：他曾送去了当时发表在《中流》半月刊上的《红河的黑夜》《卖茶妇人》给丘东平、欧阳山看，请他们"提意见"。

后来丘东平、欧阳山看完了，由丘东平对于逢谈了一些意见。他说于逢的小说写得真实、细致，甚至比某某著名小说巨匠还好。丘东平这么一说，着实令于逢大吃一惊，扪心自问：我怎么比得上那位文学大师呢？完全是偏颇之谈吧。

后来，于逢回到广东和欧阳山谈起此事，原来丘东平之所以充分肯定于逢的长处，是有意给他以鼓励的；而当时丘东平对于逢的作品存在的短处却闭口不谈，是出于对文学新人的扶掖。不过，丘东平认为于逢的作品拘泥于客观描写，缺乏激情，调子较为冷淡。要知道，丘东平是最重视"格调"的。丘东平曾说，所谓"格调"，指的是作家的思想倾向及其艺术素质。

于逢送去的那篇描写知识分子的中篇小说《没落者》，丘东平没有看，却在封面上用钢笔画了一只很可爱的蹲着的小猫咪，然后还给于逢。可能是他对这篇作品看不下去了，就画画玩儿。据于逢回忆，那小猫咪画得很好，笔法熟练，线条准确，神态生动。在于逢看来，丘东平除了是一位创作力十分强劲的作家，还是一位功底不错的画家。

后来，丘东平在武汉看到了于逢在广州《光荣》半月刊发表的报告文学《霉菌》，就有点儿生气了。他来信提出批评，说于逢把难民比作"霉菌"，是很不应该的，思想感情不对头嘛。于逢想，丘东平的眼光是锐利的，虽然大半出于直觉。但这种直觉却是从长期斗争实践中培养出来的。

在于逢看来，丘东平不但善于写反映革命斗争的题材，而且善于进行文化战线上的斗争。当时在白区发表文章和出版图书，都要想方设法绕过国民党反动派的审查黑网。如果写的题材较为敏感、尖锐，就得有点儿"技巧"了。丘东平有一些小说明明写的是土地革命战争，他却把男人定名为什么"斯基"，把妇女定名为什么"诺娃"，又把海丰搬到了东北，即抗日义勇军进行战斗的地方，叫人看了误认为苏联游击队在那里和什么敌人在打仗。这一下，丘东平就将国民党出版审查官的眼睛给蒙住了。

1938年初，丘东平参加新四军先遣支队，向敌后挺进。

到了安徽后，丘东平给于逢写了一封信，并附了一张照片。照片上有好几个人，穿新四军的军装，形象显得十分威武。信里大意这样说："此行所见所闻，足称伟大，将来描写抗战，当不让东北作家专美于前了。"信里表示，很满意自己的照片，遗憾的是自己两腿站得不够直，等等。

看来，丘东平到了敌后，情绪相当饱满，战意也十分高昂。

新四军政治部的马宁曾见过丘东平，他对马宁说："我不仅是小说家，还要做一位人民战士。我要求随军出发，一切艰苦险恶都无所畏惧。"

接着，丘东平就随陈毅到苏南茅山开辟根据地。

1937年9月，欧阳山、草明和于逢坐难民船离开上海，丘东平送妻子、女儿随同他们南归，而他却单独留下来。丘东平先是到了武汉，写完了《给予者》，交给读书生活出版社，然后找叶挺将军。他俩原来是老相识，可以称为知交了。

丘东平的妻子不是别人，正是五哥的太太吴笑。

要说清这层关系，就得从头说起。

1935年初春，25岁的丘东平在香港与五嫂吴笑结婚了。

吴笑17岁那年就和丘东平的五哥丘汝珍结婚，后受到革命思想影响，投身建立苏维埃政权的斗争，当地称之为"自由女"。丘汝珍遇难时，吴笑年仅23岁，她身边有一个女儿。

由于丘东平长年奔波于革命运动和文学创作，其母黄氏一再对他提起婚姻大事，丘东平总是说："革命斗争是艰难之事，四处为家。我不娶妻生子了，如果遇难死了，请哥哥们分个儿子给我就好了。"就为这事，黄氏大哭了一场，丘东平也为说错了话，跪着向母亲道歉。

1934年夏天，丘东平一家逃到香港，在深水埗开了一间凉果杂货店，以维持生计。这期间，丘东平回到香港，感到头痛、发烧，接着便卧病不起,大病持续了十多天,五嫂吴笑对他悉心护理,嘘寒问暖。

有一天,丘东平忽然发现自己的身体有了些许活力,脑袋也没那么沉了,只是觉得嘴唇干得要命,想喝水,他叫了几声,没人应他。好一会儿吴笑到了他的床前,带来了一股惬意的馨香,他假装闭上眼睛,吴笑捧来一碗温水,用汤匙往他的嘴唇里送,轻声地说:"六叔,来喝水。"

丘东平睁开眼,张开嘴,含着吴笑握着的汤匙,水一点点咽进喉咙里。

这时临窗的太阳光线斜照下来,正好投射到吴笑的身上,罩上了一层炫目的光环。丘东平眯着眼循着光线望过去,只见吴笑穿着一件紧身而又短袖的黑色云纱布纽大襟衫,露出了雪白细嫩的颈脖、胳膊,胸部丰满而又性感,右手腕上戴着一只翡翠玉手镯,亭亭玉立,十足是一副香港大少奶的打扮。看到此,丘东平怦然心动。

"热吗?"吴笑温柔道。

丘东平微微地点头。

这时,谁也不说话,只听见汤匙碰撞瓷碗的声音,丘东平的心忽地一阵狂跳,脸颊一下子红了起来。他按捺不住自己,一把将吴笑的手抱在怀里,汤匙的水洒在了他的身上。

吴笑愠怒道:"你怎么啦?"但她的眉宇间依然蕴含着一丝笑意。

丘东平急不可待地说:"我爱你……"

吴笑轻轻地拨开了丘东平发烫的双手,轻轻喊道:"你傻了,我是你的嫂子!"

丘东平气喘吁吁道:"我不管那么多,五哥临死前吩咐过,要我好好照顾你。"

吴笑从丘东平的双手中挣脱出来,笑了笑,又俯下身子搂了一下还在微颤中的丘东平,这时丘东平不失时机地在她白净的额头上深深地吻了一下。

没过多久,大病初愈的丘东平拥抱了吴笑。吴笑一半主动、一半被动地接受了拥抱。丘东平燃烧着身子在吴笑柔软的怀抱里找到了无限的慰藉……

他们之间萌发了爱情。

这种爱情有违于家风和伦理，但顺应了人性和人道。

丘东平有着从没有过的愉悦和冲动，他从女人身上寻找到创作的灵感……

那天，丘东平携着刚脱稿的小说《火灾》来了。他对这部作品还是比较满意的，希望编辑配一篇书评，同时发表在杂志上。

邵子南自告奋勇地承担这个任务。

他们兴冲冲地谈了一阵，丘东平就匆匆地告辞了。

邵子南是四川人，从四川流浪到上海，中途曾做过脚夫、黄包车夫以及码头工人等苦力。他的生活经验十分丰富，写的小说也充满了下层阶级的辛酸和呐喊。这种逼近现实的文风很受欧阳山的赞美。丘东平把邵子南带到欧阳山那里做客。邵子南说，他的作品是受到欧阳山夫妇作品影响的。丘东平对邵子南的作品也十分欣赏，说他像高尔基那样当过流浪汉，生活十分丰富，人也特别坚强，充满了力量，艺术感觉相当敏锐。

有一天，邵子南吃了欧阳山夫人草明亲手做的晚饭回来说："今晚我们一起到丘东平的家里去看看他吧。尤其要去看看他漂亮的太太。"

大家异口同声道："好啊！"

晚上7点，他们几个人就开始走路了，虽然很累，但大家丝毫没有倦意。

终于，他们来到丘东平的家了。

在一个晒台底下，一个狭窄的亭子间里铺了一张床，煤炉以及杂物都堆叠在房门口。他们从曲曲折折的肮脏的楼梯走了上去，走到了那个亭子间的门口时，只见房门微露了一条并不狭窄的空隙。

范泉走在前面，只听见邵子南说："对，就在这里。"

推开了门，范泉提脚踏了进去，忽地听见里面有水的声音，猛一抬头，不禁"啊"了一声，原来在丘东平的房间里，正中摆了一只大木脚桶，桶里盛满了水，而水里坐着丘东平的太太吴笑，赤裸着全身，肤如凝脂，背向门口——她正在那里洗澡呢！

丘东平却端坐在床沿上，用画家般的专注打量着妻子小提琴形状的腰身，发出一种惬意的微笑。他正欣赏着吴笑用毛巾拨弄着木桶里的水呢，这是一幅多么美丽的画面啊！

丘东平与吴笑的婚姻，是脸上的甜蜜还是内心的苦楚？

事实上，丘锦成认为丘东平与吴笑这门婚事亵渎家门，竭力反对。他认为儿子的婚事伤风败俗，不让丘东平和吴笑回家，甚至把家中八个儿子八间房份，也改写成了七间房份。

丘东平、吴笑不屈服于世俗的压力，前往上海成婚，当时丘东平24岁，吴笑25岁。次年丘东平的女儿出世。吴笑曾向好友林凤枝说过："我和六叔结婚，也是同志们做媒促成的，而且今后建立的新社会，是允许这样做的。"

丘东平从香港到上海，和胡风谈到恋爱问题时说："密司吴对我很好，我该怎么办呢？"

"密司吴是谁？"

"我的嫂嫂，我的哥哥死了快两年了。他是一位革命家。"

"你爱她吗？"

"爱。"

"爱就好。谁也阻挡不了你们。"

后来他们住在上海，感情极好。丘东平常常说，"我是提倡土货，我们是土式的恋爱，不像你们洋式的。"吴笑是农村妹子，文化水平不高。可丘东平又说："密司吴爱我，可是又觉得对不起哥哥，她常常说我害了她，拿我出气。她是一个善良的灵魂，我要写一篇小说。"

丘东平将吴笑称为"密司吴"，可见吴笑在他心中的位置。

丘东平也许太爱吴笑吧，他不喜欢吴笑和五哥的女儿。

他说，这孩子不喊他做爸爸。是的，孩子只叫他六叔。

想到此，丘东平的心在痛。

丘东平婚后不久，就远渡东洋了。

回国后，丘东平和吴笑住在上海，与欧阳山、草明为邻，而房租是他出的。

1937年七七事变后,吴笑在战乱中被弹片挫伤肩胛,丘东平常常为她换药。8月13日,吴笑带着幼女与欧阳山、草明、于逢等人,乘难民船南下广东,接着又回到香港。

丘东平虽然与吴笑劳燕分飞,但心是贴在一起的。

1938年4月4日,丘东平在致胡风的信中写道:"我急于出集大半是为了钱的缘故,我的老五苦得要命。"显然,这"老五"即是吴笑。

为了帮助吴笑摆脱困境,丘东平采取了自己当时唯一能够采取的措施:卖文字,换稿费。仅仅十天,丘东平就将两万字的小说寄给胡风,请他务必设法发表或出版。他在信中说:"暂不计文章好坏,目的在换钱,因密司吴在港正陷入水深火热之中也。""我来此以来,对家计实如断臂断手,一筹莫展,望能助我一臂之力也。"其急切的心情充溢于笔端。

稍后,叶挺军长知道了丘东平的处境,遂以每月20块大洋相赠。当时丘东平身处敌后,邮路不畅,钱款只好请在武汉的胡风帮忙转寄香港。

此后近两年时间,丘东平每每致函胡风,除了交流思想和创作之外,一项重要内容就是不断拜托胡风为吴笑代转生活费,同时还一再流露出对吴笑深深的惦念:"我的密司吴不知生死如何,《读书生活》社的稿费不知拿到了没有?我的思家的心绪颇为作怪,这是自从有了密司吴之后才有的。"

读着这些忧患而焦虑的文字,不难发现,铁血男儿的丘东平,竟也有着柔软、细腻、专一的内心,这也许就是所谓"无情未必真豪杰"吧。

丘东平请欧阳山等人送吴笑母女回香港后,一直未见她的回音,寄出去的信也石沉大海。他向几个友人打听妻子的下落,他们用摇头作答。当然吴笑后来也浑然不知丘东平战死沙场,这种阴差阳错的例子在战乱时世屡见不鲜。

丘东平在日本期间,写了好几封信给吴笑,寄托着他对妻子和女儿的无限挂念。然而,一直没收到吴笑的回信。丘东平从日本回到上海,向几个友人打听妻子的下落,他们用摇头作答。

后来丘东平听一个朋友说,吴笑被日本人的飞机炸死了。为此,丘东平将自己锁在房间里整整一天，出来时他的眼睛红肿了。这当然是为了吴笑，也为了那段无法忘怀的日子。

事实上，香港沦陷后，吴笑就回到家乡海丰从事革命活动。1947年，她曾得到欧阳山等人的经济帮助。由于吴笑常年奔波，调理不当，引发肺病。当时生活十分拮据，不得已将自己与丘东平所生的女儿，托七叔丘俊带回香港。

新中国成立之初，吴笑曾任村农会妇女主任。1952年，土改时她被错划为地主，吴笑一时思想转不过弯，含冤上吊了。

吴笑死后，经核实，她的家庭成分是小土地出租者，并非传统意义上的"地主"。

当然，范泉无法知道这一切。他为自己的莽撞感到脸红耳热，转身慌忙退了出去。跟在他后面的朋友瞧见他尴尬的样子，发出了会心的微笑，大家不好意思地踌躇在门外。

这时，丘东平出来招呼大家，若无其事地说："你们暂时到晒台上等等吧，很快就好。"于是，大伙儿来到了晒台上站着。

一会儿，丘东平端了几张旧凳子出来，叫大家坐下，于是他们就在晒台上谈天说地，直到看见闪烁的星星布满天空……

范泉最后一次和丘东平见面，是在一个酒楼的宴席台边。

这次，夏征农、司马文森等都在一起。

这次聚餐是为了讨论他们合编的一个刊物的革新方案。然而这次，丘东平却在无意间谈论到欧阳山的小说，他盛赞欧阳山的小说里创造的人物，尤其是那些下层社会里的人物是何等生动。他的那抑扬顿挫的音节，至今还存留在范泉的脑际……

在上海，这群身上没有多少钱的"左联"作家，虽然清贫，但内心却流淌着奔涌的激情，因为他们在抱团取暖中，并不缺少爱。

第五章　苦斗

在上海,丘东平夫妇、欧阳山、草明夫妇,以及他们两家的三个女儿同住在一个不满50平方米的前楼里,这里地方狭窄,摆好了板床后就没有地方走路了,他们在屋子中央挂了一幅布帘子,权当洗澡的地方。

到了周末,邵子南和于逢两个无家可归的朋友前来"蹭饭",这不大的空间更加挤得满当当的。在这些日子里,他们不容易吃肉,常常吃毛豆和南瓜当作主食。

1937年七七全面抗战开始后,欧阳山抱着满腔的热情,认为这将是使我们民族和国家走向新生的转机,因而自觉地担负起用文学动员和教育工农大众的神圣使命。他清楚地认识到,人民大众必将成为抗战的主要力量和新生活的主人,只有"以英勇的战士的新姿态出现在东亚战场上,武装工农大众",才是中国人民抗战的坚强意志的体现者。他们不肯让自己妥协在募捐、慰劳、开会,救济难民和名人交际上。

作家们认为,不能让民族抗战发生在悄无声息之中,要使抗战中的文学事业迅速而强力地展开铁血的内核,献身组织和教育那些落后的工农大众,在服役于新的全面抗战的文学岗位上,完成十年来的文学运动未完成的诸多课题。

于是,他们想到写一本书。

写一本充满铁血和硬气的书。

欧阳山在上海将近十年,适逢左翼文艺运动勃兴期间,他的文学创作才华和文学活动能力才得到充分的展现,成为当时著名的左翼新进作家。

欧阳山原名杨凤岐,出生在湖北荆州一个贫民家庭,由在当地做小职员的广州人杨鹤俦领养,3岁后随养父到过南方、北方许多城市辗转谋生,7岁时才回到广州读书。

1924年,他开始在上海《学生》杂志上发表文章和小说。那时他受五四反帝、反封建思潮影响,他的处女作《那一夜》,反映知识青年追求个性解放和改革社会的强烈愿望。

1926初,他组织广州文学会,主编《广州文学》周刊,受到当时中山大学文学院院长郭沫若的赏识,帮助他进入该校预科学习。次年,鲁迅来到广州,欧阳山又在鲁迅的鼓励和支持下,把广州文学会扩大为南中国文学会,联合了更多的知识青年,投身于文学事业。

这时,他用罗西的笔名创作的长篇小说《玫瑰残了》《桃君》先后在报刊上连载,还出版了诗集《坟歌》以及与别人合集的诗与短篇小说集《仙宫》等作品。

在当时异常荒凉的广州文学界,欧阳山竭力开垦出一块青翠葱茏的园地。

大革命失败后,欧阳山主持的南中国文学会被迫停止了活动,他正在筹办的《南中国文学》杂志也因此夭折,他经常前去请教的鲁迅先生,离开广州去了上海,为此欧阳山感到苦闷、窒息。此时,广州起义惨遭镇压,到处是白色恐怖,欧阳山觉得在广州不但不能进行革命活动,连文学创作也无法为继。

1933年8月,欧阳山到达上海后,由韩起介绍,很快便加入中国左翼作家联盟,在"左联"小说研究委员会工作,并担任文总宣传部长。他与草明、沙汀、周文等人成立"左联"小组,与夏衍、许涤新等常有来往。从此,欧阳山不但受到党的培养和教育,而且得到鲁迅的帮助和指导,在鲁迅的旗帜下为无产阶级革命文艺奔走、呼号。

欧阳山在上海"左联"工作期间,无论是思想水平和艺术造诣都有了很大提高。他除了在报刊上发表小说、速写、散文,还出版了七八部中、短篇小说集,他把笔锋伸向复杂的社会生活深处,写出了时代的苦难和动荡不安,表现人民群众对反动统治者的反抗精神,显示出"左联"作家应有的创作个性和艺术特质。

不久,上海爆发"八一三"大战,欧阳山便想用文学形式反映这场正在开始的伟大的民族战争。于是,欧阳山、草明、丘东平、于逢、邵子南组成了"写作联盟",除了邵子南外,他们都是广东人,同声同气,说起话来显得特别亲热。他们为了创作选题讨论了好几次，决定由丘东平执笔创作一部反映上海抗战的中篇小说《给予者》。这部小说显示了丘东平的一贯写作风格，也反映了他个人的部分经历和思想脉络，可以说，《给予者》体现了丘东平的真实水平和担当精神。

谈到《给予者》的创作动机时，欧阳山说："为了担当这最后一击的民族解放的重大任务，我们五个人贡献了我们最周密的观察和最完善的思索，来创造了给予者的灵魂——主人公黄伯祥。我们的观察和思索是有限的，但是我们的热情却是无限的。尤其最令人感到光明和幸福的是把我们的人物黄伯祥，当作胎儿怀在腹中的执笔者东平那种热烈的感情、低回不已的神气，被烈火所燃烧的焦灼不宁，以及和庄严的喜悦交织的困惑和痛苦，人在受着最大的感动的时候，等于受着最大的委托和最大的试验，是既骄傲又痛苦的。在我们五个人为了其他的写作上的若干问题，争闹、争辩的闲歇的片刻寂静中，我了解他而且希望他也能够了解我对他的尊敬。"

这部作品描写了工人出身的抗日战士黄伯祥，从"一·二八"淞沪战役开始，直到五年后的"八一三"抗战，他不但屡次带伤作战，英勇杀敌，而且为了消灭日寇，尽管他家也住在虹口一带，却毅然开炮轰击入侵虹口的敌人，虽然牺牲了自己的妻室和儿女，却赢得了这次胜利；小说塑造了一个以自己和全家的生命保卫祖国，而自己没有任何收获的"给予者"的英雄形象，表达了中国人民抗战不可动摇的决心和信心，并深刻地指出：只有"给予者"的献身精神，才能保证全国抗战的胜利。

这部小说于次年年初在上海读书生活出版社出版后，茅盾立即热情地撰文向读者推荐，赞许它塑造的主人公虽然"没有英雄的逼人的光焰，然而他就是抗战意志的化身"。

欧阳山说，当时我在东平身上能发现最不寻常的是郭老所赞赏的那一副眉目：粗粗的紧锁着的两条眉毛，眉毛下是一双锐利的眼睛。他有时两眉飞扬，开怀欢笑；有时眉心皱起来，显着十分"沉郁"。"沉郁"，这个词儿，是丘东平的创造。从写《沉郁的梅冷城》起，他就很喜欢用这个词，也许这个词表达了他的创作心境；他在"沉郁"中陷入深思，积蓄力量，准备再度进发。

欧阳山最后说，东平的作品像一个矿床，里面虽然混杂着一些砂石，但有金子在闪光。

1937年9月中旬，欧阳山结束了在上海十年的左翼文艺的生涯，与草明等人回到了广州，开始了新的历程。

草明早就认识丘东平。

丘东平比草明晚一年参加上海举办的文艺学习班，在三百多位同学里，他的身材可以说是瘦小的。但奇怪的是在排队时，他一定站在后面，用高傲的眼神凝视着前面的同学，他从没有因为自己的个子矮小而感到自卑；学期考试放榜时，他的名字却写在前头，他挤在前面看榜，他的双手叉在腰间，额头渗着细细的汗珠，而神情是格外振奋。

丘东平写得一手好字，能够做速记，记性异常好。据说在学生时代，他就显露出这方面的天赋，令人为此叹服。那时候，许多同学虽然穷得连吃饭的钱也出不起，但他们住在斗室里，有如洁兰开放于高处，任由思绪似野马纵情驰骋于广阔疆场。他们时常闪烁着年轻人特有的幻想，希望自己将来可以成为一个以写作为终生职业的笔者，骄傲地活在世上……

草明，原姓吴名绚文，是广东顺德人。1932年，她在广东省立女子师范学校读书期间，受进步师生的影响，思想开始左倾。同年，她和进步作家欧阳山相识、相爱。课余，她参加欧阳山主办的用粤语写作的进步小报《广州文艺》的编辑工作。

1933年仲夏的一天下午，广州异常闷热，蝉儿聒噪。草明躲过国民党反动派的视线，随欧阳山悄悄地钻进一艘开往上海的货轮。经过三天多的航程，终于到达目的地。草明和欧阳山如释重负。对年轻的草明来说，与其说是惊魂甫定，不如说是充满着新奇的浪漫主义情调。追求、冒险、恋爱，这三个词是草明对新生活的人生体验。

到了上海，这对情侣先在一家小旅馆落脚。欧阳山迅速与上海"左联"接上关系。两天后，他们通过熟人，在狄斯威路（今溧阳路）找到

一间亭子。10月间,经人介绍,他们办理了"转盟"手续,成为中国"左联"盟员。

草明初到上海时,面临许多困难。一是语言不通。她是广东人,只会讲几句应急的普通话。上海人听不懂她的广东官话,她更听不懂软绵绵的上海话。二是不认识路。很长时间她不敢一个人单独活动。这不但给生活带来不便,也给工作带来困难。为此,她曾花费了一段时间,苦练普通话和上海话;然后是认路,每到十字路口,就画一幅画揣在口袋里,时不时掏出来看看。

当然,这只能算是小困难。更大的困难是,经济拮据,有时连吃饭的钱也没有。她和欧阳山当时都没有职业,自然也就没有经济收入。尽管他们能写作,但是,他们的作品在进步的报刊上发表,稿酬也很微薄,只能维持最低的生活标准。

在十里洋场、花花世界的大上海,他们过着十分清苦的生活。有时,当他们实在吃不上饭,鲁迅先生就解囊相助。"左联"的文友们,如沙汀、张天翼、杨骚等,也从各自有限的生活费中挤出一些来接济他俩。尽管物质生活"清贫如洗",但草明和文友们一道,在"左联"革命旗帜的感召之下,仍然抖擞起精神,投身到革命文学的洪流之中。

草明结识丘东平后,对丘东平丰富多彩的"浪漫"生活,以及他在作品里所表现出来的豪放热情和熠熠才华深为钦佩。不过,她对他创作上存在着喜欢猎奇、炫耀技法的癖好不以为然,认为这不是"现实主义的手法"。她对丘东平说:"你不要这样卖弄文笔,要更加贴近生活一些。"但丘东平不这样认为,他觉得自己的写法不成问题,成问题的是没有机遇。

丘东平将机遇看得比什么都重要。

不久,丘东平离开了上海。他在日本写给草明的信说,我什么都可以抛弃,但写作却不能。他坚定地说:"我还年轻啊!"他又说,"我是主张坚忍苦斗的,几十年光景,不痛痛快快地干他一下,真是白费了。"

丘东平是一位主张"苦斗"的人。

他的执着使他成了苦行僧。

他一直和他的希望苦斗；

他一直和他的敌人苦斗。

尽管他没有战胜过它们，但宁愿战死也无怨无悔。不知道欧阳山20世纪60年代出版的长篇小说《苦斗》，是否来自他们清谈中的灵感，还是"只顾耕耘，不问收获"的苦斗精神？

有人问，丘东平为什么能够写出充满战斗性的作品？

回答是：由于他的生活也是战斗的。

他的作品完全和他的生活一致，这是他能够写出优秀的作品的最重要的原因，也是他超越许多别的作家的原因。

七七事变后，丘东平又来到上海，他充当了《给予者》的操盘手。当时，大家吃着掺了沙子的糙米饭，挤在一个小房子里，却天天谈创作。

他们一个劲儿地纸上谈兵，在清汤寡味的高谈中，碰撞出炫目的思想火花。

这时，草明对丘东平更加了解了，并从他的写作经验和手法中，得到了一些新的启示。

第六章　血潮

十九路军从南昌城外开拔，向上海淞沪方向推进。

这是丘东平从军的首次历练，因此显得异常兴奋，他时而接触士兵，时而与军官攀谈，但更多的是与丘国珍和翁照垣接触，力争将他俩的思路"打通"。

十九路军的基本队伍，是蒋光鼐和蔡廷锴所部的六十一师与六十师，其前身也就是陈铭枢的第四军第十师。这些将领都是广东人，士兵亦多是广东子弟兵。这支部队曾是北伐军中被誉为"铁军"的骨干部分，屡建奇功，又为蒋介石击溃张发奎、桂系联军和驰骋中原，打败军阀阎锡山、冯玉祥立下汗马功劳，是一支能征善战的劲旅。但是这支劲旅也有其历史的局限性，看不清蒋介石的真正面目，徒有"军人以服从命令为天职"的本性，往往被蒋介石所利用，甚至参加了南昌起义而又中途退出，奉命入赣参加了第三次对红军的"围剿"。

丘国珍是丘东平的二哥，任十九路军七十八师一五六旅参谋长；而翁照垣是七十八师一五六旅旅长，丘国珍的上级。

翁照垣是广东惠来葵潭人，石匠出身，为人豪爽，爱打抱不平，喜舞拳弄棒，认识了几位拳师，学会了几套功夫。因路见不平，打了葵潭地头蛇，不能在家乡立足，因此逃出惠来，辗转参加了粤军，很快被提升为连长。1920年粤军在福建漳州时，丘东平的二哥丘国珍也在漳州，任粤军警备司令部副官。有一天，陈军需长发出请帖宴请十位知心朋友，当席提议他们仿效桃园结义，歃血盟誓，结为兄弟。当时结拜兄弟的有大哥陈廷芳、二哥陈汝英、三哥李绍全、四哥翁照垣，因年龄关系，丘国珍排在第八。

自此以后，翁照垣与丘国珍志同道合，形影相随，粤军失败后一同奔赴上海、香港。后翁照垣得到陈铭枢的帮助与其义父郭华堂在经济上的资助，到日本士官学校骑兵科学习，不久丘国珍也到日本士官学校进修。两人先后毕业回国后，又先后通过陈铭枢的关系，编入十九路军一五六旅，翁照垣为旅长，丘国珍为参谋室主任，即是参谋长。

丘东平和陈振枢曾暗中商议，期盼翁照垣、丘国珍在抗日烽火中举起义旗。

他们想，翁照垣长于军事战术和决断，丘国珍则长于训练、后勤和公文行政，两人配合默契，是一对难得的搭档，加上他们又是金兰结拜的患难兄弟，就凭这层特殊的关系，我们可以利用它来策动抗日。何况翁照垣为人豪爽刚烈，讲义气，有点儿草莽英雄气概，对蒋介石很不服气。翁照垣在粤军当连长时，蒋介石不过是位少校参谋，现在蒋介石登上国民党的最高宝座，在军阀中玩弄权术，翁照垣早就心怀不满。如能进一步揭蒋之短，摆出蒋对日本屈膝忍让之种种事实，必能激起翁之义愤，从而促使他站到反蒋抗日的阵营中来。

丘东平知道，要宣传和策动十九路军抗日，一五六旅是个关键，而翁照垣与丘国珍是这个旅的行政长官，更是关键中的关键。

有一次，丘东平瞄准机会找二哥丘国珍谈心。

说起来，他们兄弟俩自从1930年5月在香港见面后，有一年多没在一起谈心了。那一次他们谈到时局的问题。丘国珍说共产主义不适合中国，共产党政策过激而缺乏情义，很难在中国实行，所以他选择了国民党。

丘东平则说，国民党腐败而反动，迟早要被人民推翻，共产党为工农求解放，虽暂时失败而深得民心，所以我跟定了共产党。

谈话结果是谁也不能够说服谁，只有继续各走各的路，但兄弟之间的手足血脉，并没有因此而情断义尽。

这次，丘东平找二哥谈心，不想再谈党派信仰，而是集中讨论抗日救国，丘东平坚定地说："千言万语一句话：我们一定要坚决抗日到底，决不动摇！"

丘国珍不冷不热地说："抗日，抗日，说说可以，但接触实际问题，就要慎重考虑了，日本人有的是先进武器，我们有什么？飞机没有，坦克没有，就连大炮也很少，拿什么去和人家拼？"

丘东平认真地说："江西的红军，装备比你们劣，给养比你们差，后方支援和你们比更不用说，可是蒋介石集中几十万兵力'围剿'了三次，十九路军也卷入其中，结果如何呢？国军越剿越输，红军愈斗愈强。依我看，战争的胜利不是取决于武器的优劣，而是取决于民心的向背。"

丘国珍说："共产党是没坐天下，却得了民心，这个我心里明白，你心里更清楚，可是只有民心，没有天时、地利能行吗？你不是在那边干了一段时间，差点连命都丢了？"

丘东平说："丢命了不要紧，要紧的是为谁而丢命。二哥，假如你为'围剿'红军而丢命，我为工农政权或者为抗日救亡而丢命，你说哪一种丢命更有价值？"

丘国珍被问住了，话锋一转道："老六，你不会说点儿吉利的话吗？尽说些丧气的话……我看你今年才21岁，毕竟是嫩了一点儿。干脆，二哥给你筹点儿钱，送你回香港好好读书算了！"

第二天，翁照垣到上海参加十九路军军长蔡廷锴主持的旅以上长官会议，沈光汉、张炎、区寿年、谭启秀等将领都参加了这次带有密谋性质的会议。

蔡廷锴首先介绍东北沦丧的经过。他列举了日军在东北的种种罪恶行径，然后提出十九路军应该怎么办？七十八师副师长谭启秀、六十师师长沈光汉、六十一师副师长张炎以及翁照垣等纷纷发言，痛骂日寇的禽兽恶行，主张组织志愿队、义勇军驰援东北抗日。

于是，蔡廷锴遂令大家回去组织义勇军及志愿队伍，尽快把名单报上来。

翁照垣策马回到驻地，立即与丘国珍商议，决定在一五六旅营以上军官中举行志愿签名活动，发动、宣传工作由丘东平、陈振枢具体执行。

当丘国珍向丘东平、陈振枢传达翁旅长的指示时，丘东平喜形于色地对陈振枢说："看来翁将军和十九路军将领们的抗日决心下定了。东北有希望了，中国有希望了！"接着，丘东平、陈振枢草拟了一份赴东北抗日人员的志愿书，发动各团、营长签名。

丘东平负责草拟《赴东北抗日人员志愿书》，陈振枢修改、定稿，然后送旅长翁照垣过目，并由他第一个签上姓名，接下来就是丘国珍、丘东平、陈振枢和旅部其他人员按次序签名。然后，丘东平、陈振枢再拿已签过名的志愿书签名册，到各团、营进行宣传，发动各团、营长带头签名。

这种自上而下的签名方式，效果相当显著。多数团、营长看旅长、旅参谋长都签了名，也乐意跟着签。但也有不愿意签名和观望的，这些人中有的担心东北天寒地冻，自己的身体吃不消，水土不服，有的是顾虑日本军队武器精良、训练有素，不愿意做"炮灰"。

丘东平、陈振枢耐心细致地做广大官兵的思想工作，打消了他们的重重顾虑，从而征得了绝大多数团、营长的签名。随着志愿签名顺利结束，签名册送到军部审阅。接着，他们筹集军费、赶做棉衣，做好赴东北抗日的各项准备。

就在这时,上海接连发生许多严重事件,把军官们盼望到东北抗日的注意力,一下子转移到上海本土上来。

1932年1月,日本浪人数次发动挑衅事件,砸坏公共汽车,殴打司机。接着日本海军陆战队,驾驶铁甲车驰骋于街道。上海戒备森严,大有战事一触即发之势。

鉴于此种严峻形势,蔡廷锴、蒋光鼐以及十九路军的师、旅长们都十分焦急。于是他们决定召开秘密的军事会议,统一对时局的看法,研究对策。

军事会议在龙华警备司令部举行,参加的将领有蒋光鼐、蔡廷锴、戴戟、张襄、区寿年、翁照垣、张君嵩等二十多人。

会议开得紧张热烈,发言者愤慨异常。与会者一致认为:"日本侵华的野心越来越大,在上海寻衅滋事,企图发动战争,势成燃眉之急。如果敌人胆敢发动进攻,我们坚决进行自卫还击。"

会后,翁照垣回到驻地,即令各团、营官兵在防区加紧构筑防御工事,特别是驻守在闸北的第六团,更要把工事修得结实牢靠,以防止敌人的突然袭击。

丘东平、陈振枢刚刚忙完赴东北抗日的签名活动,正在准备行装,参加定名为"西南国民义勇军"的志愿队伍,拟开赴东北抗日前线,支援马占山将军抗击日寇入侵。

回到驻地,他们打开这几天的报纸一看,不禁大吃一惊。

丘东平撂下报纸,愤愤地说:"没想到形势变得这么快,那么险恶,我们找翁旅长去,听他的吩咐!"

翁照垣从第六团防区检查完防务刚回到旅部,还没坐下,就看到丘东平、陈振枢两人气呼呼地向他走来。

翁照垣见他俩火烧火燎的样子,忙问:"有什么事?"

丘东平把近日报纸报道日本浪人闹事、日本政府向上海市政府提出的无理要求等说了一遍,然后道:"他妈的!日本鬼子这么欺负人,为何南京政府还不采取果断措施,教训教训这些闹事的狂妄之徒?"

翁照垣接口说:"你们提出了这些为什么,实际上我也存在着不少为什么!日本进占东北,为什么会出现不抵抗主义呢?最近日本总领事,接连向上海市政府提出无理要求,除了要求解散上海抗日团体外,还要求十九路军后退30公里。而军政部长何应钦不但不加以严词拒绝,反而企图说服我们的蔡军长答应全面撤退。这又是为什么?"

丘东平一听就气炸了,大声嚷道:"他妈的!要我们十九路军往后撤,将上海拱手送给日本人,这分明是卖国行为,办不到,坚决办不到!"

陈振枢冷静道:"说到底,蒋介石、何应钦之流是让日本帝国主义吓破了胆。蒋介石说什么'以中国国防力薄弱之故,暴日乃得于二十四小时内侵占之范围于辽、吉两省,若再予绝交战之口实,则以我国海陆空军备之不能咄嗟充实,必至沿海各地及长江流域,在三日内悉为敌人所蹂躏,全国政治、军事、交通、金融之脉络悉断,虽欲不屈服而不可得……',在这种亡国论调指导下,他们想把大上海像东北一样拱手让给日本人!"

丘东平斩钉截铁道:"不行,蒋介石、汪精卫、何应钦之流要将我们变成亡国奴,十九路军不能答应!翁将军,您说呢?"

翁照垣对蒋介石的不抵抗主义本来就愤愤不平,听了丘东平、陈振枢一席话,憋了多天的火星,忽地扔进炸药桶一般瞬间爆炸了:"操他妈十八代祖宗,这些龟孙子在自己的国土上让人捂着眼睛卖了,还不知羞耻地帮人数钱呢,寻求什么外交途径,一来二去,丢了偌大的东北还不够,还想再送上一个大上海,还要让十九路军后撤30公里,好让日本仔长驱直进。他奶奶的想得好,咱们十九路军就是不撤走,就是要在这里同日本仔较量较量!"

丘东平兴奋地说:"对,眼前这场仗打不起来也难啊,我们就要在这里跟日本仔狠狠地打一仗!"

陈振枢插问:"南京政府怪责我们不执行后撤的命令,怎么办?"

丘东平说:"我们可以说全国人民都要求抗日,上海人民要我们保卫大上海,不让我们离开这里。我们是国家的军队,守土有责,保民有责。大敌当前,我们怎么可以畏缩后退,置国土和人民于不顾呢?"

这时，翁照垣似乎受到启发，说："对，我看你们在宣传时可加进这个内容，就是说：上海人民坚决要求十九路军留驻上海，保卫上海！"

陈振枢说："翁将军的指示精神，我们在今后的宣传中会加进去的。我们的宣传，既要面对军队和人民，也要面对南京政府和地方官员，争取他们站到我们抗日的立场上来。"

翁照垣看了看怀表，一边整理军装一边说："是这样，就是这样。我还要赶到军部去，建议军部一定要设法改变南京方面后撤的意图。"

翁照垣说罢匆匆策马离开一五六旅部。

硝烟还没飘起之际，丘东平、陈振枢就深入上海守军驻地，进行抗日宣传。

丘东平、陈振枢带着一捆写好的抗日标语，首先来到最前沿的一五六旅第六团防区的闸北营房，团长张君嵩热情接待了他们，并向他们介绍了驻军备战情况。

丘东平、陈振枢听了六团备战情况后，建议他们以连为单位，每连挑选两三个初中文化程度的士兵作为宣传员，负责张贴宣传标语、朗读报纸上有关抗日的新闻，打起仗来带头高呼杀敌口号，等等。

张君嵩立即采纳了这一建议，表示立即通知各营、连执行照办。

丘东平、陈振枢离开了六团团部，来到三营防区进行宣传。

三营营长吴履逊是广东揭阳人，他见到丘东平、陈振枢显得十分亲热，用潮汕话大声打招呼，并说请老乡饮工夫茶。1927年，吴履逊东渡日本，后进入日本士官学校进修，结识了在日本留学的翁照垣、华振中、丘国珍等人，且与丘国珍过从甚密，成为莫逆至交。回国后，他初在华振中旅部谋职，十九路军扩编，遂与丘国珍一同编入以翁照垣为旅长的一五六旅，丘国珍任旅参谋长，吴履逊为六团三营营长。

吴履逊虽是行伍出身，但性格沉稳，喜欢古典诗词，见到丘东平，大有相见恨晚之感。前些时候，丘东平因为抗日签名活动来过三营，他们一见如故，喝了"交杯酒"，如今丘东平又来三营布置抗日宣传工作，两人更是海阔天空,无所不谈。他们从抗日大势谈到部队宣传,谈到士气、民心,也谈到国家兴亡,匹夫有责。

最后,他们将话题延深到南宋的灭亡,主和派与主战派的争论和决斗。

吴履逊道:"当时宋高宗如果信任李纲、宗泽、岳飞等主战派,则秦桧未必能施其奸计,南宋也不至于就此灭亡。"

丘东平说:"南宋当时只有半壁江山,徽、钦二帝又被掳去北国,如果高宗当年重用岳飞等主战派,直捣黄龙府,还我河山,那么就一定要迎回徽、钦二帝,那么赵构往哪里摆,岂不是要退出龙床宝座吗?这是万万不能办到的。剩下来的选择便只有和议,与金人各坐半壁江山,这也就决定了他不得不重用主和派秦桧之流。"

"精辟、透彻。"吴履逊听罢兴致勃勃地叫勤务兵拿酒来,连干三杯。

丘东平继续道:"宋高宗赵构怕徽、钦二帝回来要回帝位,比怕金人侵吞大宋的江山还要命。历史悲剧无独有偶,七百多年后的今天,又有人害怕政治上的对手,比害怕日本鬼子蹂躏祖国领土还胆战心惊。这种所谓争取外交途径解决,实际上是不抵抗主义,我看这比当年秦桧的割地奉金,有过之而无不及!"

吴履逊内心非常认同丘东平这番高论,但作为军人,以服从命令为天职,对当局也不好随意评判。他说:"东平老弟,我看古人和今人,是非功罪自会有公论,无须我辈多费口舌。作为行伍之人,我信奉守土有责,卫国光荣之要义。如果日本仔胆敢在我管辖的防区内搞搞震(轻举妄动之意),我们将坚决还击!"

丘东平听罢举起酒杯,三人一饮而尽。

一时之间,上海战云密布。

日本军舰轰隆隆地开进了黄浦江。

兵临城下之际,南京政府拍来电令:"兹为力图避免彼我双方军队发生冲突起见,着派宪兵一团,即刻开往上海闸北一带,接替防务。归淞沪警备司令部戴戟指挥,以资缓冲,仰即遵照办理具报为要。"

这一纸投降主义的命令，对正在准备迎击日寇的十九路军来说，简直是泼下一盆冷水。蔡廷锴、蒋光鼐、沈光汉、谭启秀、区寿年、翁照垣等十九路军将领，不愿灰溜溜撤防，而上峰的命令又不得不执行。

怎么办？怎么办？！

经过紧张的研究与磋商，国民政府领导层终于达成共识，即利用从南京调来的宪兵一团，不可能在短时间接替十九路军在上海的防区的机会，暂时按兵不动，待宪兵一团全部到位，进入防线之后再做打算。果然，宪兵一团于1932年1月27日下午从南京出发，至1月28日下午才到达一个营，大部分兵力没法赶到。宪兵一团团长赶赴闸北后，找到了一五六旅六团团长张君嵩。

张君嵩说，你们只到达一个营，你看我们防线这么长，你们怎么接防呢？如果我们现在就换防，我们撤走后敌人乘虚而入，惹下的大祸，谁负这个责？

宪兵团长觉得张君嵩说得有道理，便打电话给淞沪警备司令官戴戟，说明按命令的时间换防有困难，而戴戟巴不得十九路军留下来加强上海防务，于是同意暂缓换防。

当晚，被吴履逊留在六团三营住宿的丘东平，毫无睡意，披衣起床，伏案写下打油诗一首：

> 天阴阴，夜深沉，
> 黄浦江上浪不平。
> 白旗中间贴膏药，
> 小日本舰队任横行。
> 小日本国小野心大，
> 张口想把中国吞。
> 昨天霸占了东三省，
> 今天又到上海闹纠纷。
> 上海人民不可侮，

十九路军是铁军。
　　自取灭亡就来吧，
　　定叫他有来无回，
　　粉骨又碎身！

　　忽然，营部的电话铃声骤响，吴履逊拿起了听筒，只见他唰地脸色铁青。
　　丘东平问："是不是日本兵闯进咱防区来了？"
　　吴履逊扔下听筒，激动道："他妈的，日本兵硬闯我营防区马路。"
　　丘东平不假思索地说："将他们赶跑，不走便就地消灭！"
　　电话铃声再响。
　　听筒那边传来翁旅长洪亮的声音："三营长，日本仔硬要通过你们防区，你说怎么办？啊，你问我怎么办？我就说：坚决迎头痛击，给我狠狠地打！"
　　没多久，中日交火的枪声打响了！
　　丘东平看看怀表，1月28日晚11时30分。

　　战斗打响后，中国军队全力回击。
　　他们凭借坚固的工事，死守阵地，寸土不让。
　　阵地前沿，扔下了大批敌人的尸体。
　　日寇受挫之后，再次发动狂攻。
　　1月29日凌晨，日军出动五架战机，对守军阵地及闸北民房狂轰滥炸。顿时火光冲天，硝烟弥漫。
　　工事被炸毁了。
　　守军伤亡惨重。
　　十九路军官兵从来没有与敌机作战、抗击空袭的经验，阵地上出现了罕见的恐慌和纷乱……丘东平此时正在三营阵地，他看到士兵们一片慌乱，丢盔弃甲，立即从炸塌的工事里爬出来，抖掉身上的尘土，拿起喇叭形的话筒进行阵地宣传。他大声道:"各位兄弟,敌机投弹是在几百米高的空中,飞行速度很快,对着地面的战壕工事是无法准确瞄准的。大家不用怕,只要把炸毁的工事抢修好,照样可以把敌人消灭!"士兵们听了丘东平的话,杀敌勇气骤然振作起来,拿起铁锹修补工事,准备回击敌人下一轮的进攻。

东方发白,曙光初露。黄浦江的帆影逐渐现出轮廓,上海外滩的洋楼也依稀露出尖顶。清晨6时,敌人再次发动进攻。举着太阳旗的日军以坦克和装甲车开路,端着上了刺刀的三八大盖边射击边往前推进,向十九路军阵地压了过来。

此时,六团团长张君嵩脖子上吊着德式望远镜,来到了三营阵地,与被硝烟熏得满脸污黑的吴履逊一起指挥战斗。

翁照垣旅长也命令五团支援闸北阵地,并带着警卫连亲自来到前线。

吴履逊命令士兵们把手榴弹扎成一捆一捆的,放在阵地上,等到日军的坦克、装甲车靠近阵地时,命令轻、重机枪一齐开火,掩护抱着集束手榴弹的士兵冲向坦克和装甲车。不一会儿,轰隆隆的爆炸声此起彼伏,响彻阵地,日军坦克的履带被炸断了,也沾满了勇士们淋漓的鲜血和零碎的肉体……

吴履逊掌握战机,跃出战壕,挥着手枪高喊:"弟兄们冲啊!"

于是,三营官兵像潮水般涌向敌人,他们边冲边杀,前仆后继,把敌人杀得人仰马翻,死伤遍地。

这次战斗,延续了五六个小时。六团一千七百多人伤亡六百多人,损失惨重。但从闸北全线来说,战果是辉煌的。日军一千多名海军陆战队员、一千多名便衣队员被我军消灭了一半以上,坦克和铁甲车也多数被炸毁、炸坏。

敌人海陆空的立体进攻,一次又一次地被只有步枪、机枪和手榴弹的十九路军打败,"皇军不可战胜"的神话,被彻底粉碎了。

火光渐暗。

硝烟初散。

丘东平、陈振枢遇到了前来前线指挥的旅长翁照垣。

他们向翁旅长简单汇报了前线的宣传工作,建议通知各部队,加强对消除"怕日军飞机、坦克、装甲车等现代武器"的宣传,消除"皇军不可战胜"谎言的影响,让广大官兵知道,十九路军和上海人民一定能战胜作恶一时的日寇。

丘东平、陈振枢强调:"宁做战死鬼,不做亡国奴"等宣传口号要及时宣传到位,使这些口号成为广大士兵抗日救国的钢铁誓言。

翁照垣听后频频点头,同意马上发出通知。

陈振枢说:"如果我们能组织一个宣传队,抗战的声音就能传到每一个士兵的耳朵里。"

翁照垣摇摇头:"就目前的情况,人员、经费、编制都不好解决。"

丘东平沉思片刻,突然想到了好主意,说:"我们办一张报纸吧,不用增加人员、编制,我和陈振枢大哥两个人就可以搞掂(办妥之意)。"

陈振枢立即表示赞同道:"报纸比宣传队的宣传范围更广。宣传队只有几十张嘴宣传,而报纸则有千万张嘴巴进行宣传,效果相当明显。"

翁照垣高兴地说:"这个主意好极了,你们两位马上回旅部找丘参谋长,所需经费叫他找副官处解决,你们赶紧筹备,争取早日出报!"

于是,丘东平和陈振枢随即回到旅部找参谋长丘国珍。丘国珍听到要办报纸,也表示大力支持,立即找副官处研究办报经费、购置印刷设备、组织发行等具体工作。

丘东平、陈振枢本来就是一对办报的好搭档。早在海陆丰农民运动时,他们就曾紧密合作出版过颇有影响的《海丰青年》,鼓励十万青年起来翻身闹革命。但是,时代变了,地点变了,要求也提高了。在血肉横飞的战场上,从事采访、编写和出版报纸,不仅是一件相当困难的工作,而且时时刻刻都有付出生命的危险。

关于报刊名称,陈振枢提出了三个名称供参考:一是《怒潮》;二是《号角》;三是《抗日群声》。丘东平则提出用《铁血报》或《狂涛报》。这五个报名各有千秋，他们经反复推敲、琢磨后，决定取丘东平《铁血报》之"血"，加上陈振枢《怒潮》之"潮"，合起来成为《血潮》。

关于内容及栏目，丘东平、陈振枢开始都提出许多想法，但经过深入研究之后，认为内容过多过杂，不适合人力、物力都受到限制的阵地小报，而应明确地规定其主要内容就是抗日。

抗日就是汹涌的血潮！

至于栏目设置则不妨多样化，使之成为综合性的阵前读物。至于如何多样化，还要看形势的发展和变化以及稿件的情况，才能最后确定。不过，初步可以安排下列一些栏目，即时事短评、新闻报道（包括战事新闻、敌国新闻、国际新闻、民众新闻）、文艺通讯（诗歌、散文、通讯）等。报刊的格调与特色，就是突出强调战斗性、鼓动性与爱国性。

编辑部目前只有两个人，当然两个人都是编辑。办《海丰青年》杂志时，陈振枢为主编，丘东平为编辑兼校对、油印和发行。现在办《血潮》，沿用过去的老例就是了，陈振枢为主编，丘东平负责编辑、校对以及采访、组稿、发行、对外联络等事务性工作，等等。

丘东平、陈振枢都是工作狂，他们争分夺秒，日以继夜，他们忘记疲劳、忘记饥寒、忘记炮声、忘记安危……唯一没有忘记的就是《血潮》。《血潮》也没有辜负他俩的心愿，在短短几天之后，便以崭新的风姿，带着满腔热血，披着一身硝烟，与读者见面了！

《血潮》很快被送至军部、师部、旅部、团部、营部、连部以及每一位士兵手里。识字的官兵抓紧战斗的间隙大声阅读；不识字的官兵争着请识字的弟兄朗读。一时间，一五六旅、十九路军掀起了读报的热潮，刮起了一股《血潮》的小旋风……

有人读《血潮》读出了瘾，经常背诵《血潮》里的诗文，如果一天看不到《血潮》，心里就急得不得了；有人看《血潮》入了心、动了情，他们带着《血潮》冲向敌人，向敌人讨回血债，为死难的同胞和战友报仇！

十九路军总指挥蒋光鼐亦非常重视《血潮》的出版。他认为《血潮》

刊载的文章，忠实地反映了抗日军民的思想感情，尤其是十九路军将士之坚定信念及牺牲精神。他为《血潮》送来了"心声"的题字；十九路军军长蔡廷锴也为《血潮》写了"血洒淞沪"的题词；《血潮》还发表了六团三营营长吴履逊的《疾呼歌》。

十九路军最后奉命撤出上海，完成其使命。

许多年后，淞沪战役的抗日名将翁照垣，将当年的《血潮》整理成合集，取名为《血潮》，这本集子出版后，很快散布于中国香港地区及越南、马来西亚、新加坡等东南亚各国及南洋群岛各地。翁照垣被广大侨胞作为英雄热情接待、大加礼赞，他所带去的《血潮汇刊》，也被作为珍贵的礼物广为传阅，永久珍藏。

时隔七十多年后，人们不但在新加坡发现有人珍藏着这本《血潮汇刊》，而且还从日本友人那里看到过这本册子，可见这本书流传之广，影响之大。

这是中华民族英雄抗击日寇入侵的有力铁证。

第七章　刀锋

1935年，丘东平离开了上海，离开了熟悉的霞飞路。

黑婴在1934年《良友》画报上有一段文字，透露出当年最值得夸耀的时尚元素："这条从欧洲大陆移过来的巴黎风的街道上，到处浮动着旧俄罗斯帝国的良民……第一道年红灯火在咖啡座的门外亮起来，接着一阵隆隆的电车响，街灯全着了火。"

其实，丘东平这次前往日本，明说是担任"左联"在东京分会的组织者，而暗里是受中央特科的派遣，策反十九路军逃往日本的抗日战将。随着邮轮的劈波远航，丘东平脑海里不禁涌现出不久前自己与龚昌荣街头相遇的情景，然后在咖啡馆里开启了久别重逢的话题，这一幕让丘东平感到心头一热……

初春,上海的街头细雨霏霏,春寒料峭。

丘东平依然穿着那套旧式的狭窄的卡其色西装,外面套着一件油渍渍的黑呢外套,戴着一顶广东人酷爱的咖啡色的鸭舌帽子。他抬头迎着街头路口和商店折射出来五颜六色的霓虹灯,轻快地迈着步子。突然,他被人撞了一下,感觉出是故意的。当丘东平从那人高大的背影看到他的面部轮廓时,心里仿佛划过一道闪电,他不是红军连长龚昌荣吗?

此时的龚昌荣没有布做的红五星、八角帽和灰色棉衣,而是戴着一顶深黑色礼帽,穿着一件深蓝色呢子风衣,衣领高高竖起,遮住了脸庞的下部,内穿一件米黄色夹克,一双锐目透过宽框茶色眼镜,冷静地观察周围的一切……他见到丘东平,似乎发出会心的微笑……

龚昌荣说:"在上海街头,是很难见到熟人的,这次例外。"

"你是龚连长……龚先生?"丘东平看了一下四周,急忙改口。

"我请你喝咖啡。"

"去哪儿?"

"跟我来。"

瘦小的丘东平跟着高大的龚昌荣,踏着街道楼房投下来的暗影,上了两辆等在路边的黄包车。拉黄包车的车夫穿着的布鞋胶底,有节奏地拍打在青石板铺就的街巷道路上,发出清脆的响声,那件写着字号的黄背心,在寒冷的春夜里,也显出湿透了的汗渍。

咖啡馆坐落在一排低矮的楼房里,是砖木结构,二层楼,门口镶着两个大大的"咖啡"字样,旁边用红色的纸扎灯笼做装饰。龚昌荣领着丘东平沿着木制楼梯,拾级而上,一个跑堂迎了出来说:"欢迎,欢迎。先生是喝酒还是喝咖啡?"

"咖啡。"

两层厚厚的布门帘撩开了,里面有十多张桌子,没有人,他俩选了靠窗的座位坐下。龚昌荣推开了窗子,外面是灯光掩映的黄浦江,无数的帆船、小艇、电船,还有竖着太阳旗、米字旗的货船、客轮穿梭来往,荡起满江碧波……

两杯热气腾腾的咖啡放在船底板做的桌子上。丘东平虽然来上海有不少时日了,但像咖啡这样的奢侈品还是很少碰。龚昌荣娴熟地搅拌着杯中的咖啡,然后悠然地呷了一口说:"来上海多久了?"

丘东平也跟着呷了一口咖啡道:"这几年来来往往,但待不了多长时间。"

"还是做文字工作?"

"是的,混饭吃。你呢?"

"改行了,和朋友做一些生意。"

"哦……"丘东平没有问,不过他有预感,像龚昌荣这样执着的人,能轻易放弃自己的初衷吗?丘东平看见龚昌荣手指骨节凸起,虎口老茧丛生,仿佛搅拌的不是颇具小资情调的咖啡,而是摆弄着一把蓝幽幽的二十响驳壳枪,这是眼前的幻觉还是真实的呈现?

丘东平没有和吴奚如交谈那样口若悬河,而是罕有的一问一答,这种局促的对话,似乎有点儿无聊,但在互不知情的情况下,也许是最为保险的。

后来,丘东平来到图书馆翻阅了上海《大公报》《申报》两份报纸,上面刊登了共产党中央特科红队(以下简称"红队")处决叛徒的新闻。嗅觉犹如猎犬般机敏的新闻记者,在报纸上透露出这样的信息:红色政权从各地苏区调来了久经战阵的枪手,清除他们政治对手策反的叛徒,手段老辣、狠毒,一枪致命。

丘东平以一位作家的预感判断出,龚昌荣十有八九是从苏区调来的枪手。

砰!十里洋场传来了可怖的枪声。

"红队"处决的第一个叛徒叫黄国华。

黄国华是1931年秋才调到上海担任中共中央机要工作的,但他经不起考验,投靠了中统上海行动区。对于这份送上门的大礼,中统视若珍宝,决定护送其到南昌,向蒋介石当面密告上海地下党组织的详情。

这一情报被中央特科情报科科长潘汉年获知,立即报告给当时的特科负责人陈云,陈云急令"红队"队长龚昌荣尽快率人刺杀黄国华。

刺杀黄国华的任务分两次完成。

"红队"队员约黄国华到一间旅馆接头，他一进门立即遭受到一阵枪击，刺客旋即离开。但黄国华虽倒在地上，但并未断气，被闻讯而来的巡警护送至仁济医院急救。面对这种情况，龚昌荣再次采取行动，亲率五名队员，利用星期日病人会见眷属的机会，深入医院二楼，果断击毙了黄国华。

1932年11月，龚昌荣带着队员袁友芳、欧志光出现在大通路爱文义路转角处的斯文里。斯文里是当时上海最大的石库门住宅区，属于静安区，有中国劳动组合书记部旧址、彭湃在沪革命活动旧址以及大田路天主教堂等。

这次处决的叛徒叫曹伯谦，是安徽人，1929年加入共产党，1930年到上海。在同兴纱厂工作期间，他按照党的指示，打入上海市公安局做密探，但不久就暴露身份遭逮捕，随即叛变投敌。

曹伯谦叛变后，带领特务大肆搜索、破坏党的各级组织，给上海共产党人带来极大危害。"红队"通过线人密报得知，曹伯谦在上海市公安局侦缉队吕克勤的指挥下，从事情报活动，居住在斯文里某处。可惜的是，龚昌荣并不知道曹居住的门牌号码，因而在一次行动中，"红队"在弄堂里误杀了与曹伯谦面容酷似的世界红十字会上海总办事处的办事员周翰。

第一次执行任务失败后，龚昌荣重新调整了行动方案。他通过另一名打入上海市公安局的内线人员打听到消息，得知曹伯谦住在斯文里1040号。

一天下午两点，龚昌荣带领孟华庭、汤杰才、欧志光、袁友芳等"红队"队员，再次实施"打狗"行动，由汤杰才敲门，进门后汤杰才发现里面除了曹伯谦夫妇，吕克勤手下的几个密探也在场。

汤杰才假借有事退了出去，将见到的情况汇报给龚昌荣，龚昌荣一听大喜过望，因为这几个密探当初也是出卖党组织的叛徒，正好借此时机将他们干掉，一箭双雕。

下午，汤杰才再次叩开曹家大门，门一打开，龚昌荣、孟华庭等人紧跟进去开枪射击，龚昌荣一枪就打中曹伯谦头部，孟华庭等人举起驳壳枪一阵扫射，将其他几个密探当场打倒在地，随即撤离现场，消失在夜幕之中……

清晨,随着尖叫的警笛声,一辆辆警车在街头呼啸而过,给宁静的上海街道笼罩了恐怖的气氛。此时,在一幢石库门的后楼,一块厚厚的黑布窗帘,隔开了室外的黑暗和室内的微弱灯光,似乎这种隔开造成了恐怖与安全的分野。在这间十几平方米的房间里,十几位穿西装、着长衫的年轻人正围坐在一起,小声地讨论着有关中国革命命运的大事……

是的,中共中央临时政治局在这里召开常委会议。

弄堂外,几个卖香烟、摆水果的小贩正警觉地观察着四周的一切,在他们的货摊下面、衣服夹层里,藏匿着一把把子弹上膛的勃朗宁手枪、二十响驳壳枪,还有汤姆森冲锋枪。他们是负责会议警戒的中央特科"红队"队员,一旦发现敌情,便立刻开火阻击,掩护开会的中央领导快速撤离现场……

上海武定路930弄14号,这是一幢清水红砖墙,红瓦屋顶,假三层的里弄住宅。虽然透着浓浓的寻常百姓家的生活气息,但弄堂口的咖啡色名牌"中国共产党中央特科机关旧址",仿佛在向人们述说这栋石库门小楼曾演绎过惊心动魄的铁血故事……对于年轻的中国共产党来说,这是风雨飘摇、血腥弥漫的年代!

据不完全统计,从1927年3月到1928年上半年,30多万名共产党员和革命者被国民党反动派杀害。中共八七会议后,中央机关陆续从武汉迁往上海。然而,在白色恐怖中开展隐蔽工作,就必须有一支强大的情报、保卫队伍。

于是,中共中央决定由29岁的周恩来组建中央特科,并决定成立特别委员会(简称"特委"),由周恩来、向忠发、顾顺章三名政治局委员组成,任务是保卫党中央机关的安全。特委下设中央特科(简称"特科")。特科下设四个科,分别负责总务、情报、行动和电讯。"红队"属于第三科,主要负责镇压叛徒、保卫中央领导,由顾顺章负责。

1930年10月,龚昌荣从香港转移到上海后,奉命晋升为"红队"队长,他先后化名邝惠安、邝福安,以新的名字开始新的征战历程。此时,上海滩租界巡捕猖獗、国民党特务横行，他们大肆逮捕共产党人，威逼利诱党组织的动摇分子和软弱分子，走上反共道路。

在这"山雨欲来风满楼"之际，人生地不熟的龚昌荣，更感任重而道远。

1931年4月24日，顾顺章在武汉被叛徒指认遭逮捕后，就立刻投靠中统，致使中共地下党组织遭受巨大破坏。顾顺章被称为"中共历史上最危险的叛徒"。

顾顺章于1926年与陈赓等人前往苏联情报机关进行为期一年的特训，以暗杀著称，精通易容术和魔术，可谓是一代"特工之王"。

中统特务头子徐恩曾回忆道："顾顺章是上海机器工人出身，曾在莫斯科受过严格的特务训练，加上他在这一方面的天才，聪明、机警和技巧都是高人一等，因此造成了他的特务工作的卓越才能，他精于射击，能设计在房内开枪而使声音不达于户外。他可以用两手轻巧地捻死一个人而不显露丝毫痕迹。他对各种机器的性能都很熟悉，对爆破技术有独到的研究。"

徐恩曾是浙江吴兴人。早年毕业于上海南洋大学，后留学美国，回国后在上海当机电工程师。1927年"四一二"反革命政变后，参加陈果夫、陈立夫组织的中央俱乐部。1931年任中统调查科长，他老谋深算，藏而不露，手中沾满了共产党人的血。1935年升任处长。1938年8月，晋升为中统局局长。

当天，武汉中统特务将顾顺章被捕并叛变的消息电告南京中统首脑机关，被中央特科打入中统的情报人员钱壮飞截获，立即第一时间报告党中央。当时在上海负责中央工作的周恩来，立即指挥中央特科，协助各级机关抢在中统特务行动之前进行大转移，在几十个小时之内转移到别处，甚至迅速离开上海。

此次行动与其说是中共中央机关进行闪电般转移，不如说是他们与中统特务展开了一场争分夺秒、惊心动魄的生死搏斗！

龚昌荣奉周恩来的指示，临危受命，率领"红队"队员缜密地保卫党的主要负责人实施转移，使敌人对中央机关进行大破坏的阴谋没有彻底得逞。

龚昌荣虽和顾顺章同样是产业工人出身,但他经过红军队伍的锤炼,虽然艺高人胆大,但自律性极强,深藏而不外露,从来没有在公众场合显山露水。只有党内几位高级领导人见过他,可他们也不知道他的具体住处和活动方式。

顾顺章叛变后,中央特科的"红队"成员被捕的被捕,牺牲的牺牲,调走的调走。就是说,"红队"这个中共高层的秘密组织必须重新洗牌,才能开始走向正轨。因此,选拔队员是当务之急。

说到"红队"选拔队员,首要条件就是要熟悉各种枪支的使用方法。为了练就百发百中的枪法,队员们常常坐船出海,到吴淞口外的海面练习打靶。队员们在晃荡的船上,单手持枪击中浮在海面上的靶子,如没打中靶子,则要罚100米游泳10次。这种大强度的特训,使队员们成了一条条健硕生猛的水上蛟龙。

可以说,40多名"红队"队员,基本上是神枪手,许多人会驾驶汽车。他们的装备除了各种型号的手枪,还有化学手榴弹。这种手榴弹可以使人流泪睁不开眼,戴上特制的眼镜则不受任何影响。每次行动之后,如遇敌人追击,扔出这种化学手榴弹可以有效阻止扑上来的敌人。此外,"红队"还可以从外面调动机枪,甚至调来像火箭筒这样的重武器,因为当时特科的情报科与国民党驻浦东的炮兵营有秘密联系。必要时,特科的总务科也可以随时直接从外国洋行购买先进武器装备,因此"红队"使用的都是德国造、美国造军火,颇具杀伤力。

顾顺章叛变事件发生后,龚昌荣着手重整"红队"旗鼓,建立严格的组织纪律,这得益于他在红四师担任过战斗指挥员的经历。他将队员们分为若干个战斗小组,互不联系,由他本人与各小组保持联络;战斗小组内则由组长与组员单线联系;他还改进"红队"的活动方式,为确保"红队"队员的人身安全,他要求队员以公开职业做掩护,与家属同住,平时也不准携带武器;他在上海设立若干秘密据点,专门存放枪支和弹药,行动时才到秘密据点领取武器。这样即使遭到中统特务、租界巡捕的搜查,也不会暴露自己的身份。

这期间，国民党中统局上下无人不知"邝惠安"的厉害，却只知其名，而不见其真实模样。他在担任"红队"队长四年时间内，执行过锄奸任务数十次，有一百多名叛徒、特务倒毙在"红队"的枪口之下。

"红队"，在白色恐怖的铁幕之下，锻造成为一把锋利无比的斩妖之剑！

对于这一切，也许丘东平知之不多，因为这段中共隐蔽战线的红色传奇，属于高度机密，但是凭着他在海陆丰红色风暴的切身体验，他对龚昌荣和他身边的革命志士的所作所为，深表敬意，他们在用自己的生命，创造着高山仰止的历史。

在20世纪30年代，有一群"砍头只当风吹帽"的红色特工，在极端险恶的环境下，怀着对党和人民的赤胆忠心，凭借一身过硬本领，与国民党反动派做殊死搏杀，最大限度地保护了党组织和革命者的安全，谱写了一曲闪耀着红色光芒、震惊上海滩的铁血传奇……

丘东平在上海图书馆阅览室，重点翻阅上海的《大公报》《申报》《民国日报》《时报》和南京的《新民报》《中央日报》《南京人报》《和平报》《中华日报》等。在这些报纸里，他一直关注国内发生的大事：

1935年7月下旬，"福建事变"失败的领导人李济深、陈铭枢、蒋光鼐、蔡廷锴等发起并组织了"中华民族革命同盟"，推举李济深为主席，蔡廷锴、陈铭枢、蒋光鼐、徐谦、冯玉祥、方振武、陈友仁等为同盟领导核心。创办《大众日报》和《民族战线》杂志，发表成立宣言，明确指出该同盟的政治主张：争取民族独立，成立人民政权。

1935年8月，中国共产党发表了《为抗日救国告全国同胞书》，号召全国各族人民、各党派、各阶层人士立即行动起来，停止内战，团结一致，抗击日本侵略者。北平各大中学校几千名学生，爆发了"一二·九"学生运动，走上街头游行示威，高呼"反对华北自治运动！""打倒日本帝国主义！""停止内战，枪口对外！"等口号，抗日爱国运动，很快波及全国。

然而，这种抗日的高潮并没有掩盖国民党和共产党深层矛盾的对抗性与尖锐化，国民党中统特务根据蒋介石的手令"攘外必先安内"，在上海、南京、武汉等各大城市对共产党的地下组织实行全面破坏。与此同时，丘东平也在上海、武汉的报纸里读到刺杀叛徒、特务的消息，从字里行间，他深知这是"红队"所为。

他的脑海里骤然蹦出了一把红色的刀锋，夹带着风声向着白色恐怖的黑幕刺去……

是的，"红队"的担当和责任何尝不是对反动派复仇的刀锋呢？

丘东平在阅读了南京、上海、武汉大量报纸的报道时，一个见报率颇高的名字使他陷入了沉思，这个名字叫曾点墨。丘东平在曾文的字里行间看出，他对中央特科的行动十分关注，特别是"红队"刺杀叛徒的报道，均以情节生动、充满细节见长。于是他下决心寻找这个曾点墨，以解开心中的谜团。丘东平通过上海报界的朋友，很快就和曾点墨联系上了。他是一家小报的特稿记者，但他的稿子因为材料翔实和标题醒目往往成了一些大报的抢手货。

在一间咖啡馆里，丘东平与曾点墨见面。

曾点墨生得一表斯文，白净的皮肤，精致的面孔，上了头蜡的波浪头，一套深蓝色西装裹在他瘦削的身板上，从上到下，甚至每个毛孔都散发着上海男人的精明和细致。本来报道"红队"行动这些"高风险"的活儿，是不会出现在曾点墨身上的，但他的回答让丘东平大吃一惊，他说："我喜欢。"

"你的第一手素材从哪里来的？"

"我拒绝回答你的问题。这是我的职业操守。"

"你提供的资讯，我会付费的。"

"当然，这是先决条件。"

丘东平冷静地说："你不怕杀头吗？"

曾点墨笑笑回答；"怕。但为了像你这样的读者，我释然了。"

丘东平心里说，我认准了这个"红色包打听"。

他们的谈话在咖啡馆暗淡的灯光下，向着铁血的幽径延伸……

中央特科对叛徒的"血腥报复"，是在国民党中统特务机关"高压"之下的"应激"行动，这种"以暴制暴"的反击形式，让白色恐怖领教了红色刀锋的锐利和力度。

顾顺章叛变后，蒋介石利用他的特长，让他训练国民党特工。于是，顾顺章便成了中统特务的高级教官，他为国民党培训了一期特工共四人，其中有一个"学业优秀"的学生叫史济美。

档案显示：史济美，对外称马绍武，黄埔军校第六期毕业生，原是中共党员，叛变革命后，为虎作伥，给国民党干起了特务勾当。1930年6月进入中统，起初派往天津，与日本间谍土肥原贤二、川岛芳子等周旋斗智，后被调往上海中央党部调查科（中统前身）。在顾顺章的协助下，马绍武在上海就任期间，先后抓捕了罗章龙、向忠发、陈独秀、廖承志、牛兰等中共党员与知名人士。

1932年11月，调查科派马绍武来沪组建成立国民党特工总部上海区，以加强反共力量。上海区总部设在南市中华路，对外称上海市公安局督察处，下设行动股、训练股以及沪东、沪西、沪中、沪南、浦东五个分区组织。

马绍武在上海期间，气焰十分嚣张，大肆搜捕共产党人。在他的策划、指挥下，中统在法租界霞飞路查获共青团中央机关活动处，逮捕重要共产党人王云程、孙际明等人；马绍武还参与策划、逮捕陈广、罗登贤、余文化等多名共产党人；1933年5月14日，因叛徒出卖，马绍武带领特务到虹口昆山花园路寓所，绑架知名左翼作家丁玲、潘梓年。对此，中共中央领导人义愤填膺，命令中央特科铲除这个对中共组织造成极大危害的反共老手。可是，马绍武行踪十分诡异，"红队"一直找不到机会下手。

因此，及时、准确地掌握马绍武的蛛丝马迹，成为这一刺杀行动的关键所在。

这时，一名叫李士群的地下党员被中统特务逮捕后叛变，先进入国民党中统局，后又进入汪伪特务组织。李士群显然是见利忘义的"变色龙""墙头草"。这家伙八面玲珑地在汪、国、共三方之间周旋，但他也为自己的前途担心，因为他不清楚未来哪一方稳坐江山。于是他对中共组织称，他叛变是迫不得已，目前这样的身份可以帮助党组织获取情报。鉴于他对地下党危害不算太大，为了考验他的忠诚度，党组织负责人要求他协助除掉马绍武，并提供准确情报。为了进一步考验李士群，"红队"要求他，配合制裁另一个对党组织造成极大危害的叛徒丁默邨。对此，李士群满口答应。然而，李士群为了巴结丁默邨，决计用马绍武来做"替罪羊"。这种复杂的"连环套"令形势变得诡异而又复杂起来，但为了保命李士群不得不狠下毒手。

1933年6月12日晚，马绍武与丁默邨等人在广西路小花园一家长三堂子"吃花酒（旧时在妓院狎妓宴饮）"，当他们走到浙江路小花园入口处时，"红队"队长龚昌荣带着队员欧志光、袁友芳、董纪全等人迅疾闪出。

20世纪初，浙江路慈德里内有幢花园洋房，门前有个小花园。因先后开设过"半解仙"（扬帮）、"都益处"（川帮）两家菜馆，是当时社会名流往来之处，于是人们把这里称为"小花园"。

马绍武猝不及防，几声枪响过后，马绍武头部和胸部中弹，当夜8点15分，在仁济医院绝命。

第二天，马绍武被刺的消息便在各大报纸刊出，众人一片哗然。

马绍武死后，国民党元老陈立夫如丧考妣，极为伤心，6月17日发电蒋介石"恳请从优抚恤上海特务史济美（马绍武）"。陈立夫并在一次纪念活动中，号召国民党中统特务要向马绍武学习。

徐恩曾是中统特务头子，对自己的得力干将马绍武被"红队"刺杀耿耿于怀。

有关马绍武之死，徐恩曾的回忆录中也有记载："我派在上海工作的负责人史济美，是我一个得力的干部，于同年六月回京述职，我因上海连续出事，想到他过去的服务成绩优异，向忠发和共产国际职工会驻华代表牛兰夫妇，以及其他重要案件，都是经他设计破获的，断定共产党对他必恨之切骨，意欲调他离开上海，以避风头，但他不同意这样措置，坚持仍回到原来的岗位，我只好叮嘱他注意安全，让他回去。不料回沪当天下午，他因欲赶赴一个约会，回到上海一下火车，即径自趋约会地点，就在他下汽车走上台阶的时候,被邝惠安(即龚昌荣)率领六个埋伏在该处的暴徒,包围袭击,身中七枪而死。"

"红队"处决马绍武后,白色恐怖没有因此而偃旗息鼓,反而变得更加疯狂了。上海市公安局密探雷大甫,与马绍武、黄永华同样并列为"反共高手"。他以前是中共党员,被捕后变节,充当中统密探,秘密调查共产党人,参与破坏共产党组织的各种活动。

1933年9月11日上午9时许,在南市小西门中华路拐弯处,雷大甫在发现后面有人跟踪后,急忙拔腿飞奔逃走,并掏出警笛放在嘴里,但他的脚步再快也难敌流星般的子弹,枪响过后,他的头部和胸部各有一个血洞,当巡警赶来时,他断气了。

时间一分一秒地流走,曾点墨看看手腕上的表,告辞了。

丘东平将准备好的一个信封递给他。

上海武康路。

19世纪法国文艺复兴时的洋式建筑,生动地复制在十里洋场上。此路建于1907年,位于上海市徐汇区,最初这里叫福开森路。萧伯纳说:"走进这里,不会写诗的人想写诗,不会画画的人想画画,不会唱歌的人想唱歌,感觉美妙极了。"是的,20世纪的文化名人、达官贵人都争先在这里留下足迹。巴金在这里写下巨著《随想录》;孙中山在这里商议革命要事;获诺贝尔物理学奖的高锟在此就读。还有黄兴、宋庆龄、李鸿章等等,正因为百年前他们生活的足迹,才令这里的建筑显得那么堂皇而又厚重。

丘东平与龚昌荣在武康路不期而遇了。

丘东平坐在黄包车上,车夫的黄色小背心写着168字号,这是车夫的工牌号码,还是地下党的联络暗号?

随着车夫有节奏的脚步声,丘东平到了目的地。

想不到的是,这位身形矫健的黄包车夫,变戏法般地随手推出一辆德国造"飞鹰牌"自行车,上车的姿势活像是白鹤亮翅,这熟悉的背影活像在海陆丰月亮皎洁的晚上,穿白色小背心的彪悍汉子,也骑着一辆"飞鹰

牌"自行车,动作洗练得像从云雾缭绕的仙境里跳将出来的武林高手……

这是梦境或是幻觉?

丘东平使劲地眨巴着自己的眼睛,然而前边的人影不见了。

又是一个秋阳艳照的午后,丘东平打开了一份当天的《申报》,"红队"的新闻跃入他的眼帘。

1934年9月27日,《申报》以"仁济医院大凶案"作为标题爆出一宗大案:

> 本月十六日晚,十一时三十五分,四马路昼锦里第37号慎记谦吉旅馆第三十四号房内曾发生一暗杀案,被害者名熊国华,据称系台州人,年三十四岁,当时系伤势尚无大碍,故经送山东路仁济医院医治后渐见痊愈,各情已详本报。讵昨日下午,竟在医院内仍被枪杀,并害及探捕各一人。

1934年9月15日早晨7点,一名30岁左右的男人,来到上海市中心英租界四马路昼锦里37号谦吉旅馆,张嘴就要一个大套间。

昼锦里是一条短马路,短得像弄堂,但却是马路,只有几百米。昼锦里可谓四通八达,串起最繁华的四条马路:大马路南京路最繁忙;二马路(九江路)云集"空手套白狼"的交易所;三马路(汉口路)与山东中路交叉路口就是闻名中外的报刊街;到了四马路,是红灯区,娼妓是高档消费品,于是周边都是金粉世界。当年"散蝶流莺"似的妓女引领时装潮流,这一带就成了女人街。除此之外,这里还有戏院、旅馆、老中医,还有"中餐老半斋""西餐一品香"等等,往四马路西端慢慢聚拢,密密实实地挤到一块儿。

这男子在旅馆登记的名字是熊国华,入住后一直待在房间里,怕见光的蝙蝠似的。此人正是"红队"务必铲除的叛徒。

16日晚上11点30分,旅馆来了两个人,头戴礼帽,西装革履,声称是熊国华的朋友,他俩通过登记簿,得知熊国华所住的是二楼34号房间,待到敲开房门后，"礼帽客"便成了枪手，朝熊国华连开三枪，并转身撤离。可惜熊国华受伤侥幸未死，被送到仁济医院救治，巡捕房每天派三名警探日夜轮值看守。

9月17日，上海《申报》等媒体争相报道了此案。

丘东平又和曾点墨相约在咖啡馆。

曾点墨开门见山说："我猜到你叫我来干什么？"

丘东平道："我要的是比报纸上更加详尽的内幕消息。"说罢将一个信封推到曾点墨面前。曾点墨将信封放到自己的西装暗袋里，一边呷着咖啡一边慢慢说开了——

仁济医院是上海开设最早的一家西医医院。1844年初，上海开埠后不久，英国人威廉·洛克哈脱受英国基督教伦敦教会的派遣，来沪开办了首家医院，最初命名为中国医院，免费为华人治病，后迁到小南门外一幢老式住宅。洋医传教，西医东渐，这是中国西医史的发端，也是上海仁济医院悠长历史的源头。1931年，这座拥有250张床位和综合门诊的5层现代化医院建成，正式定名为仁济医院，院长由英国人担任。

龚昌荣得知后，9月26日率三名队员来到仁济医院，假称要探视病人。两名队员首先制伏门卫并将其押到电话房，控制医院的对外通信设施。然后，龚昌荣则带领另一名队员，飞奔到医院二楼病房，开枪击毙了熊国华和守卫的两名警探，飞速撤离现场。

龚昌荣不仅"胆大包天"，还是一位思维缜密之人，行动之前就做了周密设计。他带领三名队员到警戒森严的医院刺杀叛徒熊国华，看似是铤而走险、剑走偏锋，实际上在行动前，他已派人到医院做了周密侦察，绘制出医院的详细图纸，并带领队员反复演练行动的每一个步骤和细节。从他率队员闪电制伏门卫，控制电话房，刺杀叛徒、警探，到最后安全撤出，每一步都精确无误，仅几分钟就完成了整个行动过程。

龚昌荣可谓是"艺高人胆大"，常常单枪匹马去执行任务，神出鬼没地在热闹的街市当众刺杀叛徒、特务，而自己谈笑风生，毫发无损。有人谓之："当世赵子龙，出入千军万马之中，如过无人之境。"

1933年初，共青团沪西区委干部胡天被中统特务抓捕后叛变，出卖了共青团中央机关的人员和机密。龚昌荣接到任务后，迅速带人进行追查，获知胡天为了避免"红队"追杀，搬到小西门隐藏起来。一天中午，身穿长衫、眼戴墨镜的龚昌荣腰插德国造二十响驳壳枪，只身来到小西门。他坐在巷口的水房里喝水。这时胡天刚巧出门，其神情有如偷鸡贼，鬼鬼祟祟，龚昌荣看在眼里，不慌不忙地放下水碗，变戏法般地掏枪在手。枪响过后，胡天当场倒毙，龚昌荣从容埋单，转身疾走，前后不到两分钟。

还有一次，龚昌荣在街上与一位情报人员接头，突然被三名特务盯梢，他冷静地对情报人员说："你往大街热闹处走，我引开他们。"说罢迎着特务走上前去。这一招使特务意料不到，慌忙闪开，龚昌荣像一头猎豹似的奔向一条小巷。这时，特务们才如梦初醒，小头目对两个特务说："这家伙身形酷似'老广东'，是一条大鱼啊，咱们立功的机会来了！"接着三个特务各自分工，一个跟踪龚昌荣进小巷，一个在后面尾随，还有一个在巷口望风。

龚昌荣当然不是等闲之辈。他走进小巷，见里面光线很暗，也没有出口处，于是便心生一计，灵猴般轻轻一跃，呈大字形手脚并用，爬上三米高的屋檐下躲起来。特务小头目见小巷里没有人，就用手枪柄狠命地砸小巷紧闭着的房门。说时迟那时快，龚昌荣一个"天外飞仙"，腾空而下，用"剪刀脚"将特务小头目铲倒在地，接着扣动手枪扳机。尾随的特务听见枪响，持枪冲进了小巷。龚昌荣佯装弯腰绑鞋带，从自己胯下伸出手枪，看也不看地朝后面的特务连开两枪。望风的特务听见几声枪响，又看见两个同伙东倒西歪地躺倒在地上，知道真的遇上死神"老广东"了，吓得脸色惨白，只恨爹娘少生两条腿，一个劲儿地撒腿狂奔……

这次"老广东"枪击两名特务的过程，被上海、南京两地报纸渲染得神乎其神，英租界巡捕房的探员惊慌之余，要求上峰为其配备钢盔和防弹衣，以防"老广东长了眼睛似的子弹"。

虽然龚昌荣的化名由于保密，没有在中统特务那里留下案底，但"老广东"的绰号却尽人皆知，留下了"英雄虎胆"的传奇。

1934年6月26日，中统上海特务机关决定，当晚在英、法租界与华界合力行动，破坏中共中央上海局与江苏省委机关，抓捕他们掌握在手的中共地下党员。中统上海特务机关采取抓捕行动之前，由中统上海"肃反专员"季源溥亲自将抓捕人员名单送到租界特区法院审阅，并请法院签署逮捕令。

季源溥是江苏沭阳人，在国民党中央组织部任职，20世纪20年代末被国民党派往日本东京直属支部工作，继而入日本中央大学学习政治学，"九一八"事变爆发后回国，先后任中国国民党中央执行委员会调查统计局南京、上海区区长，专门从事破坏中共地下党组织的活动。

心细如丝的季源溥担心行动泄密，直到6月26日下午3时，才来到租界特区法院办理相关手续。当时在租界特区法院潜伏着中央特科一名情报人员，获得这份极其重要的情报——被捕人员名单后，立即将情报送到一个"报警员"家里，让他迅速转报给中共中央上海局与江苏省委，让他们紧急转移，并做好防范措施。

这名"报警员"就是熊国华。

一般来说，"报警员"属中央特科领导机关内部的重要人员，其任务是传递敌人危害中共领导机关与领导人的紧急情报。他们一方面与隐藏在敌人内部的情报人员接头，一方面可以直接向中共中央上海局领导汇报。特殊情况下，为了预防情报人员送来情报而"报警员"外出不在家，致使情报传递耽搁，中央特科规定，遇此类情况由情报人员将情报放入"报警员"卧室写字台右边一个有暗锁的抽屉里，"报警员"外出回来后，不管有事没事，都要先打开抽屉看看。上海中共地下党组织曾多次以这种方式逃过了特务机关的追捕，然而这一次却因熊国华的重大疏忽而误了大事。

6月26日下午4点左右，那位潜伏在租界特区法院的情报人员，把中统将在当晚破坏中共中央上海局、江苏省委的情报，急如星火地送到熊国华家中。此时熊国华恰恰外出不在家，情报人员便将情报放到事先约定的熊国华卧室写字台右边那个有暗锁的抽屉里。

下午5点，熊国华回家了，但他这天没有按规定打开抽屉细看，而是提起酒瓶上街打酒，买肉回来后自斟自饮起来，竟喝得酩酊大醉，便倒头大睡至次日早晨。当他起床拉开抽屉，看到昨天下午情报人员送来的那份特急情报，却为时已晚了！

晚上9点，中共中央上海局、江苏省委的多处机关均被中统特务全面破坏，中共中央上海局书记李竹声、江苏省委书记赵立人等二十多名重要干部先后被捕。不久，李竹声、赵立人等人相继叛变，他们供出了中央苏区红军的兵力布置、番号与作战意图，以及上海地下党的重要秘密，还供出了中共中央在上海的秘藏金库。

后经中央特科追查，发现这次上海党组织遭受大规模破坏的主要原因，是"报警员"熊国华玩忽职守，党组织对他进行了严厉的批评教育。然而，熊国华虽犯了如此严重的错误，却毫无自责悔改之心，反而对抗党组织，并威胁说要向敌特机关告密。

不久，熊国华果然悄悄地向中统特务机关自首。由于以前跟他联系的中共地下人员大多使用化名，并且是单线联系，党组织对此事已做了防范与转移工作，因此，他的叛变并未造成重大损失。

中统上海区的头目季源溥、韩达等人指示熊国华不要暴露叛变过程，而是继续留在中共党组织内部做内应，协助中统特务破坏新成立的中共中央上海局、中共江苏省委。然而，中央特科很快就察觉并查出熊国华的叛变行为，并查明此人曾在东北出卖过抗日志士，亲手杀死两名游击队指挥员，化装逃到上海后，他又骗取党组织的信任，进入地下党组织担任重要工作。

为此，中央特科领导果断命令"红队"迅速除掉叛徒、内奸熊国华。

"红队"队长龚昌荣以及队员孟华庭、赵轩等人接到任务后，针对熊国华诡秘而又谨慎的特点，制订了一套周密的刺杀计划。他们让一名经常与熊国华联系、化名叫"巴本"的地下党员，用暗语通知熊国华，说是"上海局的新领导人要亲自与他谈话"，请他务必在9月15日到英租界四马路昼锦里的谦吉旅馆开一个套间等候"上级来人"。

这时，熊国华按照中统特务机关的指示，正急着寻找中共中央上海局新任领导人。他接到通知后，喜不自禁，心生毒计，但他知道"红队"的厉害，对叛徒绝不手软，他只身前往谦吉旅馆后，有些余悸，就给"巴本"回了一信："我的处境不好，不能在9月15日去谦吉旅馆，我派一个可靠的同志代我去，同中央接上头后我再去。"

"红队"接到这封回信后，立即让"巴本"再致一封急信给熊国华："中央局领导是不允许一般人认识的，你不去，他就不去了。还是望你准时到昼锦里谦吉旅馆。"熊国华见到字条后，由于邀功心切，便兴冲冲地钻进了"红队"设下的圈套。

1934年9月15日早晨5时许，熊国华匆匆地来到昼锦里的谦吉旅馆。他身穿深灰色哔叽布长衫，头戴呢帽，足蹬尖头皮鞋，携带一只大号手提皮箱。他向旅馆账房要了一间带卫生间的独立套间，在旅馆登记簿上写下自己的简况——姓名：熊国华；年龄：34岁；籍贯：浙江台州；职业：电器生意老板。

熊国华在旅馆里待了一整天，只在晚上出去过一次。第二天，他一直未外出，直到深夜11点，才让旅馆茶房给他买来一碗肉丝汤面。吃完后翻阅了一会儿从街上买来的两份报纸，待茶房泡了一杯浓茶送进去后，他便闭门就寝了。

大约半个小时后，谦吉旅馆突然来了两人，声称要找熊国华。他们从旅馆账房那里得知熊国华入住的房间号后，径直上楼叩响房门。

熊国华听到有人叫他，一骨碌从床上跳下，开门一看是两个陌生人，正要开口询问，哪知这两个身材高大的"礼帽客"闪电般掏出手枪，朝熊国华连开数枪，熊国华立即倒在血泊之中。紧接着，这两名"礼帽客"随即下楼，与在门外望风警戒的同伴会合，消失得无影无踪。

旅馆老板和伙计们听到枪响，又看见有人倒在血泊之中，一下子吓得魂飞魄散，眼睁睁地看着"礼帽客"逃走后，才一齐上楼来到熊国华的房间。熊国华嘴里发出微弱的求救声，话还未讲完就昏死过去。

旅馆账房急忙打电话报告英租界巡捕房。巡捕房的十多名警探乘警车迅速赶到旅馆。细察熊国华所中的三枪，一枪在嘴部，一枪在左颈根，还有一枪在右脚，熊国华当时鲜血淋漓，呼吸微弱，救护车立即将他送到仁济医院抢救。

熊国华虽然中了"红队"三枪，但没有被打死。英租界巡捕房为了保证熊国华的安全，每天派出三名荷枪实弹的警探轮流值班，24小时全天候守护。

为了彻底铲除熊国华这个叛徒，以绝后患，龚昌荣与孟华庭、赵轩等人进行了多次讨论和反复侦察，做了非常周密的布置，决定再次实施暗杀行动。

1934年10月26日，身材高大、一表人才的赵轩打扮成一位腰缠万贯的富商，手捧香喷喷的鲜花，旁若无人地步入了仁济医院，登楼探望病人；孟华庭则在门外掩护接应；祝金明见机行事，一旦有紧急情况就地阻击巡捕房警探，以保证赵轩脱险；而这一切则由龚昌荣坐镇指挥。

安排妥当后，赵轩走进了病房，只见熊国华躺在病床上昏睡，赵轩立刻扔下鲜花，迅速拔出怀中的手枪对准熊国华头部、胸部，连开三枪。这次熊国华没有上次那么幸运，脚一蹬再也没有醒过来。在走廊上守护的警探惊闻枪声，急急赶来，却被孟华庭候个正着，一枪将其击毙。

接着，赵轩、孟华庭等人从医院鱼贯而出，迎面跑来几个英租界的持长枪巡捕，神色慌张，龚昌荣斜刺杀出，灵机一动，一把抓住巡捕的胳膊说："楼上有人被杀，快！快去给巡捕房打电话。"随后，龚昌荣与巡捕手拉着手往前走，外人认为他们是携手同行的好兄弟。忽然，这巡捕如梦初醒，挣开龚昌荣的手，夺路而逃，龚昌荣抬手一枪，将他击毙，眨眼间消失在混乱的人群之中……

"红队"的主要任务是锄奸，以最强硬的手段清除革命队伍内部的叛徒，尽量减轻党组织遭受破坏的程度，这种震慑的力量远远大于消灭任何一个明火执仗的对手。

曾点墨说完站起身说："我该说的都说了，可以走了吗？"

丘东平笑笑。

第八章　魂归天国

1936年仲秋，又到丹桂飘香时。

上海的抗日气氛使他感到格外振奋。丘东平是一位参加海陆丰农民暴动和"一·二八"淞沪之战的抗日老战士，有一种抗日救国的热血情怀，自然关注着国内外的抗战动态。

其时，蒋介石还继续醉心于内战，对日本屈膝忍让。中国工农红军正在进行着艰苦卓绝的长征，力图摆脱国民党军队的围追堵截，开赴抗日前线。原十九路军的一批将领，是潜在的抗日力量，他们成立了"中华民族革命同盟"之后，积极开展有利于抗日救国的各种活动。中央特科派丘东平到日本，其目的就是发动这些流亡在海外的战将云集到抗日的大旗之下。回到上海后，丘东平从香港友人的来信中获悉，他们正准备恢复十九路军建制，重建抗日武装，并以此推动全国团结抗日的大业形成澎湃的高潮。因此，他决定先到香港去看看虚实，再做进一步打算。

丘东平回到香港后，在报纸上看到龚昌荣等多位特科成员被国民党反动当局处死的消息，吴奚如等特科成员已进入秘密活动的状态，中共中央机关撤往江西中央苏区。

两年后的初秋，丘东平和吴奚如这对老朋友又见面了。

这次对话地点在汉口。

吴奚如：你知道"老广东"是谁吗？

丘东平：不知道。据我理解应该是广东人，且年纪不小。

吴奚如：说得对。他叫邝惠安，中央特科"红队"队长。

丘东平：凭我的作家直觉，邝惠安应该是龚昌荣。我在海陆丰时和他有过交道。我采访过他。

吴奚如：你在上海见过他？

丘东平：见过，他请我喝咖啡。

吴奚如：他没有表明真实的身份？

丘东平：没有，他说来上海是做生意。但我坚信他的政治信仰。

吴奚如：是的。他们牺牲了。

丘东平：他们？

吴奚如：一批人，"红队"几十个精英……

话题没有持续下去，沉默。

只有沉默才是对英烈的致敬。

面对眼前的一切，刚刚振作起来的丘东平，像被人当头泼了一瓢冷水……

血案在发酵，命案在延续。

一群铁铸男儿为了崇高的信仰正在挥洒热血、挥洒生命！

而一连串发生在特务们眼皮底下的血案、命案，弄得国民党情报机关的神经异常紧张，人人自危，他们不敢轻易出门，就是出门也是全副武装，如临大敌，这使身在南京的国民党中统特务头子徐恩曾下达了将"红队"一网打尽的命令，他们采取所谓"细胞战术"，将潜藏的特务打入"红队"内部，实施"堡垒从内部攻破"，欲将共产党这一秘密组织斩尽杀绝。

1933年11月6日，国民党上海市公安局获得情报，在南京市小东门中央旅舍逮捕了中共党员陈香屏。在严刑拷打之下，陈香屏供出了上海租界内数处"红队"队员的秘密居住据点。上海市公安局立即和公共租界工部局巡捕房联络，要求增援人手，进行大围捕。当晚10点，中统特务、巡捕房探员依次在多个地点进行了地毯式搜索，逮捕了"红队"队员及知情者，并搜缴出多把手枪、瓦斯手雷等。

11月7日早晨6点，中统特务、巡捕房探员在北成路载德里88号2楼逮捕"红队"队员张德新、陈阿四，并搜出手枪、子弹，以及笔形瓦斯手枪、手榴弹、手铐等，并发现有关共产主义方面的理论书籍。接着，军警、密探在此屋外潜伏，将来此处活动的一名"红队"队员逮捕。

公共租界工部局警探马上对被抓捕的六位"红队"队员进行审讯。面对刑讯逼供，"红队"队员明显缺乏斗争经验，供述的情况有太大的随意性。陈香屏一开始自称是太湖来的小盗匪，收藏的枪支是用来抢劫的；张玉山说有人约他来旅馆打麻将；欧志光则说到旅馆来找同乡的。但几个回合下来，他们不得不承认了自己的真正身份和部分作案经过。1933年12月13日，江苏省高等法院第二分院以"杀人罪"及"危害民国"等罪名，判处欧志光等五人死刑。

1934年，上海的革命形势日渐恶化，党组织不断遭到中统特务的破坏，"红队"首当其冲。同年8月，中共中央上海局书记盛宗亮被捕后叛变投敌，供出了"红队"的线索，随后中统特务掌握了龚昌荣、赵轩、孟华庭以及其他核心队员的住址和活动规律。

龚昌荣当时住在法租界巨赖达路凤翔银楼二楼。巨赖达路修建于1907年，是以当时的法国驻沪领事巨赖达的名字命名，这里有许多高大遮阳的法国梧桐树和极具历史文化气息的海派建筑，穿插其中的则是一条条幽静的小马路和老式弄堂。据说1943年国民政府收回租界后，将其改为钜鹿路，至1966年才改为现在人们熟悉的巨鹿路。

1934年11月初的清早，龚昌荣从家里出来，在门口盯梢的两个特务随即跟上，并示意停在路旁的汽车里的特务尾随接应，企图实施绑架。龚昌荣见势不好，迅即往前奔跑，被埋伏的十几个特务围住，他奋力反抗，终因寡不敌众，被戴上了手铐。

特务头子季源溥知道这一消息后，匆匆忙忙下了车，对着自己的手下大叫："验明正身，验明正身！"他叫特务们掰开龚昌荣紧握着的拳头，靠前仔细察看。只见龚昌荣的一对手掌虎口长满老茧，骨节粗大而变形，食指凹下去一条深沟。这时，季源溥一切都明白了，大声对身边的特务说："瞧瞧，这是枪手的手掌，没有成千上万次射击，成不了现在这个样子。"

季源溥接着对特务们说："给我扒开他的衣服看看。"特务们一阵手忙脚乱后，终于将龚昌荣身上的衣服扒下来。韩达透过近视眼镜细细打量，然后说："发达的胸肌，强健的臂肌……一条、两条、三条，一共是七条，这是枪伤、刀疤，哈哈哈，这是一副杀人魔王的身板！'老广东'啊'老广东'，你终于落入我的掌心了！"

"这是蒋委员长点名要抓的共党重犯,给我看管好,不容有失。给他戴上脚镣,快叫防弹囚车押送!"季源溥又命令道。

这时,龚昌荣仰天长笑,笑声直冲云霄,特务们顿时脸色苍白,慌忙向后退,仿佛感到死亡的气息向他们步步逼近……

接着,赵轩、孟华庭、祝金明等"红队"队员也先后被捕入狱。

龚昌荣被捕后,面对严刑拷打,坚贞不屈。徐恩曾知道龚昌荣等"红队"队员个个身怀绝技,不是神枪手,就是爆破手,一度想将他们收为己用,甚至同意他们可以在不出卖党组织的前提下,只要愿意加入中统,就可释放他们。但被龚昌荣等人严词拒绝。

上海高等法院第二分院刑庭开庭公开审讯邝惠安(即龚昌荣)等人,指控他们犯有人命重案。1934年12月6日,上海高等法院第二分院刑庭正式宣判邝惠安、赵轩、孟华庭、祝金明等四人"危害民国、预谋杀人"等罪,判处死刑,将他们从上海押赴南京。

1935年4月13日下午4时。南京上空忽然乌云压顶,阴风阵阵,一只乌鸦飞临城东庙宇发出瘆人惨叫。

啼血声声,令人心碎,脚镣拖地,铮铮鸣响。

龚昌荣、赵轩、孟华庭、祝金明等四人被从南京宪兵司令部军法处押出,验明正身后,即用两辆汽车由二十多名军警押赴江苏第一模范监狱执行死刑。四人被几个身材高大的刽子手套上绳索,捆绑在粗大的木桩上。

这是当时国民政府司法当局第一次使用绞刑,刽子手也是临时培训的。

行刑前,狱中静寂得掉落一片树叶都可听见声响,身穿黑色长袍的牧师在一旁喃喃祈祷。牧师祷告完毕,要给龚昌荣等人泼洒圣水,让他们忏悔罪孽,灵魂超度,然而,却遭到了这几位革命志士的拒绝。龚昌荣最后的遗言是:"我等同时上路,不致寂寞。唯一遗言,就是死后同埋一处。"前一个晚上,孟华庭塞给狱友一张字条,上面写着:"为了子子孙孙的幸福,我们甘愿尝尽人间辛苦。你们要走正确的道路,斗争必须继续,这是我们唯一的遗嘱。"

实际上,国民党反动派和地方军阀用残酷的绞刑将革命者处以极刑,也不是第一次。李大钊当年就是被军阀张作霖处以绞刑而魂归天国的。龚昌荣等"红队"队员与革命者李大钊殊途同归,以义薄云天的英雄壮举,谱写了一首感天地、泣鬼神的悲壮诗篇!

龚昌荣等人的颈上被套上一个绳子的活索,随着大汉们用力的急促呼吸声,他们的脚尖渐渐离开地面,慢慢向空中升去,颈上的绳索也因此一点点地收紧,每个人的脸色由涨红到铁青,从铁青到纸白,鲜血从嘴巴缓缓溢出……

然而,这几位英雄好汉扭曲而又痛苦的面部,却展现出"死如秋叶之静美"的微笑,从牙缝里挤出断断续续的《国际歌》:"起来!饥寒交迫的奴隶……英特纳雄耐尔一定要实现!"

龚昌荣牺牲后,他的妻子张美香带领儿女,继续从事革命斗争,并辗转到了香港,在中共地下党组织的秘密电台工作。中共中央委员、中央苏区保卫局第一任局长、广东著名工人运动领导人邓发,在延安对贺龙谈起龚昌荣时,十分痛心地说:"龚昌荣死得太可惜了。"

龚昌荣时年32岁,赵轩时年31岁,孟华庭时年28岁,祝金明时年30岁。南京《新民报》于1935年4月15日在显眼的位置报道了这一消息。

"时年"的释义是当时的年龄。

也就是说,这是革命者走完了人生历程的最后时刻。在当时,可能只是新闻上的一则花絮,可是在今天却是一个讴歌正义、策励后人的号角,一组顶天立地、浩气长存的群雕!

龚昌荣等人被捕后,中共中央上海局立刻命令王世英重组中央特科"红队"。重组后的"红队",曾成功地在被特务们包围的剧场中,营救了中央特科负责人武胡景,又曾策划过营救方志敏的行动,但因上海地下党连续不断地遭到国民党中统特务的大规模破坏,人员逐渐减少,已无法再在上海生存。1935年7月,在上海中央机关大批人员相继撤离后,"红队"就此结束了在中国革命的历史使命。

"左联"是中国共产党领导下的左翼文化联盟,是革命文化的一面旗帜,是插进敌人心脏里的红色钢笔,正如《中国左翼作家联盟的理论纲

领》所说:"以笔为枪,鼓舞大众,让红色文艺之旗屹立飘扬,我们文学运动的目的,在求新兴阶级的解放。"中央特科是中国共产党锻造出来的红色钢枪,它忠诚地捍卫中国共产党在中华民族中的崇高尊严和合法地位,以强硬的手段给国民党反动派的白色恐怖以有力的回击。

笔为红色政权呼风唤雨。

枪为红色政权保驾护航。

冬去春来,莺飞草长。

丘东平和吴奚如继续没有完的话题。

丘东平:我在写新四军,他们的战斗场面令我异常振奋。

吴奚如:我看到了,有血性,有火药味,你的作品是鸳鸯蝴蝶派不可同日而语的。

丘东平:谢谢夸奖。我还要继续努力。

吴奚如:邝惠安等"红队"英雄的事迹也许在许多年后的今天,会走进人们的视野。

丘东平:是的,这是我们革命作家的天职。写完了《茅山下》,我就写这些隐蔽战线上的无名英雄。

第九章 绝境英雄

1936年6月,两广(广东、广西)当局陈济棠、李宗仁、白崇禧等实行两广合作,把粤、桂军队改称为"抗日救国军",打出"北上抗日"的旗号,出兵湖南,发动"六一"事变,反对蒋介石的统治。李宗仁、白崇禧为了扩充军队实力,请蔡廷锴、蒋光鼐、翁照垣等原十九路军将领入桂。

蔡廷锴当时正居留香港,接到入桂的邀请后,便与中华民族革命同盟的其他领导人商量,大家认为可以入桂一试,趁机恢复十九路军。蔡廷锴当即离港入桂,途经越南至南宁,与李宗仁、白崇禧洽商后,决定在南宁设立十九路军总部，下辖三个师，以翁照垣为六十师师长，丘兆琛为六十一师师长，区寿年为七十八师师长。就这样，十九路军的架子算是重新搭起来了。

丘国珍在"福建事变"失败后曾一度留居香港，后来到白崇禧的参谋部任上校参谋，翁照垣任六十师师长后，他又调到六十师任少将参谋长，和老朋友一起共事。这些情况，给爱国人士以极大的希望和诱惑，丘东平又一次按捺不住一颗兴奋激动的心，他怀着重振十九路军雄风、再上抗日疆场的热烈企望，离开了香港，到广西南宁去找翁照垣、丘国珍。

临时拼凑的十九路军六十师，是以十九路军余留人员编成的谢鼎新独立团为主体，再加上广西地方团队而组成的新编部队。新编六十师组成后即匆匆拉至宜山进行训练。

不久，传来了广东的陈济棠为余汉谋所取代、收编于蒋介石中央军的消息，这就使广西的所谓"抗日救国军"新添了后顾之忧。为了防范蒋介石命令广东部队从湛江方向占据北海、抄袭南宁，蔡廷锴即命令翁照垣率部奔赴合浦、北海一线驻守。

丘东平会见了翁照垣之后，还来不及详细叙谈，便匆匆跟随新编六十师转驻合浦。其时，广东军阀已倒向蒋介石，广西陷于孤掌难鸣的困境之中。虽然十九路军还可以坚持一阵子，但难言北上抗日救国。

丘东平心想，事情既然出乎意外，目前又到了进退维谷的地步，与其这样毫无希望地等待，其结局是覆灭或解散，不如当机立断，回上海重返文笔生涯，而且，他的确有许多素材需要创作，还有一些集子需要整理出版。于是他又匆匆告别了翁照垣、丘国珍，重回香港再转赴上海。事实证明，丘东平回上海后，除参加"左联"的一些活动外，主要是潜心创作。

丘东平到上海后，毅然决然参加了中国左翼作家联盟，决心献身于革命文艺事业。这期间，他写出了享誉海内外的短篇小说《通讯员》，初发于周扬主编的"左联"机关刊物《文学月报》第1卷第4期。1934年，鲁迅和茅盾应美国作家伊罗生邀约，编了一本"现代中国左翼作家短篇小说集"——《草鞋脚》，收入了《通讯员》一文。

丘东平以前创作的题材，多数是反映海陆丰农运及苏维埃斗争的故事，如《多嘴的赛娥》《一个小孩的教养》《红花地的守御》《沉郁的梅冷城》等等。这些作品，除《沉郁的梅冷城》和《十支手枪的故事》《麻六甲和神甫》等编成一本短篇小说集出版外，其他的尚未结集出版。

丘东平从广西回沪后，首先是忙于这些作品的整理和一些尚未发表的草稿的修改，其次是联系书局出版部门，洽商出版事宜。经过一段时间的忙碌奔波，第二本短篇小说集《长夏城之战》终于在上海出版。接着，他又马不停蹄地投入中篇小说《火灾》的创作。大概在这年的腊月，《火灾》顺利问世。

丘东平创作的《第七连》，以其弟弟为描写对象。丘俊是丘东平的七弟，曾于1931年冬随丘东平与陈振枢一起到江西找十九路军，时值十九路军调防，于是他们又随军到了上海近郊。

1932年1月28日，淞沪大战爆发，他们便跟随翁照垣为旅长的一五六旅，参加了那场震惊中外的抗日战事。以后，十九路军被迫转入福建，策划反蒋、联共、抗日的"福建事变"。但那号称"中华共和国人民革命政府"，却不堪蒋介石一击便告失败，十九路军也随之被收编，取消了番号。

于是，丘俊便随二哥丘国珍回到香港住了一段时间，不久他便到广州考上了中央陆军军官学校广州分校。"八一三"前夕，他还是军校的学生，奉陈诚之命令奔赴上海前线，补充到战斗部队，初任教官，不久便提升为第七连连长。

战斗打响后不久，丘东平就得到丘俊负伤住院的消息，立即从汉口急匆匆地赶赴南昌，找到了设在南昌陆象山路六眼井的一所战地医院。这时，丘俊见到了久别重逢的六哥，高兴得从病床上跳了起来，兄弟俩紧紧地拥抱了一会儿，才坐下来谈别后的彼此遭遇。

丘俊在一篇文章中介绍了他们当时会面的情景："他（即丘东平）风尘仆仆，身穿羊毛衫，外加岛人（五哥丘汝珍）遗下的黑绒大衣，但还有些萧瑟。我就偕同他往百货公司买一条绒颈巾和一双手套送给他。倥偬中到一家西餐馆吃个痛快！他喜食西餐，尤其喜配用'地文'茄酱，常尽樽罄尽,此刻正教他惬意。对于鞋袜,他总爱选购上品,但穿却不爱惜,任它满尘不拂。他喜素常形色,不爱理发;头发太长了,不得已才去修剪——理发师给他加蜡、梳理、分界,弄得妥帖、光滑;可他一跨出理发店门口就将手给拨散,让它恢复原来的自然发型,前额偏左耷拉着些发梢。真豪爽不羁!"

丘俊的文字活脱脱将丘东平的外貌、性格写出来了。

丘俊继续写道:有一个晚上,九点多钟,我兄弟俩坐在新四军军筹处闲谈,传令兵向他报告有客来访,这客原来是"一·二八"抗战时"铁血军"中的一员女青年,叫张某。她着一套灰色的棉军装,打着绑腿束紧腰带,雄赳赳地好一身巾帼气概;她不着脂粉,灯光前,神采飞扬,秀脸丰润白嫩,姿影绰约妩媚……本是一面之识,后无交往;此刻来访,纯乎倾慕东平的才气和名望。东平也感到战友重逢之兴,款谈之余,挽她外出一游……

当丘俊谈到"八一三"淞沪战役,亲率第七连与日军战斗的情形时,丘东平情不自禁便掏出了软皮笔记本,详细地记录了这次战斗的经过。

丘东平问丘俊有何打算,丘俊说:"国难当头,日寇入境,作为一个军人,还有何打算?继续打下去吧,直到把日寇驱逐出境,其他别无选择了!"

丘东平说:"我们四兄弟,不管是共产党员还是国民党员,都直接参加了抗击日寇侵略的战斗,都曾在抗日战场上浴血奋战,死去活来,都不曾有过丝毫的畏缩和恐惧。可以说,我们是值得自豪的!"

沉默一阵,丘东平问起了家事。

"老五最近好吗?"丘东平说的老五就是吴笑。

丘俊答道:"还好。只是父亲对此事总是耿耿于怀。"

"这也没办法。当初我答应了五哥,以后要好好照顾母女俩。"丘东平说。

"这不是理由,你是爱上了她。"

无语。

"二哥早看出来了,提醒过你。咱们的家风不允许。"丘俊继续说。

丘东平大声道:"爱又怎么样?难道爱有错吗?"

丘东平的倔强性子上来了。

"可惜的是,五哥(即丘汝珍)在'闽变'后就病逝了……"丘俊叹息道。

"五哥对国家和民族忠心耿耿,才华出众,本可以创造出辉煌的成就,可惜他不懂得爱护自己的身体,听说他背上长了痈疽,本来是可以治好的,可是他初期没去治疗,只顾忙于工作,后来就不好治了。这是一个惨痛的教训,值得我们好好记取,希望你这次一定要把伤养好,不要忙着出院。不多谈了,我还要赶回汉口创作,然后参加新四军,挺进敌人后方!"丘东平说完,转身就走了。

五哥丘汝珍的死因另有版本。笔者在马福兰村采访时,有一位丘氏族亲说,丘汝珍是在患病期间被中统特务暗害的。

丘俊恋恋不舍地望着六哥渐行渐远的背影,热泪不禁从眼角溢出……

丘东平回到汉口后,马不停蹄地整理笔记,并投入《第七连》的创作。

不到十天时间,《第七连》就写出来了。

《第七连》发表时,编者加上了一个副标题"记第七连连长丘俊谈话"。

很明显,这是一篇访问记,但又不同于一般记者的新闻采访或新闻报道。因为他用文学的笔调,如实反映了这场战斗的经过。丘东平经常把这两种手法结合起来运用,使他的作品具有浓厚的文学色彩,同时带有新闻报道的时效性。这种体裁在当时可谓是别具一格,用现在的评判标准来说,像《第七连》这样的作品,也许称为军事报告文学更为合适,可是当时还没有报告文学的提法。

《第七连》的故事其实很简单:说的是丘俊从中央军校广州分校调往上海前线之后,开始时当教官,不久被任命为第七连连长。不久,部队开到了南翔东面相距约30里的洛阳桥构筑阵地。但是就从这天开始,后勤供应不上,伙夫已无饭可送了,连队只好吃又黑又硬的炒米,以及田里的黄菲子、葵花子。第七连就是在饥饿的情况下构筑工事，没等工事修筑完，部队开始减员，累死和饿死的士兵与日俱增。

七连防守的阵地，属于这次战斗的第三线。那天正午，部队的第一线宣告溃败，敌人开始向第二线进攻。不久，第二线也被击溃了，于是七连的坚守处便成了与敌人直接交锋的前沿阵地。敌人派飞机侦察，接着用大炮疯狂地进行摧毁。最后，日军便发起了总攻，以绝对优势的兵力，气势汹汹地向国军阵地扑来。

七连的士兵伤亡惨重，此时能够动员前去迎敌的官兵只有零零星星二十几个。这时，连长丘俊清晰地看见有一大队敌人，像潮水似的向着右侧被冲破了的缺口涌进，于是他命令重机枪对敌人展开扫射，可是重机枪打了几发子弹就卡壳了，而步枪根本压不住敌人的疯狂进攻。

士兵们不得不向阵地的左侧靠拢。

由于七连向左侧移动，引起了友军的误会，他们以为敌人已全面占领了七连的阵地，所以用密集的火力向七连的背后射击，七连陷入左右受敌的困境。为了解除友军的误会，丘俊向左边跃起，挥动用军服做成的旗子，设法与友军取得联络。

可是此时，敌人炮手的瞄准镜正对准他，当他第二次跃起时，一颗炮弹落在他的身边，他负了重伤，昏厥过去……这是一个打败仗的故事，里面既没有什么惊人的情节，也没有什么气吞山河的英雄人物，只是一种非常冷静的白描。可是作品发表后，却受到文艺界及广大读者的好评，被誉为抗战初期难得的好作品。

这部作品好在哪里呢？

有评论认为：第一，反映了抗战初期国民党正面战场的真实情况：军队装备太差，后勤供应不上，与友军联络脱节，指挥缺乏经验等，这些致命的硬伤导致了国民党军队的节节败退。

第二，表现了中国军人的勇敢及牺牲精神。七连的工事还没有构筑完成，因为没有粮食而饿死人了，但这支因饥饿而显得"死气沉沉"的部队，在敌人进攻面前始终没人逃跑，也没人畏缩。譬如二排长何博，他率

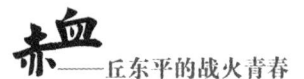

领二排向敌人的阵地出击，走到半路，他令弟兄们暂留在后面等着，自己先到前面去打探虚实，没想到从斜刺里却杀出一队敌人，对友军的阵地实行暗袭。何排长留在敌人阵地的后面，独自和敌人战斗了一天，直到部队全面退却的时候，他才回来。

第三，七连连长丘俊是军校毕业生，虽然缺乏指挥战斗的经验，但他却时刻记住自己的任务与天职。丘东平叙述丘俊的心情是这样写的："任务占据了我生命的全部，我不懂得怎样是勇敢，怎样是怯懦，我只记得任务，除了任务，一切都与我无关。"

下面的细节是闪光的、感人的。当敌人对七连阵地进行了疯狂炮击之后，接着发起地面进攻，团长给丘俊打来电话，问他能不能支持得住？丘俊说："支持得住的⋯⋯团长，放心吧！我自从穿起军服，就决定了一生的结局。我是一个军人，我已经以身许给战斗了！"

一个军人，应该为战斗而生，为战斗而死。

弹尽粮绝何所惧，身陷绝境亦英雄。

尽管战斗失败了，身陷绝境了，但他那种"以身许给战斗"的精神，仍在抗日战场上散发着感人的力量，激励着人们前仆后继地去和敌人战斗、战斗！

丘东平的《第七连》写出来了。他是用心、用情、用血、用泪，书写着像他弟弟一样青涩而又威猛的连长⋯⋯

丘东平哭了。

他在案前洒下了男儿泪。

他为自己孕育的林青史，也为林青史可悲的命运而陷入痛苦的沉默⋯⋯

丘东平的短篇小说《一个连长的战斗遭遇》，取材于"八一三"淞沪战役中的国民党军队，写的是连长林青史和他的第四连在一次战斗中的壮烈而又可悲的遭遇。

在此之前，丘东平积蓄已久的创作力，就像埋藏于地下的一连串地雷，突然被抗日烽火引爆，接二连三地发出了令人震惊的巨响。在短短不到半年时间里,他除了完成中篇小说《给予者》之外,接着又写了报告文学《叶挺印象记》《第七连》和短篇小说《暴风雨的一天》《我们在那里打了败仗》和《我认识了这样的敌人》,共计六部中短篇小说和报告文学。

让我们沿着丘东平营造的故事情节,追随着一个"壮烈而又可悲"的人物命运吧……

由于淞沪战场上国民党军队的不断退却,林青史的连队不断地构筑战壕,士兵们因此唱道:

> 我们这些蠢货,
> 要拼命地开掘啊,
> 今天我们把工作做好了,
> 明天我们开到他妈的什么包家宅,
> 后天日本兵占领了我们的阵地。

士兵们对这种挖了战壕又抛弃,不战而退的逃跑主义甚为不满,他们渴望着和日本鬼子决一死战,渴望自己构筑的阵地要让自己来守。可是当敌人的炮火开始轮番轰击,而上级又命令他们撤退……这种无休止的退却,使敌人更加肆无忌惮地长驱直入,疯狂地烧杀掠夺,这更加燃起了士兵们的满腔怒火。当敌人逼近四连的阵地时,士兵们再也忍耐不住了,他们发出了"冲啊"的呼喊,"他们都以能痛快直截地执行战斗为至高无上的光荣"。

开始,连长林青史为了执行上级命令,企图制止士兵们的冲动,要他们严守战斗纪律。随着事态的演进,他也被士兵们热切的战斗情绪所"点燃",终于"无视了敌人的威猛……在第一线的残破不堪的阵地上……寂寞地踏上了他们的壮烈而可悲的行程"。

在第一次战斗中,四连战死和失踪了27人,尚存87人,但他们失去了与营部的联络,又找不到一个伙夫,他们又饿又累,但他们没有忘记消灭更多的敌人。当瞭望哨报告有一队日本兵沿着左边的一条公路开进时，林青史又带着这些疲惫而饥饿的士兵投入了新的战斗。结果，他们奇迹般地胜利了，共计消灭了敌人七个步兵野战排和一个通信分队，约一个营以上的兵力。

经过这第二次战斗之后，他们来到了一个被战火摧残得破烂不堪、居民早就逃走一空的小镇休息。然而，这里不但找不到粮食，连水都没有，士兵们饿得哇哇叫喊，伤、病、饿、累折磨着这支刚刚经过两次残酷战斗而幸存下来的队伍。

半个钟头以后，林青史又发现一队日本兵在同友军作战。于是，林青史又打起精神，率领能够走得动的士兵们投入了支援友军的战斗……这次和敌人正面作战的是某师三十六团。当战斗结束后，团长称赞林青史打得好极了，帮助他们打败了敌人，但接着又说："三十六团要撤退了，撤退之前必须将林青史的队伍立即缴械，其理由是林青史这支队伍来历不明。"

林青史当然不愿意无缘无故被缴械，于是三十六团的弟兄们向他们开火了。三十六团用五个连的兵力来对付林青史他们五十多个疲惫不堪的残兵，其结果是可想而知的。

丘东平不无痛惜地写道："于是像一簇灿烂辉煌的篝火的熄灭，英勇的第四连就在这个阴鸷的晚上宣告完全解体了，而可惜的是，他们不失败于日本军猛烈的炮火下，却被消灭于自己友军的手里。"

第四连解体了，连长林青史还没有死，他最后终于找到了他所属的部队，他对他的朋友——三营的特务长讲述了数日来在火线上苦斗的情形，特务长深深地被感动了，他赞叹道："中国的新军人果然在旧的队伍产生了！"但是营长并没有因此而饶恕林青史，以违反战斗纪律为由，一见面就把他枪决了，而林青史对这严峻的刑罚却一点儿也不为自己辩护……

这是一个让人感奋而又令人伤心的故事。

林青史率领的第四连，不忍看着国土沦丧，不愿意不战而退、不战而逃。

他们渴望与敌人真刀真枪地较量一番，终于违背退却的命令冲向敌阵，一次次地用血肉之躯抵挡住强敌的漫天的炮火和凛冽的刺刀……那种不屈不挠、艰苦卓绝、不怕牺牲、英勇杀敌的精神，让人振奋；林青史死于自己的直接上司的枪口之下，这简直在流血的伤口上撒了一把盐，令人愤慨！

林青史与第四连的遭遇，很容易令人联想到十九路军。在"一·二八"淞沪大战中，十九路军英勇抗日，打得敌人三易其帅，取得了震惊中外的胜利，但只因为抗日官兵反对蒋介石的"不抵抗主义"，反对撤离淞沪前线，最后不得不转入福建，被消灭于"友军"之手，连十九路军的番号也被取消。

就是说，丘东平《一个连长的战斗遭遇》折射出的是十九路军的悲剧结局，反映出蒋介石的"不抵抗主义"给中国人民带来的无边灾难。亲历过"一·二八"淞沪大战、"福建事变"的丘东平，用这种影射手法，揭露了一个深藏着的阴谋，这是许多"左联"作家所没有的勇气和胆魄。

丘东平并未盲目地歌颂战争，而是以为在当时的情势下，唯有战争才能解脱民族的危难。他曾在一篇题为《申诉》的散文中写道："我诅咒战争之野心家，我痛恨战争之策划者，然而要是以战争为痛苦之事而必须逃避，这倒是比战争更无聊、更可笑的蠢东西！我不是什么英雄也不是什么豪杰，然而我有我的坚强，我的义勇的品质，我可以毫不夸张地说，人体之中，凡是足以面当战争而无恐者我也齐全具备，并不比谁缺漏了一毫一厘！"并斩钉截铁地宣示：必须"以战争答报战争！"

林青史经过艰苦卓绝的战斗，摧毁了敌人的重炮阵地，非但没有受到嘉奖，反而以违反"纪律"之罪被上司处决；他们连队"不失败于日本军猛烈的炮火下，却被消灭于自己友军的手里"。林青史坚信自己的行为是正义的，他虽然知道逃脱不了严重的刑罚，但决不逃遁，毅然以身殉职，"成全了自己的人格"。

可以说，林青史的悲剧不是某个人的品德行为，而是国民党妥协投降政策的必然恶果。我们从林青史、中校副官、友军营长牺牲的悲剧，认识到"摧残美的事物的不是个人的恶行，而是一种更为巨大、更为严重的社会势力"。

中篇小说《给予者》是丘东平等五位作家的集体创作，实际上是由他执笔。

1937年7月7日卢沟桥事变，掀开了全国范围内的抗战帷幕。8月13日，上海打响了淞沪抗战的枪声。数千名日本陆军和海军第三舰队士兵突然向我闸北和吴淞口阵地开炮，京沪警备司令官张治中命令驻扎在上海附近的第五军奋起还击，八十八师五二四团副团长谢晋元奉命率领一营800名官兵跑步向火线挺进，在上海北火车站与日军展开血战，从而拉开了长存于青史的悲壮一幕。

这时丘东平正在上海，他迎着冲天而起的硝烟冲往前线，参与组织市民群众对抗日将士的支援与慰劳，以及对前线官兵的宣传鼓动工作，当然他也不会忘记及时采访战地新闻，收集战斗事迹。

其时，丘东平与欧阳山一家住在一起，邵子南、于逢也常来寄宿或吃饭。这样，丘东平、欧阳山、草明、邵子南和于逢五位作家便经常聚在一起，议论时局，谈论创作，《给予者》应运而生。

《给予者》是一部反映抗日战争的中篇小说，讲述了作品主人公黄伯祥在淞沪大战中遭受的种种灾难以及成长、奋起的历程。

黄伯祥是上海虹口工场的一位司机，"一·二八"淞沪大战使他投身于战火之中，他当上十九路军某部的卡车驾驶员。不久，十九路军被迫从前线撤退到福建，他被补充到战斗班当一名士兵，班长高宗申对他关怀备至，给他讲了很多当兵、做人的道理，使饱受歧视的黄伯祥甚为感动，认为高班长是部队里最了解自己的好朋友。可是，当部队开到嵩屿时，发生了一件不幸的事情：一只临时被部队征用来运输的木船悄悄逃走，船夫父子被士兵枪杀。于是开枪士兵触犯了军纪被部队处决，而黄伯祥也因此受到牵连，被部队开除。

黄伯祥十分痛苦地徘徊着，他想回家，但又怕回家。他本想在部队混个模样才回去，可是如今却被开除了，怎么办呢？想来想去，只得硬着头皮回去看看，再做打算。他坐船到了厦门，在厦门玩了两天又改变了主意,回到嵩屿兵站。其时,他的好友高宗申已升为兵站的少尉服务员。高宗申把黄伯祥留在兵站,帮助他管理军用物资。可是不久,高宗申押送一车物资前往漳州,半路上遭"匪兵"袭击而丧生,黄伯祥被特务连长赶出了兵站……

他像叫花子一样到处流浪。当他流浪到一个村子时,突然遭到暴徒的袭击,把他打昏过去,并把他扔在荒郊野岭一条干涸的水沟里……可怜的黄伯祥,可谓到了穷途末路之境地。然而,上天没有让他走向绝路。他碰到部队在追赶逃兵,他被叫去参加搜索,在搜索中他竟立了功,连长因为他的勇敢行动,恢复了他上等兵的身份,不久又将他升为班长。"八一三"前夕,他晋升为排长,成为一名下级军官。

部队回到了上海近郊,进驻闸北。黄伯祥想请假回家看看,但临战前的部队,有许多事情要他去做。不过有位朋友叫来了他的弟弟,他对弟弟也没有多说几句话,只说上海马上就要打仗了,你赶快回家吧。

战斗打得相当惨烈。

黄伯祥在这场激烈的战斗中负了伤,但很快就好了。营部的中尉副官奖给他十块钱,还请他到馆子里吃了一顿,不久,黄伯祥被提升为第二连连长,带领120名士兵,在唐山路附近与日本人战斗。

《给予者》的基调,不像丘东平以前一些作品的灰暗与深沉,让人有清新、高昂、激切的感觉,当然也仍然涂抹着他惯用的沉郁的色彩。这部小说在人物描写、故事情节结构和语言的运用方面,应该说是比较成功的,尤其是主题思想上,揭示了精神的伟大与悲壮,有一股震撼人心的力量。

正如一位作家评论丘东平及他的作品时说:"他不仅是一个持笔的文艺作家,还是这个时代带枪的人,他永远活在人民心里的雄伟壮丽的诗篇,是蘸着他自己的鲜红的血涂抹成的,而终于,他英勇地仆倒在为挣脱中国的半封建半殖民地沉重的锁链的、艰苦而持久的战斗的血泊里。"

也许是历史巧合,也许是上天安排。

1932年,当日军进攻上海闸北之际,丘东平和二哥丘国珍、五哥丘汝珍、七弟丘俊，居然会聚一起。这四个天各一方、不同党派的亲生骨肉，为了一个共同的目标，与十九路军的将士们凭借坚固的工事，手执钢枪，同仇敌忾，浴血奋战，经受血与火的洗礼。战斗歇息之余，丘东平与自己的三位兄弟身着戎装，并肩而立，一位战地摄影师抓住稍纵即逝的机会，按下了快门，使这一历史镜头定格于永恒，也成为丘东平战地人生的有力证据。

也许，对我们今天的许多读者来说，丘东平是一个陌生的名字，这也不奇怪，因为他的生命只有短短31年。由于历史的原因，数十年来对他的"宣传"处于屏蔽状态，一直没有进入中国现代文学史。尽管如此，他的文学生命并没有因此而匆匆结束，相反受到越来越多的关注。这是因为丘东平的作品中所深蕴的人性反思，是那个时代最为稀缺的元素。

丘东平的战争小说不同于一般的抗战文学作品，他的小说很早就触及"罪孽与救赎"的母题，而其《第七连》《一个连长的战斗遭遇》《给予者》所描绘的一幕幕惨烈的战争场面，对战争的本质做出了透彻的反思，对人性做了深刻的挖掘，从而谱写出一曲曲悲壮的战争悲歌。可以说，丘东平的抗战小说在艺术价值、美学品位上，远远超越了一般抗战文学的水平，成了现代中国战争文学一座傲然于世的高峰。

以生命化为火炬，照亮漫漫长夜。

以鲜血谱写诗篇，载入皇皇史册。

丘东平，作为一位"先知先觉"的革命作家，中国左翼文学史应该用金字镌刻他的英名与业绩，让其永恒于千秋伟业！

下部　江南：战火铸青春

江南是一首唐诗
写尽了美丽和传奇
当新四军先遣支队穿过夜色
挥洒成孤悬敌后的宝剑
"皇军不败"的神话顷刻间变为呓语
茅山不是仙风起舞的道场
战火烧出了抗日热土
沙场锻造了杀敌群英

苏北是一首宋词
写尽了烽烟和铁血
鲁艺在盐城奏响了春的羌笛
防空的警报声压不住琅琅书声
创作的灵感煮滚了战士的激情
一支铁笔将青春写进史册
一支铁笔将赤血写进丰碑

人物肖像之三（1937—1941年）

此时的丘东平依然是浓黑的眉毛，灼灼的目光，嘴巴微抿，但还是遮蔽不了他右边的嘴角有点儿往上翘的趋势，没有儿时那种嘲讽的笑意。那种严肃的神情，仿佛竭力隐匿着些许抑制不住的激动；他戴着一顶灰色军帽，缀着一枚象征统一建制的纽扣徽章；宽大的灰色军衣松垮地裹着他略显瘦小的身板；他风纪扣紧扣，表明一种铁律的约束；那枚"N4A"的臂章，执着地佩戴在军衣的左袖上臂部位；腰间扎着一条厚实的牛皮带，挂着一支带棕色皮套的左轮手枪。他学着老战士的样子，打起了利索的绑腿，挺起胸，稍稍向前倾，步伐迈得嘎嘎地响，一副出征打仗的军人做派。

他叫丘东平。

第一章　先遣支队下江南

1937年12月，武汉。

秋风瑟瑟，凉意袭人。

武汉地处中国版图的战略中心，九省通衢，抗战时期是平汉、粤汉铁路的交会点。1937年底，上海、南京相继失陷后，武汉实际成为中国军事、政治、经济中心。街道上，"十里帆樯依市立，万家灯火彻夜明"，枯黄的法国梧桐落叶铺满地面，街上行人表情凝重，脚步匆匆……

这时，一辆黄包车拉着一位头戴礼帽、身穿白色西装的魁梧男子，车夫一路狂奔。黄包车最后在日租界大和街26号门前停下，男子下车后，抬头仔细地打量着眼前这幢拱形窗户、红砖结构的日式二层小洋楼，然后走了进去。此人便是北伐时期赫赫有名的虎将叶挺，他是奉命前来武汉进行新四军筹备工作的。

1932年秋至1937年春，叶挺和夫人李秀文及次子叶正明离开德国后一直住在澳门。这期间,陈诚、陈济棠等国民党高级将领获悉叶挺回到澳门后,或写信或派人邀他前去协力共事,并许以高官厚禄。但他心里明白,陈诚、陈济棠等人所谓的"协力共事",无非就是拥蒋、剿共或进行武装割据,无论如何也有悖于自己的志向和信仰。

叶挺对此断然予以回绝。

大革命失败后,因受到中共党内的错误路线和共产国际的冷遇,叶挺一时意气用事,脱离了共产党,留下"一生的遗憾"。他在焦急地寻觅抗日报国机会的同时,也十分关注中共和红军的最新动向,希望尽快与中共党组织取得联系。

1933年春,叶挺打听到当年南昌起义的老战友、在上海做中共地下工作的阳翰笙的住址,便立即写信给阳翰笙,希望他能来澳门见面。由于当时的斗争形势十分紧张,阳翰笙无法抽身前往澳门。1935年秋,党中央派中革军委副参谋长张云逸前往澳门与叶挺取得了联系,并要他做好准备,随时等待党的召唤。

1937年7月7日,卢沟桥事变后,抗日战争全面爆发,日本侵略者在中国的国土上长驱直入,江南的明山丽水被侵略者的铁蹄践踏,处处被鲜血染红,中华民族岌岌可危,能否斩断侵略者疯狂进攻的魔爪,在神州大地画下一个巨大的问号。

中华民族到了最危险的时候,中国共产党迅速做出反应,向全国发出"实行全民族抗战"的号召,并发布《国共两党合作的宣言》。随后蒋介石发表"庐山谈话"及《对中国共产党宣言的谈话》。在全国抗战热潮的推动下,国共两党申明国共合作、团结御敌的必要性。

这时,叶挺寻求抗日报国的时机终于来到了,这就是1937年7月7日卢沟桥的炮声。在中国共产党的倡导和努力下,国共两党实现了以抗日民族统一战线为目标的第二次合作,全民族的抗战局面逐渐形成。

1937年11月3日,叶挺来到了向往已久的革命圣地延安,毛泽东等党中央领导人热情地欢迎他的到来。毛泽东主席亲切会见了叶挺,并向他详细地分析了国内外形势，解释了我党在抗日战争时期的路线、方针、政策，毛泽东指示说："新四军可先在汉口组建，在南昌、福州设办事处。"随后，叶挺肩负党中央的重托，立即从延安来到武汉新四军筹备处，与项英等新四军领导同志及南方八省区的各游击队代表，进行了紧张的新四军筹备事宜。

然而，战云暗聚，大有一触即发之势。自淞沪会战之后，国民党的首都南京罩上一层浑浊的浓雾，第三战区的战场剑拔弩张。中共中央估计上海、南京、杭州、蚌埠等城市及长江中下游地区，可能很快沦入敌手，如何领导这一地区的广大人民群众奋起抗战，已成为迫不及待的头等大事。

党中央认为，长江中下游区域辽阔，人烟稠密，地形复杂，具有开展敌后游击战争、发展壮大人民武装的良好条件，因此，向国民党提出了统一整编南方各省游击队，开赴华中敌后抗战的建议。此时，蒋介石一方面急欲调动红军开赴抗日前线，以改变华中抗战的格局，另一方面又看到"溶化"、企图吞并中共游击队的阴谋化为泡影，于是被迫接受中共提出的建议。

而此时，中国共产党为了顾全大局，挽救中华民族于水火之中，将改编南方八省红军游击队的问题提上议事日程，刻不容缓。

1937年8月中旬，周恩来在南京再次向国民党当局提出有关南方红军游击队的改编问题，国民政府军事委员会参谋总长何应钦，同意共产党派人到南方游击区传达国共合作精神，并协助改编。国共两党首次就南方红军游击队改编为抗日武装问题达成了共识。

俗语说，好事多磨。与国民党谈判更要反复磨才有结果。

为尽快解决南方红军游击队改编问题，中共中央始终把陕甘宁边区和南方游击区主力红军、南方红军游击队作为整体来考虑，与国民党当局展开谈判。由于蒋介石顽固地采取"不承认主义"，使得双方关于南方红军游击队的改编问题一直处于僵局，毫无进展。

然而，在谈判过程中，国民党当局为了控制和削弱中共武装力量，不肯给南方游击区主力红军和南方红军游击队以正规军的编制和待遇，不愿补充我军必要的武器和装备，还提出各地区游击队主要领导人必须离开红军部队，由国民党派人到红军担任要职的要求。对此，中共中央一方面据理力争，坚持单独成立一个军，由我党对军队实行绝对的领导，不让国民党插手其间，到敌后独立自主地开展游击战争；另一方面，在部队编制、薪饷等问题上，中共中央做了某些让步。

在中共中央谈判代表的努力争取和坚决斗争之下，国民党当局被迫同意将南方游击队统一改编为正规部队编制中的一个军。

1937年9月28日，国共两党在八路军的军事指挥和改编规模等问题上终于达成一致意见。但在新四军的军长人选问题上产生了严重分歧：蒋介石企图派国民党将领陈诚或张发奎来指挥新四军；中共中央断然拒绝了国民党这一无理要求，提出由叶挺担任军长。中共中央旗帜鲜明地提出，南方八省游击队本来就属共产党领导下的工农红军，理应由延安方面确定军长人选。后经中共谈判代表周恩来、秦邦宪、叶剑英等多次交涉，经国共两党商议，蒋介石只得点头同意，由叶挺担任改编后的中共武装力量的一个军的军长。

10月2日，国民党政府正式颁布了改编南方八省十三个地区（广东的琼崖除外）的红军游击队为"国民革命军陆军新编第四军（简称新四军）"的命令，叶挺为军长，项英为副军长，张云逸为参谋长，袁国平任政治部主任。

正当新四军紧锣密鼓地进入组建阶段时，丘东平也及时地来到武汉。

丘东平长长的头发在秋风的吹拂下，散落在额前，他穿着一件卡其色的帆布机恤衫，下着一条腊肠形的黑色西裤，翻毛皮鞋踩在法国梧桐落叶上，发出簌簌的响声。和他并肩而行的是一位穿蓝布学生裙装、面容姣好的年轻女子，这时有一片黄色的梧桐叶正好落在她乌黑的长发上，丘东平停下脚步将女子头上的落叶轻轻摘去……

女子嫣然一笑。

和丘东平同行的是他在上海写作时的"铁杆粉丝"、女大学生辛文。

全面抗日战争爆发后，丘东平怀着一颗报国之心来到武汉，试图投身正在筹建中的新四军的怀抱。他想凭借自己出色的文学才华,在叶挺将军的麾下找一份适合他的工作。在丘东平的心目中,叶挺是一位天才的军事家,高瞻远瞩,见多识广。投笔从戎,是每一位热血青年在国难当头时的唯一选择。

金黄色的梧桐叶纷纷而落,武汉的秋天凉风如水。在汉口大和街26号的客厅里,叶挺夫人李秀文给丘东平泡了一壶当地名茶。丘东平早就听说叶挺夫人是美人加才女,此次亲睹,方知不是传说。丘东平呷了一口浓茶说:"此茶甘泽润喉,齿颊留香,回味无穷,好茶啊!闻说夫人是国色天香,真是名不虚传。"

叶挺性格爽朗,举止优雅,他一听丘东平连说好茶,就哈哈大笑:"那就多喝几杯,任君豪饮!"接着,叶挺将军介绍了新四军正在组建中的情况,叶挺说:"目前部队缺少政工干部,我想请你这位大作家来政治部工作,发挥你的特长,把部队的政治思想搞得生气勃勃,你意下如何?"

丘东平笑着抱拳道:"这么大的官我怎么担当得起呢?你就让我当个客卿吧,随军弄弄笔杆子,就感恩戴德了。再说,客卿不受约束,出入方便,逢官大三级,还可以开开玩笑,不亦乐乎哉!"

叶挺幽默地说:"你要当'无冕之皇'也可以,开开玩笑也无妨,不过,我可不能让你为所欲为,听说你写作起来不要命,三天三夜不睡觉,有这么回事吗?"

丘东平哈哈大笑:"写作起来不要命乃不实夸张之辞,三天三夜不睡觉也是偶尔为之,请将军不必挂心啊!"

叶挺笑了笑:"好吧,你觉得我这里有奔头,就留下来。"

这时,辛文趁此机会也说:"将军,我也想留下来从军,报效国家。"

"不成问题,你们都是国家的栋梁之材,应该到国家最需要的地方。哈哈哈!"

其实他们这次会面是第二次了。

第一次是"八一三"战役爆发后,在叶挺将军离开上海的前一天,丘东平和辛文在朋友的介绍下来到了叶挺的会客厅。这次叶挺的夫人李秀文刚巧不在，他们二人为找不到合适的工作而感到苦闷，叶挺鼓励他们说："顽强地活下去，在任何环境中，不断地创造属于自己的工作园地。"

丘东平接口说："将军，你有大展宏图的一天，千万不要忘记小弟我啊！"

叶挺握着他的手道："一定，一定！"

不到一年时间，丘东平在上海就接到叶挺在汉口写来的信，叫他速来见面。

丘东平、辛文被分配在军筹处协助工作，而旁边一幢小洋房里，住着郭沫若夫妇、陈铭枢等几位民主人士。他们都是丘东平的老熟人，都是为了抗日之事才来到汉口的。这些人有的是叶挺的老上级，有的是叶挺的老朋友，社会地位很高，名声也很响，因此，叶挺经常陪他们一起用餐。丘东平在餐桌上幽默风趣、谈笑风生，总能使席间充满愉快的气氛。

有时，叶挺也忙里偷闲地过来聊几句。丘东平看到叶挺将军穿起了一条黄色军裤，上身是一件羊毛的大翻领，连声称赞叶挺形象高大、帅气。叶挺哈哈大笑说："你这个小老乡真会拍马屁。好啊，这话我爱听！"

当他们谈到中国文字拉丁化的问题，叶挺说："拉丁字母又可以改进中国军队的旗语。一般的文化工作者为了应付这严重的抗战局面，无形中把拉丁化运动放在一边了。我相信等这局面再展开之后，拉丁化运动必然地要重又勃发起来，而且必然地要从试验的时期转入实用。这个预期是很有意义的，我希望所有的文化工作者都能对这点加以充分地注意。"

丘东平、辛文点点头。

踏着秋阳的光影，沐浴着秋风的爽意，丘东平和辛文漫步于人声鼎沸的街头，各种欧式古典的建筑吸引了他的眼球。他边走边想，自从淞沪会战后，在上海，他看到了很多的建筑物毁于战火，武汉这些建筑物日后会不会躲过没有休止符的战争魔爪呢？想到此，他不觉心情有点儿沉重。

丘东平回到住所，挑灯夜战，在黎明时分，完成了《我们在那里打了败战——江阴炮台的一员守将方叔洪上校的战斗遭遇》的报告文学。除了写前线的战斗报告外，丘东平和文化团体、社会各界的交流也日益频繁起来：

苏联塔斯社驻中国分社社长罗果夫访问丘东平,提出:"中国在抗日的民族革命高潮中为什么没有伟大的作品产生?"并要求丘东平帮助他搜集中国抗日战争题材的短篇小说,介绍给苏联人民,丘东平向罗果夫推荐了萧军的《八月的乡村》。

丘东平写了《在抗日民族革命高潮中为什么没有伟大的作品产生——答塔斯社社长罗果夫同志的一封信》,发表在《七月》杂志上。丘东平致信胡风说:"我的意思是在于刺激许多有希望的青年文学朋友们,希望他们快快产生伟大的作品。"他还说罗果夫找中国抗战文学甚急,苏联朋友急于要我们的抗战文学。

丘东平参加《七月》社召开的"抗战以后的文艺活动和展望"会议,会议的主题是座谈抗战以来的文艺动态、关于新形式的产生问题、作家与生活问题。丘东平在会上发了言。抗战文学,这个与时代同一节奏的新词,率先在丘东平的嘴里和笔下涌现,这是其他"左联"作家难以企及的。

1938年1月6日,新四军军部在武汉筹备就绪,项英、张云逸、周子昆等到达南昌与陈毅等人会合,在南昌三眼井高升巷张勋公馆,以新四军军部名义正式对外办公。

1月下旬,丘东平离开了武汉,来到南昌的新四军军部,不久分配到战地服务团做宣传工作。战地服务团是新四军政治部领导下从事文化艺术和民运工作的团体,1938年1月在南昌成立。团长朱克靖,副团长先后为吴仲超、白丁(徐平羽)、谢云晖。战地服务团成立之初,共100余人。1938年春,新四军在皖南集中期间,各支队的宣传队、服务团编入,人数增至200人左右,编为7个队。设有戏剧组、绘画组、歌咏组、舞蹈组、通讯组、民运组、文学组。4月,战地服务团派队员随先遣支队及第一、第二支队东进抗日。

这期间,项英等首先建立了新四军领导机构,健全军部内部机构设置:司令部建立参谋处、军法处、副官处、军需处、军医处、秘书处;政治部建立组织部、敌工部、民运部,并开始工作。同时还分批派员赴各地传达中央指示，动员、指导红军游击队集中整编。

新四军成立后，蒋介石极不情愿看到新四军在敌后的一切活动，总是想把新四军集中起来"加强管理"，又不想让红军游击队改编的新四军在南昌设立军部，于是以国民政府军事委员会的名义命令新四军军部转移到皖南歙县岩寺驻防。

中共中央立即命令长江以南各地区的红军游击队迅速向皖南歙县岩寺集中，长江以北的红军游击队向皖中的舒城地区集中。根据党中央的指示，为了兼顾老游击区的斗争，警惕国民党要求新四军全部集中的阴谋，各部队出动时，均留下了一些领导干部和部分武装，设立了留守处和通信处，在当地党委的领导下，继续坚持斗争。

1938年2月开始，新四军八省各路人马陆续告别打了三年游击战的高山密林向着皖南迈进。行军队伍像地火般穿行在深层的岩层，一时之间崇山峻岭，军旗猎猎，马蹄声声，汇成一道道抗日的铁流……

与此同时，第一、二、三支队陆续到达了皖南岩寺地区集中，第四支队到达皖中舒城地区集中。4月4日，新四军军部从南昌出发，迁往安徽皖南歙县岩寺。军部机关设在岩寺金家大院。全军编为4个支队9个团，合计10280余人、6200余支枪。

新四军军部和第一、二、三支队进驻岩寺地区后，偏僻的皖南山区顿时沸腾起来了。岩寺镇春意盎然，喜气洋洋，老百姓家家户户张灯结彩，欢迎人民子弟兵到前线打鬼子。

党中央要求新四军抓住有利时机，深入敌后，积极开展抗日游击战，创立抗日根据地。根据指示，新四军决定组建先遣支队，深入江南敌后。命令第一支队司令员陈毅、副司令员粟裕组建一支先遣支队，实施战略侦察，为主力部队开路，直插苏南敌后。在政治上，宣传共产党的抗日救国纲领和持久抗战方针，推动展开抗日民族统一战线；在军事上，侦察敌情、地形，了解民情、民意。而这些行动都是为新四军主力部队挥师江南创造条件。

战地服务团当时驻在一条村子的大祠堂内。丘东平是作家，他到新四

军来主要任务还是以笔作为武器，用写作的方式参加抗战。听说要在战地服务团内选派24人参加到先遣支队，奔赴苏南敌后，丘东平就找到粟裕要求加入先遣支队。

在这里，先介绍一下粟裕，他可是大名鼎鼎的"战神"啊！

粟裕是湖南会同人。1927年加入中国共产党，参加南昌起义，后进入井冈山，参加历次反"围剿"斗争，长征时留在南方坚持组织三年游击战。全面抗日战争期间，任新四军第二支队副司令员、江南指挥部和苏北指挥部副指挥。1941年任新四军第一师师长，后兼第六师师长。

粟裕久经战阵，出生入死，一生先后六次负伤。他头部两次负伤，在武平战斗中，子弹从他右耳上侧头部颞骨穿过，在水南作战中，他被炮弹炸伤头部；他手臂两次负伤，在硝石与敌作战中，左臂负重伤留下了终身残疾，在浙西遂安向皖赣边的转战中，右臂中弹，新中国成立后才取出子弹。除此之外，1929年攻占宁都时，他臀部负伤，1936年在云合开展游击战中，他脚踝负伤。1984年2月5日，粟裕逝世后，家人从他火化的头颅骨灰中，竟发现了三块弹片。2003年，军事科学院筹建院史馆，粟裕夫人楚青公开了这三块珍藏近20年的弹片。

对于粟裕的丰功伟绩，可谓是好评如潮。

1946年2月，粟裕在组织大兵团作战中，用兵灵活，不拘一格，被陈毅誉为"愈出愈奇，越打越妙"；1946年8月28日，毛泽东发电报《华中野战军的作战经验》："粟裕指挥正确，既灵活，又勇敢，故能取得伟大胜利"；1949年，毛泽东说："淮海战役，粟裕立了第一功"；1949年，刘伯承说："粟裕同志智深勇沉，非常优秀，百战百胜，有古名将之风，是我军最优秀的将领，是中国的战略家"。1955年8月27日，粟裕被共和国授予大将军衔。

这时，粟裕并不知道丘东平的底细，当他了解到丘东平曾是参加过海陆丰农民运动的"红色少年"时，当即同意他加入先遣支队。他微笑着说："丘东平同志，你是一个优秀的无产阶级作家，是党的宝贵财富。你再想一下，加入先遣支队是不是很有必要？"

"我已经想好了,"丘东平抚摸着小胡子幽默道,"粟裕同志,你当我还是小孩子吗?我已经长胡子了。"

粟裕笑着说:"那好吧,欢迎你,丘东平同志!"

于是,战地服务团宣布参加先遣支队的24名团员名单,丘东平是其中之一。

此时的丘东平依然是浓黑的眉毛,灼灼的目光,嘴巴微抿,但还是遮蔽不了他右边的嘴角有点儿往上翘的趋势,没有儿时那种嘲讽的笑意。那种严肃的神情,仿佛竭力隐匿着些许抑制不住的激动;他戴着一顶灰色军帽,缀着一枚象征统一建制的纽扣徽章;宽大的灰色军衣松垮地裹着他略显瘦小的身板;他风纪扣紧扣,表明一种铁律的约束;那枚"N4A"的臂章,执着地佩戴在军衣的左袖上臂部位;腰间扎着一条厚实的牛皮带,挂着一支带棕色皮套的左轮手枪。他学着老战士的样子,打起了利索的绑腿,挺起胸,稍稍向前倾,步伐迈得嘎嘎地响,一副出征打仗的军人做派。

次日,他和从战地服务团筛选出来的其他同志一起到司令部报到。不料,司令部作战科长告知他们,战地服务团只要八位同志就可以了,丘东平自然落选了。

听到这个消息,丘东平好像被当头泼了一盆水。他怒气冲冲地跨进第一支队司令部,冲着司令员陈毅大声嚷嚷:"我要求参加先遣支队!这与我今后负有的重要任务有关。我坚决请求司令员同志接受我的要求!"

"正是因为了解你,才决定你暂时不参加先遣支队。"陈毅严肃地说,"丘东平同志,先遣支队的条件很严格,要懂得江浙土话,要熟悉江浙地理,要有能吃、能饿、能跑的强壮体格。你是广东人,首先就不合格了。"

丘东平理直气壮地说:"我证明我具备最重要的条件——要是对日本兵喊话,非我丘东平莫属!"

陈毅哈哈大笑起来:"要得,要得,我可以投你一票。你确实是合格的先遣队员,因为你还是作家。此行非一般任务,肯定可以得到许多题材,供你写作中参考。"晚上,第一支队司令部通知丘东平可以加入先遣支队出征。

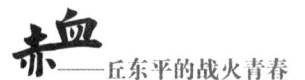

这件事情还有另一个版本。据一位当事人回忆，当时第一支队领导认为丘东平是一位小说家，没有深入敌后的战斗经验；这次行军是第一次深入江南沦陷区，危险随时可能发生。"优秀的小说家是民族的光芒，不必轻于牺牲"，故决定把丘东平留下。丘东平却表示他将不仅是小说家，他坚决要做一位人民的战士。他要求随军出发。丘东平当即找第一支队司令员陈毅，未见到人便留下一封信："说明我的志愿，我正式地辩明我是一个通讯员，我负有'重要'的任务，有伟大的历史使命的先遣支队的出动及它以后如何在敌人的前后左右进行工作的情形，我非常迫切要求着了解。"他又提出他懂得一点儿日语，可以做一点儿敌军的宣传工作。

丘东平虽然参加了新四军，但他在上海的文学创作仍然发生后续效应。

1938年5月16日，《一个连长的战斗遭遇》在胡风主编的《七月》杂志发表。该小说被编辑部誉为报告文学完整的佳作："中国抗日民族战争的一首最壮丽的史诗，在叙事与抒情的辉煌的结合里面，民族战争的苦难与欢乐通过宏大的旋律震荡着读者的心灵。从《暴风雨的一天》起的作者的追求，到这一篇，无论在思想内容上或艺术力量上都达到了更真实宏大的境地。"

1938年12月29日，《七月》杂志编辑部召开"现时文艺活动与《七月》"座谈会。吴奚如、冯乃超、鹿地亘、楼适夷、陈辛仁、萧红、艾青等作家和文化人出席了这次座谈会。

会上，大家一致肯定了丘东平、曹白两位作家、艺术家深入现实斗争生活的方向和所取得的成绩。《一个连长的战斗遭遇》，被誉为"一篇完整的佳作"。时代养育了丘东平和曹白，大家认为不仅要鼓励其他作家赶上丘东平，超过丘东平，而且要继续鼓励丘东平进一步"渗入壮烈的民族革命战争"中去。

曹白是一位青年木刻家。他1935年加入"左联"后，得到鲁迅的赏识和扶持。全面抗战爆发后，他奉党组织之命，先后四次前往江苏常熟，在那里留下的抗战文学作品有《潜行草》《半个十月》《访江南义勇军第三路》等，大部分发表在武汉出版的《七月》杂志上，其中最负盛名的《林俊印象记》以跌宕起伏的文字记述了东路最高领导人谭震林在常熟的战斗业绩。

先遣支队经过三天的筹备，顺利组建完毕。粟裕从第一、二、三支队精挑细选抽调了团以下干部和侦察连侦察员，共有四百多人。粟裕任先遣支队司令员，司令部成员有一团政治部主任钟期光，副官处主任陈荷龙，副官曹鸿胜，作战参谋张藩，侦察参谋张铚秀，测绘参谋王培臣，见习参谋董南才，电台台长江如枝，副台长廖辉，机要员何凤山，等等。

4月下旬临出发的一个晚上，战地服务团开了一个空前盛大的欢送会。战地服务团副团长白丁发表了讲话，他要求大家一旦落在敌人的手里，要视死如归，保持中华儿女的尊严和气节。言下之意，先遣支队的任务是相当危险的，会随时贡献出自己的生命。次日早上，战地服务团的同志列队欢送八位同志从岩寺出发，儿童队还放起了爆竹，扭起了秧歌。

1938年4月28日早上，在皖南潜口村汪氏宗祠前面的草坪上，新四军抗日先遣支队誓师出征。丘东平见到了陈毅，陈毅笑着说："不错，你这个通讯员实在非跟着走不可嘛。"

出征前，叶挺对集结的先遣队员大声说："同志们，你们是我们新四军精挑细选出来的第一批上战场杀敌的勇士，你们要用实际行动，打开江南抗战的新局面，杀出咱们新四军的威风！"

第一支队司令员陈毅做了动员讲话："同志们，我受军部的委托，负责组建新四军先遣支队，我们这支队伍的任务是为主力部队挺进敌后实施战略侦察，了解江南敌后情况，确定战场位置。我们深入敌后，还要面临比我们强大得多的敌人，困难很大啊！我们有没有战胜困难的信心啊？"

"有！"全体将士一齐呐喊，天地回响。

陈毅接着说："率领我们先遣支队出征的是粟裕同志——粟副司令员，他是我军一位足智多谋的高级指挥员，大家要听他的。现在请粟副司令员讲话。"

粟裕挺起胸膛，发出铿锵有力之声："我只说两句话：行动听指挥，勇猛打胜仗。立正——出发！"随着齐刷刷的脚步声，粟裕率先遣支队浩

浩荡荡地奔向抗日的最前线。

此时，正值梅雨季节。江南的梅雨季节总是令人神往，如果你撑一把油纸伞走在古街弄堂，连溅起的水花都富有节奏，就像跳动在钢琴里的铿锵音符。春秋战国时期"芒种"的节气，屈原临江而立，仰天祈雨叹曰："魂兮归来，哀江南！"

是的，梅雨催生了江南的绵长诗意，也催生了江南的万物生长；梅雨恩泽江南富庶，白墙青瓦小桥流水式的经典建筑风格也有恬静内秀的韵味。真可谓："苏酒一杯春竹叶，杭娃双舞醉芙蓉"……

然而，向江南挺进的夜雨行军就不那么浪漫了，战士们在泥泞的道路上艰难前行，为了防滑，战士们的布鞋上都扎着防滑铁丝，尽管这样，还是有不少战士摔倒。丘东平一路上磕磕碰碰，跌倒了，爬起来后又继续赶路。

队伍一直不停地快速行进，天亮后才发现，无论是指挥员还是战士，身上都沾满了泥浆。一夜的急行军，尽管大家都很疲惫，但想到"常胜将军"粟裕在自己身边，就有了"定心丸"，同志们越走情绪越高，越走信心越足！

丘东平跟着粟裕率领的先遣支队走了三个昼夜，走了二百多里路，为了防御鬼子空袭，队伍在路旁的树丛里隐蔽了好几次。接着，先遣支队又经太平、石埭到了青阳，在那里住了一夜。

先遣支队所经地区是川军五十军的防区，军长郭勋祺与陈毅既是四川同乡，又是少年时代的同学和球友。陈毅为了保证部队顺利进军亲自护送，等到部队通过郭勋祺的防区后，粟裕与陈毅挥手告别。

先遣支队在风雨中徒步行军到南陵，在南陵城内宿营，司令部驻在孔庙。

丘东平随先遣支队来到南陵城后，听城里的群众说，一个星期前，有四架日机对县城轮番轰炸，炸死一百七十多人，炸毁房屋二百多间，至今现场仍是一片狼藉。街头弹坑累累，满目疮痍，街道两旁的残垣断壁、被大火烧光了枝条的树干如同在控诉日本侵略者犯下的滔天罪行……日军想用死亡威胁中国平民，使中国不战自乱，失去抵抗的意志。以前，丘东平对日军的残暴只是耳闻，如今亲眼看到现场悲惨的情景，顿时义愤填膺，决心为死难者报仇！

第二天，一架敌机飞临南陵上空，盘旋了几圈后向北飞去。

当天晚上，连日行军疲劳，指战员们很快进入梦乡。子夜时分，粟裕突然下令部队拂晓前到南门外集合。部队按命令集合后向东北方向行进，进行防空演习。走了十几里，部队到达麒麟桥就地宿营。

"粟司令！今天为什么走这一点儿路就驻下了？"丘东平不解地问。

粟裕解释说："南陵离芜湖很近。这一带情况相当复杂，有特务、汉奸搞情报，估计敌人已知道我们在南陵宿营。我估计昨天敌机是来侦察我们动向的，可能对我们实施轰炸。"

果不其然，天刚破晓，敌机突袭南陵县城，"轰轰轰！""咚咚咚！"九架敌机反复盘旋俯冲轰炸，丢下几十颗炸弹，群众死伤数十人。司令部所在地孔庙与二连的住房都遭到敌机轰炸，一片狼藉，先遣支队由于有所准备，则毫发无损。

这次，侦察参谋张铚秀在粟裕身上领略到了"战神"的真正本领。

张铚秀在任侦察参谋之前，是新四军第一支队二团的中队长。他是放牛娃出身，却很会打仗，其原因是他遇上了一位好老师粟裕。

张铚秀是江西永新人，土生土长的江西老表。18岁那年，他和本村的青年一起加入了永新游击队，游击队配合红军主力作战，战斗结束后正式编入了萧克、王震领导的红六军团。长征结束后，张铚秀进入延安抗大学习，毕业后等待组织分配。全面抗战爆发后，红军改编为八路军、新四军，由于主力红军改编的八路军的兵力实力明显要强于以江南游击队为主体的新四军，因此抗大毕业的学员都希望分到八路军，不愿意到新四军那里。

基于新四军底子薄，战斗骨干匮乏的原因，叶挺、项英希望延安方面多多支持新四军建设，抽调一批战斗骨干加强新四军的战斗力。这样一来，战斗骨干张铚秀无奈地到了新四军，组织上考虑他是从中央苏区过来的"老红军"、江西人，对南方的情况要比北方的干部熟悉，有利于开展地方工作。此外，张铚秀虽说是二十出头的小伙子，却是打了四年仗的老兵了，完全符合战斗骨干的标准。

张铚秀刚分到新四军时，有些失落，提不起精神，觉得自己有一种"英雄无用武之地"的感觉。所幸的是他遇上了粟裕，他不仅兵家谋略不同凡响，也很会带兵打仗，这对于想当将军的张铚秀来说是受益终身的。

先遣支队在夜色中穿越数十里的敌占区，这需要周密的侦察做保障。张铚秀带着五名精明强干的侦察员天不亮就出发，把部队必须经过的青大江、东门渡等重要据点的情况摸得一清二楚，将侦察结果报告给了粟裕。

粟裕对张铚秀的侦察结果很满意，不过他又随机出了一道考题：如果鬼子开来了一辆铁甲列车，你能在较远的地方提前发现吗？

张铚秀坦率地表示，对此无能为力。

面对着不远处有日军驻守的铁路，粟裕亲身示范，蹲下去把耳朵贴在铁轨上，然后告诉张铚秀说："用这种方式，可以在较远的地方听到铁轨传来的声音。还有，如果过铁路时遇到鬼子的铁甲车，一定要就地卧倒，因为鬼子的铁甲车上有一挺旋转360度的重机枪，覆盖面很大。"

在粟裕的指挥下，先遣支队神不知鬼不觉地通过了日军重兵把守的封锁线，没有发生任何战斗，部队无一伤亡。在张铚秀看来，粟裕不仅指挥打仗神机妙算，也善于从大局考虑问题，其心思的缜密程度非常人可及。为此，张铚秀对粟裕佩服得五体投地。

先遣支队出发后，党中央、毛主席于5月4日、14日接连两次指示新四军抓紧战机，深入敌后，同时还进一步指出：侦察队出去若干天之后，主力就可准备跟进，在广大的敌后发动、组织、武装群众，建立地方党组织，发展游击队，扩大主力军，解决部队装备给养；在南京、镇江、苏州、广德、湖州之间的广大地区，创造以茅山为中心的根据地。在茅山根据地建立起来后，应分兵东进，直抵淞沪和渡江北上向苏北发展。

1938年4月28日，先遣支队从潜口村出发，经过二十多天的长途跋涉，于5月19日到达江南敌后战场。其间，先遣支队冲破日军数道封锁线以及国民党地方武装的重重阻挠。从此，新四军东进江南敌后的数支部队，在陈毅、张鼎丞、粟裕等人率领下，在以茅山为中心的地区，展开了艰苦卓绝的敌后抗战。

1939年，新四军军部印刷所出版了《向敌人的腹背进军》一书，收入了丘东平深入江南敌后所写的全部作品。这部集子受到了前方同志的喜爱，战士们认为，他的作品虽然不通俗，他那欧化的句子有时让人费解，意思复杂，但他所写的却是来自抗日最前线的报告，充满火药味，不乏浓郁的生活气息。

《向敌人的腹背进军》一书，写的主要是新四军中的所见所闻，对新四军深入敌后作战进行了生动的记载和描写，一定程度上代表了丘东平这个时期的主要创作实绩，也代表了作家思想、艺术的发展进入了新的层面。

这段时间，丘东平随先遣支队活动在苏南镇宁地区一带，以新闻记者的嗅觉和作家的生动文字迅捷地写出了《截击》《宣扬王道者的行列》等报告文学，并刊载在茅盾主编的《文艺阵地》《抗战文艺》等杂志上，向中国人民报告"我们新四军最初出马的第一战，同时也是最初第一次的胜利"。

文艺通讯《把三八式枪夺过来》虽然只有千余字，但记载了五个民族勇士袭击四个日本兵，夺到了三八式步枪的故事。这篇作品告诉读者，中国人民没有被驯服，日本侵略者正四处挨打，"像蚂蚁一样地死于尘埃"之中。

报告文学《王凌冈的小战斗》，反映新四军如何活跃在敌占区，狠狠地打击日本侵略者，同时也表现了新四军与广大人民群众血肉相连的关系。

丘东平的战地报告文学，沉浸在一片明亮的色彩之中，一扫他过去那些作品的低沉、悲伤的调子。这是作者生活在一个新的战斗环境里，受到新的生活感召，在新的旗帜下激荡起来的创作激情、创作活力。

第二章　孤悬敌后

1938年春末夏初，是江南最迷人的季节。垂杨的细叶子拂在河面，红色的野蔷薇在田野上绽放……

5月19日,当粟裕率领的先遣支队到达江宁铜山,挺进苏南敌后战场,丘东平看到了另外一番景象:沦陷在日寇铁蹄下达半年之久的苏南地区,民房东倒西歪,到处是残垣断壁,社会一片混乱;日本侵略军占据铁路、公路、水路沿线的大小城镇,烧杀抢掠,无恶不作;一些民族败类组成的汉奸组织,助纣为虐,祸害乡里;痞匪盗贼蜂拥而起,趁火打劫;更有无数名目繁多打着抗日旗号、干着土匪勾当的所谓"游击队"极尽敲诈勒索、鱼肉百姓之能事。

日寇将美丽的江南水乡变成了人间地狱!

面对此情此景,先遣支队的指战员们无不同仇敌忾,丘东平把行军途中的所见所闻记在笔记本上,以作为抗战文学作品的重要素材。

先遣支队出发后,陈毅率新四军第一支队也从皖南挺进苏南,6月3日抵达宣城,当夜渡过固城湖进至高淳。粟裕火速赶到狸头桥,向陈毅详尽汇报了侦察情况,制订战斗计划。6月8日,陈毅率第一支队与粟裕的先遣支队在溧水新桥胜利会师。

当天,陈毅在谢家祠堂召开了营级以上的干部会议。干部们提出一个问题:我们新四军10个人只有6支枪,面对武装到牙齿的日本鬼子,这仗该如何打?

众所周知,新四军是由分布在南方八省的红军游击队合编而成的。尽管在国共合作的旗帜下,但国民党当局没有给新四军配齐武器、装备,因此新四军合编时部队所携带的均为自带武器,不仅数量少,而且型号杂乱,甚至还有相当一部分土制枪支。1938年初新四军编成时,全军下辖4个支队9个团(其中1个为手枪团),以及军部直属部队。其中第一支队兵力2300余人,第二支队兵力1800余人,第三支队兵力2100余人,第四支队兵力3100余人,军直属部队兵力980余人,全军共计有10280余人。

新四军虽然是一个军的番号,但当时的实际人数只相当于一个满编师的兵力,平均每个团的兵力不及1000人。就武器装备而言,质量之差是必然的,数量也严重不足。新四军共有长短枪6231支、轻重机枪57挺、炮

1门。其中火炮数量过少更是可以忽略不计,在枪械中机枪即为最好的武器,仅有57挺。若不含手枪团及军部特务营,按9个步兵团计算,平均每个团只有6挺机枪,武器装备之差,与国民党正规军没有任何可比性。

当时国民党中央军精锐步兵团每个连可配备9挺轻机枪,超过新四军初建时一个团所装备的机枪数目。中央军精锐步兵团的每个营下属的机炮连,装备6挺重机枪,一个团可装备轻机枪81挺、重机枪18挺,合计达99挺。而新四军以一个军的编制,所拥有的机枪数目竟不及国民党中央军精锐步兵团机枪数的60%,也不及国军普通步兵团所装备的机枪数。

粟裕对大伙儿说:"没有那么多武器、装备,我们可以从敌人手中夺过来,他们为我们办了许多兵工厂嘛!"他顿了一下,继续道,"《游击队之歌》不是有句歌词'没有枪,没有炮,敌人给我们造'吗?"说罢他竟情不自禁地唱起来了。

粟裕这么一说,干部们立即展开了歌喉,和着粟裕的节拍,唱起了《游击队之歌》:

> 我们都是神枪手
> 每一颗子弹消灭一个敌人
> 我们都是飞行军
> 哪怕那山高水又深
> 在密密的树林里
> 到处都安排同志们的宿营地
> 在高高的山岗上
> 有我们无数的好兄弟
> 没有吃
> 没有穿
> 自有那敌人送上前
> 没有枪

> 没有炮
> 敌人给我们造

干部会议结束后,丘东平在谢家祠堂见到了陈毅、粟裕,他们正比比画画,对着一张摊开的作战地图研究分析敌情,他便在门口静静地观察。

粟裕说:"进入苏南地区后,咱们派出了便衣侦探和三个武装侦察小组,分赴丹阳、金坛、下蜀、龙潭、茅山、宝堰、上党一带侦察常州、南京、镇江方向日军的布防和行动,测绘出地形图,调查了解大量的社情、民情,为主力部队深入敌后作战提供了可靠依据。"

粟裕停了一会儿,继续说:"同志们都渴望用一场胜仗来杀一杀鬼子的嚣张气焰,激发苏南人民的抗日热情,鼓舞广大指战员的勇气和斗志!"

陈毅斩钉截铁地说:"对,新四军深入江南敌后的第一仗必须打胜,不许打败!"

"这一仗怎样打,选在哪里打呢?"张铚秀问。

"在韦岗!"此时,一个清晰的方案在粟裕的脑海中形成,并脱口而出。他随手拿起一根小木棒,在地图上大致测量出韦岗到南京、镇江的距离,计算出日军增援部队到达的最快时间。他以多年从事游击战的经验和眼光,判断出韦岗是一个打伏击战的绝佳地点。

陈毅看了看地图后说:"这一带是丘陵和小山地,镇(江)句(容)公路从这里蜿蜒通过。韦岗以南的公路东侧有海拔198米的赣船山,西侧有海拔455米的高骊山,公路夹在两山之间,形成一条长长的弯道。"

"据侦察员报告,敌人的汽车南来北往,每天有五六十辆,通行时间以上午8时至9时和午后4时前后为多。为了保证行动的保密性,先遣支队选在夜间出发,以急行军速度在拂晓前进入伏击阵地。"粟裕说。

粟裕转身看到了站在门口的丘东平,便对他说:"小老广,进来吧,"丘东平整理了一下帽子和风纪扣,来到陈毅、粟裕面前立正,敬了一个军礼。

"首长好!"随后丘东平从挎包里掏出笔记本向陈毅汇报:"我随先

遣支队挺进的日子里，积累了不少的创作素材，这为我日后的文学创作奠定了坚实的基础。"

陈毅用关怀的口吻拍着丘东平的肩膀说："要记住，战斗前线很危险，你这个大作家明天就跟我回到政治部做文书工作吧。写出鼓舞士气的抗战作品，以笔当枪，也是一种战斗！"

丘东平没有思想准备，愣了一下说："说实在的，我有点儿舍不得离开战斗前线，在先遣支队的日子里，不管遇到什么困难，粟裕司令员总能给大家战胜敌人的信心。再说写作吧，只有经历战火的磨砺和战斗生活的体验，在作品中融入普通战士的思想感情，才能写出贴近真实的好作品。"

粟裕在一旁幽默地对陈毅说："你这个宝贝疙瘩还是物归原主吧！"

陈毅微笑地看着丘东平说："这要看别人愿不愿意啊！"

丘东平立正敬礼："报告首长，服从命令！"

陈毅哈哈笑了起来："这就对头了，以后在政治部有的是时间，好好干，多写好作品。"

江南的六月，细雨绵绵，如果在莺歌燕舞的和平时代，当然让肌肤感受夏天细风的清新和柔雨的细腻，或者独倚窗前静赏一幅雅致飘逸的画卷，任由风舒雨绵，雾锁江南烟雨……然而，战争使大自然都染上了血腥，遑论江南水墨似的风景！

正当粟裕谋划在韦岗打一场伏击战之际，国民党第三战区司令长官部命令，要新四军"派兵一部，挺进于南京、镇江间破坏铁路，以阻击京沪之敌，务必于三日内完成任务，否则严厉处分"。面对第三战区的严令，新四军军部只有无条件服从，于是决定由粟裕率四个连的兵力，携带电台一部，立即出发。

由于任务来得相当突然，粟裕率部由溧水县李家山出发。为了便于策应，丘东平跟着陈毅率领的第一支队向东前往竹箦桥，一路急行军再向北折回宝堰、白兔一带，以吸引敌人的兵力。

岂知粟裕率领的部队刚到新桥东北五里地的王庄，就被国民党军七十六师警戒部队所阻击。粟裕所部本来当晚就可以通过天王寺与溧水之间的公路，却一直拖延到次日午后才由王庄通过，部队经过连续三个雨夜的急行军，于拂晓前才进抵句容至下蜀公路以东的徐家边隐蔽。

晚上10时，粟裕所部到达下蜀，按计划开始破坏铁路。次日凌晨3时，粟裕命令部队向火车站之敌发起攻击，同时散发传单、张贴标语，虚张声势，扬言要在数日内攻克句容县，造成敌人恐慌，引诱敌人前来增援，以便寻机歼灭之。

第二天黎明，粟裕部队吹响冲锋号，接着响起密集的枪声，故意闹出大动静，然后悄悄地撤至下蜀以南20公里的东谢村隐蔽休整。此次破坏敌人铁路40米，导致京沪铁路交通被迫中断数小时，完成了第三战区下达的任务。

当丘东平知道粟裕率部破坏铁路，然后打伏击战的战斗任务时，认为是碰上了一个绝好的创作素材，可惜没机会参战，有点儿怅然若失。直到粟裕率部完成破袭敌人铁路后回到驻地，他仍然有点儿闷闷不乐。

不过，粟裕此时思考着的问题，倒是如何在韦岗设伏，打日寇一个措手不及。

伏击日军的汽车队，可谓是新四军东征的关键之战，其周密性和把握性非比寻常。

时值杨梅季节，江南阴雨连绵。粟裕率部随着夜幕的降临，箭似的插向韦岗。

雨夜行军，到处是黑沉沉一片，能见度极低，隐隐约约地看见远山、近野的大概轮廓，这使行军变得非常困难。战士们的汗水、雨水交织在一起流淌，还没跑多少路，许多人就成了落汤鸡。

这些天，战士们泡在夏季的雨水中，加上破坏敌人铁路时的通宵苦干，脚步越来越沉重，生病的人一下子增加到十多人，行军速度慢下来了，队伍拉开了一条不紧不慢的"长蛇阵"。

这不是好兆头！

粟裕很快意识到这点，行至中途，他传令停止行军，重新编排部队阵势。粟裕从各连挑选出一批精干战士,组成六个步枪班、一个机枪班和一个短枪班,各班均配备手榴弹投掷手。兵多不如兵精,粟裕要用这支精兵强将去打韦岗伏击战。

机枪班只有四挺轻机枪,这是部队唯一的重火力了。机枪手被连排长反复叮嘱:"你可要沉着,打得要准,更要猛,但不能浪费子弹!懂吗?"机枪手都是三年以上的老兵,一拍胸脯道:"没问题,保证完成任务!"

话音刚落,就有人抛出难题:"你先别吹牛,你知道打汽车该打哪里呀?"

有人说:"把开车子的人打死了,汽车不就僵了?"

这个办法马上就遭到反对:"光打死开车的,说不定冒出另一个大活人来将车子开跑了,使不得!"

"那你说怎么个打法?"

反对的人自有主意:"我说啊,应该打轮胎,把轮胎打漏气了,车就跑不动了!"

大伙儿竖起大拇指道;"好主意!你小子从哪里听来的?"

"这是我的发明啊!"

1938年初夏一个凌晨,粟裕率部冒雨沿高骊山东坡小路接近伏击地点,看见敌人一辆汽车在盘山公路上向镇江方向行驶,因距离太远,无法射击,眼巴巴地看着敌人这辆汽车逃之夭夭。韦岗是镇江、句容的交界处,镇句公路蜿蜒穿过两座大山,地形复杂、险要,无疑是伏击的理想阵地,只要速战速决,驻守镇江、句容两地的敌人是无法及时增援的。

上午8时许,部队冒雨进入韦岗以西赣船山和高骊山之间的隘口,迅即占领了公路两侧及山口南北两头的有利地形。粟裕指挥四挺机枪组成火力网,控制公路的拐弯处。这时,日军车队第一辆汽车由镇江方向驶来,进入伏击区。早已潜伏在山口的侦察排按照粟裕的命令,让敌人军车通过,截其退路。骄横一世的日军根本没有料到,从天而降的新四军会在这里打他们一个措手不及!

汽车的马达轰鸣声越来越大，一辆车从拐弯处冒出来，向这边慢悠悠驶来。

草丛里的新四军战士将手指放在钢枪的扳机上，有的还拧开手榴弹的保险盖。粟裕看了看握在手里的铜制怀表：8点20分。他定睛一看，行驶在前面的是一辆黑色小轿车，紧跟着的是四辆卡车，卡车上坐着二三十个头戴钢盔、手握上了刺刀的三八大盖步枪的鬼子兵，一架歪把子机枪架在驾驶室顶棚上，如临大敌，杀气腾腾……

不一会儿，五辆日本军车全都进入了伏击区，粟裕挥着手枪高声喊道："开火！"机枪手一个点射，敌人第一辆军车的司机顿时脑袋开花，伏在方向盘上不动了，失控的轿车一下子冲到高坡，又反弹回来，侧翻在路旁，起火了。

小雨，浓雾，加上公路有弯道，后面的日军根本没有发现刚刚发生的情况。几分钟后，日军第二辆汽车也冲入了伏击区。

这时，新四军的机枪、步枪一齐射击，并夹杂着手榴弹的爆炸声，汽车翻进了公路两边的水沟里，驾驶员和日军少佐当场被击毙；一个日军大尉潜伏在车底下，见一名新四军战士靠近，挥刀将战士刺伤，当即被围上来的新四军战士开枪打死。大约过了五分钟，敌人的第三、第四、第五辆汽车接踵而至，车上坐着不少日本兵，却被新四军的火力打得抬不起头，车子被击中起火了。最后一辆车见势不妙，来了一个紧急刹车，停下来了，日本兵惊闻枪声，全部跳下车，跃入公路两侧的草丛里，利用地形回击设伏的新四军。

粟裕见此情景，立即指挥部队兵分两路，一路正面强攻，一路迂回截击，一下子就将日军的火力压了下去。这时，一个头部淌血的日军少佐挥舞着军刀，指挥十几名日军士兵向新四军战士直扑过来。战士们也举起大刀、端起刺刀迎了上去……刀光剑影，热血飞溅！

粟裕手握一支上了刺刀的三八式步枪，刚把一个日军士兵刺倒，身后突然出现一个浑身是血的日军军官，挥起军刀朝他后脑劈来。电光石火之际，粟裕的警卫员举起驳壳枪将这个日军军官当场击毙……接着，粟裕指挥部队占领公路右侧的高地，火力齐开，才将日军击溃。战斗结束后，粟裕命令部队赶紧打扫战场，收集战利品及焚毁日军汽车，然后迅速分路撤退。他知道，不出半个小时，增援的日军就会赶到。

果然不出所料，新四军刚撤出不到两公里，从镇江开来十多辆日本军车和一辆轻型坦克，天上还盘旋着三架飞机低空投弹，刚刚平息下来的枪声，又震耳欲聋地响起。一个小时后，鬼子没见新四军出来还击，才悻悻撤兵。

激战半小时，新四军击毙了日军少佐、大尉等日军13人，击伤8人，击毁敌军车4辆，缴获步枪10余支，新四军牺牲1人、负伤4人。

这场伏击战，后来被陈毅称为"脱手斩得小楼兰"的漂亮战例，也是新四军挺进江南后的揭幕之战，虽然规模不大，战果一般，但在孤悬敌后的情况下，能打到这样实属不易。

在返回驻地过程中，战士们路过一片小桃林时，一棵棵弯枝展叶的桃树上，挂满了鲜嫩丰硕的水蜜桃，长着一张张招人可爱的绯红脸庞，似乎是特意奉献给过道的人民子弟兵。出征数日的战士们多么想摘下头上的桃子来充充饥、解解渴啊！此时此地，还有什么比这水蜜桃更美好的果品、更能充饥的食物吗？然而，我们的新四军战士有"不拿群众一针一线"的"三大纪律八项注意"，有与国民党军队和所有土匪武装不一样的远大目标、宏伟理想……是的，人民子弟兵就是要为人民服务！

粟裕、刘炎、张铚秀、钟期光等指挥员路过这片小桃林时，看着令人垂涎欲滴的桃子、闻着沁入肺腑的馨香，不为所动，没有停下前进的脚步。他们秋毫无犯、以身作则的模范行动，是对战士们无声的命令、最好的教育。

战士们将流出来的口水拼命往肚子里咽，心里暗暗喊道："我们宁愿捧喝塘沟里的浊水，也不伸手摘老百姓的一只桃子！"这些举动给沿途群众留下了深刻印象、良好口碑，一传十、十传百，百传千……让江南所有老百姓都知道：新四军是我们自己的队伍！

一天下午，在第一支队司令部，陈毅正听取改编情况汇报。突然，司令部作战参谋满头汗水、气喘吁吁地跑进来报告："打起来了，打起来了……"

陈毅霍地站起来："是粟司令打起来了？"

"对，对！"

"打得怎么样？格老子，你别吞吞吐吐，你快说！"

"战斗结束了——是大胜！"

陈毅没有等作战参谋说完，就把一支还没有抽完的卷烟往地上狠狠一摔，用脚踩灭了烟头的火星，对作战参谋说："粟司令的宿营地在什么地方？"

"东圩桥。"

"备马，跟我迎接大功臣！"

陈毅和十多名警卫员策马扬鞭，飞也似的向着东圩桥奔驰而去。

东圩桥是风景美丽的江南小镇，此际却被飞扬的尘土所弥漫，方圆二三十里的老百姓朝这里涌过来了。

粟裕部队被围得里三层外三层，这些群众有男有女，有道士和尚、教书先生、算命先生、地主乡绅，还有各路大大小小的"帮主"和"司令"。

这半年多来，他们看到的是几十万中国军队的大溃退、大逃亡，面对战祸导致的大劫掠、大烧杀，万千百姓好像待宰的羔羊似的痛不欲生、万分绝望。

韦岗之战就像平地一声惊雷，强烈地震撼着江南社会各阶层。这种震撼来得太突然、太强烈了！人们被刺激得选择不出最美的语言去表达、去倾诉，只是紧紧地围着新四军这支队伍，睁大眼睛看着从日本鬼子那里硬生生地缴获过来的那些战利品发愣……

"天哪！这是真的吗？"

"狗崽他娘，这是真的！这是咱们的队伍从鬼子手里夺过来的真家伙！"

闻风而至的东圩桥群众越聚越多，陈毅决定把战利品就地进行展出，让大伙儿开开眼界。陈毅带着警卫员随着人流行进，参观了韦岗之战的战

利品。这时,他激情浩荡,诗兴迸发,提笔挥毫:

> 弯弓射日到江南,终夜喧呼敌胆寒。
> 镇江城下初遭遇,脱手斩得小楼兰。

庆功会上,粟裕介绍了韦岗战斗的详细战况。陈毅脚踩竹凳发出吱吱响,声音有如撞击洪钟:"同志们、乡亲们,今天我们这么多人在这里做啥子呢?我们在开庆功会!我们打了大胜仗!这一切都在证明,日本鬼子也是肉做的,他的子弹能打中国人,中国人的子弹也能打死东洋人!你们说,是不是这个道理啊?"

"是啊,是这个道理!"大伙儿一齐和鸣,声音有如山摇地动。

粟裕不仅有武略,也有文韬,他为这次伏击战即席赋诗一首:

> 新编第四军,先遣出江南。
> 韦岗斩土井,处女奏凯还。

韦岗之战的胜利,从新四军军部到第三战区,逐级上呈,国民政府军委会给新四军军部发来嘉奖令。很快,叶挺军长、项英副军长的贺电也到了,并转来了蒋介石的嘉奖令:

叶军长:
　　所属粟部,袭击韦岗,斩获颇多,殊堪嘉尚。仍希督饬,继续努力,达成任务。
　　　　　　　　　　　　　　　　　　　　　　中正

没过多久,身穿"国军"服装的两位军官来到粟裕跟前,声称愿意出高价收购新四军缴获的日军武器。其实,新四军缴获的鬼子武器也算不上什么先进武器,为何国民党愿意出大价钱购买呢?

这里面一定有名堂。

粟裕声称,只要第三战区司令长官顾祝同给他打个收条,这些武器可以白送。顾祝同当然不可能去打这个收条,粟裕这么一说,等于婉转回绝了来者的要求。

国民党使者走后,张铚秀当着众人问粟裕:"粟司令,人家出高价同我们交换,赚钱的生意你不做,还要白送给他们?"

粟裕笑眯眯地答道:"你们都是小傻瓜,如果按他们的意思做了,我们就上当了。他们得到这些日本武器,就可以拍出照片,到处吹牛皮,说这仗是他们打的,将我们的胜利果实往他们的功劳簿上记啊!"

张铚秀在粟裕手下做了很长时间的作战参谋,粟裕的用兵如神、真知灼见、卓越胆识,给他留下了极为深刻的印象。他说:"跟着粟司令的日子,是我成长的重要阶段。"

张铚秀记得,当初自己从延安动身前往江南之前,在西安八路军办事处见到了中央军委副主席周恩来,他在给同志们做动员时,说了这样一番话:"我们每个人都待在一个山沟里,最多也只是站在一座小山头上,所以看不远。我们要想法子站在最高的山顶上往下面看,这样你的心里就豁然开朗了。"这番深入浅出的讲话,给张铚秀一个启示,什么事情都要懂得从全局考虑,才有高度,才有意义。

韦岗一战旗开得胜后,新四军的形象一下子在江南老百姓心中树立起来了。

事实正是如此,自南京失陷后,苏南民众已有半年多没有见到一支像样的中国军队冲上抗日战场,更不用说能打胜仗了。在苏南城乡,三五个日本兵,甚至是徒手的伙夫兵,都可以到远离据点十里八里的村庄横行霸道、强抢民女,而许多老百姓不是夺路而逃,就是跪地求饶。新四军下江南,恰如横空出世的利剑,刺进了敌人的心脏;新四军像当地老百姓的主心骨,撑起了江南一片天,多灾多难的老百姓不像当初一样低眉顺眼、逆来顺受地让小日本打骂欺凌了。

江南的老百姓扬眉吐气了!

韦岗之战的胜利，打击了日军的骄横气焰，振奋了江南人民的抗战斗志，开创了江南敌后抗战胜利的先声。新四军军部来电称赞："先遣队的确起了先锋作用，奠定了我们在江南发展和胜利的基础。"

此后，新四军第一、二支队不断传来捷报，从6月到8月短短三个月，取得了新丰、新塘、句容城、珥陵、小丹阳、永安桥、江宁、当涂、禄口等大小百余次战斗的胜利，甚至南京城郊机场、麒麟门和雨花台也响起了新四军的枪声。新四军以劣质的武器装备不断取得胜利，与装备优良的国民党军队的大面积狼狈溃败，形成了鲜明的对照。

江南的广大人民群众逐步认识到，新四军才是真正的抗战队伍，从而对新四军因国民党当初的造谣中伤导致的仇视、误会、怀疑、担心，转变为热烈拥护和坚决支持。他们为新四军送茶送水，送信带路，捕捉敌探，护送情报，救治伤员，筹款筹粮。"吃菜要吃白菜心，当兵要当新四军"的民谣在群众中广泛流传开来了，不少青壮年主动要求参军，为新四军坚持江南抗战提供了可靠的兵源。

花开的江南。

战斗的江南。

时间像春风一般地吹拂而过……

丘东平在等待着前方传来的消息，他以突击的姿态学习民运工作和策反敌军工作。

韦岗战斗结束的当天下午，粟裕就给新四军军部写了一份长达五六千字的报告，题目就叫"韦岗处女战"。丘东平此时得知粟裕打了大胜仗，情不自禁地打了一个响指，作为"带枪的文艺战士"，虽然未能参加韦岗伏击战，但他认为，自己肩负伟大的历史使命，应该写出这段历史真实的存在。他不敢说自己就能写出伟大的作品，但是他相信这场浩大的抗日战争一定能产生划时代的巨著。

后来，丘东平根据粟裕写的《韦岗处女战》，采访了参战人员，晚上通宵不眠地铺纸挥毫，完成了报告文学《截击》，向中国的广大读者报告了新四军进入江南取得处女战的胜利，鼓舞了全国人民抗战胜利的信心。

不久,《截击》刊载在茅盾主编的《文艺阵地》第2卷第2期,编者还加了振奋人心的按语:"中国人民看到了抗战的曙光。"

时光荏苒,岁月如梭。

2020年秋天,我来到地处苏南的韦岗伏击战纪念馆,纵览全景,近观细部。顺着高骊山的盘山公路,走完了50级台阶,这时新四军韦岗战斗遗址陈列馆呈现在眼前,馆内大厅播放着当地人自编自演的快板书,再现了当年的战斗情景。

据了解,1985年镇江市人民政府在韦岗建造了韦岗伏击战纪念馆,该馆由韦岗战斗胜利纪念碑、韦岗战斗遗址陈列室两部分组成。韦岗战斗胜利纪念碑高25米,碑身正面镶有铜铸碑名,碑座正面的浮雕上刻有新四军的标志——N4A,两侧镌刻着当年赞扬韦岗战斗的诗篇。碑座上端的红旗,表现了"故国旌旗到江南"的意境。

韦岗战斗遗址陈列室以翔实的图片资料,生动地再现了新四军挺进苏南的战斗征程,它以具体的形式解读了丘东平所写的《截击》构成的历史背景和意义所在。红色记忆在历史的深处,找到了血火交织的脚注。

第三章　茅山根据地

江苏南部的茅山,可以说是"天下七十二福地"中的第一福地,许多人听到茅山就会想到捉鬼驱邪的"茅山道士",在云雾缭绕中尽显道骨仙风。然而,在抗日战争中,茅山地区曾遭受日寇的毁灭性打击,陈毅率领新四军第一支队,在这里与日寇展开了一场场血与火交织的战斗……

为了撰写《赤血——丘东平的战火青春》,我千里迢迢来到了苏南,在这里参观了茅山新四军纪念馆,瞻仰革命烈士的风采。"草长莺飞二月天,拂堤杨柳醉春烟",当我步入这座新四军纪念馆,首先映入眼帘的是造型别致、气势雄伟的主体展馆,馆外占地达数百亩的广场,雪松环绕,如茵小草铺开了偌大的绿色绸缎，鲜花绽放在平展展的花坛上，当年新四军在茅山抗战期间使用和缴获的各类飞机、大炮等大型武器装备，成了纪念馆最令人瞩目的标志。馆内展厅建筑立面以茅山三山为造型，整座建筑庄重大方。展厅共有两层，楼下门厅中屹立着陈毅身着戎装、手持望远镜的古铜色全身塑像，此情此景让人一下子回到了当年战火纷飞的战场。

据资料介绍，茅山新四军纪念馆坐落在江苏省句容城东南25公里处的茅山镇，于1985年9月建成，占地面积16 000多平方米，展厅建筑面积3700多平方米，展馆造型别致，既呈现了茅山的巍峨雄姿，又展现了革命前辈业绩光照千秋的气势。

纪念馆陈列内容分为"苏南人民奋起抗击日本侵略军""茅山抗日根据地的开辟""茅山新四军东进北上""苏南抗日根据地的艰苦坚持""苏南人民夺取抗日斗争的胜利"五大部分，展出各种珍贵文物和历史资料3000余件，用声、光、电、多媒体等高科技手段，再现了陈毅、粟裕等老一辈无产阶级革命家的战斗业绩和光辉形象，再现了当年新四军与苏南人民浴血奋战的悲壮场面。

1938年夏，陈毅、粟裕、张鼎丞等先后率新四军先遣支队和第一、第二支队到达茅山地区，发动群众，广泛开展抗日游击战争，创建抗日根据地，并以茅山为基地举兵东进、北上，攻占了苏南东路和苏北扬泰地区。从此，茅山抗日根据地成为新四军东进、北上、南下的驻兵基地和战略通道。皖南事变后，抗日战争形势严峻，茅山抗日根据地历经艰苦坚持、巩固建设和数度向外扩展阶段直至抗战胜利。

虽然我们在这里没有了解到丘东平的相关史料，然而抗日战争时期的苏南历史背景，给我留下了深刻的印象，也了解到陈毅、粟裕等新四军领导人是如何以"洪荒之力"开拓茅山抗日根据地的。

这是铁一样坚实的历史见证。

1938年8月，丘东平随陈毅率领的新四军部队进入茅山地区以后，以饱满的热情投入到工作中去。他随着新四军战地服务团抽出来做民运工作的同志，组成民运工作队，到云岭、茂林、田坊等地进行抗日宣传、组织群众，成立农抗会、工抗会、青抗会、妇抗会等群众团体。

丘东平身兼数职，经常为陈毅起草文件、记录会议报告及进行教育俘虏、瓦解敌军等工作。他要抽空到地方发动群众、组织和建立各种抗日组织；他还要深入部队了解官兵思想情况，与他们共同总结战斗与民运工作的经验。丘东平还和地方党组织的同志一起深入群众中去，传达党的抗战主张和政策。通过开展大量的群众发动工作，新四军迅速打开了江南敌后的抗战局面，初步建立了以茅山为中心的抗日游击根据地，为长期坚持敌后抗战扎下了根。

有一次，丘东平和政治部的几位同志攀上一个高高的山岗，向远处瞭望。茅山不远的地方是长荡湖、乾元观和宝华山脉，山脉的西头就是有名的龙潭，是古代将军大显身手的杀敌战场。天上的云层在风的作用下不断变幻，夕阳的余晖投射在油菜花上，像翻腾着一望无际的金黄色细浪。丘东平看见不远处的小山村升起袅袅炊烟，几个牧童骑在牛背上，打闹嬉戏，慢慢地走进村中的暮色，他不禁赞叹："好一幅仲秋烟景！"

茅山地处江苏南部的句容、金坛、溧水等县的交界处，由从南向北的大小三座山峰所组成，依次称为大茅峰、二茅峰、三茅峰。相传，茅山是因为汉代有茅盈、茅衷、茅固三兄弟在此修炼成正果而得名，山上宫观里供奉的就是这"三茅祖师"的画像。

从地理位置看，茅山南接磨盘、丫髻、瓦屋诸山，直走郎溪，揳入皖南，北有宝华山脉，左据南京，右扼镇江，俯瞰长江天险，正是雄踞东南、屏障江左的战略要地，成为新四军坚持江南敌后抗战的根据地。

丘东平登上茅山峰顶，极目远眺，江南的秀丽景色尽收眼底，被称为"京杭国道"的宁杭公路横穿而过；公路以东，由南向北是溧阳、金坛、丹阳、句容、镇江诸县，公路以西，由南向北是高淳、当涂、小丹阳、江宁等地。以茅山为中心的周围十几个县，地势平坦，土地肥沃，湖泊星罗棋布，是闻名遐迩的"江南鱼米之乡"。

江南抗日游击战争的开展和茅山根据地的创建，打乱了日军的战略部署。为了巩固在江南占领区域的统治地位，日军不惜放弃皖南一些地区，抽调大批兵力开始向新四军茅山根据地大举进攻，随后，又将新调来华的第十五、第十七师团，杭州地区的第一一六师团和东北的伪满部队，增调到江南地区。

日军在江南的兵力一下子增加到两个师团，并加紧对新四军根据地的"扫荡"。在"扫荡"中，日军除采取分进合击、清剿"扫荡"、加强"伪化组织"等惯用手段外，还采用了一种叫"梅花桩"式的新战术，在新四军茅山根据地周边地区，每3至5公里路修筑一个据点，企图以此阻止新四军与人民群众的联系，并叫嚣："抽干塘里的水，将鱼晒死。"日寇军事上的"扫荡"与政治上的欺骗相结合，将坚持江南敌后抗战的新四军逼到了困境。

面对这种形势，陈毅率领新四军第一支队紧紧依靠江南广大人民群众，在日军"梅花桩"式的据点中，采取了分散、穿插、转移等灵活机动的战略战术，发起了各种形式的"拔据点"战斗。

1939年2月8日，是丘东平难忘的日子。

新四军第一支队为了冲破日军对茅山根据地的封锁和"扫荡"，准备展开一系列的拔据点战斗。丘东平为了体验火热的战斗生活，写出"有火药味"的作品，到陈毅面前主动请缨，参加了第一支队第二团夜袭东湾日军据点的战斗。

据侦察员提供的情报，日军据点位于句容市天王镇的东湾村，距离天王寺5公里。东湾据点驻有日军第十五师团池田联队所属大田一个中队的日军，约50人，配有机枪2挺、小炮2门，以叶家大院为据点，内设坚固工事，挖有坑道，储存了大量弹药物资，以图长期据守。

敌据点外还设有三道铁丝网、三道深三米的壕沟，此外还布置了好几道暗哨，可谓壁垒森严。另外，东湾据点北面5公里处的天王寺，也驻有日军200余人，东湾东面15公里处的薛埠驻有日军400余人，东湾西北方向的据点驻有日军70余人。周边还有十来个敌人据点。这些据点火力呈交叉之势，相互照应，一个据点被围，另一个据点的敌人半小时内就可增援到位。

指挥攻打东湾日军据点的是第一支队二团团长王必成，他是一位老红军，骁勇善战，有丰富的作战经验。他先后任新四军第一支队参谋长、主力团团长，曾参与指挥夜袭新丰车站、句容、延陵等数十次战斗，连战皆捷，威名远扬。

丘东平来到二团，见到团长王必成马上敬礼："报告王团长，丘东平向你报到！"王必成细细打量瘦小的丘东平后说："欢迎战地记者，到二营体验生活吧。"

于是，丘东平来到了二营。二营营长张强生、教导员罗维道热情地跟他握手。

罗维道说："大作家，为了安全起见，就在营部吧。"

下午，丘东平跟随二营向东湾日军据点出发。此时，北风骤起，甚感凉意。行进的队伍静静地翻过了一个个山岗，天色慢慢暗下来了。部队来到一片小树林，紧挨着小河边，队伍迅速地分成了两路。一路由二营七连主攻东湾据点，并派八连、九连埋伏在蔡巷村边的余家棚子，阻击天王寺的日伪援军，并对薛埠方向实施警戒；另一路由团参谋长段焕竞率一个营的人马奔袭延陵。两路的战斗同时打响。

夜袭的新四军部队通过了一条小河，营长张强生命令战士们在树林里掩蔽，随后派出侦察员侦察敌情。不久，侦察员回来报告说，敌人没有什么动静。于是侦察员便将敌人的三道铁丝网剪开口子，让战士们顺利通过封锁线，随着急骤的脚步声，离东湾日军据点越来越近了。张强生要战士们检查一下武器弹药，把身上的背包扎紧，不能发出任何声响。

月色迷蒙之中，连昆虫唧唧的叫声也能听到。新四军攻击部队向着东湾据点迅猛逼近，并在日军密布的据点之间快速穿插。丘东平在快速的行进中，忽然感觉喉咙有点儿痒，想大声咳嗽舒畅一下胸中的郁闷。教导员罗维道靠上前压低嗓门说："忍住，忍住！千万不能惊动敌人！"丘东平心里想，无论如何都不能咳出声来，否则会惊动敌人，好不容易捕捉到的战机就会失之交臂！

瞧，新四军的突击队员借着淡淡的月影，头戴树叶编成的伪装圈，躬身疾走，躲过日伪军设下的明碉暗堡，顺利抵达东湾敌据点周边。此时，丘东平看见七八个黑色的影子绕过了草屋的右侧边，依托着土墙慢慢向日军据点靠上去。

当主攻部队匍匐前进到第三道铁丝网时，碉楼上值班的日军士兵忽然发现情况有异，马上打开炮楼上的探照灯。强大的光束照射下来，周围如同白昼，潜伏在铁丝网下的新四军战士顿时暴露无遗，碉楼上的歪把子机枪迅即射出一串串子弹，并夹杂着手榴弹的爆炸声。

在这紧急关头，团长王必成命令狙击手："给我打掉鬼子探照灯！"

随着砰砰的枪声，日军据点的探照灯立刻熄灭了。

东湾据点上的日伪军没有想到，新四军会越过四周的据点，对中心据点实施攻击，毫无防备的日伪军随即与新四军攻击部队展开激战。

日军坚守两个据点，用机枪封锁着新四军进攻的通道。

激烈的战斗持续进行。

突击队员向敌人据点左角的一个枪眼塞进了两颗手榴弹，炮楼的机枪立即哑火了。就在这一瞬间，七八个突击队员冲进了敌人据点，发现十几个敌人东倒西歪地躺倒在地，血流一地。然而，另一个据点的敌人机枪还是一个劲儿地吼叫，有两个抱着炸药包的战士牺牲在据点前。王必成下令暂时停止向炮楼射击，对敌人采取"政治攻势"，丘东平也加入"日语喊话"之中，但日军的机枪并没有在"日语喊话"中停止射击。

王必成骂道："操他奶奶的，他们不听话，就让他们上西天！"

丘东平跟随着突击队借着夜色的掩护继续往前冲，子弹不断从他头顶嗖嗖飞过，身边的泥土被子弹打得溅起来使他睁不开眼睛。这时，丘东平身边一名战士手臂中弹，他马上拿出急救包帮这名战士包扎伤口。

突击队的进攻遭到日军火力的顽强阻击，二营以手榴弹、机枪交替压制日军的火力，向两翼迅速散开；主力部队从据点后侧奋勇突进，将敌人据点层层包围起来。

张强生、罗维道在战斗中低声商量后，为减少伤亡，快速结束战斗，决定在据点下堆积麦秸、荒草、废木，用火攻解决战斗。此时，丘东平与

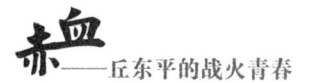

四连、五连的战士一道,迅速将据点内麦秸盖成的草顶屋点燃起来,顿时火光冲天,烟雾弥漫。

火烧起来了,光照夜空。

火光也引爆了据点内存放的弹药,爆炸声此起彼伏,据点内存放的枪支、弹药、粮秣及其他军用品统统付之一炬。

丘东平跟随着教导员罗维道带领的战士突入据点,丘东平隐蔽在楼道的拐弯处用日语向日军喊话:"缴枪吧,优待俘虏!缴枪吧,送你回家去!"日军没有举手投降的意思,反而向丘东平这边疯狂射击,子弹嗖嗖地从墙壁上划过。罗维道大声对丘东平说:"危险!往后撤!"他趁敌人装填子弹的瞬间,一枪结果了这名日军。伪军们龟缩在墙角下,见领头的日军被击毙,纷纷缴械投降。

战斗结束了。在火光的照耀下,丘东平协助第一支队作战科长清点了日军的死亡人员和战利品:倒在阵地上的敌人尸体20多具,据点里也有50多名日军被悉数击毙;缴获日军三八式步枪20支,歪把子机枪2挺,其他军用物品一批。

作战科长说:"这一仗打得比上次好多了,收获颇丰。"

丘东平道:"我闻到真正的火药味,增加了现场感。"没多久,丘东平根据东湾战斗的实况,并结合采访得来的素材,利用战斗间隙,写出了报告文学《东湾:日本据点的毁灭》,刊登在重庆出版的《试论丛刊》上。

丘东平事后说:"要写作,就要不断深入生活,不然把过去的一点儿生活写完了,就要变成瘪三。"他又说,革命作家要有斗争的切身体验,选择最尖锐、最典型的抗战题材来写,才能成就伟大作品。丘东平在新四军时期的文学作品,充分体现了他战争美学观念的转变,也体现了他将抗日救亡运动作为重大主题的明智选择。

1939年春,江南的原野桃红柳绿,逐渐褪去冬眠的厚衣。

从延安来的《解放日报》记者石西民冒着料峭的寒意,由安徽的北部来到一个满目残墙败壁的苏南小山村。丘东平穿着一套褪色的灰布棉军装，迎接了这位远道而来的文人朋友。

两双大手在大树下紧紧相握。

战斗还在继续。

一天下午，在隔着小山村不远的京杭铁道处，忽然冒出漫天的黑烟，直冲天际，人们为之紧张起来。不到一个钟头后，侦察员回来报告说，离司令部十里左右的上兴埠发现三百余名敌军正在放火烧镇。

傍晚，司令部里的会议刚散，出征的命令就下来了。丘东平、石西民经过陈毅的许可，有了一个参与实战的机会。

在暮霭苍茫之中，丘东平、石西民随着队伍出发了。

长蛇般的队伍，消失在茫茫夜色之中，四野荒村中的狗吠声，搅碎了夜的沉寂。说实在的，丘东平很讨厌狗，在敌后行军，狗有时真的成了敌人的帮凶。狗吠声惊动了日寇，红红绿绿的信号弹升上天空，探照灯将周围照得明晃晃的。走了一个小时的路，距离目标越来越近，队伍已经分头散开。

丘东平腰间皮带上挂着两枚手雷，从容而矫健地跳跃前进。他一边走一边嘱咐后边的石西民不要掉队，要跟着他走。为了让石西民跟上自己，丘东平在腰间皮带上系了一条飘动着的白毛巾。

新四军这次出击，由于敌人狡猾多端，连夜溜回溧水城内，部队未能达到聚歼敌人的目的。黎明时分，部队回到驻地休整，一夜的风霜和劳顿，在丘东平这个文弱书生的脸上，居然看不出半点儿疲惫的影子。在部队返回小山村的途中，丘东平仍不停地与石西民谈论过去在新丰、延陵、白兔等地参加战斗的故事。

丘东平说："在新丰战斗中，鬼子一把刀连砍我们几个同志，当时一个小战士抱着敌人的大腿，后来我们六个战士一齐上，才把这个敌人干掉；延陵战斗，我们一个伙夫紧抱着日军小队长扭成一团，最后一个战士用刺刀穿透敌人的心腹，这家伙大叫而亡；在我们先遣支队打韦岗的战斗中，解决日寇那个土井中佐，也是从公路一直滚到水田内，我们的战士夺过敌人手中的军刀，才将他刺死。我们的温参谋没有被水淹死，也没有被敌人的刺刀扎死，不能不说是一种侥幸啊！无数次的战斗，每每敌我拥挤成一团，来一个满堂红，这个时候敌人不能开枪，我们的枪也来不及使用，这是力与力的搏斗，大难当头勇者胜啊！"

石西民说："太棒了，好故事，好细节！"

丘东平继续说："在白兔战斗中，我们一个营长带二十几个便衣混进敌人的宿营地，随即发生激战，最终也以满堂红结束战斗。我们的团政治处主任萧国生就牺牲在白兔战斗之中，那次更有许多肉搏场面，我们的战士在弹尽援绝之际，用肉搏的形式以身殉国，战斗场面之惨烈，真是令人震惊！"

石西民说："是的，东平啊，没有到战斗现场去体验，怎么也写不出这么震撼的场面、这么感人的细节！"

丘东平点点头说："说得对。"

说到这里，丘东平仿佛陷入了沉思。

1938年初夏，丘东平跟随陈毅到达苏南重镇宝堰，司令部、政治部、后勤部等驻扎在镇南2公里的前隍村。第一支队二团一营由营长段焕竞率领，率先进入丹阳延陵地区。延陵地区是新四军东进苏（州）、（无）锡、常（州），北渡长江的必经之地，也是茅山和各抗日根据地来往联系的交通要道。

8月23日上午，驻金坛日伪军200余人，分乘4艘小火轮，兵分两路，其中一路向导墅桥进犯，另一路沿丹金漕河北犯。陈毅获悉日军动向后，火速派二团三营歼灭其一路；二团团长张正坤随即部署战斗，指定三营长朱长清率七连前往，刘副营长率九连担任预备队助攻，设伏在日军运粮的河道边，地方武装在珥陵以北担任警戒，阻击丹阳城前来的援敌。

正当七连、九连在河岸的沟渠、树丛一字排开进行埋伏时，日军就从望远镜里发现300米开外潜伏着新四军。顿时，枪声大作，杀声震天。激战几个小时，新四军攻势甚猛，凭借河堤顽抗的日军见势不妙，扔下数十具尸体，向金坛县城逃窜。

在这次战斗中，日军第十五师团第十五联队第一中队二等辎重兵香河正男被新四军活捉。几名战士用小推车把香河正男送到第一支队司令部。闻讯赶来的村民饱受日军凌辱，个个义愤填膺，有几个村民扛着锄头直向香河正男扑来，但都被看守的战士劝阻了。香河正男被俘后，每餐有大米饭吃，有时还有鸡肉、猪肉吃，而新四军战士却吃糠咽菜、啃山芋。

香河正男想不通，许多新四军战士更是想不通。

这时，敌工科科长丘东平领着陈毅、刘炎等支队领导来到了关押香河正男的房子。香河正男中等个头，一脸稚气，眼神中充满恐惧，圆圆的下巴尚未长成男子汉的棱角，其模样与身上的黄色军服显得极不协调，像稚气未退的中学生。

那么，丘东平什么时候晋升为第一支队敌工科科长的？且听细细道来。

1938年1月6日，新四军军部在江西南昌正式成立后，根据对敌斗争的需要，2月，在军部政治部副主任邓子恢的领导下，留日归来的新四军军部秘书林植夫组建了新四军敌工部。他在组建敌工部期间，要求前线各支部队都相应设立敌工科。根据八路军政治部规定"各级敌军工作机构应由得力干部主持工作，且应是懂日语的干部"的指示，林植夫在全军范围内先后物色了一批在日本留过学或懂日语的干部。

新四军组建敌工部后，林植夫了解到有一个去过日本，且会说日语的作家丘东平。他随即打电话给第一支队政治部主任刘炎，说丘东平是敌工部的人选，要求他速来军部参加敌工培训班。

新四军创建之初，林植夫就对丘东平早有所闻，但由于丘东平在战地服务团工作，彼此间交往不多。面对一个全新的工作，丘东平深感到，虽然自己懂一点儿日语，也做过中央特科外围工作，但对敌斗争经验明显不足，只有不断学习，才能弥补策反工作的缺陷。

1938年4月，新四军军部由江西南昌迁至安徽歙县岩寺后，丘东平就参加了军部第一期敌工工作骨干培训班。在培训班里，有陈子谷、陈超凡、谢镇军、盛华、段洛夫、陈辛仁、程叶文等多名具有对敌斗争经验丰富的干部。

在培训班上，林植夫根据中央关于政治工作的三大原则，组织来自各支队的骨干学习《新四军敌军工作纲要》，对学员进行了耐心细致的授课。在课堂上，丘东平的速记能力惊人，能够将上课的内容一字不漏地记录在笔记里，还不时向林植夫提问："作为敌工部人员，如何做到有效地动摇敌军的心理防线？"这让林植夫感到很欣慰，因为丘东平没有辜负他的"慧眼识珠"。

陈子谷、陈超凡、谢镇军都是广东人，在课余时间，丘东平经常和几位志同道合的老乡散步。大家除谈论家庭、婚姻的话题外，更多谈论的话题是交流、学习敌工工作的体会。这三位老乡知道丘东平是大作家，就开玩笑对他说："东平，你在写《茅山下》，说不准哪一天等我们成为大英雄后，你会将我们写进去呢！"

为了在苏南敌后建立抗日根据地，林植夫拟定了一批"缴枪不杀""优待俘虏""不搜俘虏腰包""我们是共产党领导的新四军""打倒日本帝国主义"等日语口号，并要求敌工干部到各团的连队用日语教战士们呼喊口号，以便在火线上动摇敌人的军心。培训班学习结束后，林植夫将敌工部的干部陆续派往各支队任敌工科长、股长。

此时，香河正男忽然看见几个当官的人走了进来，显得大为惊讶。

丘东平用日语告诉香河正男说："新四军第一支队司令员陈毅、政治部主任刘炎来看你了。"香河正男以为这些大人物来，是要将他拉出去枪毙，吓得直打哆嗦。

陈毅操起四川话大声说："看你吓得那个熊样，怕啥子哦！我不是来枪毙你的！"经丘东平翻译后，香河正男慢慢恢复平静。

丘东平向两位首长报告："香河正男1917年8月出生在日本东京，1938年被征入日本陆军，同年8月编入侵华日军十五师团十五联队一中队。香河正男缴械被俘后，被关在二团团部，脾气暴躁，整天乱喊乱叫，乱踢乱打，脑袋往墙上撞，是我们几个战士用麻绳将他捆在独轮车上推来司令部的。"

这时，香河正男才发现陈毅表情和蔼可亲，便问陈毅说："为何不杀我？"

陈毅坦言道："新四军从来不杀俘虏。明白吗？"

香河正男向陈毅提出，能否给他提供一辆自行车进行训练，准备参加明年的奥运会。陈毅面色一沉，责问他："那你为啥子到中国来？"然而，被日本军国主义思想洗脑的香河正男说，自己是为日华共荣、亚洲共荣才来中国的。

陈毅一拍桌子，怒不可遏道："一派胡言，强盗逻辑，你们到中国烧杀抢掠，无恶不作，这叫什么共荣？如果你父母被杀，房屋被烧，这也叫共荣吗？"

经丘东平日语翻译后，香河正男一时语塞，战战兢兢。

陈毅见他幼稚可笑，手一挥说："东平，你来做这个顽固派、小强盗的工作！"说完气冲冲地走出了房子。

香河正男满脑子"神武天皇""无敌皇军"的词儿，显然是被日本军国主义毒化了。当他看到会讲日语的丘东平，上衣口袋还插着一支钢笔，十分茫然道："中国军人还有文化？"他看到丘东平说话面带微笑，不像是教官骂的"支那野蛮人"，心里放松多了。

就这样，丘东平用日语一而再，再而三地耐心沟通，有时一直谈到三更半夜。丘东平从统治阶级的旧军队和共产党领导的军队两种不同的性质，谈到八路军、新四军对待俘虏的政策；从揭露"建设大东亚共荣圈"的反人性的本质，谈到中日战争给两国人民带来的极大伤害。丘东平在瓦解、教育香河正男的过程中，从人格上尊重对方，在生活上关心对方，使之受到心灵抚慰，并诱导他的人性复归。丘东平的循循善诱，使香河正男领悟到侵华战争是日本军国主义恶意发动的非正义战争，他是来中国当炮灰的。

几天之后，第一支队接到将香河正男押解到新四军军部的电令，丘东平和几位战士将香河正男送到了军部。在军部敌工部长林植夫、秘书程叶文等人的教育下，香河正男逐渐转化成为走上抗日前线的新四军战士，成为"在华日本人共产主义同盟苏中支部"的成员。

1940年7月，新四军的江南指挥部遭到国民党顽固派的进逼，江南指挥部工作人员被迫撤退，丘东平跟随新四军大部队告别了"茶花开满山头，红叶落遍了原野"的茅山地区……

第四章　没有句号的英雄传奇

1938年秋，从上海、安徽、苏州、杭州等地奔到这里的抗日青年、知识分子，都闻风聚集到新四军第一支队司令员陈毅的麾下。在他们眼中，陈毅是一位真正懂文化、有水平的新四军高级将领。在他们当中，有不少是左翼文坛颇负盛名的文化人，如聂绀弩、白丁、石西民、柏山等等。

这些作家一碰头，谈得最多的话题是中国什么时候出现伟大的作品。

苏联塔斯社中国分社社长罗果夫曾为此向中国作家征求意见，胡风主编的《七月》也召开了"为什么没有伟大作品"的座谈会。在这次座谈会中大家一致肯定丘东平的《一个连长的遭遇》是抗战文艺不可多得的佳作。他们认为，丘东平写了一个国民党军队的连长，中国抗战军人的代表性人物，也是不屈不挠的军魂。

正当《七月》座谈会召开之际，茅山下的战地作家们，也对这个命题展开了深入的讨论。丘东平过去曾就罗果夫提出的问题作答复，强调中国作家在战争中会成长起来的。是的，丘东平来到战争当中了，他要用一个亲历者的视角去观察面临的血腥之战。

莽莽苍苍的茅山连绵百里，乳白色的薄雾轻罩着星罗棋布的村庄。丘东平最喜欢的是茅山的早晨，当太阳冉冉升起，如黛的青山在云雾里若隐若现，雄伟壮观，如泰山般巍峨，峻峭的悬崖如刀削斧劈，松涛阵阵似拍岸海啸……

景色如斯，可是这里却是文化的沙漠。

新四军的秀才们居住的宿营地，是一块沙漠上的绿洲。就算是绿洲，也很少看到书。丘东平曾为此折断了一支钢笔，怅然不已。一本《三国演义》也被这些秀才争来抢去，成了没有封面、缺了封底的"残本"，尽管这样，他们还是经常把注意力集中到"中国何时出现伟大作品"这个似乎无法企及的"命题"。

一天，秀才们又在大祠堂里再次为这个问题展开争论。

聂绀弩翻阅着那本残破的《三国演义》，他是研究"三国"的行家。他认为，目前这个时代，比三国鼎立时代更加纷纭复杂而富有内涵，深入生活、深入战斗最前线，是作家的必由之路，然而我们大多数作家却无法做到。看来，没有罗贯中那样的大手笔是写不出伟大作品的关键所在。

白丁聚精会神地卷着他那自制的形似"大炮"的香烟，漫不经心道："你认为当代没有罗贯中？"他抬起头，瞥了丘东平一眼，说："郭沫若称之为新世代的先影不就在我们眼前？在我们中国，写出像《一个连长的遭遇》的能有几个？"

白丁，又名徐平羽，生于江苏高邮一个书香之家。他从小就受到严格的家教，背诵古诗文，在青砖上临帖习字。青年时代，又喜好字画印鉴，擅长体育运动，练就了一副结实的体魄。1937年初，到延安抗大高干队学习，毕业后被派往新四军军部工作，曾任新四军战地服务团秘书长、副团长。

丘东平靠在被铺里，一个劲儿地摇手："我对白兄的赞扬敬谢不敏。我是左翼文人，在苦难中成长，自然比那些高贵的教授啊、学者啊更能够深入底层，更能呼吸战争的硝烟，但到了战地，体验了炮火连天的氛围后，我却有更深的看法了，说实话，我有说不完的苦恼……"

大家对丘东平的话大感意外，但仍是静悄悄地等着他的下文。

"在战争中，我们要不断地行军打仗，不断地变换环境，不断地适应新的情况。从这个区到那个区，从这个村到那个村，材料搜集了不少，可歌可泣的故事多得不得了，快压得我喘不过气来了，连记笔记也来不及了……这是现实，不得不面对的现实！"

丘东平的话说到大家的心里了，大家会心地点点头。

白丁对此有异议，说："这就是伟大作品的原始积累，好得很嘛！"

"我没说不好啊，可是我怎么能写？在南昌的时候，我和服务团的同志住在一起,真要命,吊嗓、唱歌、叫嚷、大笑,毫无意义的辩论,活像到了动物园,弄得我头晕脑涨,那时只想到部队里去避难。到了部队,脚踏现实的土地,开会、学习、辩论没完没了。过去我是亭子间作家,还有个亭子让我安静地写作,现在到了这里,却连一片安静的地方也找不到了!"

对此,聂绀弩深有同感,点头称是。

丘东平继续滔滔不绝地诉苦:"我吸取那么多的题材,只要提笔,就想要对得起时代。写小的、短的,不过瘾,就像战士们已经披挂上阵,却突然发现敌人跑了……即使写起来,也只能那样粗糙、简略。再发展下去,我可要自认失败了。"

丘东平的发言,像拨动了文化人敏感的琴弦,战争不是体验生活,而是枪和枪的对拼,是要流血牺牲的,在这个场合来不得半点儿的文人气,只有适应和融入。

"你准备从《一个连长的遭遇》那里退回来吗?"白丁盯着丘东平问。

"不,我还是不会认输的。即使我完成不了伟大的作品,至少我要成为一个新四军的军人。写不成作品,我如坐针毡。要是不像一个军人,这才是我彻底的失败了!"丘东平转了一个角度,又是一番高论。

"真有意思。"白丁又卷起"大炮"慢条斯理地说,"反正我敢打赌,目前在新四军的作家,能写出佳作的,非君莫属了!我相信,能创造比林青史更完美的形象的,还是丘东平!你们信不信?我和大伙儿打个赌!"

"东平是在发牢骚,别听他的。他正着手写一部长篇哪!"

一个温柔的女子在说话。

大家知道这个声音来自丘东平的女友辛文。这位娇小玲珑的广西姑娘,有着被南国紫外线晒黑的健康肤色,她轻盈而又快乐,是当年丘东平在上海出版《血潮》时的支持者,也是丘东平《沉郁的梅冷城》的铁杆粉丝。她对他从崇敬到爱恋,她跟着他到新四军战地服务团,成了一位用嗓子为大众服务的歌者。

"啊,原来东平在撒谎,知之者莫若知心人也!"聂绀弩仰脖大笑道,"快说,是什么作品?"

丘东平闭眼假睡，不吭声。

好一会儿，辛文羞怯地替丘东平说："这部长篇叫《茅山下》，是写咱们新四军战斗生活的，它凝聚着东平的心血，是一部交织着矛盾和痛苦的作品。"

> 学生出身的年轻而又壮健的四川人，从十年战争，三年游击战争中锻炼出来的老布尔什维克，那惊心动魄的革命战争的组织者，他已经成为一个单纯的概念式的人物。
>
> 他的坚定眼神给予人们一个单纯的概念：清醒！一点不能懈怠！时刻地警觉着！——看来，他的影子是辽远的，辽远得几乎不能辨认，辽远得变成小的黑点，像一只鹰，在句容、京郊、镇江、丹阳、金坛、溧水，在整个大江南北战区的高空中飞翔着，精细地从百仞的高空把地上的松鼠和落叶都加以判别，找寻袭击的目的物袭击它，和它发生凶恶而可怖的战斗。
>
> 他的正确的领导使一个个战士伏在草莽中还感觉他的热的视线的迫射；而另一边，那飞翔的鹰，他要谨慎地防备着从背后，从黑暗中射来的阴谋的猛箭！

丘东平简直一口气写完这段文字，在他看来这是他写作《茅山下》的精彩之笔。自从计划写作这部长篇以来，他就有这种打算：以屠格涅夫《前夜》《猎人笔记》华美的文字、以列夫·托尔斯泰《战争与和平》的宏大结构打造自己这部"巨著"。

是的，在这段抒情性描写里，丘东平用简练的笔墨勾勒了陈毅司令员的精神和风采以及他在江南人民心目中的位置。说他"成为一个单纯的概念式的人物"，并不是说他是个抽象的人，而是说陈毅这个活生生的人，已经成为人民精神力量的符号，一种正义的化身，令敌人闻风丧胆，而劳苦大众从他的身上得到勇气和信心。也就是说，作品中的陈毅是一位非凡的英雄，同时又是一位平凡的普通人。

丘东平还描写了陈毅是怎样生活，怎样工作，怎样待人接物的。当书中主人公"周俊"向他递交报告时，他马上丢开了手里握着的笔站了起来，用高兴的、欢迎的声调一字一句地诵读起来，并亲切地纠正着"周俊"不正确的表述方式。

作品中的陈毅就像生活中的陈毅一样，虽然有着大将的风度，然而却没有所谓领导的官腔和派头。他生性豁达、开朗、思维敏捷；对人热情、直率。实际上，丘东平对身边的指挥员最熟悉的，就是陈毅。

陈毅不仅是他的直接上级，也是他文学创作的指路人。虽然陈毅不似胡风、周起应等人对他的作品给予具体指导，但陈毅给了他时间和空间，这是作家最希望得到的条件。

1940年5月23日，丘东平在给胡风的信中说："'耿耿此心'，到什么时期总能有所表现。"他期望着，孕育着一种新的创作动能，然而这种蓄势待发的动能在哪里呢？

1941年初春，陈毅得知作家丘东平这种想法后，便决定给他创作假。6月的一天，陈毅把丘东平请到军部，操着洪亮的四川口音说："今天请你来，一不下棋，二不摆龙门阵，而是通知你，准你的假，给我完成你的长篇巨著。你那个教导主任之职，由黄源同志代替。"

陈毅语重心长地对丘东平说："'盖文章经国之大业，不朽之盛事'，成百上千的战士好找，要想找你丘东平这样的作家可不容易啊！我盼望你能写一部反映我们新四军纪念碑式的作品！"

自此以后，丘东平将"纪念碑式的作品"深深地刻在脑子里，有时竟兴奋得不能入眠。当丘东平告诉陈毅，他构思的长篇小说书名就叫《茅山下》时，陈毅笑呵呵道："好！茅山傲然不屈的峰峦，象征着我们新四军健儿伟岸的英姿。"

陈毅要丘东平赶快写，陆续送给他看。

陈毅的话像滚滚暖流，使丘东平身上的血一下子沸腾了，他虽然不敢说自己就能写出伟大的作品，但是他相信中国的抗日战争一定能够产生伟大的作品。

为了不辜负陈毅的期望，近一个月时间，丘东平把自己关在屋子里潜心创作。然而，想不到的是，丘东平刚写完第五章的样稿，日军集中了一万余人兵力向盐阜地区发动大规模的"扫荡"，丘东平只得随着华中鲁艺开始转移……

写长篇是丘东平的"伟大理想"，然而到了新四军后，天天行军打仗，哪有什么时间啊？是的，苏南的时间都被战争的硝烟切碎了。然而，作为一位作家，丘东平的创作冲动一直没有停止过，在苏南丹阳、延陵、溧阳、直溪、薛埠、九里及茅山一带，新四军和苏南人民的抗日斗争事迹，常使他心头涌动一股难以抑制的创作欲望，他要及时地把所见、所闻、所思，用文艺的样式表达出来，奉献给他钟爱的读者。

于是，他不得不采用"争分夺秒"的办法与时间赛跑，他充分利用晚上休息或部队转移时骑在马背上的空隙思考和写作。他在"碎片式"时间里写下了许多报告文学和通讯报道，如《把三八式枪夺过来》《宣扬王道者的行列》《王凌岗的小战斗》《逃出了顽固分子的毒手》《母亲》《漂武路上的故事》等等。

这些短小精悍的作品，由于源于战地上的真人实事，然后通过丘东平的生花之笔反映出来，深受部队战士和根据地群众的喜爱。新四军政治部把丘东平这些短篇作品结集成册，书名为《向敌人的腹背进攻》。显而易见，这本书在当时新四军中所起的鼓舞作用是不言而喻的。

这部作品集的一些提法，像"把三八式枪夺过来""向敌人的腹背进攻"等，当时几乎成了新四军抗日前线的战斗口号。有些作品如《母亲》等，被后方的同志改编为独幕剧演出，起到良好的社会效应。

丘东平的朋友马宁，当时在做民运工作，他回忆道：

> 在战斗的江南季节里，时间像春风一般地吹过去，大家都在提着心等待着前方来的消息……终于轰动中外的截击新闻从前方传来了，先遣队单独地进行了江南沦陷区内第一次袭击战斗，而

且完全胜利地给敌人以无情的打击,敌军全数丧命,一位顽强的中佐则同矮小政治委员(应是侦察参谋)肉搏后被杀,这次战斗缴获了很多胜利品。

比这些胜利品更使我愉快的是我突然接到丘东平的第一篇报告《截击》,他描写了这次战斗,我即刻把他的著作寄到大后方;记得是在《七月》发表了出来。《截击》消息传来不久,全军就陆续《向着敌人的腹背进军》了。东平也完全给胜利的战斗所陶醉,被人民的力量所鼓舞,他是熟悉战斗了。

有一天,我在军政治部主任袁国平那里看到一封无线电报,那是第一支队司令陈毅拍来的。他报告说:小说家东平在工作表现上有着非常大的进步,他更加接近了人民和战士。他曾要求恢复光荣的布尔什维克党的党籍,他原是在海陆丰起义的时候参加党组织的云云……不久我又接到东平的若干篇报告,都是很现实的动人的记录。

无疑地,他终于可以称为人民的作家了,是一位正视现实的武装的战士。在江南沦陷区的人民中间,东平是他们的亲眷,他到处受人款待,和人民相处有如兄弟。这时他也是民运工作的活跃人才之一,并且他还参加敌军工作部,进行思想战去瓦解敌军。

马宁用纪实性的文字回忆起丘东平在江南敌后的一些情况。从这里我们不难看出丘东平辛勤创作、勇敢战斗的身影,而读者也给了他欢迎的掌声和殷切的期望。

至于陈毅拍给新四军政治部的电文,称赞丘东平"在工作表现上有着非常大的进步",无疑是非常客观、准确的评价。事实上,此时的丘东平已经毫无个人的私心杂念以及后顾之忧,他的夫人吴笑安全抵达香港,他的二哥和七弟都已投身于对日作战的行列中去,而他本人经过多年坎坷曲折的荆途后,终于回到了党的怀抱,回到了党领导的人民军队——新四军的队伍里。这时候,丘东平像获得新的生命那样充满热情,积蓄已久的创作激情,像决堤的江水一样奔流直下……

他经常下连队,与干部战士倾心交谈,无拘无束,轻松愉快,到处都受到欢迎和接待。尤其令他高兴的是,他跟随叶挺、陈毅、粟裕等新四军高级将领工作,这几位领导都是久经战阵、深谙军事的一代猛将,都是刚毅豪放而又平易近人的老大哥,他们都非常赏识丘东平的才华,他们都喜欢丘东平对革命事业的忠心耿耿,都关心和爱护这位年轻有为的新四军战地作家。丘东平的进步与成熟,与新四军的这几位领导崇高的人格力量、慧眼识珠的伯乐精神密不可分。

彭燕郊是"七月派"的代表诗人,曾在新四军战地服务团和敌工部工作,当然也是丘东平的战友和文友。他回忆道:"1939年冬天,丘东平回到军部,很匆忙的,住在刚搭起来不久的一座草屋——军部的招待所里。他说,他正在写长篇,很自信也很苦恼,感受能力好像差一些了,粗糙起来了,很想能够更深入、更深入;现在这样有一种走不进自己的作品的感觉,那是很悲哀的。应该在那里面走来走去。这些话给我留下很深的印象,比读文学理论书上说的得到更多的启发。我更清楚知道,他是用真心写作的,因此才有他的这种格调,这正是我应该认真记取的。但由于东平担任敌工科长,经常深入敌占区,出没硝烟滚滚的战场,写长篇小说的计划迟迟不能进行。然而他始终没有放弃这个伟大的心愿,在戎马倥偬之中,只要有半点钟的休息时间,就会拿出稿纸来写。"

彭燕郊说:"丘东平将写作搞得非常有趣,管叫开邮政局。几年中,他积蓄了数百页的写作材料。这些东西经常放在他的挎包里,不轻易离身,也不轻易示人。"

朋友和战友对丘东平的回忆,使后人对他当年挟带着血火硝烟味的作品,有了更加真切的认识。战斗生活,始终是丘东平创作中极其重要的养分。

在新四军队伍里，丘东平除了是敌工科长外，还是战地记者、随军作家。他有两副笔墨，既可以写战地特写、报告文学，也可以写短篇小说，甚至长篇小说。他用自己的脑袋和笔头，记录着、收藏着所有对他来说是相当不错的战争素材，他要像高尔基写《童年》《在人间》《我的大学》一样，书写新四军波澜壮阔的战斗生活。

一天，丘东平对第一支队政治部主任刘炎说："我想到老六团去，那里有一个战斗英雄叫吴焜。"

"吴焜是一条汉子，有好多故事。你去采访他？"

"对。"

丘东平知道，抗日战争时期，盘踞在江南一带的国民党军，曾经流传着一句毒誓：倘若我说假话，出门必遇"吴老虎"。这个在他们口中极为惧怕的"吴老虎"并不是神仙，而是一位骁勇善战的新四军指挥员，名字叫吴焜。

于是，丘东平打起背包和通讯员小李走了大半天才到了老六团的驻地。

老六团团长叫叶飞，也是新四军出了名的猛将，当他看了刘炎给他写的字条，知道"丘作家"是冲着吴焜而来的，连忙握着丘东平的手说："欢迎，欢迎。我们的'吴老虎'有你的生花妙笔，就绝对成为咱新四军的大英雄了！"

吴焜对"丘作家"采访他，倒是没有多高的热情，反而显得很冷淡。他说："我们老六团还有许多人可以成为英雄的，为啥专门要采访我呢？"

丘东平赶忙解释道："这是支队刘主任和你们叶团长亲自点名的啊！"

吴焜硬着头皮说："那就恭敬不如从命了，从哪儿说起？"

丘东平真是哪壶不开提哪壶，直截了当道："听说你是从国民党那边过来的？"

吴焜吸了一口烟说："我是从国民党军队过来的，这不假，没有什么好隐瞒的。"

吴焜是四川万县人。民国初年，这里军阀割据、民不聊生。吴焜的父母被兵痞所害，双双身亡。自那时起，他内心便升腾起强烈的复仇欲望。"当兵不仅有饭吃，还能用枪为父母报仇。"他怀揣着当兵的梦想，离开了家乡，四处投军。然而，当他来到许多部队的征兵处时，却屡屡遭到拒绝。原因只有一个，这瘦得皮包骨头的娃娃，能到战场上做什么？

三番五次的投军梦想化为泡影，使他灰心丧气。

终于有一个连长雇了他，让他给自己当勤务兵，干的都是洗衣、送饭的苦活儿、累活儿，连枪也不让他碰。没多久，这个连长当上了营长，念及吴焜的勤快和机智，便让这个四川娃在他身边当号兵。他高兴极了，除了一把铜号，还有一支小马枪。

这个隶属四川军阀的步兵营，与其他国民党部队一起对红军进行"围剿"。在战斗中，吴焜目睹了红军战士的大无畏精神和对老百姓的深情厚谊，转而想投身红军队伍。

1930年，在一次战斗中，他所在部队俘虏了一名红军战士。身为号兵的他听到营长要求下属"将俘虏关进禁闭室，第二天交给上级请赏"，便悄悄打定了主意，要将红军战士救出来。他从营房里偷出一套国民党军士兵的军装，趁着夜色砸开禁闭室门锁，让红军战士换上。随后，他与红军战士混过多道警戒线，投向了红军游击队。当国民党军发觉他叛逃时，已是午夜时分了。那营长边抽烟边大骂："他妈的巴子，这小子吃内爬外，真闹不明白！"

吴焜刚讲完，又点起一支烟，狠狠地吸了一口。

丘东平放下笔记本，喝了一口桌子上的大碗茶道："到了红军后，你感到与国民党军队有哪些不一样的地方？"

吴焜没有回答丘东平提出来的问题，而是按照自己的思路继续说："后来，我所在的川东游击队编入红四方面军三十三军，在此期间，我历任营长、团参谋长。长征开始后，我在第十七师第五十团当团长。我爬雪山、过草地，领着战士们打了不少恶仗，光是负伤就有十次之多！"

谈到新四军的战斗历程，吴焜忽然打开了话匣子似的，一下子说个不停，他那嘴上的烟斗更是烟雾弥漫，烟灰撒满地。

1937年底，吴焜抗大毕业后被派到新四军，被任命为第三支队老六团副团长。1938年10月，老六团深入苏南敌后开辟抗日根据地。在此期间，吴焜协助团长叶飞，在金坛、镇江等地对日、伪、顽军发起多次进攻。

在新四军队伍里，吴焜的勇猛、敢打是出了名的。每当战斗胶着、僵持不下时，吴焜便亲临一线，以闷雷般的怒吼、喷出烈火的双眼激励战士冲杀。有时候他还会吹冲锋号，与战士们一道上阵杀敌。"吴老虎"的威名，在一次又一次的搏杀中打出来了，江南的伪军、顽军可以说对"吴老虎"听之脚软、闻之丧胆！

新四军转战顾山山南一带时，遭遇山上的国民党军游击队偷袭。千钧一发之际，又是吴焜领着援军杀到。只见他腰缠数枚手榴弹，肩背明晃晃的大刀，一手持枪，一手举旗，领着突击队员一个劲儿往山上攻。这帮敌军眼见领头人是吴焜，大喊："'吴老虎'来了，快跑！"于是乱作一团，争先恐后地往后逃窜。这场遭遇战，硬生生被吴焜打成了击溃战，那帮装备精良的顽军早就跑得没影儿了！

1939年4月，老六团向苏常太、澄锡虞地区挺进，开辟东路抗日战场。5月初，与江南抗日义勇军第三路会合，成立江南抗日义勇军总指挥部，老六团被编为江抗第二路，吴焜任江抗副总指挥兼第二路司令员。5月31日，他率江抗第二路进至江阴黄土塘与前来"扫荡"的日军遭遇。吴焜选取有利地形应战，激战两小时，毙伤日军三十余人。

一次，经过几天几夜急行军，队伍人困马乏，晚上驻进一个小山村休息。吴焜查完两次岗哨，刚睡下就被狗吠声惊醒。他觉得情况异常，起身往窗口望去，原来是被敌人包围了。他急中生智，手提德国造驳壳枪，头顶棉被，率领战士一阵猛冲，结果把敌人打得措手不及，落荒而逃。

丘东平觉得从文学创作的角度出发，如果老是写"冲啊""杀啊"的东西，也是没啥意思，如果从人性的方面挖出点儿猛料，那就好了。于是，他向吴焜提出新的问题："人们都称你为'吴老虎'。我想问问，老虎有没有自己的隐私，比如说爱情……"

吴焜真是一员虎将，没有因此而胆怯，立马接招。他忽地仰头哈哈大笑道:"我身上正好有一个你们作家最喜欢的爱情故事,不是编的!"

也许是机缘巧合,吴焜从延安到新四军军部的路上认识了一个漂亮女孩,叫杨瑞年。那是在由汉口去九江的船上,吴焜因为发烧、晕船而呕吐不止。杨瑞年知道吴焜是参加过长征的老红军,又多次负伤,心生敬佩,于是无微不至地照料他,直至他退烧。第二天,吴焜走到她面前,举手敬礼,感激地说:"谢谢,昨晚辛苦你了。"

杨瑞年何许人也?

后来吴焜才从别人那里打听到她的情况:她是江苏镇江人,苏州女子师范学校毕业,1937年冬天进入山西临汾八路军学兵队受训,1938年2月,学兵队结业分配至新四军,担任新四军战地服务团女生队负责生活管理的副队长。可以说,杨瑞年要身材有身材,要相貌有相貌,是百里挑一的美人儿。她富有文艺天赋,能表演踏踏舞,主演小歌剧《送郎上前线》,轰动一时,和张茜、常竹铭齐名,成了当时新四军战地服务团最有名的演员。

到了南昌后,吴焜总是惦记着杨瑞年对他的照顾之情,便大方地约杨瑞年同游南昌百花洲。两个人的交往,无私且无邪,但却被人看作是触了高压线。原来新四军中有一个规定,结婚要符合"二五八团"的条件,即必须有25岁、8年军龄,是团级干部,否则不允许谈恋爱。为此,吴焜被项英叫去狠狠批评了一通,本来到新四军后他可以当团长,结果被降为副团长。

临出发前,吴焜托人捎给杨瑞年一封信,认真而诚恳地向她道歉。杨瑞年此前受到了批评,十分委屈,收到吴焜的信后便交给了组织,发誓将这件事忘了。可奇怪的是,越是这样,越忘不了。

两人分别后,吴焜仍忘不了杨瑞年对他的精心照料,印象中只有孩提时妈妈才对他这么关爱过。他随身珍藏着她送给他的大照片,照片上的她穿着一身军装,妩媚中透着刚毅和睿智,十分可爱。

就这样,两个志同道合的年轻人,在战火纷飞的年代里,通过书信互诉衷肠,心越靠越近。但吴焜给杨瑞年写信是有顾虑的。他知道杨瑞年是师范毕业生，而自己却没什么文化，只弄了个有名无实的"抗大毕业"，生怕自己写得不好被人笑话。

于是，吴焜特地找时任江抗秘书长的陈同生帮他把信修改修改。陈同生读完他的信，对他说："你的信写得很好啊，没有风花雪月，但洋溢着真实的感情，她看了一定会更爱你。相知贵道义，结交岂论文。我看小杨是很有见地的，她不在大城市的家里过温暖日子，跑到抗日队伍来出生入死，她不爱那些文人雅士，而爱上了你这个长征英雄。你们的前途一定美满、幸福。"

陈同生为他改了几个错字，删去一两处语法上显然有毛病的句子，便把信还给他，并说："改多了便失去了你的原意，失去了你说话的味道，现在这样便很好了。"

吴焜把信重抄了一遍，寄出了。但战事频繁，这饱含着真挚情感的信，是否通过鸿雁送到了杨瑞年手里，不得而知。在战火纷飞的年代，吴焜和杨瑞年既然选择了革命，就不得不接受不再聚首的严酷现实……

那么，杨瑞年的人生结局怎样呢？

吴焜也不知道。

史料记载，1938年，杨瑞年被调到新四军教导总队任青年队的文化教员。1941年1月，在皖南事变中，杨瑞年被国民党军队俘虏，押到江西上饶集中营囚禁，1942年6月被绑赴刑场，她身中三枪仍高呼革命口号，写下了凄美而又悲壮的人生结局。

丘东平一边记录一边说："好故事，好故事！"可惜的是，丘东平来不及将这个故事写到他的长篇小说里去。

1939年9月，吴焜战死在苏南战场。

虎倒威还在，传奇永留存。

丘东平扼腕叹息！

现在让我们打开丘东平的《茅山下》，分析一下这部作品的表现形式和故事内核。据查，从1941年上半年起，丘东平就开始构思、创作这部长篇小说。从他曾显示出来的创作计划以及脱稿的五章样稿来看,这部长篇小说呈现出来的骨架是庞大的、伸展的,反映的社会生活内容也是广泛而又丰富的;主人公性格的成长、发展经历了一个比较长时间的演进过程。

有关资料显示,《茅山下》是以苏南茅山地区为背景而展开新四军与日、伪、顽艰苦卓绝的斗争生活为基调的。茅山地区位于京、沪、杭三角地带,既是江南财团的心腹之地,也是国民党统治的中心。抗日战争时期,日本侵略军华中派遣军司令部与汪精卫伪中央政府又都设于南京。因此,茅山在整个江南地区具有十分重要的战略地位。新四军依靠茅山这块根据地向东、北方向发展,从而打开了整个苏北的斗争局面。茅山根据地,不仅在新四军军史上占有不可磨灭的意义,就是在整个抗日斗争史上,也占有重要位置。因此,丘东平选择抗日战争最艰苦的岁月作为这部长篇小说的时间坐标,选择茅山地区作为空间坐标,是有眼光、有胆识的体现。

由于我们看到的是丘东平《茅山下》下的前几章,且有的情节还没开展,如妄加评论,显然不是最恰当的,但是作品呈现出的景色描写,却可从艺术的角度以管窥豹。

丘东平的描写似静物写生,又似色块沉重的油画,它以繁复而又驳杂的色调,涂抹在一块画板上,让人感到凝重、沉郁,也让人在沉重中看到了一缕灵动和生机。不是吗?"北风骚乱地刮过山冈""阴暗地、忧郁地显出不明的深远而渺茫的色调""在太阳光的浴抱中幻梦地吹出轻松、欢悦的调子",这些自然界固有的东西,在丘东平笔下成了灵动的生命,这里有通感,也有隐喻,在20世纪30年代,丘东平能够运用这种艺术手段去强化作品的语境,是相当不容易的。与此同时,丘东平也向读者传达出这样一种信息:在窒息的自然环境下,有一线灵动和生机,何况是有着主观意志的人类呢?

丘东平作为新四军的一员,以自己的亲身体验,去承受一个凤凰式的涅槃过程,又以作家的灵感去营造历史的真实,它所反映的是中国共产党领导下的抗日队伍在艰难困苦中的浴血奋斗历程。

诚然，茅山地区处于日寇铁蹄蹂躏下的江南，日、伪、顽以重兵包围之势，通过铁路、公路、河流、封锁线、交通网，把茅山地区划成"棋盘格子"，据点星罗棋布，形成密集的"梅花桩"，企图对江南地区新四军和抗日武装赶尽杀绝。江南地区的人民群众，虽然有抗日的要求，但缺乏有力的组织领导，对远道而来的新四军自然缺少了解，他们对新四军能否在江南水乡以游击战抗击强大的日军缺乏信心。在这种形势之下，新四军领导层认识到，只有通过自己的辉煌的战斗成果，才能让广大群众重新认识到，在亡国灭种的情况下，仍然有中国共产党领导下的新四军主力，以"一柱擎天"之力，"挽狂澜于既倒，扶大厦之将倾"。作品就是通过新四军以较少的兵力击退了敌人的袭击，从而歌颂了新四军的英雄壮举。

一定意义上说，战斗场面的描写有两种形态：一种是写实地记录此情、此景、此人、此物，只是用艺术的手段加以描述，增加现场感；而另一种是以意象、隐喻、通感等修辞形式，对战斗现场进行超脱于常态的升华，将审美价值推向极致。可以说，前一种手法是常见的，后一种手法是极具难度的操作，一般作者是远而避之的。丘东平对战斗场面的描写，成功地运用了后一种手段，并营造了画面上的"悲剧美学"。

请看："枪声坚实地，尖锐地飞散在河的西岸，低空里闪电似的流射出铁的令人目眩的光焰。"在丘东平眼里，枪声是"坚实地""尖锐地"，而且在"低空里闪电似的流射出铁的令人目眩的光焰"，这种叠加的、强化的效果，使枪声增加了恐怖和血腥。丘东平还擅长推崇反差强烈的画面感，从而碰撞出令人惊悸的艺术效果。如他写道："用战栗的虔敬置身于那红的血、雪亮的刀，灰白、紫黑、褐色、赭色的战马，以及那寂寞、凄苦的田野互相辉映的画景中，对着敌人和自己都给予神圣庄严的赞叹与歌颂。"这里有"红的血""雪亮的刀"，也有"灰白、紫黑、褐色、赭色的战马"这诸多战场上的惨烈元素，汇集到一个"寂寞、凄苦的田野互相辉映的画景中"，终其目标是"对着敌人和自己都给予神圣庄严的赞叹与歌颂"，这是何其大胆的"赞叹"！对自己、对我们的队伍的赞叹与歌颂，是肯定的。然而，对"敌人"的赞叹与歌颂，却是另一种隐喻。有人曾说，战争的目的是制止战争。从另一种角度看，战争的史诗是由敌我双方去书写的。这种人道主义的演绎，使丘东平的作品超越于意识形态固有的窠臼，向着一种更为崇高的信仰迈进。

丘东平写道：新四军两个小小的连队"在敌人强大的马队的围攻中，艰苦地冲过那长满着毛刺球和枯死的野栗子的斑斓的山岗，有一排迷惑地贪恋地投入那庞大的狂风骤雨的马队里面，没有一匹马敢于放蹄在他们的身上践过，没有一个日本人敢于奋身阻遏在他们的正面"。这种容纳主、谓、宾、定、状、补的递进复句，就是说明一个血腥的现实：敌人的骑兵排山倒海地冲向新四军阵地，然而日军这些战争狂人，尽管兽性偾张，也不敢将铁蹄践踏在新四军战士身上。这当然是丘东平的主观判断，在战场上最恐怖、最残忍的举动也会在双方的"野性"支配下演绎出来的。但是在丘东平的眼里，新四军的战士们虽然战死沙场，但他们的精神是不死的。他信奉尼采的哲学，像"狮子"一样战斗，为自己的人生责任尽忠。

丘东平还意犹未尽，他要将画面效果推向极致："手榴弹的炸裂和马的狂骤互相冲激，直竖起来的马，由于和手榴弹的爆炸发生合抱而至迷醉地、麻木地掀落它顽强而自尊的骑者，高扬的手把雪亮的刀抛向空中……"这犹如影视作品的慢动作，主人公不是新四军战士，而是日军的骑兵，他遭遇了新四军的手榴弹，手榴弹的威力不是爆炸后产生的强大的毁灭性，而是"迷醉地、麻木地掀落它顽强而自尊的骑者"，画面效果甚是唯美，"高扬的手把雪亮的刀抛向空中"。在我们的阅读史中，褒义词永远用在正义一方，而贬义词是反派人物的专属，然而20世纪30年代的"左联"作家丘东平，却给我们上了一节美学课，当我们将一个美丽画面给了我们憎恨的人和事物，难道我们的主观意志就出问题了吗？

当然，丘东平的尚未完成的《茅山下》显然不算伟大而完美的作品，但它透露出来的骨感，会使后来的欣赏者产生一种美的力量。

这种美的力量，营造出没有句号的英雄传奇。

鲁迅曾说："文艺是国民精神所发的火光，同时也是引导国民精神的前途的灯火。"丘东平创作的一系列反映抗战时期新四军浴血奋战的作品，难道不是鲁迅所说的"国民精神所发的火光"吗？

第五章　鲁艺在盐城

在江苏省盐城市建军东路159号，有一座现代化的地标性建筑——新四军纪念馆。广场上有一座纯铜制作的新四军战士塑像：一位英姿勃发、肩背步枪的新四军战士昂首挺胸，双目注视远方，手握铜制的军号，吹响了"东进"的序曲；在建军广场的另外一尊大铜马塑像，则是新四军重建军部所在地盐城的城市标志，英武的新四军战士挺立着健硕的身躯，身背大刀，手握缰绳，骑在扬起前蹄的战马上，寓意新四军迎着硝烟烈火，向明山秀水的江南东进、东进！

江苏盐城，地处苏北平原中部，京杭大运河东侧，濒临黄海，偏离长江和津浦、陇海铁路等交通要道及沪、宁、蚌、徐等大中城市。境内地势低平，河湖港汊极多，盛产粮、棉、盐等重要物资。

因盐得名的盐城，毗邻邮驿名城高邮、"中国近代第一城"南通，紧挨黄、淮、运交汇之淮安，蕴含"国泰民安"的泰州，李白笔下"烟花三月"的"淮左名都"扬州……这里有汉之高祖、隋之炀帝、清之康乾的印迹，也有李白、白居易、鉴真、杜牧、欧阳修、王安石、苏轼、范仲淹、石涛、扬州画派和马可·波罗以及以《春江花月夜》而力压盛唐诗坛的张若虚的长袖之风、登梯屐痕，更是《三国演义》《西游记》《水浒传》和《镜花缘》小说的诞生之地，其习书香犹如笼罩在湖上的薄雾，氤氲着润泽，在人们的心灵划开一道温柔的涟漪……

神州朝代更迭。

硝烟铁骑扬尘。

明月映照红船。

这一切的一切，都在此留下了繁复、奢华的前尘旧影……

抗日战争时期，这里是开展华中敌后抗战、积聚革命力量的战略要地，也是敌、顽必争之要塞，可谓是危机四伏，战云密布。

1940年10月19日（即是皓日），黄桥战役刚结束，在蒋介石的指使下，何应钦、白崇禧以总、副参谋长的名义，致电八路军总、副司令朱德、彭德怀以及新四军正副军长叶挺、项英。何、白"皓电"限令黄河以南的八路军、新四军一个月之内集中到黄河以北，而且规定八路军、新四军合并后总编制不得超过10万人（当时八路军、新四军已有50万人）。显然，所谓"何、白皓电"是一个将新四军"扼杀于萌芽之中"的政治阴谋，是国民党顽固派发动新的反共高潮的危险信号。

"皓电"发出后，蒋介石又密令汤恩伯、李品仙、韩德勤等部30万兵力，会同江南顾祝同所部，准备向新四军发动进攻。李品仙乘机向新四军提出，要中共交出整个皖东政权；韩德勤也要新四军在苏北恢复黄桥决战前的状态；李明扬、李长江、陈太运协助韩德勤所部夹击新四军；东北军霍守义所部也由山东南下，增援韩德勤所部；汤恩伯所部在皖北地区积极向新四军所在地区推进，不断制造血腥摩擦……

在偌大的华中地区，一场新的反共逆流迫在眉睫，风雨欲来！

1941年1月，皖南的天空吹起了腥风，下起了血雨——震惊中外的皖南事变骤然爆发。1月7日，驻扎皖南的新四军军部及其所属9000余人行至茂林地区时，突然遭到国民党军七个师8万余人的围攻。新四军奋起还击，浴血苦战了七日七夜，终因寡不敌众，遭受了惨重损失：新四军军部被袭，叶挺军长身陷囹圄，副军长项英、参谋长周子昆突围后遇难，政治部主任袁国平壮烈牺牲。最后，新四军第一支队副司令员傅秋涛率领所部2000多人杀出重围。

皖南事变令数千新四军指战员血染丛林，成为中共革命史永恒的痛！

皖南事变发生后，蒋介石竟发出命令，宣布新四军为"叛军"，撤销新四军番号，将叶挺军长交军事法庭审判，同时，命令汤恩伯、李品仙等部数十万兵力大举进攻新四军各路部队。

中共中央在皖南事变发生后除了指示各战区在军事上进行自卫外，并在政治上全力展开了对国民党顽固派针锋相对的斗争。1941年1月13日，中共中央发出通电,向全国各界人民披露了皖南事变的真相;18日,又分别向全党发出《关于皖南事变的指示》和公开谈话,要求各地军民揭露国民党顽固派的罪恶行径,加强作战准备。

1月20日,中央军委发布重建新四军军部的命令,任命陈毅为国民革命军新编第四军代理军长,张云逸为副军长,刘少奇为政治委员,赖传珠为参谋长,邓子恢为政治部主任。

遭受重创的新四军凤凰涅槃,浴火重生!

1941年1月25日,新四军新军部在苏北盐城正式成立,并举行了隆重的新四军军部重建大会。新军部领导人陈毅、刘少奇、赖传珠等和新四军指战员以及盐城社会各界代表1000多人参加了成立大会。会上,刘少奇宣读了中央军委关于重建新四军军部的命令,陈毅发表了就职演讲。

新军部成立后,即根据中央军委的指示精神,对华中新四军做了统一整编,并将华中八路军第四、第五纵队等部队统一改编为新四军建制。整编后,全军为七个师一个独立旅共计9万人。

新四军在盐城重建军部初期几个月,为宣传党的方针、政策和培养造就一大批革命文艺人才,繁荣新四军抗战文艺创作,鼓舞华中抗日根据地军民的士气,在中共中央华中局书记、华中指挥部政委刘少奇,新四军代理军长陈毅的指示下,鲁迅艺术学院华中分院(下称"华中鲁艺")开始了筹备工作。

1940年11月,丘东平随陈毅到了海安。海安,由"海水永不扬波"之意而得名,地处江苏省中南部,位于南通、盐城、泰州三大市交界处,历史悠久,人文荟萃,是江海文明的起源。境内的青墩遗址将江淮平原的历史追溯到6000年以前。

不久,丘东平接到刘少奇秘书的通知:根据刘少奇同志的指示,你和邵惟随同刘政委到海安与陈岛、莫朴等人会面,研讨如何筹办学校的问题。刘少奇说,苏中、上海和大后方有许多青年知识分子要来苏北,需要考虑办几所学校,一个是抗大五分校,另一个是华中鲁艺。

11月中旬,刘少奇从海安到达了盐城,丘东平也随之前往。刘少奇在这里主持召开了一次筹委会。丘东平说:"延安早已办起了抗大和鲁艺,培养了一大批抗日军政干部和艺术人才,对抗战工作起了很大的推动作用。我们新四军过去没有条件办学,现在不同了,我看现在是开办学校的时候了。"

许幸之是"左联"发起人之一,也是"左联"下辖的"美联"主席,他同意丘东平的看法,并表示自己愿意去上海聘请一些进步教授,来充当教学的骨干。许晴、刘保罗除表示同意外,也提了一些具体建议。

刘少奇、陈毅立即分别征求丘东平、许晴、许幸之、刘保罗等作家、艺术家的意见,丘东平等听后非常激动,马上表示赞同。刘少奇、陈毅在征求了专家们的意见后,终于下了办学的决心,并征得中共中央华中局同意,决定在华中抗日民主根据地(下称"华中根据地")创办一所艺术院校,学校定名为"鲁迅艺术学院华中分院",简称"华中鲁艺"。

正当丘东平潜心写作《茅山下》时,新四军军部要他负责筹办华中鲁艺的工作。他为此喜不自禁,终于可以摆脱动荡的环境专事文学创作了。可是,当他知道要挑起教导主任的重担,内心又起波澜。他决心争取摆脱一切羁绊,完成《茅山下》这部长篇,并陆续向纷至沓来的"伟大的战斗题材"进军。

1941年初春的盐城,尽管到处是断墙残壁,但却给人一种兴旺景象。登瀛桥头的商铺,小贩们的大声叫卖,满街行走着穿灰军装的新四军军人,他们买卖公平,说话和气,和韩德勤的中央军简直天渊之别。

住在贫儿院兜率寺的鲁艺师生又带来了新鲜空气,他们在军民联欢会上演出的大合唱、活报剧,大开了盐城人的眼界。有知识的年轻人再也按捺不住了,纷纷要求报名投考华中鲁艺,用才艺报效祖国。

丘东平作为教导主任的担子越来越重。

随着时间的流逝,丘东平和辛文的关系也由朋友关系转变为夫妻关系。

他们终于有了自己的家,这家安置在华中鲁艺院部楼下的一间卧室兼书房的斗室里。丘东平在这里可以继续写作《茅山下》,但他仍要参加各种各样的活动,开各种各样的会议,还要撰写教材,指导教务科的工作。

除此之外，他还有繁重的授课任务。

由于丘东平经历丰富，又能结合文学理论，他的课总是深受学员欢迎，甚至吸引了文学系以外的戏剧、音乐、美术系的同学都前来听课。大家感到听丘东平讲课，仿佛进入了中国革命的历史舞台，听到了从未听过的活生生的红色故事。

由于华中鲁艺缺少骨干，刘少奇、陈毅决定将抗敌剧团合并到华中鲁艺中去，并指定丘东平、孟波、莫朴、陈岛、孙湘5人成立筹备委员会，丘东平为筹委会主任，并确定学校设在盐城贫儿院旧址，暂设文学、戏剧、音乐、美术四个系，学制6个月，第一期招生400人，并初步框定了各系师资和干部配备。筹委会办公地址设在盐城城东石头街7号。

关于院长的人选问题，原来丘东平和刘少奇、陈毅等领导商定：请上海的许广平担任。许广平是鲁迅先生的夫人，才学和威望很高，华中鲁艺的校名又是以鲁迅的名字命名，聘请鲁迅夫人来当院长，除了崇敬的成分外，还可以提高华中鲁艺的知名度，因此便派许幸之带着陈毅的亲笔信，到上海聘请许广平前来苏北担任华中鲁艺的院长。然而，此时许广平正忙于编纂《鲁迅全集》，无法脱身前来苏北。许幸之抱憾回来，不过他还没有忘记动员上海一批进步青年到华中鲁艺学习。由于许广平没来，一时之间找不到合适的院长人选，最后研究决定由中共中央华中局书记刘少奇兼任。丘东平担任华中鲁艺筹委会主任后，全力投入建院工作。在筹委会上，刘少奇宣布华中鲁艺的宗旨："迅速培育艺术干部和艺术人才，为抗战服务，为人民服务。"刘少奇说，至于其他问题，你们可以参照延安鲁艺的办法、经验，结合新四军、华中根据地的实际情况研究确定。

丘东平与刘彬、彭康、许晴、刘保罗、许幸之、陈岛、蒋天佐、袁万华、何士德、莫朴、孟波、孙湘等筹委研究决定，全院分设文学、戏剧、美术、音乐等四个系和一个普通班。后来考虑到有一些年纪较小的学员，增设了一个少年队。刘少奇从淮南抗日根据地带来了一个抗敌剧团，便将这个剧团编为实验剧团，既可以为根据地军民演出，又可以服务于戏剧的教学实验。

华中鲁艺的机构设置搭起架子之后,颇费脑筋的就是选聘专业教授、教师和各个系的主任,此外,还有教材、教具和课室,还有其他许许多多烦琐的难办而非办不可的问题。可想而知,在战争进入相持阶段之时,在平时看来什么都不具备的条件下,要创办一所门类齐全,效果显著的艺术院校,其难度之大,是难以想象的。

作为筹委会主任的丘东平,把困难看成阻力,同时也视为动力,并以此激发自己的聪明才智,他想出一个个切实可行的办法,以解决目前的困难。譬如校舍课室的问题,他选择了盐城郊区的一个古老的寺院——兜率寺,因陋就简地把它改造成华中鲁艺的临时校舍,再配上自制的课桌、板凳,就成了一间简易的课室了。

至于教学人员和教材问题,他召开了几次筹委会会议反复研究。大家一致认为,尽量发挥自身的力量去解决。除了到上海、武汉等大专院校动员和聘请少数较有成就的教授担任教学骨干外,其余教职员工都在中共中央华中局及新四军部队中进行合理调配;教材方面,则由教授们自编讲义,参照普通艺术院校的课本进行授课。

筹委会还研究确定了各系和班、团队负责人及教授、教员的基本人选:

文学系主任:陈岛

教授:戴平万、林珏、蒋天佐、戈茅(徐光霄)、许幸之

戏剧系主任:刘保罗

教授:许晴、邵惟、许幸之(兼)

教员:朱丹、魏征、天然、沈西蒙

美术系主任:莫朴

教授:许幸之(兼)、庄五洲、刘汝醴、戴英浪(兼教务科副科长)

教员:涂克、铁婴、洪藏

音乐系主任:何士德

教授:章枚、孟波(兼)、沈亚威、贺绿汀

普通班班主任:孟波(兼教务科科长)

兼课教授有丘东平、陈岛、刘保罗、许晴、何士德、章枚、莫朴、戴

英浪等。

少年队队长：郎林，指导员：刘桂英

实验剧团团长：孟波，副团长：刘保罗

为适应战时情况，筹委会还决定把全院人员，按军队编制成立一个大队，各系编成中队，实行生活行动军事化。

分院大队长：汪星，副大队长：胡辛人，军事教官：王培臣

教导主任：丘东平

许晴被宣布为华中鲁艺的委员之后，丘东平与他接触便多起来了。他在上海时间虽说不长，但对丘东平的经历和创作的声望却知道得不少，心里产生了仰慕之情，如今在一起工作，自然是十分高兴。丘东平擅长文学，许晴擅长戏剧，虽说同门类不同科目，但毕竟都是反映生活、抒发思想感情的艺术形式，有许多共通的地方，因此谈论起来，很容易找到话题，互相启迪和探求真谛。

在华中鲁艺筹办期间，刘少奇、陈毅也经常到筹备处找丘东平，过问筹备工作的进展情况。特别是陈毅，他来的次数更多。也许是他本身特别爱好文艺的缘故，也许是因为丘东平曾经是他的秘书，可以无拘无束、直言不讳地与自己探讨问题。因此他与丘东平谈完公事之后，总是舍不得立即离开，总是要留下来议论时局，畅谈古今人物和文艺问题。在丘东平心里，陈毅是一位博学多才、文武兼备而又颇具真知灼见的政治领袖、军事将领，他的话题深广、议论精辟，常使丘东平钦佩不已。

1941年1月，正当华中鲁艺的筹办工作进入实质性阶段时，忽然传来了晴天霹雳，皖南事变发生了。一时之间，华中鲁艺筹委会的同志，深感难以言状的痛苦。这些不幸的消息，令丘东平寝食难安、柔肠寸断！

是苦难，总要承受。

是逆境，总要面对。

好在丘东平不是一个弱质书生，而是在战场上滚打多年的老兵，冲冲杀杀，生生死死，对他来说已不是什么新鲜事。

最大的伤痛，是新四军人才的巨大损失；

最大的忧虑，是新四军的前途往哪里去？

沧海横流，方显英雄本色。

周恩来、叶剑英领导下的中央军委，及时而有力地解决皖南事变的影响及善后工作。他们一面揭露皖南事变的真相，向国民党当局提出强烈抗议，表明中共中央的严正立场。同时，中央军委发布命令，重建新四军军部，并设于苏北盐城。这一重建措施，令处于绝境之中的新四军将士精神为之一振；新四军的前途顷刻间呈现出一片光明，中国革命又一次转危为安！

笼罩在丘东平心头上的阴霾，也被新四军重整旗鼓的号角所驱散，华中鲁艺的筹备工作跃上新的台阶。

兜率寺坐落在盐城城厢，是一座古老的佛教庙宇，历经风雨侵蚀，早已是残垣断壁，偶尔传来佛门弟子撞击暮鼓晨钟和念诵经文的声音，给这座古寺平添了东方的禅意和神秘的色彩。紧挨着兜率寺的慈幼院，是一幢二层砖木结构的建筑，外围是一个破烂的院子，如今修补了残墙，粉饰了内壁，华中鲁艺就落户于此。这也是万般无奈，在偌大的盐城，真是找不到办学的合适场所。慈幼院二楼是文学系的教室，楼下是戏剧系的教室，教室里有一个用砖头砌成的小舞台，供学员们集会、演出之用。

1941年2月，大雪纷飞，寒风刺骨，银装素裹，白茫茫一片。华中鲁艺在盐城兜率寺旁边的慈幼院正式宣告成立。红色的横额、彩色的旗帜给洁白雪景带来了喜庆之色。刘少奇、陈毅、赖传珠、邓子恢等领导出席了开学典礼。刘少奇、陈毅、丘东平等军、院领导以及教师代表、学生代表均在开学典礼上发表了热情洋溢的讲话。丘东平在讲话中首先报告了华中鲁艺的筹备经过，接着他讲到了学院的宗旨和与众不同的特点。

丘东平说："我们学院的第一个特点就是领导特别重视。你们看，刘少奇同志是华中局的书记，又是新四军的政委，是华中地区我们党的第一把手，但他却在百忙中关心华中鲁艺的筹备工作，还亲自兼任我们的院长，你说重视不重视？还有陈毅、赖传珠、张云逸、邓子恢等领导，也都为学院的筹建费心尽力，帮助筹委会解决了诸多困难。假如没有他们的鼎力支持，华中鲁艺至今还是空中楼阁！"

丘东平停了一下，喝了一口水继续说："我们学院的第二个特点是什么呢？就是革命化、速成化和实用化。我们是为革命办艺校，为抗日救国学文艺，所以必须用革命的精神、非凡的毅力进行教学与学习。为了尽快地向部队和地方输送艺术干部和文艺人才，我们必须强调速成化和实用化，但速成并非马虎，实用也绝非应付！"

丘东平说到这里，声音显得更加铿锵有力了，他提高了声调道："我们学院还有第三个特点，这就是我们的学员来自四面八方，来自全国各地，还有海外华侨中的知识青年。他们为了抗日救国，离乡别井，跋山涉水，冲破敌人一道道封锁线，千辛万苦来到了我们苏北根据地，这个行动本身，就等于上了抗日救国和坚决革命的第一课，而且这一课的'考试'大家都得了100分。有了这一课做基础，我相信今后大家学习的各项课程，也将会得到满意的高分！"

丘东平在开学典礼上的讲话，博得了与会者阵阵掌声，坐在主席台上的刘少奇、陈毅、赖传珠等领导同志相视而笑，频频点头。

2月9日上午，华中鲁艺四个系和一个普通班开始正式上课了。

说实在的，华中鲁艺的教学条件十分简陋，教室没有课桌、椅子，学员每人发一张小板凳，坐着听课，一块小木板搁在膝盖上就当课桌了，学员们就在小木板上做作业、记笔记，行军时就将小木板和小板凳绑在背包上一起背着走。

这里的师生们来自四面八方，多数是来自敌后和新开辟的华中根据地的抗日青年，也有的是从敌占区和国民党统治的大后方重庆、桂林等地投奔到根据地来的爱国青年、知识分子。为了使全体学员在华中鲁艺这座革命的大熔炉里都能得到锻炼，成为有革命理想的文艺战士，华中鲁艺的党组织十分重视师生们的政治思想教育，在课程设置上专门开设了一门政治课。

华中鲁艺各系、班的政治课内容有中国问题、社会进化史、政治经济学等。除各系共享的政治课外，每个系都设有不同的专科课程。普通班则兼而有之，而文学系、音乐系、戏剧系、美术系等专业都设置文艺课，讲授的是普通的文艺常识，使学员们毕业后能适应基层的文化工作。

为了使华中鲁艺具有浓郁的文化艺术氛围，丘东平请美术系主任莫璞设计构思集会场所。仅几天的工夫，莫璞在兜率寺大门前书写了八个巨大的红色美术字："团结、紧张、严肃、活泼"。他还画了一幅鲁迅先生指引青年前进的巨幅画像，挂在院部的迎面大墙上，画像上写着一行繁体美术大字："鲁迅的方向，就是中华民族新文化的方向！"醒目而又令人振奋。

丘东平对莫璞说："鲁迅的巨型画像画得相当好，很有力度，洋溢着向往光明、激越奋进的气势，挂在院部的大墙上，就有一股鼓舞人心的力量！"

随后，莫璞、戴英浪等几位美术系的老师，在展开的大白布上也画了马克思、恩格斯、列宁、斯大林的头像，庄严地悬挂在慈幼院楼下的大殿正面墙上；左右两面墙上有许幸之、莫璞、刘汝醴、庄五洲几位教授画的莎士比亚、贝多芬、达·芬奇、高尔基等世界文学艺术大师的画像。

文学系的教室设在慈幼院的楼上，楼下正殿隔壁是戏剧系的教室，楼对面是一排平房，分别为音乐系、美术系的教室和院部、教务科的办公室。音乐系的教室在广场西边的一栋平房里；美术系的教室则在另一栋平房，由于没有石膏像供学员们画素描，师生们就因地制宜，搬来兜率寺庙的神像刷上石灰，作为练习素描的模特；音乐系的乐器也非常缺乏，连一架供教学使用的钢琴也没有，只有一架旧风琴、几把口琴和几件民族乐器，还有一个用火油箱做的低音二胡，后来音乐系教授陈岛从上海带回一台留声机和一些中外唱片，音乐系勉强搭起了架子。

在日程安排上，学员们清晨起床后，听到起床号就上军事操练课，早餐后上专业课、下午学习政治、军事、文艺理论等课程、晚上校会、班会或党团员活动，有时还要进行军事演习，强化学员夜晚紧急集合、行军转移的能力。在华中鲁艺，课程的安排和课外的活动都繁重而又紧张。尽管这样，师生们的心情十分舒畅，觉得新鲜、有趣，充满革命理想。

由于条件限制，师生们睡的都是地铺，丘东平和校务处的同志想方设

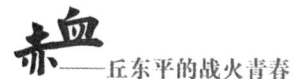

法地将古城墙拆下来的大方砖搬来当床,上面铺了一层稻草。虽然有稻草铺着,冬天依然十分潮湿和寒冷,有些学员得了感冒。然而,学员们仍然显得异常乐观,在表演舞台上高声朗诵:"艰难的条件升华我们的革命理想;战火硝烟扬起我们胜利的风帆!"

1940年夏秋大旱,海水倒灌,盐城地区稻子严重失收。由于粮食来源有困难,师生们吃的是玉米面糊糊、红高粱,有时还吃发霉的山芋干,很多从上海、南京来的学员,吃了以后就流鼻血、便秘,这时也常常因发生战事,这些"杂粮"烧煮过急而夹生,一旦日寇前来"扫荡",什么也吃不上,师生们只得饿着肚子跟敌人跑来跑去"捉迷藏"。

丘东平和师生们一样,生活虽然艰苦、清贫,但工作热情仍很高涨,业余生活也相当丰富。有一次,由许幸之主持的诗歌朗诵会,居然请来了陈毅,他没有穿灰色军服,而是换了一套黑色中山服装,风尘仆仆,但精神奕奕。诗歌朗诵会上,陈毅给大家讲了一个有关诗歌方面的小故事。他说他过去在北京中法大学文学院做学生时,就爱好诗歌,也就是从那时起,他"青春的心灵埋下了诗歌的种子",他喜欢读新诗,更喜欢写古体诗。陈毅的讲话,不仅风趣幽默,而且颇具诗情画意,使会场响起了一阵又一阵的热烈掌声。

丘东平担任教导主任后,比上课的教授们忙多了,他经常给文学系的学员讲左翼文艺的战斗传统,研究抗战文艺的振兴之道;又到戏剧系的小舞台旁看学员们排练,探讨革命戏剧的战斗作用;还到美术系观看学员们写生……一天到晚,他就像陀螺一样转啊转,似乎一分钟也没停过。

华中鲁艺虽然有几间教室,但实际上无法容纳众多的学员。由于处于战争年代,日寇的飞机经常来盐城空袭。为了防空袭,师生们不得不搬到野外上课。院部西边靠盐河一带坟堆很多,有一小片树林,于是就成了各系和普通班上课的地方。敌机来袭时,师生们就将坟堆作为隐蔽场所,警报解除后才回教室上课。

碰到这种情况,最操心的莫过于教导主任丘东平了。

有一次，丘东平带领师生来到盐城西郊上课，那里有很多坟堆，便于隐蔽。这时，日寇飞机正向西郊低飞过来，丘东平立即命令师生们隐蔽，刹那间，大家都在各处的坟堆旁卧倒，但偏偏有个少年队的学员站在野地里指手画脚，扯着大嗓子骂天上的敌机：

坟堆是我们的课堂，
鬼子飞机别猖狂。
有朝一日打你个稀巴烂，
一命呜呼见阎王，
见阎王！

这学员骂得拖腔拖调，好像挺好玩似的。

丘东平见此状况，吓了一大跳，立即跑过去将他按倒，事后把他狠狠地批评了一顿，并在全院开展了一次防空袭知识和防空袭纪律教育。

1940年初春一连几天，敌机都来盐城骚扰、空袭，警报声、爆炸声此起彼伏，连郊区也找不到一个安全、宁静的地方。新四军军部为了保障华中鲁艺的正常上课，决定把华中鲁艺暂时迁往张家庄。于是，丘东平以及汪星、胡辛人、孟波、孙湘等华中鲁艺的党政领导，率领全院师生转移到张家庄，过了一段时间，情况稍为好转时才搬回盐城。

3月中旬，敌机空袭盐城频繁起来，形势也日趋紧张，华中鲁艺不得不再次搬家，这次是搬往新河庙，三天后情况好转才搬回盐城。这样搬来搬去，上课像新四军打游击似的。事实上，华中鲁艺的办学方式也是采取"游击教学"，学员们在敌机的枪林弹雨中完成学业。

这种"游击教学"方式完全是日寇飞机空袭逼出来的，虽然给师生们带来危险，也影响了课程进度，但也锻炼了学员们的抗日意志，增加了实用的军事知识和防空袭经验，提高了广大师生在战争环境中的各种生存技能。对此，师生们没有什么怨言。他们逐渐适应了野外教学的环境，开心地唱道：

敌机在高空中捣乱，
　　仇恨积压在我们胸膛。
　　打起背包到郊外隐蔽，
　　坟堆成了我们的课堂。
　　我们在硝烟中学习，
　　我们在战火中成长！

但也有少数思想不通甚至对学习产生动摇的学员，他们写了一首打油诗，偷偷地在部分学员中传阅。打油诗曰：

　　有个学校不像样，
　　上课跑到坟堆旁。
　　学生根本无心听，
　　鬼城地下笑荒唐。

不久，这首打油诗被文学系一位姓周的学员发现送到院部，院部有些同志认为此事非同一般，可能是敌伪分子派人到学院搞破坏活动，扰乱军心，必须彻底查清，严肃处理。

丘东平则不以为然，他认为这首诗并无恶意，只是有些想不通，对"游击教学"看不惯，发发牢骚罢了，切不可小题大做。他估计这首诗是文学系的学员写的，于是他便找来文学系主任陈岛、中队长许铭和指导员毛键商量，回去多做学员的思想工作，并把打油诗在全系公开"张榜"，请打油诗的作者对目前"游击教学"提出具体意见。

果然，这个做法很管用，打油诗"张榜"后，有位姓马的学员便主动到院部找丘东平，承认打油诗是他写的，同时还检讨了自己的错误做法。他说他住惯了上海大城市，从小都在条件很好的学校念书，现在突然遇到这种"游击教学"很不习惯，想不通，就写首诗发发牢骚。

丘东平听了马学员的检讨后，笑着道："小马，你的思想我很理解，从上海到苏北，从明亮的课室到阴风阵阵的坟堆旁，看不惯，想不通，这并不奇怪。问题是你没有考虑到目前战争的大环境。环境变了，学习的方法也得变。马列主义的辩证法告诉我们：考虑问题一定要根据时间、地点、环境这三个要素。条件变了，处理问题的方法就得跟着变，不然就肯定要犯错误的。你说对不对啊？"

丘东平一席话，说得小马连连点头，保证一定要安心学习，尤其是要学好辩证法，报答丘主任的关心与教导。

在战争环境下，华中鲁艺文学系的师生，紧密配合盐阜地区开展墙头诗活动，他们写了许多诗歌贴在街头，在农村散发，有的被《江淮日报》采用，广为宣传。他们还在《江淮日报》文艺专栏中，发表有关诗歌的论文，强调"诗歌要跟着斗争的巨浪向前跃进，在抗战日益艰苦的今日，诗要像炸弹一样爆炸，战旗一样飘动，冲锋号一样怒吼，就必须走向街头，走向农村，走向大众"。这种鲜明而富于"战斗性"的论点，对诗歌以及整个文艺的大众化和普及运动，起到很大的推动作用。美术系、音乐系在参与社会实践活动方面也不甘落后。美术系主办了多期的"群众画廊"。音乐系以演唱的形式组织演唱会，受到苏区广大人民群众的欢迎。戏剧系教授许晴还配合在盐城召开的农民代表大会，写了一个十几场的大型活报剧，热情讴歌了苏北人民翻身解放的伟大业绩和先进群像。

正当华中鲁艺的师生们以高昂的姿态融入大众生活时，却发生了一件令人悲伤的事情。

1941年3月15日，新四军军部通知戏剧系主任刘保罗率领华中鲁艺实验剧团去龙冈参加新兵团成立大会的慰问演出。午饭后，刘保罗指导剧团排练独幕话剧《一个打十个》。当排到一个伪军被群众用箩筐套住，而新四军战士正要举枪将其击毙时，扮演伪军的演员突然鼻孔流血，刘保罗就临时叫费民杰接替他扮演。岂知扮演新四军战士的演员小汤，手中拿的道具是哨兵执勤用的步枪，事先没有将枪膛里的子弹退出来，而刘保罗压根儿也没有想到他的枪膛里会有子弹。

当刘保罗指导小汤举枪射击,并要求他把动作做得逼真时,小汤把枪栓一拉、一推,一颗子弹顶上了膛,只听"砰"的一声,子弹飞了出去,罩在箩筐里的费民杰应声倒下,子弹又从青石板上蹦起,击中了蹲在砖头堆上导演的刘保罗的左颊,从他的后脑穿出……

在场的所有人都惊呆了!

大伙儿立即将刘保罗抬往医院抢救,因伤势过重,他在途中停止了呼吸。

刘保罗不幸去世,是抗敌戏剧舞台上的一大损失,也是中国文艺界的一大损失。新四军领导说:"失去刘保罗,等于失去了一支无坚不摧的战斗队。"于是,华中鲁艺的师生为牺牲的同志开了追悼会,集体唱了林路西作词、何士德谱曲的《刘保罗挽歌》,他俩的遗体被埋在串场河右岸,丘东平为他俩写了墓碑铭文。

1941年4月,苏北文艺抗敌协会在盐城成立,丘东平、钱俊瑞、夏征农、许幸之、薛暮桥等25人被选为苏北文协第一届理事。此时,丘东平身兼数职,忙得不可开交。特别是他肩负华中鲁艺的行政领导职务,全院500名师生都是新四军、华中地区文艺界的精英苗子,党把这些人才交给他们,就是要他们尽快把这些年轻人培育成才,为抗战大业服务,也为将来建设新中国贮备艺术人才,这是多么重大的历史责任啊!

丘东平想,行政领导工作固然重要,但不是他的兴趣所在,也不是他的至高目标,只有创作出名副其实的文学作品,才是他的本色体现,才是他的心中挚爱。

他在挺进江南时做战地记者、担任敌工科长时,收集了大量的创作素材,足足可以写一两部反映抗日战争的长篇小说。就目前的情况,只有辞去华中鲁艺教导主任之职,才能安下心来专门从事创作。然而,谁来接替他教导主任一职呢?他忽然想起了早在上海认识的老朋友黄源,皖南事变期间,他没有牺牲,而是随着部队突围,后来安全地抵达苏北。论资历、水平和声望,黄源都是合适人选。

他决定向组织推荐黄源,让他接替自己的职务。

1941年5月下旬，丘东平向上级写了辞去华中鲁艺教导主任的报告。但报告送上去以后，迟迟不见批复，他却接到刘少奇院长的通知，要丘东平代表他主持召开一次业务领导干部会议，中心议题是"讨论文艺的大众化问题"。

于是，丘东平于6月上旬主持召开这次"文艺大众化"会议。这次会议非常重要，因为此时中央还没有召开延安文艺座谈会，而在苏北地区，关于"文艺大众化问题及文艺工作者应该投身到工农兵群众中去，为工农兵群众服务"等方向性问题，已经在这次会议上正式提出来了，并通过大家的热烈讨论，最后以会议决定的形式确定了下来，使广大文艺工作者有了明确的创作方向。

会议结束后，军部批准了丘东平的辞职要求，改任他为华中鲁艺文学系教授，专门从事文学创作。就是说刘少奇、陈毅让他做专业作家，写完手头上的长篇小说《茅山下》，华中鲁艺教导主任一职由黄源担任。

丘东平卸下了学院行政领导的职务后，顿时感觉浑身轻松，他带病的身体也似乎好了许多。从此，他便聚精会神地投入《茅山下》的创作之中。

新四军在盐城重建军部，刺激了日军和国民党顽固派的敏感神经，日军叫嚣要"完成皖南事变未竟之功"，国民党顽固派则妄想彻底消灭新四军，"以除后患"。

从1941年春季开始，日军先后派出三个旅团和几个联队，集结近2万人，兵分四路，向盐城进攻，形势万分危急。陈毅代军长根据中共中央华中局的指示，进行反"扫荡"战斗动员，号召驻盐城的所有部队、机关、学校逐步分散转移到安全地区。

6月的盐城，阳光普照。摆脱了教学事务羁绊的丘东平第一次和妻子辛文在欣赏盐城风光。盐城的手工艺品与土特产，种类繁多，历史悠久。手工艺品有冶铁、木雕、彩塑、发绣、羽扇；海产有玄精、车螯、醉螺、四鳃鲈鱼等；风味小吃有鱼汤面、藕粉圆子、糖麻花、大糕等。丘东平和辛文手拉手走进天主教堂，漫步在月亮街，到盐城饱尝有特色的小吃，言

谈举止中充满浪漫的情调……

在盐城公园里，辛文和丘东平并排坐在一棵大树根部，她要丘东平讲讲历史名人与盐城的故事。丘东平略为思考了一下道："那我就讲一个郑板桥的故事吧。"

郑板桥是"扬州八怪"之一，诗文书画俱佳，名扬天下。他42岁方中进士，清乾隆年间，先后在山东范县、潍县做了12年知县，他得罪了当地豪绅，毅然弃官回乡。清乾隆十三年（1748年），他离开潍县官衙，两袖清风，只带随身行李，骑一头小毛驴，飘然南返。一路上，郑板桥观赏水光山色，盘缠不继时，便作画题诗赚取食宿费用。在途中，他听说盐城"杨氏宗祠"的匾额出自无名书法家手笔，笔力雄健，独具一格，特地绕道盐城观赏。

郑板桥离开盐城之后，回兴化探望了妻子儿女，因生活所迫，手头拮据，就只身到白驹场的北宝寺坐馆卖书画。他在白驹场住了近一年时间，经常到"兰玉池"浴室洗澡。浴室的主人姓杨，十分仰慕他，从不收他的浴金。郑板桥为了报答浴室主人的好意，离开白驹场时，亲笔题了"兰玉池"三个大字，还写了一副对联，上联"涤浣澄心兰可佩"，下联"熏蒸和气玉为仪"赠给浴室主人。主人视若珍宝，刻成石碑，保存至今，成了盐城一宝。

辛文听罢微笑道："真好听。这样的传说为盐城这座古城增色不少。"

两人伫立在城墙下，采撷各种野花，织成缀满花瓣的花环，圈在辛文的脖子上，引来了她银铃般的笑声。此时，丘东平仿佛回到了当年的马福兰村，他的脑际里重现他和嫂子们放牛时的"放肆"情景，然后，他施展儿时的顽皮动作，尽情地逗辛文开心……丘东平竭力忘掉眼前的烦恼，然后静下心来写小说。

是的，写小说成了丘东平接下来的头等大事。

直到傍晚，他们才回到宿舍，丘东平又是伏案写了一个晚上，窗外出现鱼肚白，由于过度兴奋，他仍不想睡觉。辛文板着脸，硬是逼丘东平上床，说："东平，你真是不要命了，你仅凭不睡觉就可以写出几十万字的长篇吗？"

这时，丘东平将背靠在墙上，一个劲儿地抽烟，哀求道："辛文，让我继续写吧，我有个预感，战争就要来临了。打起仗来，我更没有一点儿时间了。时间对我来说，比什么都重要。"

"是的，我也感觉到，战争就要到来了。"

"正是这样我才要拼命写完《茅山下》，我不仅要写战争，还要写人性，写人在命运面前的痛苦挣扎。"

"东平，你太残酷了，对自己，也对书中的人物。"

"不，只有无畏死亡的人，才是生的强者。凤凰涅槃才能诞生新的生命，这是哲理，今天仍然有意义！"

"你太悲观了……"

"我不喜欢盲目的乐观。"

"抛开你写的小说，我们也要正视目前的现实。鲁艺的学生们大都是来自城市，他们毫无战斗经验，一旦遇到强大的敌人，后果不堪设想。"

"我是他们的领导，我是军人，自当冲锋在前，退却在后。在这些孩子面前，我意识到自己的责任远比写《茅山下》更加重要！"

这时，丘东平一阵咳嗽，呛得脸红一阵白一阵，辛文一把将他手中的香烟夺过，扔在地上，愠怒道："医生说你的肺部有问题，还抽烟，不要命了？"

"我也没办法，烟不抽哪来的灵感？"说到这里，丘东平从床上站起来，推开了木质的窗户，室内微弱的灯光投向了窗外的紫荆花。辛文挽着丘东平的胳膊，轻轻地说："快天亮了，你睡一会儿吧。"

丘东平轻轻地抚摸着辛文的齐耳根短发说："好的，我听你的……"

第六章　赤血写丰碑

1941年6月22日，华中鲁艺的师生撤出盐城，前往盐城以西、龙冈以北的湖垛镇附近。五百余名师生分别住在在高马乡、北左庄、黄家巷等地,两天后转移到盐城县五区(今建湖县庆丰乡)。

中共中央华中局和新四军军部机关、华中党校、华中鲁艺、抗大五分校女生队、江淮印刷厂等都跟着新四军军部,于7月10日转移至湖垛镇以北约7公里的左庄、汤碾、西站等地。日军从盐城、上岗往湖垛建阳方向发动进攻,紧紧咬住新四军后卫部队的尾巴。有一次,敌人的机枪子弹竟然扫射到陈毅住的房子,留下了一排深深浅浅的弹洞……

敌人的大"扫荡"开始后,音乐家贺绿汀正在秦南仓参观演出,接到新四军军部电话,叫他不要回驻地了,直接跟随军部转移。当晚,他中途住宿在荡杨庄姓崔的一户乡绅家,恰好和丘东平同住一处。

当晚,两人彻夜长谈。

事后,贺绿汀写了一篇文章回忆当时的情景:

> 当时我和丘东平闲谈,问他是哪里人,他说他是广东海丰人,我忽然想起一九二七年底我在海丰东江特委会宣传部当宣传员时,看到那里有个儿童团的团长叫丘席珍,坐在办公厅里俨然像个大人一样,问他认不认识?他说。那就是我呀。
>
> 我听了不胜惊讶,谁料在敌后竟有如此巧遇!我是1928年初和四位朝鲜同志跟随广东省委杨殷同志离开海丰的,海丰以后的情况不知道。他说后来反动派占领海丰,大批屠杀海丰人民,屠场在海丰城附近一个森林里,由于杀人很多,那里的蛇喝人血,长得特别粗壮。他逃到香港,后来到日本去了。
>
> 次日我们分手,我乘船到了在上刘家舍的军部,据说那是胡乔木同志家乡。当时情况很紧张,军参谋长赖传珠同志不停地和前方电话联系了解情况,指挥作战,远远听到敌人汽艇开动嗒嗒的声音,只要转个弯就可以到上刘家舍来,后来那声音渐渐远去,知道它是开往盐城方向去的,十时以后只见陈毅军长带领八名全副武装的战士从前方回来,少奇同志生病躺在门板上,我

把背包给他作枕头,当时由于早上没吃饭,我饿得一点力气也没有,请警卫员设法要来一个馒头吃下才算好些。

第二天一早,军部安排一只小船送我和许幸之到射阳河以东打埋伏;在雾中隐隐看到河对岸一队人南行,那是华中鲁艺由许晴、孟波、丘东平等率领的师生,他们既无枪支又无战斗经验,后来知道他们到了北秦庄遇到敌人,被打死了不少人,又淹死、被俘了许多,许晴、魏征牺牲了,丘东平在一桥边指挥学生撤退,也被敌人发现,后来牺牲了。他在海丰那样的情况下得以幸存,却在此时牺牲了,这是无可挽回的永远令人伤心的事。

7月中下旬,敌人向新四军进行夏季最后一次大"扫荡"。23日下午,军部召开紧急会议,随后由军部宣传部长钱俊瑞来到华中鲁艺传达军部指示。

钱俊瑞是江苏无锡人。1927年毕业于江苏省第三师范学校,1928年进无锡民众教育学院,1929年参加阳翰笙领导的无锡农村经济调查工作,1933年发起成立中国农村经济研究会,1934年加入"左联",1935年加入中国共产党。1938年后历任第五战区司令长官部文化工作委员会主任、中共中央华中局文委书记、皖南新四军军部战地文化服务处处长,后任新四军政治部宣传部长。

钱俊瑞表情异常严峻,他说:"这次军部机关和下属文化单位转移,没有护卫部队,要求各级干部和共产党员要带好头,灵活机智,碰到敌人不要硬拼,要想办法摆脱。大家听懂我的意思吗?"

到会的同志说:"钱部长,我们明白。"

华中鲁艺转移队伍分为两队行动。

华中鲁艺一队随新四军军部行动,二队前往盐城五区分散到地方工作。一队为院部、文学系、美术系、音乐系大部分学员和普通班的一中队,由教导主任黄源、音乐系主任何士德、美术系主任莫朴负责带领。随队的还有文学系教授蒋天佐等,共二百余人。贺绿汀、许幸之两位教授也

随军部转移。

华中鲁艺二队为戏剧系、音乐系少部分学员，普通班二中队和文学系的少数学员，随队的有戏剧系教授邵惟、音乐系教授章枚、美术系干事林路西和途中相遇的教员洪藏等，临时随队的还有前来军部请示工作的新安旅行团的张平、张杰、左林、张牧等四人，还有《桂林救亡日报》记者高静。

钱俊瑞说，新四军军部指示：由于湖垛镇被一个中队的日军和近一个团的伪军所占领，为了避开敌人跟踪，以群众工作基础较好的盐城县五区为行军路线，向盐城西乡一带水网地区转移，途经吉家庄、北秦庄，然后到达楼王庄。为了加强二队的领导，钱俊瑞指定二队成立党的工作委员会，孟波任书记，许晴、丘东平为委员，三人为带队负责人。

本来，丘东平可以和妻子辛文跟着军部撤走的，然而在军部机关转移前一天，他忽然对辛文说："我已经将原来我骑的那匹马留给音乐系的贺绿汀教授了，他身体不好。你怀有身孕，万一不舒服，也可以骑马行动。"

辛文不同意随军部行动，她要和丘东平一起走。

丘东平想了想，点头同意了。

接到任务后，丘东平回到二队做了简要的战斗动员，他说："共产党员要起骨干和模范带头作用，万一遇到严重敌情，要沉着、勇敢、不动摇，要和敌人做决死的斗争！"

为保证在转移中保护师生们的安全，军部还派一个参谋到二队带路，并配备八支汉阳造步枪，由周占熊等八个战士组成一个战斗班，指令周占熊、徐怡泰为正、副班长。除此之外，许晴配有一支驳壳枪，丘东平也有一支左轮手枪，作为自卫武器。

7月23日傍晚，华中鲁艺二队师生二百多人，在孟波、丘东平、许晴带领下，开始向敌人后方转移，他们从陶家舍出发，一直向东南方向走去。这时天空没有月光，星星也隐藏在厚厚的云层里。一会儿下起雨来，四周一片漆黑，潮湿闷热的晚风吹得芦苇哗哗作响，仿佛泄洪坝泻下奔涌直下的急流……

7月的天气，又闷又热。在雨后狭窄、泥泞的田埂小路行进，对城里长大的学员来说，摸黑行军还是头一回，心里忐忑不安，许多人走不踏实，纷纷掉在路边的水田里，没办法，只有重新爬起来继续往前走。

"哎呀，我的妈啊！"又有人掉进泥沟里了。走在后面的丘东平听出是戏剧系王海纹的声音，于是大声说："快，赶紧拉她上来！"于是两三个人手忙脚乱地将王海纹从泥沟里拉了上来。

丘东平提醒大家道："夜晚行军，不准大声说话，不准打手电筒，不能暴露目标。注意紧跟前面的同志，以免掉队。清楚吗？"

王海纹仅有17岁，是来自大上海的千金小姐。父亲俞钟骆是颇具名气的大律师，住着带花园的小别墅里，王海纹是父母的掌上明珠，她本可以在大都市接受条件更好的优质教育，过着锦衣玉食的生活。然而，她受到身为地下党员的姐姐影响，毅然报考了华中鲁艺，成为一名新四军的文艺战士。

据向导说，从湖垛镇到北秦庄，要经过一条河，这河叫射阳河，是由射阳湖湖水冲蚀而成的天然河道，河也由此得名。射阳河源于射阳湖荡，经永兴、阜宁县、鲍家墩、海通镇入海，全长198公里。

走着走着，前方出现了一条白茫茫的大河。由于走了几十里路，多数人体力显得不支，队伍越拉越长，首尾就无法呼应了。

凌晨时分，长长的队伍来到了射阳河。他们走在田埂小路上，两旁是稻田，稻穗长到齐腰高。清晨的露水把大家的衣服打湿了，有些同学在低声埋怨。

丘东平让大家传话下去："准备渡河，不许发牢骚！"

丘东平带领师生们走到河边。此时，丘东平趁日寇的巡逻汽艇尚未到来之际，要求战斗班的同志沿着河岸迅速向两侧散开，扼守住河岸制高点，防止巡逻艇上的敌人突袭，以保卫师生们顺利渡河。

接着，丘东平指挥大家趁着敌人巡逻艇离去的间隙，把借来的门板、木筏、木桶推进河里，抢渡射阳河。经过一个多小时的紧张抢渡，至凌晨，师生们才渡过射阳河。

然而，渡过了射阳河，并不意味着安全到达。夜阑人静，倏然传来了轰鸣的马达声,鬼子的巡逻艇由远而近,炫目的探照灯晃来晃去。丘东平率领师生们潜伏在岸上的稻田里,不让自己的身体暴露在敌人的视线之下……

7月24日凌晨,华中鲁艺二队来到了北秦庄。经过长途行军,师生们都感到很疲劳,肚子也饿得咕咕响,纷纷要求就地宿营,等天亮后再走。

丘东平和几位领导商量后,决定就在北秦庄的秦氏祠堂和附近村民家宿营,通过联系当地保长,找到村里的群众,煮了一锅稀饭让大家吃。等到将大家安顿下来时,已是午夜2时了,师生们解开背包,倒头便睡。

丘东平虽然很累,但他打了一个哈欠,振作起精神。他派周占熊、鲁军两名战斗班的同志出去放哨。同时派一位干部到附近的建阳县政府联系,打探主力部队的消息,并要他们一旦发现敌情,立即赶回来报告。

尽管这样,丘东平还是有点儿不放心,他请了一位当地村民带路,与许晴、孟波等人来到北秦庄周边观察地形。村民告诉他们,庄前有一条东西走向的河流,西边也有一条小河,东南到西北走向是黄泥沟,与庄前的河流汇合;庄前也有两座桥,一座在庄东南,一座在庄西南,呈牛角状,当地人称牛角桥。

丘东平想,北秦庄是苏北水乡,河汊纵横,大桥、小桥当然少不了。

夜色深沉,寂静得有点儿诡异。田野里的蛙声、虫声交织成一片,成了一支野外交响曲;禾场边,有几个老农民在小窝棚里抽烟,隐约闪出芝麻大小的火星……突然,"突突突"的响声从西南方向传来。

周占熊、鲁军在西北角的一座木桥头上站岗放哨,他们最先听到鬼子巡逻艇的马达声。"敌人的汽艇来了,你守住这里,我回去报告丘主任。"周占熊对鲁军说完,背着步枪急如星火地往村里走去。

丘东平、孟波、许晴等几个人挤在祠堂大门东边的一个屋角的地铺上睡觉,刚躺下不久,就听到由远而近的汽艇声,侧耳聆听,声音忽然消失了。

丘东平背靠墙壁,坐在一块门板上,随即起身说:"敌人很狡猾,把汽艇的马达关了,顺水而下,想对我们来个突然袭击。"

"丘主任,有情况!"周占熊持步枪气喘吁吁跑进来报告。

"知道了。别惊慌,大家过来看看地图,我们往哪里撤。"丘东平沉着地答道。此时孟波、许晴等人也聚拢过来,丘东平打着手电筒,从挎包里取出军用地图,分析了一会儿敌情,随即集合全体师生转移。

"集合,紧急集合!"

丘东平、孟波、许晴等人分头叫醒大家。

鸡叫二遍的拂晓时分,戏剧系、音乐系的师生打着背包来到了祠堂的院内集合,丘东平对师生们说:"我们刚刚发现了敌情,要马上转移,大家能不带的行李尽量不要带,要轻装转移,动作要快!"

趁着朦朦胧胧的夜色,丘东平、孟波、许晴等人指挥师生们迅速离开北秦庄。

当夜幕悄悄地退去时,晨雾却弥漫起来了,村庄和树木成了一团团模糊的影子,远处的犬吠声和近处的鸡鸣声交织成黎明的奏鸣曲……刹那间,师生们的转移不再成为军事秘密了。

许晴带着戏剧系十多个人走在前面;丘东平兼顾首尾,走在队伍的中间;孟波、周占熊和战斗班的同志作为后卫,小心地掩护着师生们撤退。

人们在窄小的田埂上行走,像过独木桥,身子晃来晃去,举步维艰。由于出发时下的是紧急集合令,很多人的背包都没扎实,松松垮垮,不断有人停下来捆绑背包,杂物丢了一路,队伍走得稀稀拉拉,人与人之间的距离拉得很长。

这时,丘东平不断地小声告诫大家,一定要保持行军距离,不准相互交谈,以免暴露目标。由于是摸黑走夜路,有的学员无所适从,时不时打开手电筒看看脚下的小路,丘东平见状,要大家传话:"不许打手电筒!"

有的女同学承受不了这种"别扭透顶"的急行军,走不动了,干脆坐在泥泞的路上,"听天由命",直到一些力气大的男同学过来搀扶时,她们才迈开沉重的步伐往前走……

走了没多久,天开始变亮了。

这时,丘东平看见在南边的河岸上,有朦朦胧胧的人影,正朝这边走来。走近一看,是一群庄稼人背着包袱,牵着耕牛,扶老携幼,慌慌张张地往木桥那边走去。有人告诉丘东平说："日本鬼子来了！"

情况不妙，与敌人遭遇上了，丘东平仿佛猛然闻到一股呛人的火药味。他暗下决心，如果遭遇上敌人，一定要和同学们生死与共；如果要打仗，就要坚持到最后一个人！

原来，日军以为是《江淮日报》转移到北秦庄，于是便部署了突袭北秦庄的计划。由于报社前一天傍晚就转移出去了，敌人仍认为这支师生队伍是《江淮日报》的采编人员，他们要用暴力手段"捣毁共产党的喉舌"。而此时，华中鲁艺二队的师生们还蒙在鼓里，一步步走进了敌人预先设下的伏击圈……

向着师生们直扑而来的日伪军有二百余人，配有七八挺机枪和掷弹筒，他们像发现猎物一样，亢奋得嗷嗷直叫，枪声划破了清晨的天空，子弹嗖嗖地打在泥田里，溅起一串串泥浆……

许晴大喊："有敌人，赶快后撤！"许多学员第一次听到如此近距离的枪声，吓得脸色惨白，有的女学员竟尖叫起来，捂着眼睛伏在地上，丘东平、许晴等人呼唤大家就地隐蔽。由于水田都是沤田，沼泽很深，人们踩下去的两条腿便被烂泥死死地吸住，动弹不得。

不远处传来敌人的吼叫声："给我站起来，不听话的，死了死了的！"

天色稍亮，雾霭渐散，丘东平看见百米开外，一群穿黄色军装的日军，端着上了刺刀的三八步枪朝这边直扑过来。他拔出左轮手枪，装填好子弹，随时准备投入战斗。面对突如其来的敌人，丘东平沉着地对大家喊："大家不能待在田里做俘虏，要冲出敌人的火力范围，如果突不出去，就算死在敌人枪弹之下，也决不当俘虏！"

许晴也对师生们喊道："有武器的同志跟我来，其他学员找地方隐蔽！"随即周占熊、丛云生、陆源等三名战士持枪跟着许晴跑上前，凭借土堆做掩体，瞄准走在前面的敌人开枪射击，砰砰两声枪响击倒了前面的一个日军士兵。日军指挥官见状抽出军刀，发出狼嚎般的怪叫，顿时敌人的步枪、机枪、小钢炮、掷弹筒向师生们一阵狂轰猛扫。

周占熊的战斗班每支枪的子弹只有二三十发，没打多久，子弹就没多少了，仅有几颗手榴弹，但他们依然顽强地还击敌人，当然这微薄的力量无法压住敌人猛烈的火力。战斗班的一名战士退到河边芦苇丛里，用步枪掩护师生突围，却被敌人子弹击中，他摇晃了一下身体，便一头栽倒在芦苇丛中……

枪声突然停止了，敌人用刺刀拨开齐腰高的芦苇往前搜索。

伏在前面的许晴隐伏在芦苇中，没想到的是，一名日本鬼子悄悄地绕到他身后，举起明晃晃的刺刀，凶残地刺进了他的后背，接着几把锋利的刺刀接二连三地对着他一阵猛戳……许晴没来得及喊出声来就咽气了。

接着，大批日伪军上了河岸，端着枪摆成弧形阵势直压过来。

手无寸铁的师生们跌跌撞撞地从田野里跑了出来，他们跌倒了爬起来，爬起来又跌倒，他们心中只有一个目标——那就是突围！

敌人的包围圈越缩越小，野兽般的吼叫声由远而近，子弹朝着稻田里胡乱扫射，不断地有人倒在枪声之中。

慌乱中，有人尖叫，更有人痛苦呻吟……

音乐系教授章枚急中生智，急忙从上衣口袋掏出一支装有红色墨水的钢笔，打开笔帽，把脸涂红后，躺在稻田边上憋气装死，敌人跑过来用皮鞭狠狠地抽打他，他却一动不动，敌人以为他死了，就离开了。就这样，章枚忍受了常人无法忍受的皮肉之苦，才得以脱离险境……

这时，周占熊、丛云生两名战士匍匐过桥继续突围前进。当前面队伍抵达东河上的桥头，担当后卫的同志才走过西边的木桥。由于南面和北面都有河流阻隔，整支队伍仿佛陷入一个无法摆脱的锅底，眨眼间师生们成了日寇刀下的待宰羔羊……

"突围！突围！过了小桥就可以脱险了！"

这座小木桥此刻成为师生们突围的希望所在！

由于师生们的鞋子里都沾满泥巴，为了跑得快，有些人只好光着脚板，躲避着枪声往前跑……

敌人用猛烈的火力企图封锁桥面，切断师生们的退路。紧急关头，丘东平抬头冷静地观察四周的环境，大声喊道："大家不要慌，冲过桥去就可以脱险了！"

此时此刻，丘东平心里想着的是带领师生们冲出敌人布下的封锁网，将大家带到安全地带，至于妻子辛文的命运、他未来孩子的命运，他已经没有时间、没有心思去考虑了！

在这紧要关头，丘东平从地上一跃而起，只见他弯着腰，冒着敌人扫过来的弹雨，左冲右突，终于冲到了桥头……

朝阳的光线透过了薄雾，给大地还原了应有的亮色。

丘东平身披黄油布雨衣，就像一面召唤师生们战斗的旗帜，飘扬在战火纷飞的死亡线上……他不住地挥动着手臂，大声地喊道："快向西北方向跑，那边有我们的队伍！那边有我们的队伍！"其实，他不知道前面是否有自己的队伍，但他知道用这种强大的心理暗示，可以鼓舞同志们的生存意志和战斗欲望。

丘东平沉着地指挥队伍，躲避着敌人枪声的疯狂追逐。

丘东平不断地高声呼唤着："大家弯着腰，手挽着手，坚决勇敢地向西边冲，冲出去就是胜利！"借着敌人机枪换子弹的短暂片刻，在丘东平指挥下，大家争分夺秒地从泥泞的田埂小路向桥北边冲去。师生队伍冲过了一座小木桥，进入另外一片水田里，正当大家准备通过来时经过的一座较大的桥时，这座大桥已经被敌人猛烈的火力封锁了。

师生们无法前进。

只有等死吗？

后面的敌人包抄过来了，生存的希望立即化为泡影！

一些未能冲过桥的学员，有的泅水企图突围，有的不会游水，只能在稻田齐腰高的禾苗里躲藏起来，闭上眼睛，仿佛等待着世界末日的降临……

在丘东平的指挥下，一批批师生渡过了河流，跑过木桥，到达安全地带，然而也有不少学员被敌人的子弹击中，跌落河里，被湍急的河水卷走。

河水被鲜血染红了……

学员们在血火交织的死亡之网中慌乱、奔突、惊悸！

有一个男学员跑到丘东平身边，发出绝望的哀号声，丘东平铁青着脸大声说："懦弱的胆小鬼，快给我冲过去！"他面无表情地指挥着这支未经战火锻炼、更缺乏战斗经验的师生队伍突围、突围……

突然，敌人一发炮弹落到离丘东平不远处，他急忙卧倒在地。好一会儿，他又站起来，大声鼓励尚未冲过桥的同学道："快冲，不要胆怯，快给我冲呀！"

一个个学员在丘东平站立的桥头冲过去，而留下的则是感恩、钦佩的眼神……

这时，怀有身孕的辛文来到丘东平身边，她拉着丘东平的手说："东平，快撤，这里危险，这里危险啊！"

这是亲爱的人对爱的呼唤。

这是亲爱的人对死亡的挣扎啊！

丘东平头也不回到对辛文说："我不能离开这里，有的学生还在危险之中。你赶紧突围，刻不容缓。我是军人，我是指挥者，我的岗位在这里，我要掩护学员们安全撤退！"

辛文一边小跑一边含泪回头张望着自己的爱人。

她知道，自己心爱的人用生命守护在桥头，用生命换来更多的生命啊！

一个日本军官举起望远镜，他没有想到，阻止他们铁蹄猛进的，竟然是一个小个子的中国人。

是的，这是一个不怕死而敢于蔑视强大敌人的中国人！

丘东平靠在桥头的栏杆上，用左轮手枪向着敌人射击，将转轮弹舱里的一颗颗子弹勇猛地打出去。

他要用微弱的子弹吸引强敌凶猛的火力。

他要用共产党员的责任和军人的天职，守护着这座生命之桥。

当一个个同学冲过桥头时，丘东平的脸上涌现出欣慰的微笑。

突然，一颗子弹"当"的一声打在丘东平腰际挂着的口盅上，飞了出去。他只是犹豫片刻，又似雕像般屹立。

逃出生天的一位学员带着哭腔喊道："丘主任，快跟我们一道转移

啊，我求求你！"

与此同时，有几位学员被敌人机枪击中了，栽倒在桥头。

丘东平心如刀绞，悲痛万分。

他左轮手枪的子弹只剩下一颗。

他要把这颗子弹留给自己。

敌人蜂拥而至，一步一步逼近丘东平。

丘东平的躯体完全暴露在敌人的射程之下。

丘东平的腰部中弹了，旁边两位学员搀扶他，他说："你们赶紧走，不走就来不及了。不要管我！这是命令！"

几位学员怀着悲痛的心情，迅速跑到安全地带。

丘东平忍受着疼痛，用惊人的毅力向木桥西北方向的水田走去。此时，几十个鬼子端着上了刺刀的三八式步枪，跟随着丘东平一瘸一拐的身躯，不敢靠近。这种情景让人看到一群饿狼瞪着闪烁绿光的眼睛，一步一步向着他们的"攻击对象"逼近，逼近……丘东平走过之处，地上流淌着一条断断续续的血色涓流。

当他来到了一个草垛边时，敌人的机枪子弹再次贯穿他的胸部。他靠在一棵柳树干上，流尽了最后一滴血……

小河呜咽。

芦苇垂头。

蛙声悲鸣。

苏北这幅美丽的水彩画被硝烟掩盖，被弹洞戳穿，被鲜血染红……

敌人撤走了，新四军战士过来了，幸存的师生们回来了。

人们悲切地辨认着一具具血肉模糊的遗体，然后采撷田野上黄澄澄的稻穗、缤纷的野花当作天然的花圈，献给死于战火中的战友、同学……

丘东平、许晴两具遗体找到了，人们含泪将他俩安葬在新河庙附近一个高地上。默哀之后是一片揪心的哭泣……七彩的花瓣随着小桥流水漂走了，留下的是无尽的哀思！

据史料记载，这次华中鲁艺师生在转移中共牺牲27人，60多人被俘，

100多人平安脱险。

辛文事后回忆道:"东平当时身负重伤,几个同志掩护他,撤出敌人包围圈,后敌人追来,因身中数弹,已牺牲了。当民运组长沈颖同志发现他的遗体时,折成环形的一条黄油布雨衣,还斜背在他的身上,挎包里放着他的长篇小说《茅山下》的手稿。"

原新旅苏北分团团长张牧回忆说:"丘东平同志发现前面有敌人,他就赶往队前命令:战斗班上前接火,坚决顶住,其余人快向庄子上撤。他叫被敌人火力阻在桥头的同志往庄上撤,他自己用他唯一的一支左轮手枪向冲过来的敌人射击,我就是在他的火力支援和鼓动下,奋力泗水进村的……如果没有他,受到的损失会更惨重!"

人们没有忘记这一历史悲剧,更没有淡忘这位为了拯救手无寸铁的师生而牺牲的"左联"作家、新四军优秀战士。新闻媒体以它特有的方式,让后世记住了丘东平的英雄壮举:

1941年10月6日,延安《解放日报》发布了《作家丘东平殉国》的消息;

1941年10月31日,重庆《新华日报》刊登《作家丘东平在苏北殉国,同时被难者五十余人》的消息;

1941年11月15日,延安《解放日报》发表了吴奚如的《忆东平》一文;

1941年12月6日,重庆《新华日报》第2版以整版篇幅,刊登了胡风的诗《悼东平》、石西民的纪念文章《在战地的东平同志》、欧阳凡海的纪念文章《悼东平并悼天虚》、圣门的诗《他是给予者》。

1941年12月16日,延安文艺界召开隆重追悼丘东平大会,参加者七十余人,艾青、丁玲、欧阳山、高长虹、吴奚如、陈荒煤、刘白羽等文化界人士表示沉痛哀悼。欧阳山在会上做了《东平的生平和艺术》的发言。

…………

时间像白色的骏马,沿着历史的隧道往前奔跑。

烈士的英名像不逝的星斗,抚慰万物,光照人间。

我来到了苏北,为丘东平献上一束洒满晨露的鲜花。

让我们走进铭刻着英雄业绩的一座烈士陵园吧。

在盐城市建湖县庆丰镇北秦庄，有一座苍松翠柏环绕的烈士陵园。

近看华中鲁艺抗日殉难烈士纪念碑直指天际，碑身主体由五线谱的竖立直线构成，顶端镶嵌一枚红色的五角星，上部是一面红旗，旗上镌刻当年原苏皖边区政府主席李一氓题写的"华中鲁迅艺术学院殉难烈士纪念碑"楷书字体。整座纪念碑的设计，象征着在中国共产党的文艺方针指引下，革命文艺大旗永远飘扬。

纪念碑的后面是殉难烈士的群墓，前排东侧为丘东平烈士之墓，西侧是许晴烈士之墓。陵墓四周植有郁郁葱葱的齐腰柏树，被称为"傲霜之花"的黄菊花在阳光下悄然绽放……

我们迈步进入纪念馆，映入眼帘的是张爱萍将军的题词——"华中鲁艺抗日殉难烈士永垂不朽"，馆内陈列着殉难烈士的遗像、遗物和他们的生平事迹介绍。此时，我仿佛听到华中鲁艺殉难烈士用花季的年华弹奏出来的命运交响曲……

1942年5月23日，毛泽东在延安文艺座谈会上提出"文艺为工农兵服务"的方针。他阐述了文艺源于生活又高于生活的原理，号召"中国的革命的文学家艺术家，有出息的文学家、艺术家，必须到群众中去，必须长期地无条件地全心全意地到工农兵群众中去，到火热的斗争中去，到唯一的最广大、最丰富的源泉中去"。

1937年至1941年，作为革命作家的丘东平，就以新四军的一员，深入到战斗第一线，写出了一批反映新四军战斗生活和英雄形象的小说、报告文学。这种"主动融入现实生活"的文学精神，与延安文艺座谈会提出的"文艺为工农兵服务"的方针，形成了高度的默契。

丘东平是"文艺为工农兵服务"的亲历者、实践者。

他以共产党人的赤诚和热血，书写着与人民共存、为大地增辉的历史丰碑！

尾　声

在当代的行政区域里，海陆丰属于汕尾市。汕尾是一个承载着红色记忆的革命老区，其中最著名的当数历史上的海丰、陆丰两县，这里诞生了我国首个苏维埃政权。

海丰县是全国闻名的老苏区，素有"小莫斯科"之称。周恩来、彭湃、萧楚女、徐向前、聂荣臻、张善铭、董朗、吴振民、程子华、陆定一等革命者曾在这里播撒过革命种子。

1927年，在彭湃领导下，经过三次武装起义，创建了全国首个工农革命政权——海陆丰苏维埃政府。大革命失败后，海丰人民在中国共产党的领导下，继续开展长期的游击战争，前赴后继，为人民解放事业做出了重大贡献，共计有三万多名海丰优秀儿女和来自全国各地的千余名红军、革命志士献出了宝贵的生命。

在当前的"不忘初心，牢记使命"的现实背景下，海丰县致力擦亮红色文化名片，通过升级改造红宫、红场，打造红色文化街，重新唤起了海丰人民心中的红色记忆，更让这座"东方红城"广为人知。如今，前来红宫、红场旅游观光和接受红色教育的游客络绎不绝，"红色文化游"已成为海丰最火热的一道红色风景线。

据悉，海丰县邀请著名雕塑家创作了"胜利会师""浴血奋战""气壮山河"等三组大型雕塑，以及周恩来、叶挺、贺龙、徐向前、聂荣臻等10位到过海丰的革命家、军事家的塑像，全新打造了龙舌埔广场、红场革命碑廊、"六人农会"、"彭湃烧田契"、"奔向海陆丰"等历史题材的新景点，鲜活地再现了海陆丰苏维埃时期的光辉岁月。

据介绍，海丰县准备在埔仔峒红四师师部旧址，建立一座革命历史纪念馆，以"奔向海陆丰"为主题，前面放置两尊高大威武的叶镛师长、徐向前元帅的石雕像，把周边一系列的红色遗址、遗迹串联起来，打造成红军系列故事的壮丽景观，弘扬和传承红色文化，把埔仔峒革命老区建设成为"奔向海陆丰"特色品牌的"红绿旅游文化"纪念公园。

而我们书中的主角丘东平英俊潇洒的铜像，就在这块红色的土地上迎风矗立，供后人瞻仰。尽管这样，丘东平仍然是一位被历史低估了的"左联"作家、革命作家，他在军事文学方面的卓越才华，还没有引起足够的重视。所幸的是在11年前，广东进行了一次大型的丘东平学术研讨会，其影响力具有穿透时空的作用，载入史册。

2010年6月22日、23日，粤东的骄阳放射出夏季的灼热，偶尔从南海吹来挟带咸腥味的阵阵热风，轻摇着彰显南国风情的椰林蕉树。"丘东平诞辰100周年纪念座谈会暨学术研讨会"，在海丰县隆重召开。会议由广东省作家协会、广东省社会科学院哲学与文化研究所和中共海丰县委、海丰县人民政府联合主办，来自北京、上海、江苏、广东和香港等地的60余名专家、学者出席会议。中国作家协会、全国新四军研究会、江苏抗日根据地研究会，中国人民对外友好协会会长陈昊苏等专门发来贺信、贺电。

丘东平的作品为何被学术界低估？

丘东平的文学贡献在哪里？

这两个问题首先摆到与会代表的面前。

因众所周知的原因，丘东平20世纪50年代初期就被错误地划入"胡风小集团"，因此，他在文学史上的成就和地位一直被人为地遮蔽和排斥。即使胡风问题得到彻底平反以后，对丘东平及其作品的认识和评价仍显不足。因此，公正评价丘东平在文学史上的价值，就成了这次研讨会较为关注的话题。

斯人已逝，英风犹存。

参加研讨会的专家一致认为，丘东平留下了不少佳篇力作，周扬在其主编的"左联"刊物《文学月报》发表丘东平的《通讯员》时，称赞过该作有"非常动人的故事"，而鲁迅、茅盾在编选集《草鞋脚》时更是发出盛赞；加上此后丘东平创作的《给予者》《第七连》《一个连长的战斗遭遇》和《茅山下》等战地佳作，足以奠定他在中国新文学特别是革命文学、抗战文艺史上的重要地位。

许多论者认为，1935年郭沫若在《东平的眉目》中对丘东平的评价是："我在他的作品中发现了一个新的世代的先影，我觉得中国的作家中，似乎还不曾有过这样的人。"这一论断直到现在仍具有前瞻性和定位作用。

中国人民公安大学杜元明教授在会上评价说：丘东平给中国革命文学和抗战文艺留下了一笔宝贵财富，也在人们心中耸立起了一座永放光芒的"晶钢雕像"。丘东平的作品是革命文学的"剑"，继续着鲁迅作品改造国民性的批判主题，是丘东平对革命文学的突出贡献；丘东平的作品是抗战文艺的"玉"，最能体现丘东平创作的英雄主义气魄，"宁愿玉碎，不可瓦全"，这也是他对新文学的重要贡献。

丘东平作为革命家、"左联"作家以及到最后是新四军的政工干部，他在短暂而璀璨的一生中，传奇般地展开他波澜壮阔的文学创作。就这个问题与会者分以下几点进行论述：

一是丘东平具有独特的个性、独特的文学道路。广东省社科院许翼心教授讲述了他三度赴京探访陈灵谷的经历，介绍了丘东平在海丰起义失败后流亡香港，参与组织"岛上社"，以及创办抗战报刊《血潮》与《新亚细亚》月刊的经过，还生动描绘了丘东平"逢官大三级"不惧怕权威的鲜明个性。许翼心说，丘东平一生最崇拜鲁迅先生，但是他与鲁迅意见不合时，也公然站出来予以批评，这体现了他酷爱自由的率直性格，使得丘东平坚定走出了自己独特的文学道路。

丘东平的创作道路与海陆丰农民运动、上海"一·二八""八一三"淞沪抗战以及新四军东进征战等历程"同频共振"。广东省社科院贺朗教授详细介绍了丘东平与十九路军淞沪抗战的经历，概括为"铁笔军魂，日月经天"的诗意征程；广东教育学院彭年教授认为，作为忠诚的革命者、左翼作家，丘东平的"傲骨原来本赤心"，决定了他能够实行战士与学士相结合、反专制与抗侵略相结合，毅然决然地吹响了时代的号角，因此他的创作既有"新世代的先影"，又有"抗日民族解放战争最壮丽的英雄史诗"之称。

二是丘东平与胡风的关系颇受与会者关注。北京鲁迅博物馆马俊亭老师通过该馆的胡风文库藏有的丘东平致胡风信20封和胡风主编的《七月》杂志，介绍了丘东平与胡风如何从作者与编者关系，进而成为情投意合的朋友，到后来成为并肩执手的革命者，从中发现丘东平的思想脉络和艺术发展轨迹。

三是丘东平最光辉的岁月在新四军中度过，他作为新四军政工干部和战地作家的双重身份，践行了一位革命者的忠诚誓言。江苏省社科院陈辽教授在论文中指出，丘东平在新四军时期所写的一系列敌后抗战的报告文学和未完成的长篇小说《茅山下》，是他作品中最具思想力度和艺术魅力的"重磅之作"；江苏盐城师范学院孙晓东老师简要评述了丘东平在华中鲁艺短暂辉煌的办学历程，他始终贯彻执行文艺为抗战服务的办学方针，繁荣抗战文艺创作，铸造抗战文艺人才，直至最后掩护学员撤退时殉难；时年87岁的原鲁艺华中分院学员朱泽，高度评价了他的老师丘东平，认为丘东平从参加海陆丰农民运动起，历经了"四大创作高潮期"，他一生彰显"铁军精神"和人类的先进文化。

与会者谈到丘东平的早期文学创作时，竞相发表了相得益彰的观点。有不少评论家对丘东平作品的特色争相进行命名，如"七月派作家""抗战军魂小说""战地报告文学""红色经典"等。虽然命名不同，但都凸显其作品内容的丰富性和艺术手法的多元性。众多评论家从丘东平的具体作品多角度剖析其文学特色，使其成为研讨会的重要内容。

一是丘东平的早期作品在很大程度上带有纪实文学的色彩，反映土地革命时期的历史真实。汕头特区晚报蔡谦分析《东平选集》中的早期作品，说这些作品流露出沉郁的悲剧气氛，并指出：这是丘东平用鲜血写成的反映中国第一个苏维埃政权斗争的不朽篇章，无疑是中国早期苏维埃运动的历史画卷。

汕尾市作家协会陈贤钗指出：丘东平早期小说是我国土地革命时期农民革命壮丽画廊中，散发着海陆丰泥土芳香和生活气息的一幅隽永的水彩画；海丰报社吴小冰详细分析了丘东平的中篇小说《火灾》，提出丘东平巧妙地反映出一场轰轰烈烈的农民运动"已如离弦之箭"，不难看出作者急于"打破一个旧世界，建设一个新世界"的强烈愿望。

二是丘东平的作品一方面充分反映了革命与战争的真实情景，纪实感很强；另一方面却带有不够稳定的模糊性。中南财经政法大学古远清教授通过分析《沉郁的梅冷城》的模糊性，包括地点模糊、情节的不确定性、不能明确事物概念的内涵和外延的形容词、程度副词等，认为丘东平的革命战争文学属于"另类叙事模式"，小说具有亦中亦外的诡异风格。这和作者受当时的苏俄进步作品的熏陶有关，也和当时白色恐怖的时代背景密不可分。复旦大学康凌教授对丘东平的《通讯员》进行了文本分析，指出这篇小说以不动声色的艺术笔触，向读者展现了战争与死亡对人造成的无法修复的心灵创伤。

三是丘东平作品的复杂性内涵及其独特性格调，在左翼文坛中是个独特的异数。暨南大学刘东玲教授认为，因为抗日救亡将民族存亡问题放置于现代性转换时期问题的核心，丘东平小说以其鲜明的现场性，包含着现代性、民族性与左翼性的复杂内涵，对农民复杂性格的揭示与思考，理性、蒙昧与民族意识的自觉兼备，揭示了抗战时期意识形态与现代性问题处于纠结、冲撞状态。

"战争文学"概念的产生及其作品的形成，是丘东平对中国文学的最大的贡献。丘东平有着其他作家没有过的战争历练，他的文学创作受益于他火热的战斗生活、战斗激情，他善于在硝烟弥漫中捕捉创作灵感，这在大多数现代作家特别是"左联"作家中是十分罕见的。丘东平这种切身体验成就了他独具一格的战地作家的"写实"风格。

中山大学中文系教授金钦俊认为，丘东平在文学史上最重要的价值在于他正式提出了"现代战争文学"的概念和成因，他是现代"战争文学"的推动者与创作者，其抗战期间的文学作品堪称中国现代战争文学的瑰宝。丘东平的战争文学，是对战争的客观描述，然而却没有停留在宏大叙事的范畴里，而是用战争文学反映人性和人道，这在我国早期的战争文学作品中是难能可贵的。谈到这个问题，广东省社科院揭英丽指出，丘东平的抗战小说超越了文学功利层面，直指战争的本质和人物在战争语境下的复杂心理，描述战争给个体生命带来的摧残和人性的变异。

北京大学高远东教授认为，丘东平作品具有鲜明的个性色彩，突出对人的行为的关注、对人的内心的关注，丘东平小说的寓言结构让人感到异样和新奇，这种特殊的美学表达方式，与他作为革命者、文学家的生平履历、精神气质以及人格信仰息息相关。他热衷写人的毁灭，目的是进行新人成长的探索，展现了对新的真正的战争主体的穷尽追求。

江苏省社科院姜建教授在研讨会中指出：丘东平的人生与文学得到了高度统一，如战士、战争、战争中的人，构成一个非常奇妙的"铁三角"，其意义不仅在于他是中国现代战争文学的先驱者，而在于他对战争的态度、进入战争的独特方式。而这些有机的联系，无疑是对现代战争文学的新探索、新突破。

与会者一致认为，丘东平的文学作品不仅是中国现代战争作品的最具实绩的典范，而且他的战争文学在写什么、怎么写等问题上做了深刻的思考，为后人竖立了一个创作的标杆。一定意义上说，丘东平的创作超出了战争文学的范畴，而具有更普遍、更本质的美学探索。

丘东平生于海丰。

丘东平长于海丰。

这块红色的土地奠定了丘东平成为革命者、"左联"作家的红色基因。

当我们沐浴着新鲜的阳光，呼吸着清晨的空气，来到海丰烈士陵园时，就感到海丰人民、无数先烈为中国革命事业所做出的巨大贡献。

海丰烈士陵园是缅怀先烈的丰功伟绩，进行革命传统教育的场所，前往参观、瞻仰、接受教育的游人络绎不绝，尤其是每年清明时节，机关干部、学校师生和各界群众，都主动前往扫墓，敬献花圈。

有一位当地的文化人赋诗：

花环照眼艳清明，络绎纷临烈士陵。
先烈为民飞碧血，千群扫墓表丹诚。
心尊马列头方贵，死重泰山骨亦馨。
缘有牺牲舒好景，抚今追昔溢深情。

如今，当你走进红宫、红场等红色景点，就像走进烽烟漫卷的峥嵘岁月：一件件珍贵的革命遗物在红宫纪念馆中陈列；彭湃的雕像屹立在红场中央；"浴血奋战"等几组大型雕塑展示出彭湃领导下的海陆丰三次农民武装起义军的群雕。

在海丰，红宫、红场、海丰烈士陵园、彭湃故居、丘东平故居等等，让人流连忘返，万众瞻仰。然而，我们从海陆丰革命史，甚至从东江革命史的角度，反思海陆丰红色风暴的历史演进和伟大意义，却是十分必要的。

海陆丰地区的三次武装起义，虽然遭受挫折，但在中国共产党的历史上，却有着重要的意义，充分体现了海陆丰的共产党人和广大人民群众不畏强暴、敢于斗争的革命精神。

蒋介石叛变革命后，中国革命处于生死存亡的紧要关头，富有革命斗争传统的海陆丰人民，果敢地拿起武器反击敌人的血腥屠杀，充分显示了他们的英雄本色。正如列宁所说："革命者不是那种在革命到来的时候，才变得革命的人，而是那种在反动势力最猖獗，自由派、民主派最动摇的时候捍卫革命的原则和口号的人。"

海陆丰人民的武装起义，是中国共产党领导人民群众，以革命的武装反抗反革命武装的一面光辉旗帜；在中国土地上创造了第一个苏维埃政权，并深入地开展土地革命；是中国共产党人到农村建立革命根据地，寻求中国革命道路的大胆探索。

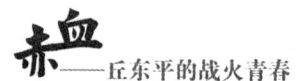

海陆丰三次武装起义,成千上万人用鲜血凝聚而成的历史丰碑,将耸立在中国革命的史册上,永垂不朽。

丘东平,这位为海丰红色史册增光添彩的"左联"作家,他在大革命时期的海陆丰红色浪潮之中,既像璀璨夺目的浪花、簇拥汹涌的主潮,又像冲浪时奋飞的海鸥,搏击在历史的潮头上。

这一切都让历史铭记。

2020年8月至2021年4月六易其稿

主要参考书目

1.丘东平著:《丘东平作品全集》,复旦大学出版社,2011年版。

2.许翼心、揭英丽主编:《丘东平研究资料》,复旦大学出版社,2011年版。

3.杨永著:《铁笔军魂——丘东平传》,花城出版社,1996年版。

4.王曼、杨永著:《彭湃传》,广东人民出版社,2002年版。

5.杨永主编:《海丰风情》,花城出版社,1991年版。

6.中共海丰县委组织部、中共海丰县委党史办等合编:《海丰英烈》(内部资料)。

7.周健强著:《聂绀弩传》,四川人民出版社,1987年版。

8.中共广东省党史研究室编:《广东党史研究文集》(第二册),中共党史出版社,1993年版。

9.中共广东省党史研究委员会等编:《红二、四师史料选编》(内部资料),1984年。

10.许再佳、黄景忠著:《"左联"潮汕作家群研究》,暨南大学出版社,2020年版。

11.齐卫平等著:《抗战时期的上海文化》,上海人民出版社,2015年版。

12.上海市社会科学院文学研究所编:《三十年代在上海的"左联"作

家》，上海社会科学院出版社，1988年版。

13. 徐庆全著：《周扬与冯雪峰》，湖北人民出版社，2005年版。

14. 戴光中著：《胡风传》，宁夏人民出版社，1994年版。

15. 中共广东省党史研究委员会办公室等编：《南粤英烈传》（第六辑），广东人民出版社，1989年版。

16. 刘育钢著：《魂惊上海滩——记中共早期情报安全保卫工作》，海风出版社，2003年版。

17. 马振犊、林建英著：《中统特务活动史》，金城出版社，2016年版。

18. 卜穗文著：《威震敌胆——中共中央特科"红队"队长龚昌荣》，摘自《红广角》2013年第1期。

19. 黎霞著：《邝惠安与中央特科"打狗队"》，摘自《档案春秋》2012年第3期。

20. 余茂笈等著：《新四军史话》，解放军出版社，1985年版。

21. 王苏红、王玉彬编：《新四军抗战秘档全公开》，军事科学出版社，2005年版。

22. 马洪武等编辑：《新四军和华中抗日根据地史料选》，上海人民出版社，1984年版。

23. 盐城市《新四军重建军部以后》编选组编：《新四军重建军部以后》，江苏人民出版社，1983年版。

24. 广州新四军研究会一分会编：《粟裕与新四军一师》，2014年版。

25. 朱泽著：《新四军的艺术摇篮——华中鲁艺生活纪实》，江苏文艺出版社，1992年版。

26. 中共盐城市委宣传部编：《盐城史话》，江苏古籍出版社，1987年版。

27. 中共建湖县委宣传部编：《建湖抗战往事》，中国文化出版社，2015年版。

后　记

　　《赤血——丘东平的战火青春》（下称"《赤血》"）终于脱稿了，这是献给中国共产党成立100周年的深情之作。在这伟大的节点里，能够奉献这部作品，无疑是一位党员作家无限的荣光！

　　2020年5月，正当我与广东省作协签下长篇纪实文学《赤血》的创作合同时，我就感到压力山大。一是这是广东省作协建党100周年的献礼之作，时间之紧、要求之高，不言而喻；二是在动笔之前，我对笔下的主人公丘东平了解甚少，手头积累的史料几乎为零。在这种情况下，我凭着创作《燃烧的交响曲——一座南方城市的"工业时代"》《沉重的铁流——红军转战粤赣湘边全记录》《赤旗——南昌起义军余部转战粤赣湘边》几部"大部头"的历练，心中还是蛮有底气的。

　　首先，我到互联网上寻找有关丘东平的资料和信息，然后到孔夫子旧书网、淘宝网、当当网找有关丘东平及"左联"作家的相关图书。然而这些努力收获甚微。我冷静一想，丘东平在中国"左联"作家群里，不算什么知名人物，文学贡献也不算很大，学界对他的研究自然力度不够，这也是"顺理成章"的事。

　　正在一筹莫展之际，我忽然想起了七八年前我参加在深圳举办的鲁院长篇小说进修班的一位同学，他叫石磊，是丘东平老家粤东海丰县的现任作协主席。经过一番周折，我打通了这位老同学的电话。他了解我的苦衷时，爽朗地说："老班长，你找对人了。我手头上有两本关于丘东平的史料！"这真是：踏破铁鞋无觅处，得来全不费工夫。

在此之前，我发现有人曾写过一部《丘东平传》，到网上仔细一查，此书全名叫《铁笔军魂——丘东平传》（下称"《丘东平传》"），作者杨永，1996年由花城出版社出版。我急忙打电话给我熟悉的花城出版社编辑老师"求救"，老师说没找到这本书；我在淘宝网发现有这本《丘东平传》，网价两百多元，当我急急忙忙将钱转过去时，对方告知缺货。我接着打电话给石磊，问他手上有否《丘东平传》，他说："有啊，是杨永老师亲手送我的。"我听罢大声地对石磊说："老同学，我前世与你有缘啊，我找不到的东西你都有！"

没多久，石磊给我快递过来了《丘东平作品全集》《丘东平研究资料》《丘东平传》三本书，于是我如获至宝地细阅。这三本书各有千秋，相得益彰。《丘东平作品全集》是研究丘东平生平最为重要的资料，如果写丘东平的长篇纪实，没有读他的原创作品，那简直是天方夜谭；《丘东平研究资料》是2010年在海丰召开的"丘东平诞辰100周年纪念座谈会暨学术研讨会"的成果，里面既有丘东平的纪念文章，又有作品分析，十分宝贵；《丘东平传》是海丰县已故政协副主席杨永的传记作品，他不仅是一位文化干部，还是一位对当地文化颇有研究的作家。然而，平心而论，这本书因为写作时间较早，材料显得有点儿单薄，写作手段也较为"老土"，但可以为我提供采访线索和创作思路。我谨记，前人的智慧是永远值得后人尊重的。

我将手头掌握的资料细嚼了一遍后，通过深思熟虑，定下了"小人物、大时代、阔空间"的创作思路。我想，丘东平1941年就牺牲在苏北战场，年代久远，同时期的当事人已经作古，而留下来的回忆录及旁证资料少之又少；由于丘东平曾被某权威人士定为"胡风反革命集团"的"同道人"，学界对此类选题研究噤若寒蝉，胡风平反后，由于资料不足，很多学者都无心涉猎。

好在2010年广东省作协、广东省社科院牵头召开了一次较为大型的学术研讨会，积累了一批学术成果，但这批论文还是停留在对丘东平作品的研究上，没有丰富的"历史细节"，对于纪实文学的写作，似乎没有太大的帮助。因此要写好丘东平，就要另辟蹊径，走自己的路子。

所谓"小人物"，丘东平在历史长河中不是叱咤风云的人物，就算在"左联"作家群里也不是代表人物，但他有鲜明的个性，其作品显示了"军事文学先驱"的特质。他是共产党员、新四军政工干部，为掩护华中鲁艺师生牺牲在战场上，在当代语境中，丘东平是时代英雄，其壮举也是高山仰止。"大时代"是丘东平经历的时代——大革命时期、土地革命战争时期、全面抗日战争时期，都是烽烟漫卷的年代，都是中华民族面临生死存亡的年代，这些年代也是英雄辈出的年代。"阔空间"就是丘东平在少年时代、青年时代所处地理位置。少年时代，他在农民运动的中心区粤东海陆丰；青年时代，他在"左联"作家荟萃之地上海，新四军转战的苏南战场、苏北战场。就是说，这些特定的时间和空间造就了丘东平的"这一个"，造就了与丘东平同生死、共患难的文友和战友。

我预设《赤血》的创作路径，就是打破人物传记那种从生写到死的"传统思路"，而是以三个时间板块和三个不同地域作为结构链条："海丰：在苏维埃旗帜下""上海：锻造民族的钢""江南：战火铸青春"。在写作中，我既注重传主生平的逻辑演进，又铺陈烽烟漫卷的历史风云，将个体的人放在大时代的特定空间里尽情"表演"、尽情"歌唱"。这种"宏大叙事"的策略，不仅让读者看清了人在时空里的活动，还让读者观察到时代的不断变迁。

在作品的表现形式上，我特地将每一部的开头都写上一首"题记诗"，既作为本部分的导读，又增强文学性。同时，我还别出心裁地将每部分的首页，都写上一段"人物肖像"描写，让人物外貌定格在变化的"画框"里，这种"创造"不知能否得到读者的认可。在行文过程中，我还着意于"地方色彩"和"画面感"的交错呈现，让读者在阅读过程中，感受到"优雅的韵致"。

《赤血》是幸运的，它首先被列入广东省作家协会庆祝建党100周年重大红色题材,继而又被花城出版社列入2021年主题出版重点项目,还被汕尾市列入文艺精品重点扶持项目。如此关怀和重视,令我备感压力,同时也平添了我不断前进的动力。

在这里,我依然说一遍感谢的话。感谢广东省作协将我"锁定"为丘东平纪实的作者,让我在有生之年写就一部"英雄传奇";感谢花城出版社的编辑夏显夫老师,他的主动约稿,使我有了"再搞大部头"的勇气;我还要感谢帮助我的所有文友和朋友,如我的老同学石磊、海丰的文友吕珠满,我的工友兼文友曙光,我的企业家朋友蔡金柱,等等。汕尾市委宣传部、海丰县委宣传部的领导,也为我的采访提供了许多方便。在此一并致谢。

有人说,写作是遗憾的事业。我只能将少一点儿的遗憾留给下一部作品。《赤血》的六易其稿,证明了我的耐心和韧劲。我永远相信这样一句老话:精品是磨出来的。因为写作也是匠人的一种劳动,天才只是其中极少一部分。

最后我要说明一下的是,作为《赤血》的作者,对传主丘东平有着自己的价值判断:他在"左联"作家群里也许不是最优秀的那一个,但他是最偏执、最锐利、最无畏、最无私的作家和战士。他将共产党人和革命作家的伟大和奉献,回归到真实的存在,让后世刻进尊崇的记忆底片。

这是我创作的初衷,也是深切的期盼。

作 者

2021年4月谷雨于韶城